酒蟲化龍

醉夢／著

目　錄

自序

　　必不能免的事先聲明：未成年不可飲酒，喝酒不開車，飲酒過量有害健康！

　　當然這絕不會是本書的主題！雖然這本書的內容直接與酒相關。

　　清新，怪異，輕鬆，熱鬧，才是這本書的主要意旨。

　　人生在世，大多時候應該努力認真全力以赴，有些時候則可以輕鬆悠然，無所事事。請暫時放下您的正經八百，不管您此刻是否手上有酒，請隨著小說裡的小酒蟲與稍嫌紛亂的角色們，漫遊在這奇異的時空之中。

　　我愛酒，自從年少時沾上了酒，便愛得天翻地覆，愛得只願長醉不想清醒。每回醉去，便是臥遊天地醉夢古今，凡塵不染逍遙自得。每次醒來，卻又是自困於方寸之間，繁思雜念如絲如縷，糾纏難解不得消脫！只是，我每每喝酒，雖然力求盡興，卻也還盡量守著分寸，不敢造成旁人的困擾便是。

　　不敢說您一定喜歡這本小說，當然也就無法保證您不會討厭它。既然書在您手上，喜歡的時候就請多翻它幾頁，不喜歡的時候就請您暫時將它放下。等您忘記前嫌，無所事事的時候，希望您又會想起它曾讓您喜歡的那一面，再翻翻它。

　　人生總該常常回味著美好的事物，與曾經讓您覺得感動的時刻，才會慢慢豐富滋養您心中的那一方樂土。多多積累心中

那種美好的感覺，回憶裡才會愈來愈充實飽滿。至於那些不是
盡如人意的，或者讓您覺得委屈的事，盡量別記掛著，別太花
時間去想，讓它慢慢自然地消失吧。此外，您心中的那一方樂
土，還能放心地與人分享。因為那是沒有人能攻占奪取它的，
只是分享而已，不會消失。

　　您會發現這本小說的某些情節，就像是有花有果的樹上，
有些地方竟缺了枝條的聯繫，好像花果憑空懸在那空氣中的突
兀感覺。那其實不是我的神來之筆，或者是刻意的營造布置，
而是過度修剪或者缺了筆畫墨水而不自知的失誤。畢竟這是我
首次嘗試這樣的長篇幅，不周之處還請您包容，並請您自己去
設想填補囉。

　　酒精靈界，是我靈光乍現，竟一時興起隨即刻意用心經營
的烏托邦，過程中還是下過一番功夫的。不管在大熱天裡或者
寒冬冷夜中，從已經荒廢了近四十年，有如三腳貓般的紙筆工
夫，再到我所陌生的電腦鍵盤。雖然斷斷續續了一兩年，如今
終於將它寫完。拖拖拉拉的進度，實在是由於我對文字輸入的
笨手笨腳，還有紙本稿子的過於潦草，在轉入電腦時也花了不
少時間在文字辨認上。如今一旦完成了，心中反而沒有什麼太
多的喜悅，且竟然是有著一種依依不捨的感覺。當然，這些無
中生有的人物們，會在我心中那一方樂土裡，陪我到老。只是
我怕記憶猝失會不預期地來臨，那就是他們告別我的時候……
我很怕他們就像是我人生的記憶卡，突然意外地被格式化
了……我向來是個杞人憂天的人。

　　這一兩年來有我家人的支持，女兒們在文字輸入方面不厭

其煩地重複指導著我。還幫忙將前面幾個章節，做了不算少的列印，裝訂，這些都是我最感到窩心的事。

　　小說接近完成的時候，我曾經考慮再三，舉棋不定，像我這樣一個笨手笨腳的老頭子，當真要出紙本書嗎？在這個知識洪流洶湧奔騰的世代裡，它可能很快就被淹沒的。但是出一本書這件事，一直是我年輕時候就有的夢想，是個陳年舊夢。不然就拿出一些酒錢來，少份量自費印它一版吧！真的滯銷，那就少喝一點酒，至少讓這一身老骨頭可以強健一些，可以多活些日子，再多淺嚐些各式的美酒佳餚吧！這是我的盤算，於是便有了這本小說的面世。

　　小說的內容，或許可用奇與巧兩字概括。奇者，在其神怪科幻併陳，巧者，在其該來時碰巧就到。可以說是一種無時無處不在的緣分，由是連成了一個故事。真實人生不也是如此嗎？緣這一字似乎早就綁定了你我的人生，框限了大家的際遇呀！

　　如果您覺得這個小說太過荒唐突兀，或者淡而無味，或者有些搔不到癢處，就讓我在這兒向您說聲抱歉了！畢竟初次上菜的，很難知道每個人對酸甜苦鹹的濃淡喜好……

酒蟲化龍　初登奇境

　　古往今來，萬物生命之延續，無非是代代相傳。例如花草樹木之生花結實，例如蟲而爲蛹，蛹而化蝶，例如懷胎而生，抱卵而出乃至飛潛動植，細觀之微物等等無不是各有其方。此皆爲天地自然，尋常造化，皆是親本所孕，傳遞不息。然亦有意外之奇。

　　酒界傳聞，凡人在一生之中，當喝下第一口酒時，一隻微小的蟲子，便在此人無法察覺之際，伴隨著酒液入喉下肚。從此便依著此人終身吃香喝辣，附寄而生，並自此修練酒氣。如此經歷七七四十九年之後，此酒蟲便能幻化成精靈，成爲酒精靈界之一員。自是，此酒精靈便能隨意化氣飛出，在凡人界，於其他飲酒人睡夢時候，進入其神靈意識之中與其人隨興交遊，並與其人體內之酒蟲教學相長，交換見聞。至於，酒精靈可以幻化成何種生靈的形體，實是未知……

　　話說許久以前，人界蓬萊之島某處酒廠附近山林，住著一隻離群的公猴子。

　　一日，自那高遠處的雲端，意外跌下了一壺美酒，瓷壺碎裂一地，奇異酒香四處飄散。此猴恰在附近玩耍，見此情狀，以手指沾了酒液，舔了舔，自言自語說道：「天上掉下來的好東西，可惜灑了一地！」

　　自此之後，此猴竟不時地偷入酒廠，眼見著製酒後所遺留

的酒糟，抓了就吃。製酒師傅在酒液蒸出之時，會盛接新酒細品評斷，餘下的常隨手置於桌上。此猴一有機會，無不是將此杯中餘酒盡飲，一醉，便在樹下空地呼呼入睡。釀酒人初見時，極為訝異，日久則習以為常，便任其吃酒糟，喝美酒，睡大覺……如此四十二年光陰匆匆而過，此猴腹中酒蟲，竟爾提前變化成了酒精靈！

一日，酒蟲忽自此猴體內化氣飛出，是一隻身軀略見肥短，卻活潑非常，靈巧可愛的小白酒龍！此猴見此小白酒龍，竟無訝異之色，張口說道：「恭喜你修成了小酒龍，此後你便能在此繁華人界逍遙遊蕩，當真快哉……」

從此，每當靈猴酣睡之時，小酒龍便化氣而出，四處飄遊。

又一日，當小酒龍又是化氣遊蕩時，偶然飛過一戶尋常人家，忽聞香甜酒氣飄出，便轉身飛入其屋內。只見屋中擺設雜亂，一凡人男子端坐桌前。桌上是一個琉璃屏幕，屏幕之前置一鍵盤。但見此人十指在鍵盤上點撥如飛。琉璃屏上一排排文字則如雨瀑直下，不多久，屏幕便現出華麗景色及行止如真之人物影像。

小酒龍見酒香來自桌上一罐業已開瓶之綠色琉璃酒瓶，其上幾字：ｘｘ啤酒。酒氣極淡，卻有麥香花香，小酒龍吸了一口酒氣，樂極而舞。此後，便常於此人睡夢中，入其夢境，與之交遊。

小酒龍得知此人乃人界中，日常電腦的運用高手，其人腦識在人界電腦網路中任意馳騁遨遊，無日不醉心其中。此人名喚大魯蛇，與小酒龍在夢中交遊日久，竟成莫逆……

酒蟲化龍　初登奇境

　　話說自從小酒蟲幻化成小白龍一段時日之後，忘了起自何時，耳中不時有個不知來自何處的少女悅耳聲音，邀他同至奇幻境地一遊。好奇之下，小酒蟲便向靈猴告假幾天，冀能同她一遊。此猴心想，既與酒蟲心意可通，便許他出遊何妨，也許能藉此一窺奇異境地之玄妙，便允其所請，且慫恿他能快快成行。

　　隔日一早，天色明亮。小酒蟲化成白龍之形，搖頭擺尾手舞足蹈，腳下踩著一團酒氣循著那聲音來處飄飛而去。一路只感暑氣極盛，且見著雲白天藍。不一會兒，人間境地已在腳下甚遠之處。又過不久，便見眼前雲端，一仙姿玉質，身著古時華美衣飾之女子，倚著一隻尋常人身高之大瓷瓶，游目四顧。那瓷瓶上彩繪著仕女之像，正是眼前麗人……

　　「小酒蟲，等候多時，你可來了！」少女朱唇才啟，玉手微動，手上一條絹帕隨意輕揚，便是酒香如風吹雨灑，香醇酒氣中混著水酒輕霧。小酒龍聞其酒香困陷其中意難自禁，便飛旋如風，盡情將之吸納口鼻之中。此時，遠在人界境地之靈猴，忽聞一縷奇異酒香且隱然有著少女如吐芝蘭之氣，一時閉目聞香，由此白日酣臥醉入夢鄉……

　　小酒龍見此女子，一對龍眼咕嚕一轉打量著她，說道：「好酒香啊！想來妳便是近日常常傳喚著我的鈺瓶仙子吧！瓶仙姐姐，妳長得真是漂亮呀！」

　　「你如何知曉我便是鈺瓶仙子？還有，小酒蟲，你的嘴巴可真是甜呀！」鈺瓶仙子說。

　　「如何不知？我瞧著酒瓶上的仕女圖像便已知曉了，妳可

比那圖像美麗多了！」小酒龍隨意舞動身軀，一刻也不得閒。

「好啦！好啦！如此嘴甜，怕是凡人間那猴子，糖吃多了，下次讓他去驗驗血吧！還有，你既然已經脫出了凡胎之體識，便須得暫時斷了與那猴子的相通心念，離開寄體而互不斷識，這在酒精靈界是不被允許，不能通融的！」鈺瓶仙子說。

「遵命！」小酒龍便意念一轉，斷了與靈猴間的相連意識：「瓶仙姐姐近日召喚，說是要帶我前往酒精靈界，有前輩想見我，煩妳帶路，可以啟程了。」

鈺瓶仙子說道：「姐姐如今且帶你前去花天酒地一觀！」

小酒龍一聽此言，內心怦然而動，但轉念一想：「鈺瓶仙子說笑的吧！酒精靈界哪兒會有什麼花天酒地呀……且先不管，去就去吧！」他心中想著。

此時，只見鈺瓶仙子一轉身，化成一道霧氣，飛身進入了瓶中。小酒龍卻是身形未動，他在等著酒瓶飛行，再起身跟隨。卻耳聞鈺瓶仙子在瓶中傳喚：「進來吧，我且送你一程！」

「這怎麼好意思，妳不怕我弄髒妳的瓶子？」小酒龍嘴上說得客氣，卻是一溜煙，直衝瓶口，進了瓶內。又說道：「還有，妳不怕與我二氣相融，變出了怪味道來嗎？」

「你癡想，酒蟲是酒蟲；瓶子是瓶子，你別動妄念，否則，凡人間某個國度裡，那個叫做龍舌蘭酒的瓶子中，那條可憐的小蟲子，只怕便是你的好榜樣呀！」鈺瓶仙子漫不經心，不疾不徐地說。

小酒龍一聽龍舌蘭酒四字，霎時嚇得魂不附體，一失神，便即變回小酒蟲的模樣……

酒蟲化龍　初登奇境

「怕了吧！哈哈⋯⋯」鈺瓶仙子一陣嬌笑⋯⋯笑聲猶未止息，只聽聞轟然一聲，瓶子一陣顫動後停住，小酒龍身子也隨著一陣擺晃。

「到了！」鈺瓶仙子說。

「如此快速？」小酒龍驚訝著，卻跟隨著鈺瓶仙子衝出了酒瓶。才一定神，小酒龍只覺得此刻是置身在一個，杳無邊際的超大透光琉璃圓球之中⋯⋯再仔細一看，映入眼中的卻是個前所未見的奇妙境地：那是個遍地酒霧輕挪緩移，酒泉隨處流淌，酒池遍布散列之地。酒香瀰漫中，猶聞奇異之花香，果香。每一個趨前，是一個酒香；每一個轉身又是一陣花果香。諸香氣雖是各自分明，卻又是隨意相合，互為輝映，巧妙至極！小酒龍心情放鬆，在此情境不久，不覺便是醉意漸升。

此境地非山非岩，初看似是無沙無土，卻是處處奇樹，或立或臥，隨意搖擺，似凡人的酒醉姿態。樹上花果同在，青熟並存，看來是⋯⋯

「此地無四時之分，不僅無冬夏，且無日夜，更奇的是無上下四方之別，甚且，也無昨日明日之異！這叫當下，這叫無時無刻！」鈺瓶仙子邊說邊引導小酒龍，一忽兒左，一忽兒右，又是迴轉，又上下，卻是似疾若緩，時行時止。小酒龍被弄糊塗了，不敢稍離鈺瓶仙子半步。

「瓶仙姐姐，妳看，不近不遠處，那三座不大不小的山漂浮在半空中呢！它們似要浮起，又似要下沉⋯⋯真是大開眼界了呀！」醉眼迷濛的小酒龍，對他眼中所謂的三座山極為好奇，也學著鈺瓶仙子的說法，正待請問鈺瓶仙子那三座山的奇妙之

處，那鈺瓶仙子卻已先開口為他解釋疑問：「那三座你口中的山，其實也不是山，是三座園子的倒影，各園子裡流泉飛瀑，花鳥蟲魚一樣不少。一座叫百穀園，園中穀糧何止千百種，無可計數，由百穀精靈王管轄；一座叫百花園，園中奇花異卉，國色天香，曼妙無比且都不見凋謝，是百花精靈王的居所；一座叫百果園，凡人界的香甜瓜果無不俱備，且都青熟並存，老熟之果自能成酒。園主人是百果精靈王……」

　　鈺瓶仙子也許說得渴了，便隨手摘下一片樹葉，將它彎折成了湯杓形狀，在一處酒泉舀了幾杓泉水喝著。小酒龍見狀也把龍頭一低，張嘴便是一大口，只覺得入口的似酒似水，淡了些。鈺瓶仙子說：「止渴就好，別貪喝太多，裡面有喝不完的美酒！」

　　鈺瓶仙子又說：「三個園子包圍著的，是花天酒地，各有路徑與園子相連，一般朝官與兵士便住此處，其餘精靈之屬，則在境地外緣雜木林地以內的環形民居地帶生活。再更外圍，出了雜木林以外，翻轉而過之後便是酒精靈界背陽一面，陰寒極地，是本境的禁區，不得進入。本境最是熱鬧集中處就在花天酒地，朝議之地也在其中。朝議之地是百官商議境界大事之所，由酒海無邊大帝師統領，他是咱酒精靈界位階最高之精靈。還有一個稱作酒海無上師的，可通天界，卻不常在境界裏，亦不太理會酒精靈界的事務。無上師曾說酒海之中，有人的權位高過於他，他便不服氣，是個大老粗，卻是個最好相處的長者。」

　　鈺瓶仙子說得精彩，小酒龍卻聽得暗自驚異：「怎麼瓶仙姐姐說的每一段，都是我心中正在想著的，要弄明白的事？」

酒蟲化龍　初登奇境

　　「當然，我想你此刻心中還想要明白，那三位精靈王，是
男是女，是老是少，帥不帥？漂不漂亮？如果是年輕女子，比
之鈺瓶仙子姐姐我，又是如何？」鈺瓶仙子滿臉笑容，盡說破
了小酒龍心思。小酒龍第一次被不算熟識的女子看破所有心事，
直羞得白臉透紅，差些要變成小紅龍了！

　　「其實，自你進了我瓶中，你心中所想諸事，我便已無不
知曉。只是你疑問著，為何不是你我二人心意相通？此只因你
是酒蟲，而我是瓶子，進得瓶來，是真是假，是何來歷品級，
我焉有不知？至於瓶子的心事，只有凡人工匠的巧手，能感知
一二。此外，凡人買酒，大凡要求品級愈高的，愈要瓶子精美。
酒好，瓶子也美，價錢自然就高。凡人所說的穀糧白酒，怕是
以瓶子等級來定酒價為多吧！古人有買櫝還珠取笑人本末倒置
的說法，依瓶子我看，何者是賓，何者為主，難有定論，各人
自有評斷，花錢的大爺，買個心中舒泰而已。你心中的疑惑，
我的說法是如此……」鈺瓶仙子聲如水晶風鈴般，好聽極了。

　　兩人走著聊著，鈺瓶仙子又說道：「小酒蟲，這會兒你還是
多看看四周景色，別一路上儘望著我的身影兒瞧呀……」小酒
龍頻有失神，經鈺瓶仙子如此一說，他的臉上又是一陣紅熱……

　　「呀！小酒蟲快看，前面到了！」鈺瓶仙子又說。

　　小酒龍定神一看，卻見已來到了一處木造牌樓前。牌樓古
樸老色，其上書寫著楹聯，卻是不太講究平仄對仗：右聯書，
「脫出在三界之外」。左聯寫，「成就於方寸之間」。橫批為，「花
天酒地無人煙」。小酒龍對那花天酒地四字深感興致。

　　進了牌樓，見四隻細嘴寬肩直腰漸縮直立的高大酒瓶，兩

兩分置於道旁。其上各書文字：一寫「天降鑽石雨」。一寫「地湧金砂泉」。一寫「人民免勞作」。一寫「日思逍遙遊」。走過這幾個大酒瓶後再回頭看去，見每隻瓶子的背面又有文字：「從來沒聽過」，「自古未見到」，「老子管不著」，「餓死找誰訴」。各與正面文字有所對應，且這一面的字體極新，看來才寫下不久。

小酒龍心想，既說三界，有天地人，又是逍遙遊，想來寫字的應是道家根底。但，既是花天酒地，何以是無人煙……這才想起，鈺瓶仙子早些時候說的花天酒地，八成說的是這裡，只奇怪的是無人煙三字，如何可以連上這花天酒地……

鈺瓶仙子說：「咱這裏有帝師，上師，四大護法，十二生肖等等，亦佛亦道，尚有無數的精怪，皆是浮沉酒海，終究無悔之輩。至於，這花天酒地是如何可以扯上這無人煙三字的？聽聞酒精靈界立界之初，此地但有無邊宏大酒氣聚集，此外便無餘物。我想寫這字的，是要酒精靈們一邊緬懷前人開界之不易；一面自我警惕守成之艱難，勿使淪為荒蕪之地！無人煙三字，用在緬懷前人與警惕後人！不知道這猜想，對還是錯？」

小酒龍說：「原來如此，我都想不出來呀！還是瓶仙姐姐想得深遠廣闊。」

鈺瓶仙子又說道：「此地自祖師爺設下了護境之界限後，便隱於天地之間。不屬陰陽，若有似無，雖不受三界管轄，卻與人界頗有關係，一時也說不明白，你瞧眼前……」小酒龍依著鈺瓶仙子手指方向看去，見一座規模宏偉的漢唐式宮殿建築，在漫天酒霧中時隱時現。

「這裡邊總該有人吧！至少有酒喝吧！」小酒龍心想著。

酒蟲化龍　初登奇境

「整天盡想著酒，走啦！」鈺瓶仙子加快腳程。

兩人走近外門，只見門左右各置一個大酒缸，缸上各寫著「六十六」三字，想來必是烈酒，小酒龍想往右缸探探，卻被鈺瓶仙子一把拉住：「沒什麼好瞧的！走吧！」，小酒龍心裡不捨那缸，隨著鈺瓶仙子走進了門。門內正中是一道風雨長廊。門內的左右兩邊又是各一個大缸。右邊寫「門外是空」；左邊寫「這裡沒酒」。

小酒龍跟著鈺瓶仙子續行，見一石桌當道，上置一石盆，內置酒液。旁邊整齊擺放著幾隻瓷碗。「玩什麼奇妙？」小酒龍心中納悶。此時，卻見鈺瓶仙子取碗盛酒，酒液入口竟自漱起口來！漱完口，便往道旁花草噴吐酒露。

小酒龍依樣拿碗取酒，依樣大嘴一張，一大碗酒倏忽入口，卻是有如熱油淋著了紅辣椒，那般地麻辣難當，吐也不是，吞也不是，小龍頭只是一味地上下左右猛搖猛擺著……覷了個準，一口酒露，噴在道旁鼠形石雕像上，模樣狼狽至極……「辣！」小酒龍脫口而出。不意那石鼠竟張口說話，氣極罵道：「小子！你敢噴我！辣什麼辣，也才不過九十九度！」

小酒龍冷不防被這石鼠嚇了一跳，辣紅著臉回道：「真不好意思，得罪您了！可是那酒盆子底不是刻寫著六十六嗎？」

石鼠又言：「真是辜負了你那兩顆大龍眼，你且把盆子轉個半圈瞧瞧！」

小酒龍依言轉了酒盆，卻當真是明明白白的九十九。

這時但見一路望去，十二生肖石雕像竟全都活了過來！伸腰的伸腰；嬉笑的嬉笑。鈺瓶仙子隨即一一地問了安好。小酒

龍也依樣行禮，前輩長前輩短地問好。及至老白龍跟前，只見他鬚髮畢現，雙眼有神不怒而威。那爪子不似石造，卻像是百鍊精鋼錘磨而成，寒芒不時閃耀著。小酒龍心中暗自讚嘆，這才叫是爪子！口中畢恭畢敬問了聲安：「前輩好！」

「去！什麼個小酒蟲？瞧你那烏龜鳥樣子，也學人家化龍！龍是嗎？睜眼看著！」老龍說完，長廊外一記旱雷，霹靂巨響忽起。老龍步出廊外，縱身即起直上青空，瞬間化身巨型銀龍。翻滾騰躍，一聲長吼，大地為之震動，風起雲聚。眼看便是免不得一場大雨要下。小酒龍心想：「會來場酒雨嗎？」

耳邊鈺瓶仙子的聲音說道：「想得美呀！老龍灑尿，以前見過！」

此時忽聞廊道盡頭，宮殿之中，傳來一聲語氣平靜，卻透著一絲絲不悅，聲音雖不是巨大洪亮，卻盡壓著龍吼聲：「老傢伙，沒事太閒，拆房子嗎？你別又是要在這兒普降甘霖了！」聲音過後，卻見空中瞬時煙消雲散，那條巨大銀龍身型化小，緩緩飄下落地，天空隨即又復清明……

老龍伸手摸了摸小酒龍頭頸，並以指爪輕輕彈了彈小龍角，臉上表情分不出是憂是喜：「哈，這途子鳥當初的想法可真是奇特呀！他竟然將這酒蟲下在那猴子身上，我老龍不得不佩服他的奇怪點子……只是這什麼喝酒的猴子？在猴子體內修成的酒龍？千年難得一遇？卻長成這副德行！我左瞧右看，卻是活像個壁虎！我老龍還沒醉醒嗎？唉……」老龍又搖了搖頭！

牛公說道：「別將他說得那麼拙劣不堪，再怎麼不濟，他也是你的一點血肉所成的呀！」

酒蟲化龍　初登奇境

　　老龍所說的送子鳥，是酒精靈界將各類酒蟲投送在人界的遞送差使。

　　老龍聽完牛公之言，也不答話，逕自向著長廊盡處行去，同時化身成一凡人老者模樣。其餘十一個生肖，亦盡數化作老者，隨之行走。

　　小白龍經此一事，暫時不想著酒，心裡只想著：「這才是龍啊！我要再過多久，才能像他這樣雄壯威武呢？」他真是有些兒洩氣了！

　　鈺瓶仙子知其心事，勉勵他道：「事在人為，有心便能成事啊！先別管這些，有美酒喝了！」

　　兩人走近長廊盡頭，眼前可不正有一桌美酒等著？

　　一聽到看到了酒，小酒龍就又什麼都先放一邊，精神抖擻起來了。

　　看來真是好酒！才一接近，便聞酒香四溢。鈺瓶仙子與小酒龍待眾老者們全喝過了，才走近那石桌子。小酒龍心急一看，卻只見十幾隻空著的大碗，還有兩隻小小的酒瓶子擺著。細看，右邊一隻寫著「看誰先醉倒」；左邊一隻寫著「諒你喝不完」。

　　小酒龍估量著一個瓶子，也許也還倒不滿一大碗酒，只是方才眾老者，卻似人人都乾了一大碗呀！先不管，取了那隻「諒你喝不完」，拔了塞子，眼見才半滿瓶，便將瓶口朝下，向著碗中倒酒。鈺瓶仙子才待阻止：「小心！」話才出口，酒液卻早已滿碗溢出，還嘩啦啦地直噴流著，好在小酒龍手快，扶正了酒瓶，卻已是潑灑了一桌子酒，一陣酒香全面飄散開來！卻正像是「天上人間無處有，只在悠悠睡夢中。」那酒入喉，直像是

沙漠中遠行，行囊水盡適時碰著了小綠洲，樹蔭涼快，水泉甘冽，不惟消暑，甚且救命解渴！

　　小酒龍喝了一碗，頓感渾身舒爽。再要倒酒，卻只見鈺瓶仙子搖搖頭說：「不行，有要緊事，還是先走吧！」手拉著小酒龍便走。

　　小酒龍再三回頭望著，心裡想著：「什麼要緊事比喝酒重要？再來上一碗該多好呀！可惜了！」卻見桌上瓶、碗突然消失不見！只得隨著鈺瓶仙子不甘不願地上朝去。

　　兩人來到長廊盡頭，眼前所見是一個酒缸形大門，左右各自連著一道長長高牆。門右邊寫著「有酒喝問題不大」；門左邊寫著「沒酒喝事情不小」；橫批是「喝醉了一切好說」。小酒龍眼見了這楹聯，心想：「這倒真是有意思了！原來這公門文化，不單人界如此，看來是古今不易，天地皆然。但要如此毫無遮掩，昭然揭示者，卻是僅此一家，別無分號，真可算得是一奇！也由此可見這奇妙境地的可愛之處。」

　　跨進了酒缸形大門，迎面所見這朝議之殿，是個正殿加上左右護龍的格局。正殿宏偉，護龍極深，中間是一個大廣場。正殿上方橫置一個大木匾，匾上寫著「開封殿」三個大字，小龍心想莫非殿內住著七朝古都的來人，或者是封藏著美酒滿滿，常有開缸，開甕，開罈的好事？那右側護龍與正殿之間，是個鐘樓，鐘樓木匾橫寫著「醒鐘樓」三個大字，其下較小的長木條直書單寫上聯「鐘聲才響五更應酒醒」。左側護龍則對應著鼓樓，樓匾寫著「醉鼓樓」三字，直書木條上則是「鼓韻已歇半夜猶心醉」幾字。廣場四周則是以四面風雨迴廊相連。迴廊下

酒蟲化龍　初登奇境

到處置放了酒桶形石椅整齊羅列。看那迴廊廊柱均是透光琉璃中空大圓柱，粗可一人抱，其柱內則都裝滿了各式美酒。每個柱子離地三尺之處，均裝設著龍頭併擺了琉璃酒杯。點壓龍頭時，則美酒自龍口出焉。如此酒柱，每邊迴廊各有三十餘柱，四面相接，只怕不下百四之數。

小酒龍一路暗自猛吞著口水，心中除了酒柱內藏的美酒，再無他念！迴廊上方天花是片片花彩琉璃平板拼接而成。那花彩圖案卻是百花、百果及千萬種酒器圖鑑環列，雖只是風雨迴廊，卻有如酒國萬物博覽，令人目不暇給，且鼻中所聞，盡是人界少有的美酒香氣……

兩人走醒鐘樓護殿迴廊拐彎進入正殿。

只見巨大殿門已早開著。一進殿中，但見雄偉大殿中光影柔和，四行五列巨大無彩木質圓柱，一同高高地撐起殿頂天花，那一大片天花板上，卻只是繪製著酒精靈境界全境域彩圖，望之栩栩如生。兩側殿壁構造以直立巨石長板，各直立石板之間，鑲以長條落地磨砂大琉璃板，古樸無華。兩側整齊擺置了無數隻藤椅。正前階陛之上，是一層淺灰色細緻石板地面。其上橫置著一張四足無遮板木質方長形巨桌。桌上兩端各置放著一個掀了缸蓋的琉璃酒缸。缸內酒液如泉湧動不息，酒氣四溢。長桌後面擺著兩張大藤椅，此外便無餘物。長桌背後殿壁是一大片，左右邊各開設有門，可通內殿的，粉光淺淡紅色花岡岩巨石壁面。一邊刻寫著「壺中天地廣」，另一邊是「世上醉人多」幾個墨黑色大字。正中間則畫上了一個正圓大圈圈，圓圈之內寫了一個似是酒人醉後起身，顛斜而舞的「樂」字，其餘則不

再施以雕繪，宏偉之外只見素雅。

小酒龍瞧著那樂字，心想：「本來貪愛杯中物而樂在其中的，古今中外，一直是從來不少！」

鈺瓶仙子說：「那圈起樂字的圓，如看做是酒精靈界，便叫他闔境安樂，如是當做人心，便叫圓滿喜樂，如想成是瓶口，杯口，碗口，那便成了飲酒人的歡樂泉源！」

小酒龍聽了，向著鈺瓶仙子會心一笑：「原來還有這學問呀！」

此時殿中，熱熱鬧鬧，人聲鼎沸，十二生肖老者亦在其中。所謂的朝議百官但見盡是些人形獸首，禽鳥蟲魚，諸般生靈頭臉人身者，約百人上下。無不是舉止自然，言語談吐也都無異於人界凡人。

喧鬧聲中，忽聞一聲獅子吼，一個獅臉人走上階前，朗聲說道：「各位朝官，且安靜片刻。我們恭請～脫出在三界之外；成就於方寸之間：酒海無邊大帝師～親臨朝議賜訓！」

此時，雜音俱息，百官各自面向著階上肅立。但見一道金色光芒及一道前所未聞之強大酒氣，自內殿從容飄飛而出。當光芒歛去的時候，小酒龍定睛一看，但見階上長桌後面兩張大藤椅，其中之一，上面端端正正放著好大一個粗腰酒葫蘆！不對！那葫蘆會動！原來是人！只見那人禿頂圓臉，頭大如斗，面目和善，雙耳垂肩，肚子大如酒缸，卻是手短腳短。身披金黃色絲綢長袍，腰圍大紅色錦帶……眞要說他不像是個大酒葫蘆，小酒龍所見那人模樣，還眞的想不出人間何物，得以適切形容比擬……

酒蟲化龍　初登奇境

　　見了這人模樣，小酒龍心中直想笑，卻強忍著，又是忍得極端痛苦，直迸出了眼淚來。鈺瓶仙子卻是緊緊摀著小酒龍嘴吧，細聲叮嚀：「千萬忍住，不得放肆！」……

　　突然聽大帝師朗聲說道：「眾官且各自回座！還有，我深知有人想笑，那便放懷大笑吧！咱酒精靈若不敢開懷而笑，還喝的是什麼鳥酒啊！」

　　小酒龍聞言，再也無法忍住，掙開了鈺瓶仙子，哇哈！哇哈哈哈地大笑起來，直笑得前俯後仰！只是這一笑起來，可不得了，竟像是熱水滾開了直冒水泡那般，相互感染，此起彼落，沒道理的，極盡放肆地，哄堂大笑起來：有捧腹彎腰的，笑到跪地求饒的，比手劃腳的！最可憐的是幾個硬要扳著臉孔充正經的，一旦崩潰，卻是笑得像哭，捶胸頓足癱軟跌坐……只是這一笑，怕要笑出事情來了，因為有些老人家笑岔了氣，氣喘咻咻……

　　眾官們慢慢地回座，且多的是笑癱了身子爬著回去的。階上大帝師則是別過臉去，雙肩微顫，看來也是笑著的！小酒龍慢慢笑夠了，轉頭見鈺瓶仙子，卻是梨花輕顫，手掩著嘴還自笑個不停！

　　慢慢地，笑聲少了，緩了，終至於停了……每個人直喘氣調息著……

　　「自有朝議以來，這殿上從未有過如此歡樂開懷。眾官，今日可真是特別啊！原來這笑，可以是如此歡樂，如此毫無道理，無拘無束呀！本師今日有幸見識了，挺不錯的！挺好！老白龍，你的這位後輩小友，極有意思呀……只是，歡樂之餘，

有些正經事兒，還是得說說……」大帝師和顏悅色說道。

此時，從殿門外走進來三個人。細看，是一個體裁精壯，五官面貌堅毅俊朗的青年，偕伴著二個美貌非凡的年輕女子。

鈺瓶仙子拉拉小酒龍，細聲說道：「這便是那三位精靈王了！男的是百穀王，在他左手邊的是百果王，她右手邊那位婀娜多姿，艷麗動人的，便是咱們酒精靈界的第一美人，百花王！」

小酒龍正待說話，卻見那三人已近殿前，正待參見時，卻忽然人人都同時感覺到一陣襲向心頭的地動天搖，且夾雜著隱然的轟鳴之聲連綿不絕。似有千百個戰鼓齊鳴；又像是千萬匹戰馬奔騰。聽那聲音雖是極其遙遠，但那宏大氣勢，卻蘊含著刀兵將起之兆！雖非巨響，實足震怖人心！

「又來了……三位精靈王，對這聲音及無以名之的震動，有何看法？」大帝師未等三人參見，便自發問。

小酒龍雖多次歷經人界的地震、風雷。但如此連綿的怒鳴聲音，則遠非地鳴、悶雷等自然之象能比，且本境界非天非地，這種震顫卻非震非搖，像是直指人心最深處的恐懼之地，襲捲而來！小酒龍的身子微微顫抖，他感覺到鈺瓶仙子也是……

百穀王抱拳長揖行禮道：「稟大帝師，據屬下三人在三界中追查多日，發覺此鳴聲及震顫之源頭，實與人界頗有關聯。」

「百穀王，你且一一將探查所知之事向眾官們說個分明吧！」大帝師待三位精靈王參禮過後賜座。

百穀王面向眾官抱拳行禮，說道：「自從我三人奉命出訪，便計議兵分二路：百花王及百果王二人相伴而行，往天界及地界追查。卻是未見動靜；我獨自到人界查探，卻眼見近年人界

酒蟲化龍　初登奇境

變異之大令人驚心！人界只怕早非盡是凡人生民安居之地。凡人靠著人眾力多，不僅能造設飛行天地間之器物，甚且猶能穿行大海之下。又爲了彼此交相攻伐之需，製造了許多可怕的火器，說是力能毀天滅地，也不爲過！這些雖極凶險，但均是眼見得的，還有更可怕的是凡人眼見不得的……」百穀王停了停，喝了口酒，解解口渴。

此時，大帝師心有所感，說道：「眞沒想到，凡人長進得如此快速！」

百穀王飲罷續說：「長進本是好的，但凡人卻不是在自身修爲之上圖長進，全靠的是邪異法門，他們稱爲科技之力。晚近更發明了所謂電腦，力能掌握通天徹地之能耐。電腦這一物事，讓凡人一夕之間幾乎成了仙神，不僅能貫通古今知識，還在無意之中創造了一個，非屬天地的新境界，叫虛空境界……」

大帝師若有所思，問道：「這虛空境界，竟與人界凡人相關，想來與酒精靈界有著相似之來歷，但，有什麼好怕的？」

百穀王回道：「這虛空境界，不是人界宗教山頭所稱空無之地。它的可怕之處，在成就於凡人，寄生於人界，卻迷惑，收攬著凡人腦識。它暗助凡人發明了網路，能讓人用它做事，學習，交遊，玩樂，甚至征戰攻伐，均已少不得電腦。凡人窮盡一切力量在電腦能力上相競拚搏，屢有斬獲，更發展那人工智慧……就在無意間，催生了一個空前強大，暗中掌控人界一切力量的虛空境界之主，叫什麼晶片魔主，這是我在人界友人對他的稱呼。據聞，這晶片魔主，能喚醒一切古今沉睡之神魔，支使其做一切事。甚且，可創造古今未曾存在之物，支使其做

一切事……凡人正在自作自受而不自知！」百穀王面有憂色。

　　獅臉人聽說至此，逕自言道：「百穀王，你莫不是被這傳言嚇破膽了？我才不信有誰如此神通廣大，竟能喚醒沉睡中的神魔，這些傳言不知起自何處，如何可信？」

　　此時朝官之中，一位身著白色衣裳，面容姣好的女子也發言問道：「網路？晶片模組？這幾個用詞，我曾在人界聽說，倒不覺得有何可怕！」

　　小酒龍一見此女官，頗覺得眼熟，輕碰鈺瓶仙子手臂說：「這女子我在人界電視之中看過，凡人稱她作廣告罵抖的，只不知何以她也來到此地？」

　　「不對！她叫伶優仙子，在背後，有人管她叫戲精，在酒精靈界是個厲害人物。她能裝扮三界中·切仙、神、人的諸般容顏至真假難分的地步。她還有一個厲害修為，她能對仙、神、妖、邪施以法術，將他們的神靈意識困在他人的血肉之軀中，不得脫出！她嘴上常掛著戲詞；老梗用不完，好戲看不盡！她當真是個戲迷……」鈺瓶仙子說。

　　百穀王聽那伶優仙子說話，回她道：「仙子恐怕是誤解了，是神魔的魔字。本來虛空境界並不知有一個酒精靈界的存在，因緣於晚近凡人極愛飛車，不守規矩，頻生事故，不知何時，有人將之與飲酒作了因果相連。飲酒本來不該行車，此為飲者必要之基本修為。凡人卻在網路世界裡，大放議論群起而攻！這倒讓晶片魔主無端覓得一隙靈光，在無意中感知了酒精靈界的存在。據我友人說法，只怕這晶片魔主已經興起了強占酒精靈界的意圖！近來，本境界時感遠方如有劇雷長鳴，人心震動，

實是晶片魔主親率一班異能手下，合其力量，正用盡心思尋找攻進本境界之途徑……唉！當真起了戰禍，眼前這酒香四溢，安和樂利的太平日子怕是不多了！」百穀王搖頭嘆道。

「百穀王，你瞎操心什麼？就算晶片魔主率眾攻進本境界，也要讓他來得去不得，大夥兒豈是任人宰割，修為低淺之輩？」獅面人起身言道。這獅面人是酒精靈界虎豹獅象四大護法之一，修為極高，也一向極有自信。

此言不差，眾官無不附和。

百穀王說：「估計近期之內，虛空境界大軍，尚找尋不到本境界。就算找到，也不是輕易便能攻破祖師爺所設下的界限。眼下另一件事卻是極要緊的。晶片魔主狼子野心，除一面加快人界電力能量開採，供其打造大軍之用，竟還企圖染指金砂泉金脈！」

「哦！難道這虛空境界之主也貪財？」鼠公精靈開口問道。他是生肖十二公精靈之首。這十二生肖與天界、人界所說的十二生肖互有關連，卻不相從屬。

「不然，晶片魔主酒色財氣俱不喜愛，據說，他要這純金砂子，是要改造更強大的虛空界戰將，此外，也和加快電力運行用途有關。」百穀王解釋著。

「看來，這金山寺法海大師，可將要忙上一陣子了！」大帝師說道。

「怎講？」鼠公問。

「眾官有所不知，當年法海將白娘子鎮壓在那雷峰塔下，其實是另有用意。原來，這金山寺至雷峰塔間，地下百里深處，

有一道純金砂礦脈，藏金無數。金山寺是源頭，雷峰塔是出口。當年金山寺大戰，礦脈動搖，金砂即將噴出地面，天界唯恐凡人見此巨大精純金脈，搶奪之下再起兵禍，便命法海造塔，名為鎮壓蛇精，實則主要用意在封住金砂泉口……」大帝師回道。

「沒錯，我尚得知晶片魔主，命其手下戰將之首，帶領著一班戰士工匠，在金脈附近活動，怕是要興兵強奪了！」百穀王說。

「難道那法海睡死了，天界也不想管？」老龍一臉慍怒之色！

「也非如此，這虛空境界來得突然，法海自在領受著他的人間香煙度日。天界也因人心漸遠，妖邪四處繁興，也實在是難有助力。」百穀王說。

「看來非得我輩出手不可！白娘子，妳是實體修練，也和法海有過一段恩怨！當年法海對妳雖然名為鎮壓，卻是造一寶塔讓妳斷念清修。如今人事全都異於以往。本師想請妳到那人界知會法海此事，妳可願意呀？」大帝師從不勉強眾官去做他們心中所不樂為之事。

「也好，我著實也想再看看金山寺何在，雷峰塔如何？」她似乎想起了前塵往事……

「原來白娘子寄身在酒精靈界修練！」小酒龍心想。

「既是願意，那便請盡快成行吧！」大帝師說。

「我們也去！」生肖十二公向來行止一同，一說走，便瞬息消失於眾官眼前。

「伶優仙子請留下，其餘眾官且事歇息，待鐘聲又響，再

酒蟲化龍　初登奇境

行進朝議事，散了吧！」大帝師說完，接著幾個鐘鼓聲響後，眾官各自離去。

鈺瓶仙子拉著小酒龍，跟隨百穀王向著百穀園行走。

百穀王問道：「鈺瓶仙子，有事？」

「今日朝上，讓您的大事給蓋過，小事便也沒事了！」鈺瓶仙子意有所指。

「怕是前日仙子所言，何以近來人界製酒雖號稱穀糧，卻是花香、果香並存，不似舊日純粹那件事？」百穀王心下明白，鈺瓶仙子必是為著此事而來。

「是呀！瓶子我頗不習慣！」凡人造酒，其香、味之變化流行，鈺瓶仙子最是清楚。

「這事，我也留意了。人間說法，這叫豐富！其實，人界造酒技藝日精。料不同，技法新，是難保昔日單純的穀糧香氣。甚至，我還得知，人界栽種百穀，新法子奇特怪異，傳聞能奪天地造化之功，謂之基因改造工程！米糧中有花果香味已是不難，更別說芋香雜味！還有那海水種稻，也在熱熱鬧鬧地研究上頭。我只怕有朝一日，酒裡面有魚肉、青菜、獸肉諸般香味也不奇怪了！哈哈！只是這事情咱酒精靈界管不著，咱只管自家有無美酒可喝！」百穀王似在調侃人間造酒，花樣百出的怪點子！

「原來如此！」鈺瓶仙子似有所悟。

百穀王雜務纏身，他心中可曾留意到，鈺瓶仙子來此，除了這件事，其實，還在於更想看看多時不見的百穀王！

「鈺瓶仙子身旁小白龍模樣可愛，是剛化龍不久吧？」百

穀王摸摸小酒龍頭頂：「看來，氣虛了些！」

「什麼才只是虛了些！方才那老龍還取笑我說什麼烏龜鳥樣子的，還活像是隻小壁虎，害我心裡難過了一下下！其實，不瞞您說，酒蟲化龍，一般說法需人界七七四十九年，才算功成。但我是在一個猴子的體內修練，這已是奇遇，那猴子又多吃了酒糟，飲酒也沒分寸，幾乎天天澆灌，所以六七四十二年一過，我便提前化龍了！百穀王，您可知道有什麼法子，可以讓我早些長大？」小酒龍似乎急於想要長大。

「這不難，讓鈺瓶仙子告訴你吧！」百穀王同時向鈺瓶仙子使了一個眼色！

「是有一個法子，只是不知你做不做得來？」鈺瓶仙子接著說。

小酒龍心裡頭嘀咕著，這瓶仙姐姐也真是的，既有法子，為何不早些說？害我多難過了這些時候！嘴上卻十分欣然：「什麼法門？只要能讓我快些長大，再怎樣苦，我都得試他一試！」

「這其實也沒什麼難處！只要在我瓶中裝滿了九十九度米糧，聽清楚了，是裝滿！然後呢，小酒龍你進我瓶子裡來，泡澡六六三十六日，便成了！」鈺瓶仙子微笑著說。

「泡、泡酒？九十九度？裝滿？那還是謝了！看來我這輩子別想長大了呀！」這小酒龍只怕是又想到了，龍舌蘭酒裡面那一條蟲子的悽慘模樣！

百穀王及鈺瓶仙子聞言，哈哈大笑！

「瓶仙姐姐就愛尋我開心！」小酒龍心想。

鈺瓶仙子與小酒龍在百穀園中膳飲既畢，便各自在偏室睡

酒蟲化龍　初登奇境

下。

不知過了多久，小酒龍被那鐘聲吵醒，隨即一骨碌翻身跳下床來。

那鐘聲厚實且低沉，悠遠迴盪，聽得出是厚重大銅鐘所發。

小酒龍三兩步出得門外，只見百穀王及鈺瓶仙子已在庭院中等著，鈺瓶仙子將手上的早點塞給了小酒龍。

「走吧！」三人同行，進得朝來，只見眾官亦早已來齊。眾官此回各自精神奕奕，全不似以往那樣地各個醉態畢露。顯然大家心裡有數，大事到頭，暫時不敢隨心暢飲！

「恭請酒海無邊大帝師臨朝議事……」這次是象頭人身老者說話。

只見金光一閃之後，巨大藤椅上大帝師端正坐著……要說坐卻也不是，手短腳短，窩在那大藤椅上，是坐著也像站著。只見他此時身上披掛著閃耀明亮的金黃戰甲，背後背著一根晶鑽大錘，斗大的圓形錘頭，靠在大帝師頭邊。活像大帝師多長出了一個頭來。小酒龍依舊想笑，但這當下卻是不敢再放肆。

「眾官，看來一場境界之爭勢所難免，各位需預為綢繆以備大戰。虎豹獅象四大護法及百花王，百果王，伶優仙子，各領精靈兵勇，勤加習練戰技。護境之事便有勞各位。百穀王及鈺瓶仙子隨我到人界去瞧瞧金砂泉之爭。此外，近日不必戒飲，然需保持幾分清醒，護界為上……」大帝師叮囑著眾官。

「謹遵教誨，護境之責，不敢稍有懈怠！」象頭護法抱拳稱是。

大帝師手扶藤椅，忽然長手長腳地站立起身子，步下階來。

「恭送大帝師……」眾官齊呼，送駕啓程。

百穀王點派了三十餘個百穀園內的精壯兵勇及三駕牛車，只見那牛與車俱是青銅所造。百穀王親駕其一，大帝師端坐在其車上。大呼一聲「起駕！」只覺三駕牛車初行極緩，次由緩而速，再飛騰奔起，終至於小酒龍睜不開眼睛，只覺得金光罩面，卻是毫無風聲，只聽到類似銅牛極不自然的喘息聲……忽覺車駕由速而緩，再緩，等小酒龍再次睜眼時，已是重回人界熟悉境地。

酒蟲化龍　初登奇境

雷峰塔邊　金脈之爭

「到了！」百穀王命令手下，安好了車駕。不一會兒，十二生肖諸公前來會合。

「十二生肖，參見大帝師！」眾老者齊一行禮。

「眾官辛苦了，事情如何？那法海大師可願意出力？」大帝師關心著事情發展。

「大帝師請寬心，法海願助一臂，這原也該是他的擔子！」白娘子說話：「金山寺雖是金脈源頭，那金砂卻在地底下百里之深，看來，虛空境界會在雷峰塔下手無誤。據法海所言，雷峰塔下不及五里，金砂已有湧動之象，我十二生肖人等，在兩地之間搜尋著虛空境界手下，起過幾番小衝突。判斷虛空境界主要兵力，已經往雷峰塔附近布置，我們正要趕去幫忙法海。」

「那真是延遲不得，一道走吧！」大帝師說。

此時鼠公有話：「眾人請先行，我且前往金山寺探探，放幾隻老鼠在那兒作哨，好了就到雷峰塔與大家會合！」鼠公起身化氣而往。眾人也各乘著酒氣，直奔雷峰塔。

先說鼠公，他一路駕著酒氣奔至金山寺。還未進寺門，便見到寺外頭三兩個像是虛空境界兵士，手上拿著什麼物事，在比劃著，像是正在量測著什麼。鼠公收斂起酒氣，裝做凡人模樣，直走進金山寺。到處看了一遍，未發覺什麼不對之處，便在一棵老樹下，拿出了一隻金毛小老鼠。那老鼠身上綁了個細

小銅罐子，裡面放了張給老虎護法的小紙條，讓他留意著酒精靈境界出入口！因爲他發覺半路上，虛空境界士兵，在三個銅牛車駕落地處，對著天空在比手劃腳……

鼠公將小金鼠望著空中一拋，喊了聲「去吧！」那金鼠便在空中消失。鼠公未曾留意的是，緊隨著小金鼠身影去處，一道小小灰色影子同時飛去。後來還引起了一場大大風波，這是後話。放完了小金鼠，鼠公又悄悄地在地上放了另一隻金鼠，望著寺外虛空兵士方向奔去。打理好了，他便若無其事地，離開了金山寺，向著雷峰塔出發……

且說法海自接獲生肖十二公示警，隨即點醒了沉睡休眠幾百年的護法高僧二十四人，緊急守護著雷峰塔。二十四僧依著八卦方位，每一卦位分出三個高僧合力鎮守。法海則鎮守著塔頂，留意著陣內陣外，走虛走實，或進或退的提醒與調動……

這二十四僧，各有極高深的修爲，休眠之時，猶藉著靈識相通，此番入陣布局，自是毫無生澀之感。一啓動，則風火雷電，天羅地網，銅牆鐵壁，隨意而成，誓護雷峰塔周全。

這日一早，天氣清朗，法海隨意盤坐，靈台空明，意識沉靜，周身宛如無物之境……忽然他口中吐聲如鐘：「來啦！請諸位佛友留意！」

話才畢，眾僧見陣緣十丈之外，在悄無聲息，片刻之間已布滿了密密麻麻，層層疊疊之虛空兵士，更外圍處還有許多車駕及工匠亦是嚴謹整齊。虛空兵力訓練紮實，行動之安靜迅速由此可見！

「誰是法海，出來說話！」其中一人，全身亮閃耀眼，似

雷峰塔邊　金脈之爭

是黃金打造。左手持劍拄地，右手握刀，刀置肩上。意氣風發，目中無人。

法海來到陣外，面對著來人：「施主何人，有何事指教？」

「哈！哈！哈！今日不施，且莫稱我施主，是來要東西的！我乃虛空境界，虛空界主座下，金刀銀劍破山河！是有一事特來指教你，也簡單，把雷峰塔搬開，讓我的工匠打個地洞，事便好了！」眼前這個叫破山河的虛空境界來人，一字一句說得清楚。

「幸會，原來是虛空界主手下第一戰將！不知界主與五位尊王可好？」法海不知哪兒來的消息，竟能知道虛空境界上層分劃。

「法海，你不簡單！既知本界之事，即應知曉，我今日既已來此，就不能不完成界主所交代的工作！界主日理萬機洪福齊天，身子硬朗，非常好，五位尊王也都各有要事忙著，今日隨我來的是百工尊王！」他手指處，虛空境界一人往前邁出一步，向法海抱拳為禮。

只見他人高馬大，穿著一身灰藍布衫，頭頂戴著亮黃色頭盔，腰間繫著一條寬厚布帶，腰帶上面掛著刀鋸斧鑿各式工具，皮膚黝黑，雙眼晶亮有神，衣袋微微鼓起。法海運起法眼透視一探，見那衣袋中是一瓶，棕紅色高糖甜藥酒，其標貼是保ｘｘ……

「大師可好！久違了！記得當年啟造雷峰塔時曾有幸一睹大師風采，如今匆匆已過幾百年！大師還是精神奕奕，一如當年！」百工尊王向法海打了招呼。

法海卻不記得曾與此人何時謀面:「想來你便是虛空境界百工尊王,只是老僧卻不記得何時何地見過尊駕!」

　　「大師貴人多忘事,我便是當年舊塔起造時,領頭師傅身旁小學徒。記得當年,我也曾搬過幾塊石頭!今天也是來搬的。勸大師你出家人賜予我等方便!你方便,我方便,大家方便豈不是很好?」百工尊王說。

　　「幸會!但是百工尊王不會不知,一旦你搬動了雷峰塔,只怕妖邪之氣竄出,對大家都有不便啊!」法海也煞有介事地回他說道。

　　這時虛空戰將破山河接著說:「法海,怎麼你明白人卻盡說糊塗話!誰不知當年那蛇妖早已修成得道離去!我想大師你真正怕的是,一旦搬動了雷峰塔,塔底下那條精純無比的金砂大蛇竄出,大師你獨占金脈幾百年的秘密便要傳開了!哈!我勸你且看開,讓我動手搬塔取金,你法海愛拿幾個升斗布袋來裝,也都由著你高興。你要是不聽話,我只能先替你和二十四位佛友,感到難過了!」破山河話愈說,語氣愈是嚴厲!

　　「沒得商量!」法海閉目頌佛。

　　「給我拿下!」破山河手上金刀一揮,內圍第一層大軍便立即向前急衝。

　　此時,八卦陣起,虛空戰士一觸界限,風雷即起,霹靂聲響中,虛空戰士隨即應聲倒下了二三十人,身上均是皮開肉綻焦黑冒煙!其餘戰士見狀,不再前衝,就地站定!

　　「發箭!擲矛!」百工尊王下令。一瞬時萬千箭矛齊發,射向群僧。只是箭矛才一抵觸結陣界限,便掉落的掉落;彈開

雷峰塔邊　金脈之爭

的彈開。

「停！」破山河口中喊停，同時將手上銀劍還入腰間劍鞘；雙手將那金刀高高舉起，大喝一聲：「破！」一陣雄渾無匹，撼動天地的金刀之氣，隨意砍向了陣中。但見八卦陣內風火雷電齊動，轟隆之聲四起，土塵飛揚！二十四僧有一大半，傷手的傷手；傷腿的傷腿，陣法竟已隨之而破！法海見狀，雙手舉起法杖，迎向那破山河，同時口呼：「護塔！」二十四僧聞言便同時退至塔邊，各持戒刀棍杖等兵器圍護。

此時，百工尊王趁勢指揮手下攻塔！虛空戰士手執刀槍劍戟及新式火器，向著二十四僧猛攻，眼看二十四僧將要抵受不住，法海也是戰得左支右絀，漸感吃力……突然，酒精靈界眾人適時趕到，自半空，從外圍現身對著虛空境界戰士攔著便打！

百穀王攔下百工尊王邀戰：「拿斧頭鑿刀的！我跟你打！」原來百穀王手上慣常使著一對小手斧。兩人兵器相似，修為在伯仲之間，戰得旗鼓相當互不相讓！

生肖十二公也是各自尋著虛空境界的官長指揮等，見到了便打，直打的虛空境界兵士遍地哀號……

二十四僧此時頓解窘態！

法海氣力也似一時大增！

破山河眼見法海來了幫手，先前的氣勢也似乎稍弱了些！

過不多時，場中虛空戰士經此一翻猛打，多已不支倒地，只剩一些修為稍強的官長指揮們，還在勉力相抗！

破山河眼見如此，大聲叫罵：「法海，你竟找來了幫手！看我如何對付你！」說罷，取出銀劍，雙手分持刀劍，將刀劍鋒

刀相觸，只聞轟隆一聲巨響！四方震動，那離他最近的法海，手上禪杖失手倒打自己額頭一記，腳下同時被震退了數步！

只見破山河在刀劍交鋒之後，口中唸唸有詞：「給我神兵！給我神將！速至！」同時身形在一陣煙塵之中，瞬時化為巨大金人！直向著雷峰塔走去⋯⋯幾乎同時，半空之中霹靂電閃夾著煙爆轟隆，降下了鐵甲兵將二十餘人，均比尋常兵勇高大許多。

這一班來人，飛身而下加入戰場，雙腳未及觸地時，便已各尋著對手廝殺開來！

酒精靈界生肖十二公，眼見了這一班來人，突然各個暗自心驚！蓋眼前各人對手，都是人身獸首，且均是十二公所對應的各個生肖！各人心中納悶：「難道真是天界插手？但怎麼會是衝著酒精靈界來的？當真奇怪！」一邊疑問，一邊更不瞭解：「怎麼對手使的工夫路數，盡與我的相同？這可怎麼打呀？」

來將之中見有一人，身著金甲，手持長槍，一槍一個。只不多時，百穀王手下兵勇過半倒地哀嚎！法海調息才畢，手持法杖架開此人！卻見此人眼熟：「眼前莫非是大宋朝岳家忠良？何以你竟會插手此事？」

來將並不答話，但只一聲冷笑，手中長槍又舞動了起來。法海雖修為高深，卻在先前對戰破山河時耗去了大半氣力，面對眼前強勁對手，幾乎招招落敗，狼狽不堪！

此時，原在場邊觀戰的大帝師，眼見場面再變，戰況不利本界，便將自己身形變大，手持大金錘，便向著破山河叫陣！卻只見已變成了大金人的破山河頭也不回，加快奔向雷峰塔，

雷峰塔邊　金脈之爭

看來，他將要以其巨大身軀撞倒雷峰塔！眼看危急，大帝師飛身追上，一記大錘，向著大金人背後重重錘下！卻只見大金人頭也不回刀劍齊向背後，擋接了這一記重錘。正當此時，護塔二十四僧突然同時立起，身形同時變大，其身長約當塔之二，三級間，同時口誦佛號，緊緊地拉手並肩分為內外二層圍起塔身。然後，驚奇之事出現，二十四僧竟全在眾人眼前，化成了護塔石佛像，護持著雷峰塔周身安全！

此時，場邊化氣藏身污舊陶罐之中的小酒龍與鈺瓶仙子，大氣也不敢稍喘一個。見此情況危急，鈺瓶仙子忽然心生一計；「他找幫手，我也找幫手！附近有誰呢？啊！想到了！你來個岳爺爺；我便找個張爺爺！」說罷，顧不得危險，竄出陶罐，閉目持咒：「恭請酒海無上師！弟子鈺瓶子精靈，此刻在雷峰塔，備有五十年老酒，生肖十二公也在，酒不多，請速至！」咒才念畢，突然半空中好大一聲吼：「那十二隻老酒蟲啊！給俺留著一些好酒！」

大吼聲未歇，來人已自雲端重重落地，眾人只覺得腳下大地一震！瞧他面容，只見他怒目圓睜，身材壯碩無比，落腮鬍子濃密，濃髮賁張。

「酒呢？不說喝酒嗎？怎麼是打架？打架好，俺老張也愛打架！小鈺兒妳來！咦！怎麼不見那個老愛和妳鬥嘴的伶兒呢……酒呢？」來人稀哩呼嚕說了一堆，重點在酒呢，這件要緊事兒上！另外，鈺瓶仙子起咒呼請的是酒海無上師，來人看那面貌身材卻似是三國名人張侯爺！小酒龍一頭霧水，心裡卻想著，有熱鬧看了！

「無上師，您是喝完了打，還是打完再喝？」鈺瓶仙子問。

「先喝，喝一些，打完了再痛快喝！給俺拿來！」說罷伸手要酒。

鈺瓶仙子從衣袖中取了瓶瓶身渾圓，無彩無紋，寬口球瓶好酒，拔了塞子，遞給了無上師。只見他接過了酒，滿意著說道：「還是小鈺兒了解俺！」說完，大嘴朝天大張，手掌大小，滿瓶子酒一飲而盡。酒既飲盡，便將空瓶向後拋甩！然後張開雙手，大步走進戰團中。一碰上虛空界兵士，便是左右兩手，一手一個，往上一舉，再向著地下一摜，那些經他出手處理過的兵上，便就此動也不動。他迅疾如風手抓腳踢，不一會兒，殺到了岳忠良與法海纏鬥之處，口中大呼：「那個使槍的，你別盡是壓著老和尚打！打架找俺老張！俺老張陪你！」

岳忠良聞言收槍回身，單手持槍拄地，另手交搭，似抱拳行禮。看他臉不紅氣不喘，一旁法海卻是氣喘吁吁，連連調息！

「你真是岳家老弟？唉呀呀！這下可為難啦！咱能不能不打呀？」無上師眼看來人，竟是相熟，開口問他。岳忠良不答話，只是搖搖頭。

「岳老弟啊！咱別打嘛！想當年你在風波亭，被那姓趙的糊塗蟲，狠心給砍了！俺老張心裡忽然一陣痛。半夜裡酒醒，恨不得下凡去，把那姓趙的，還有那姓秦的，一蛇矛給挑了痛快！只是關老二說不許，他說，已經成為歷史的人，不能插手別人正在塗寫的歷史！岳老弟，你倒是點個頭，說咱不打，咱旁邊兒痛快喝酒去！這，這可以吧！」無上師低聲下氣求他。因為他捨不得眼前這好漢，同是使著長兵的，他口中的岳老弟，

雷峰塔邊　金脈之爭

又曾遭受了天大委屈，這怎麼捨得打呀？

「各爲其主，沒話好說，準備接招吧！」岳忠良把手上槍身略斜，槍尖對著無上師。

「岳老弟，他老糊塗！你也老糊塗！他砍了你，你還任他差遣？」看來無上師尚還不知，眼前這岳忠良，此時還侍奉著別的主子！

正當無上師在兩難無措時，豬公精靈突然大聲呼喊：「張老三，睜大眼睛！這人不是岳忠良！當年武穆爺降生的那天晚上，元神是金翅大鵬鳥。那晚上老豬我恰巧也著生在他家豬圈子裡。這人不對！他沒有鳥味！他的主子是咱大敵虛空境界晶片魔主！他是誆你的！」

「當眞？」無上師問。

「我老豬哪敢騙你！」十二公急了。

此時，只見無上師更加瞪大了雙眼，似有兩道火焰將要噴出，直視眼前這岳忠良：「你！他奶奶的！你好大膽子，竟敢誆你張爺爺！教你吃頓好吃的！矛來！」

一聲矛來，只見他丈八蛇矛上手；只見他矛柄隨手頓地；只見矛柄著地處，平白隨意，便多出了一個三尺寬深的大窟窿，他再橫矛一掃，矛過之處便是如起大風……

岳忠良舉槍擋掃，卻立覺雙手一麻，手中鐵槍差些飛脫離手。便更加使力舞槍對戰！

這使槍的怕槍重手，更怕槍飛脫，可一但使勁握槍，便又失了靈活。

反觀無上師的蛇矛不輕，但在他手中運使，卻似靈蛇奔竄，

游移迅速，與之稍接便似是千鈞之力壓來。不及數回合，岳忠良手中鐵槍突然飛脫，離手而去！只見他閉上雙眼，正待受戮。

無上師眼見矛尖即將刺穿眼前這人，卻及時罷手；「去！他奶奶的！扮什麼英雄忠良？」一手抓著蛇矛，轉身奔至大帝師與大金人相鬥之處。

只見大帝師與大金人鬥得正酣，無上師卻只是將個蛇矛柄拄地，像沒事兒瞧熱鬧似地，只是看著！

法海近得身來：「侯爺！您倒是出手幫個忙呀！」

「不急！先看看熱鬧！」同時高聲大喊：「咱瞧瞧酒海無邊大帝師的好本事！」

「老張！不幫不行啦！真是要命啊！」大帝師喊著。

「噢！俺是酒海無上師！你是酒海無邊大帝師！俺劉大哥是帝；關二哥在神界是帝！你大酒缸卻叫做大帝，俺，不服氣！」無上師一邊耍著嘴皮子，揶揄著他口中的大酒缸，一邊看著大金人打架的路數……

「那便依著你！你是酒海無上師；我是酒海無邊師，成嗎？」大帝師邊打邊回話，愈打愈著急！

「好，便是如此說定，撐仕啦！」無上師話一說完，身軀暴長，高大勝過大金人，跳入戰團，一把抱住了大金人。

此時，大帝師覷準了大金人空門，一錘又一錘地重擊著大金人。只是，每一次重擊，除了巨大震天的金鐵交鳴聲，大金人也沒倒下，也沒歇下！

「大酒缸，怎麼辦？」無上師問。

「我奪刀，你搶劍！」大帝師說完，拋下大錘，雙手搶刀。

雷峰塔邊　金脈之爭

無上師也同時搶劍！一時間，三個巨人，鬥得地動山搖！雷峰塔在這一番衝撞之中猶未崩塌，實在是二十四僧犧牲修爲化做大石像的護塔之功！法海雖心知二十四僧再行修練也還有著重回人身的一天，但只怕是在十分久遠之後！想到此處，心中不免酸楚！誰說金山寺法海無情？誰說空門中人，紅塵心思全都隨著髮絲削落……

無上師使力搶劍；大帝師死命奪刀，三人相持不下！不多時，無上師及大帝師二人，忽覺得雙手一陣炙熱，並且由熱再到極熱……原來大金人運使內能，將金刀銀劍與一雙金手熔成一體！大帝師尚可勉力抗熱，無上師卻慢慢抵受不住……

按說金銀之屬，一到極熱之處，便即化軟如泥，經受不得拉扯，大金人雙手則都不然，看來晶片魔主造物之能力，著實可怕至極……

「大酒缸！俺抵受不住啦！」無上師臉上出現痛苦表情！

「撒吧！看來合該如此！」大帝師和無上師各自放手。

無上師看看雙手，已是近似焦炭，直呼：「他奶奶的！眞是熱呀！」

此時，但見大金人身形復小，周身卻充塞著紅光。只見他刀劍向著塔邊一處異色地面，又是刀劍相觸，這時舖了石板的地面，卻似化成泥漿一樣，金人戰將慢慢地頭先腳後，沒進了其中！看來他將開設通道直下金脈所在。大帝師與無上師二人及時抓住他雙腳，卻只覺得熱，那熱不只是觸手可熱得以形容，那早已經叫人熱得皮開肉綻，焦味四溢，兩人便不得不放手作罷，由他而去……

雷峰塔邊　金脈之爭

「罷了！只得如此了！老張，這回，真心謝了！」大帝師轉身面向老龍，同時雙手高舉向天，口中唸唸有詞。不多時，但聽得空中叮噹有聲。這聲音在半空中，來自四面八方，愈聚愈多，眾人聞聲抬頭一看，只見半空中浮沉著一大片閃閃發光，晶亮細碎之物。

　　無上師隨手一招，一聲：「下來！」

　　只見半空中一個晶亮之物，跌到了他焦黑色的手掌中，仔細一看，卻是一個八心八箭磨工細緻的晶鑽！「夷狄之物，去吧！」無上師口說，隨即，那晶鑽漸變細長，鋒稜漸出並且一面滾轉，卻似長針一般，離手向著半空飛去！

　　大帝師開口說道；「老龍！且助我一陣風！」

　　只見老龍遲疑著：「當真要？」

　　大帝師急了：「不得不哇！快！」

　　老白龍起身化成巨大銀龍，躍入半空中，在一聲霹靂響過之後，一陣疾風由是旋起。

　　此時大帝師卸去戰甲，卻是個明晃晃，閃亮亮的巨大鑽石酒葫蘆。大帝師在體內挪移真元氣息，突然一聲大喝：「分切！」立即，巨大鑽石葫蘆碎裂成無數個細小碎鑽，藉風勢混入半空晶鑽所成的利箭利針群中。風中只聽到億萬聲嗡嗡蜂鳴。空中銀龍將此晶鑽之陣，飛旋成一道繞著圓圈的環形氣柱。

　　銀龍看準時候，大吼一聲：「去吧！」

　　那晶鑽之環柱，似有首領，變成一道針芒氣柱向著金人沒入地下之處，衝飛而下！

　　不久，但聽得金人哀絕之聲傳出地上，又漸去漸遠。同時

雷峰塔邊　金脈之爭

大地一陣顫動，一陣塵土熱氣，在洞口處揚起。

空中銀龍悵然落地，化成老者。無上師亦化成常人身形，走向老龍，開口問道：「大，大酒缸，他，他怎麼了？」

「玩完了呀！沒了呀！」老龍哀悽嘆息！

「真的嗎？大酒缸就這樣走啦？」無上師似不願置信，然後放聲嚎叫：「哇……大酒缸！才想著要和你喝個三百杯呢！那知如此？嗚……還是回來當你的酒海無邊大帝師吧！不跟你計較啦！你別走啊……」

此時虛空境界眾兵將，眼見如此，全化作一道道光芒，一陣陣煙爆消失無蹤。

在塔邊的法海，兀自口誦著佛經……無上師走近法海跟前問道：「和尚，你老實告訴俺，這大酒缸哪兒去了？當真沒了？」

「透視之力不到；耳聞之力不達！看來，少則十里，多則百里之深！嗚呼哀哉……」法海伸手指指地下，又復閉眼念經！

無上師走近那土洞一看，只見土洞已自緩緩復合起來，只得搖頭嘆息，走向眾人。

眾人檢點一下，辭別了法海，搭上銅牛車駕，迤返酒精靈界。

銅牛車上，無上師坐在原來大帝師的座椅，右手擱在彎起的大腿上，手上一瓶「諒你喝不完」的酒，先朝著地下澆灑了三潑酒水，接著自顧著喝他的悶酒。

一路上，鈺瓶仙子心中總覺得有什麼事情頗不順當！不時不自主地以她的玉手纖指輕輕彈著小酒龍的小小龍角……

「瓶仙姐姐，妳有心事？」小酒龍問。

「出了這麼大事情，心裡頭哪能平靜無事？也才不過一會兒工夫，大帝師便沒了！還有，此刻花天酒地裡，不知道怎麼樣了！」鈺瓶仙子頗爲憂心酒精靈界現況。

　　「應該沒什麼事吧！百穀王不是說，酒精靈界的所在沒那麼容易就被找到，又早有前人設下了護境界限，虎豹獅象護法及眾精靈官也都不是平凡之輩，妳就別操心吧！」小酒龍也學會著安慰人。

　　「話雖如此，總覺得還是有什麼不對的！你想想看，毀雷峰塔，搶金砂泉對虛空境界來說是何等大事，爲什麼晶片魔主和其他四大尊王都沒現身？卻只讓百工尊王和大金人領兵！是他太有信心，還是另有他圖？」鈺瓶仙子一路上憂心難解！小酒龍是不想這些的，不一會兒只覺得睏了，正欲闔眼，鈺瓶仙子卻拍拍他手臂：「你看，誰來了！」

雷峰塔邊　金脈之爭

酒精靈界　巨變陡生

　　原來，前方伶優仙子飛奔而來，躍上了百穀王車駕上，也來不及向無上師問安，慌慌張張，劈頭就是：「不好了！不好了！界限已被攻破，晶片魔主率領手下攻進了境界裡，此刻正在大戰著！」

　　聽聞如此，百穀王一聲：「疾行！」三輛車駕，瞬間化做三道光芒疾馳！過不多時，酒精靈界已在眼前，果然是門戶洞開，界限明顯已被毀了！

　　眾人不等車駕停止，百穀王，十二公及無上師，早已飛身進入了境界裡，尚未至戰場，則兵器交擊聲，叫罵聲，雷鳴聲，及火光電閃交雜四起，可見正是打得慘烈！

　　鈺瓶仙子拉著小酒龍說道：「咱從右手邊走！」

　　兩人潛進了往百果園的路徑上，只見一路上依舊霧氣瀰漫，只是多了煙硝味！幾棵老狗鼻子樹，卻似活人一般，伸出枝枒纏繞，將幾個虛空兵士困住。也有幾個迷途的兵士正在探查路徑，一接近其他狗鼻子樹便又被纏捲，驚慌地掙扎著……

　　鈺瓶仙子遞給了小酒龍一枝棒槌形剛硬酒瓶：「遇著虛空兵士，照頭便打！別跟他客氣！」

　　「好，我不和他客氣！」小酒龍又問：「但是這怪樹會抓我們嗎？挺嚇人的！」

　　「別怕！這叫狗鼻子樹，最是擅長分辨各種香氣，他們認

得你我二人身上氣味，不抓！」鈺瓶仙子說。只見那狗鼻子樹，樹幹若像老榕，枝葉則似垂柳，卻是無風自動搖擺自如，其枝條纏人，卻真是手到擒來不易掙脫。

兩人躡手躡腳，有時藏身樹後；有時藏身石頭邊，跟在虛空兵士後面，趁隙，便是出其不意，動手偷襲！虛空兵士因此昏死倒下的，不只一個！眼看前方花天酒地已到，一些虛空兵士還在迷路，兩人也不再在意他們，轉向著花天酒地走去，繼而兩人便隱藏在旁邊觀看戰況。

只見這邊地上已橫七豎八，直躺著許多酒精靈界兵勇及虛空境界兵士，再遠些，虎豹獅象四大護法，正各自對著虛空境界四名勇猛高手忘神鏖戰中！這四人想必就是法海所言，虛空界主手下另外四個尊王。如此看來，虛空境界兵分二路，主要兵力卻是在此！怪不得酒精靈界一些朝官，平日裡不喜歡掄刀動槍的，這會兒也全都披掛上陣，殺得不亦樂乎！卻也都是身上掛彩，傷手傷腳，不亦狼狽乎！

反觀虛空境界兵士勇猛勢眾，進退有節，占了上風。

另外一處，金鷹將軍，黑熊將軍及百花王，百果王四人也正圍著一個高大壯碩的敵手猛攻。金鷹將軍短刀利爪；黑熊將軍使著一口長柄大刀；百花王用的是一對鴛鴦刀；百果王寶劍在手。四人攻勢凌厲，進退之際，配合無間渾似心意相通，卻是完全討不到半點便宜，四人身上也都各自帶著大小傷口！狼狽不堪處境凶險已極！

再看那對手時，「啊！」的一聲！鈺瓶仙子與小酒龍，同時脫口驚叫，臉上表情也都驚駭莫名！原來那強大對手，竟是百

酒精靈界　巨變陡生

穀王……

眼看四人就要敗下陣來，卻聽一大聲吼：「哪一個是晶片魔主？給俺滾出來！」原來無上師已殺到了此地！

只見這百穀王，聞聲停手，轉身面向無上師，與此同時，另一個百穀王也及時殺到。

「百穀王，咦？又是一個百穀王？」無上師有些丈二金剛摸不著頭腦。

卻見百花王手指著無上師眼前這百穀王著急著說道：「他是假的，他便是晶片魔主！小心他厲害！」

只見虛空界主一見著了無上師，便在一瞬間幻化成關二爺的身形面貌，抱拳開口說道：「三弟，許久不見！」

這一聲三弟，及眾人眼中這紅臉長鬚，看來武勇威嚴之人，卻叫無上師一時陷入了迷惑，無法回神：「二哥，你怎麼來啦！」

無上師正要上前招呼攀談，卻聽得百穀王著急說道：「危險！他是假的！」同時近前急欲拉開無上師……

此時只見眼前這關二爺，突然雙掌齊出，一掌推向百穀王；一掌襲向無上師，無上師冷不防吃了這一掌，向後震退數步，一屁股跌坐在地上！此時才猛然驚醒，手指著關二爺：「你，你，你偷襲！」

百穀王急切間雙手硬接了這威猛一掌，雖心有防備，卻也連退數步，一口真氣險些提不上來……

無上師站起身來，破口大罵：「賊魔，扮俺二哥偷襲，看俺如何饒你！矛來！」手上蛇矛在握，正待出手，此時十二公齊至，想是已將其餘虛空兵眾料理乾淨。

話說虛空界主自發了這渾厚一掌之後，雖是得手，卻耗力頗劇，臉色由紅轉淡，再變白！有一瞬間，他竟變成了一個金色圓球！卻又立刻回復，此時他高聲發出號令：「虛空眾將士，隨我離開此地！」

　　號令既畢，突然身形暴起，同時一手一個，以迅疾無比之速，似是老鷹抓小雞一般，雙手拎著百花，百果二女王便走，眾人驚駭之餘待要搶回已是不及！虛空將士，各自化作一陣煙爆，便即消失！此時伶優仙子反應迅速，動手抓住一個已化成一團煙霧，卻還來不及遁去的虛空境界小兵，並隨手將這一團小兵所化成的煙霧，推向近旁小酒龍身上，同時一手提著小酒龍，一首持訣念咒，嘴上喊了一聲：「定住！」只見小酒龍瞬時癱軟，雙眼圓睜卻已經是動彈不得！

　　鈺瓶仙子臉上頗有不快之色：「伶兒！妳為何非要尋他施法？」

　　伶優仙子故作無奈之色答話：「情非得已，情勢緊迫，他又站得近啊！」

　　此刻但見百穀王心急如焚，臉色蒼白，一口血痰，啐在地上，然後說道：「這晶片魔主，拳掌威力確實強大！眾人且收拾檢點，再向我回報！」他臉上滿是焦急懊惱！

　　鈺瓶仙子及伶優仙子見百穀王受傷，各自臉上露出關懷之色，幾乎同時出聲：「要緊嗎？」話語溫柔，臉上耽憂關懷之情備至……既而，這平日裡，明著相爭，暗著較量的酒精靈界彩瓶雙艷，竟雙雙自覺著尷尬莫名，同時臉上浮現微紅……

　　伶優仙子假裝著一副自在模樣，神色自若，高聲說道：「各

酒精靈界　巨變陡生

位官長弟兄，虛空境界眾人已退，我等權且進入議事殿中，有事商議……」同時將手中小酒龍交與鈺瓶仙子抱著，自己卻伸手要將那百穀王扶持。百穀王臉上一熱，似是醉酒，口說：「不礙事！」卻是腳下一個踉蹌，只得任由伶優仙子扶著進殿……

伶優仙子不是不知，鈺瓶仙子心中，此刻怕已是醋水加上了酸檸檬！只是，伶優仙子就是心裡頭高興，沒什麼道理的高興……

一旁白娘子，眼看了這齣戲，自言自語道：「唉！沒想到這酒界中人，堂堂大男子漢，一手掌握著百穀園，卻也有不自在的時候……且話說咱酒精靈界，也太久沒好好地吃頓喜酒了呀！哈！哈！哈……」

無上師依舊一口一口，嘴邊澆灌著手上那瓶「諒你喝不完」，突然臉色有異，口中嚷嚷：「鈺兒！怎麼妳給的，喝不完的這瓶，卻突然變得酸了！妳加了什麼嗎？哈！哈！哈……」

鈺瓶仙子聽著二人說話，心裡頭不是滋味，粉臉上又是一陣紅熱，手上急抱了小酒龍，腳底一動，疾行向著議事殿去……

眾朝官一路上相互扶持著，也隨後陸續走進殿去。

鈺瓶仙子雙手抱著雙眼圓睜的小酒龍，尋了一個座位便自坐下。

鼠公精靈走過鈺瓶仙子身邊的時候，自言自語著說道：「這伶兒也真是的，全不懂得禮讓尊重，卻自顧挑著便宜撿！」也不管鈺瓶仙子此時臉色已由羞轉怒，自顧自地找了張椅子坐下，便自顧著閉目養神起來。卻聽得鈺瓶仙子語氣不悅，聲量略揚，說道：「好個小伶兒！妳這番要是弄壞，弄傷了小酒龍，看我如

酒精靈界　巨變陡生

何能饒過妳！」這鈺瓶仙子嘴上說的雖是小酒龍，但明眼人自然知道她心裡更在乎百穀王的事了！

　　鈺瓶仙子與伶優仙子身世特別，兩人同時由白娘子帶進了酒精靈界，人稱她倆為彩瓶雙艷，關係匪淺卻個性迥異。鈺瓶仙子溫柔文雅，伶優仙子則自信高傲……

　　眾人陸續進了殿中，或站或坐，慢慢擠滿了議事殿，眾聲紛雜，都在議論著今日戰況。此時百穀王獨自進殿，步履雖慢，卻似已經稍稍恢復踏實的樣子！觀臉色，聽氣息，想來他的身子已無大礙：「請無上師上階，金階之上兩張大藤椅，都可隨意上坐！」原來大帝師一直備著兩張大藤椅，形制尺寸一模一樣，兩張椅子不偏不倚，分置於大木桌中線兩側之後。聽百穀王說兩張大椅子均可隨意上坐，那是無分尊卑了……

　　只聽無上師回了百穀王說：「俺不上去了！坐上了大椅子，便會想到那大酒缸，怕酒喝不下口。俺在下邊兒喝酒自在，你們隨便說話別理會俺！」一轉身便在百花王繡座之上安穩坐下，手上「諒你喝不完」又湊上那大嘴吧，還直呼著：「好酒，這會兒又多了百花香味！」看來方才他說酒裡有酸味兒的話是假。

　　此時伶優仙子舉步從容自信，走近了階前，面向著眾人：「諸位長官兄弟！今日大家辛苦了，方才我已命人將醒鐘樓及醉鼓樓兩側護殿打開，等會兒議事完了，便請諸位在兩護殿中膳飲及療傷休息。內殿除了無上師，百穀王，黑金二將，四大護法及十二公之外，其餘人等，請暫時莫進……請百穀王說話！」

　　百穀王面向眾人，伶優仙子則轉身退在群官之中。

酒精靈界　巨變陸生

百穀王沉重說道：「今日兩場惡戰，本境可說是吃了大敗仗！先說人界雷峰塔之戰，折損了兵勇一十八人，護塔神僧二十四人全數自毀修爲化成護塔石佛。大帝師分切自身功體靈能，化成利針利箭，毀殺了虛空境界戰將大金人，穿入地底數十里深，眼下行蹤全無，生死未知……

第二場仗，本境界之護境界限，被虛空魔主所破，並且折損了無數弟兄，四大護法，鷹熊二將，各自受傷不輕！百花、百果二王全讓那晶片魔主擒去……」

他停了停，又說：「本境自立境設界以來，安和樂利，日子無憂！外面三界仙神及凡人大都不知本境界之存在，且本境界由祖師爺及諸多前人，努力經營，並以當時所能取得運用，天地間最最精純豐沛之強大酒氣，協力設置了護境界限，長久以來，莫說是攻破，連要找到本境界所在，恐怕也是不能……今日卻輕易被破！不知諸位對此，有何看法？」

眾人面面相覷，較爲敏感之朝官們，隱然覺得似乎有一場內部風暴，正在醞釀之中，眼神四處留意著，這種非常時候，凡事都要小心些才好……

這時但見一朝官出面說話：「各位！請瞧瞧我手上所拿是何物事？」只見他身強體健英姿煥發，眼神銳利，卻正是金鷹將軍！他手上拿了一隻老鼠，再看那老鼠身上，綑綁著一個方形小盒子，盒子上一點紅光，一閃一滅，奇異至極……

殿中眾人小聲議論著：「那是什麼奇怪物事？爲什麼綁在那老鼠身上？」

「請金鷹將軍將那盒子拿過來吧！」百穀王說。

酒精靈界　巨變陡生

只見金鷹將軍將老鼠及盒子交給了百穀王，伶優仙子也主動向前觀看。她看了看那盒子後，說道：「稟百穀王！這在人界叫做定位器，只要有這盒子通報，任你是在天涯海角，也得行蹤畢現！看來，本境界所在之所以洩漏，應該和這個盒子，脫不開關係！」眾官聽說如此，臉上均是一片錯愕表情！

　　此時生肖排行十一，狗公精靈，起身說話：「我這兒也有一個，仙子且過來瞧瞧！」說著，自衣袖中取出了一個方盒子。

　　伶優仙子瞧了瞧，說道：「是一樣的，且這一個只怕更是屬害，依它上面標註，能在水裡和土石遮蔽中將行蹤報出！」

　　狗公精靈想了想，又說：「那時在雷峰塔大戰，虛空界金人沒入地下，大帝師召喚晶鑽，正當要自解的時候，眾人眼神均注視著空中，我則四處留意著敵蹤。卻在無意中瞥見了一隻老鼠正從鼠公腳邊竄出，直奔向那金人沒入的土洞。就是這盒子上面發光的紅點吸引了我。印象中本境界並無此物，本來我想找鼠公問問，卻見鼠公正巧將眼光從地上移開，瞧著空中。此時我腦中突然靈明一閃，即以迅雷不及掩耳之速抓了老鼠，取了這盒子……」

　　狗公話未說完，無上師清了清喉嚨，站了起來，說道：「大老鼠！這綁著盒子的小老鼠是從你腳邊跑出去的，你要不要起來說說話呀！嗯？」

　　此時，鼠公慢慢離了座位，面無表情，卻語聲嚴屬地說：「難不成你們懷疑我？」

　　只聽見狗公又說：「早上那一場大戰開打前，大夥兒忙著奔向雷峰塔支援，你卻說要去金山寺放幾隻老鼠，現在想來，只

酒精靈界　巨變陡生

怕金鷹將軍抓到的這一隻，也不會和你沒有關係！」

「你胡說！不是我！」鼠公大聲說道。

「還說不是！臭老鼠，你敢做不敢當！算什麼漢子！」無上師拉開嗓子斥責！

「好呀！你們都欺負我！臭老狗，誰讓你狗拿耗子多管閒事！」說罷，突然身形在一瞬間化小，一溜煙沿著牆角，立即竄出了殿堂。這鼠公逃命的本事一流，無人能及。

「鼠輩！」……「敗類！」……「百穀園的穀子讓他糟蹋了那麼多，到頭來還是當個叛徒！」……「真沒想到！」眾人七嘴八舌，光自議論，卻也沒見到有人動身追去！

此時，金鷹將軍化身為一隻老鷹：「折損了這麼多弟兄，不拿你回來問罪，哪兒還有天理？」說罷，起身飛出殿堂之外追著老鼠去了……

正當眾人臭罵聲，扼腕聲四起時，突然百穀王及狗公手上兩個盒子，同時發出嗶嗶聲響，由緩而急。伶優仙子見狀，尖聲大呼：「有危險！快將盒子扔出外邊！」

百穀王及狗公一聽方盒聲響，已知不對，聽伶優仙子一番急叫告警，兩人同時奮力出手，將手上盒子，向著殿外廣場飛擲而出！繼而只聞有如近身雷爆兩個巨響。眾人出殿一看，見鋪石地上竟被炸出兩個十餘尺寬深的大洞！廣場上塵土硝煙瀰漫！幾個膽小的朝官，無不嚇出一身冷汗，差點腿軟……有些自有想法的朝官：「看來這盒子還是傳聲的，知道鼠公事發逃走，便叫它炸了！好在它聲音響起的時候，大夥兒沒有好奇地湊近去看，否則後果就嚴重了。這凡人的心機真是好重，明知就要

炸了，卻還刻意讓它發出聲音引人注意，真是可惡！」話雖說得有理，至於實情如何卻還真是沒人知道！

待眾人安靜下來之後，鈺瓶仙子抱著小酒龍，走向百穀王說道：「你倒是叫那個能幹的好仙子，漂亮仙子，好伶兒！快些把小酒龍給弄醒來呀！」並轉頭向著伶優仙子示意，話語中的酸味兒還在……

百穀王說道：「伶優仙子，妳且來將這事情了了吧！千萬別讓小酒龍有些什麼閃失才好！」

「是！」伶優仙子一聲答應後，便走向鈺瓶仙子跟前，瞧著一對大龍眼正怒目圓睜著的小酒龍，向鈺瓶仙子說道：「鈺兒！我看妳還是找個幫手來，好好地抓緊他，不然只怕待會兒讓他掙脫了！」

鈺瓶仙子聞言，頓時火氣上來：「伶兒！妳當真以為鈺瓶子我是麻糬捏就的嗎？」

「不敢！但這可是要緊的事！」伶優仙子說。

此時虎公精靈踏上前來：「我來！這小酒龍待會兒真要胡鬧，我便一口吃了他！看他肥肥嫩嫩的，想來味道不錯，下酒正好！」

「那不成！」鈺瓶仙子聞言，嚇得急將小酒龍緊緊抱著，不讓虎公碰他一下。

「還是我來吧！」此時一個有如慈母一般的聲音說，卻是大象護法化身為母象，便用象鼻將小酒龍身軀溫柔纏捲，卻是暗中自有千鈞之力圍攬著。

只見伶優仙子，左手按著小龍頭，右手持訣施咒：「解！」

酒精靈界　巨變陡生

　　隨即小酒龍在那一聲「解」之後，張口說話，聲音卻是大異小酒龍平日的孩童聲調：「醜婆娘，快放開我！妳抓我，困著我，是何道理？」

　　聽來這應是虛空境界兵士的聲音！

　　只見伶優仙子不疾不徐地說：「你說我醜，那你再睜大狗眼瞧瞧清楚，我伶優美是不美！」

　　說罷，左手漸起冰霜，右手則是一道細小冰冷煙氣，自小酒龍鼻孔緩緩穿入！只聞小酒龍哀號幾聲，卻還強自嘴硬說道：「醜便是醜了！又醜又壞！欺我只是個小兵，耍這冷酷手段逼我！我不吃妳這一套！」

　　鈺瓶仙子心繫小酒龍安危，深怕伶優仙子意外失手傷了他，便說道：「伶兒！還是快問正事吧，別磨時間了！」

　　伶優仙子聞言，卻也不搭理她，對那小兵說道：「你自嘴硬，我也不會手軟，小兵！待會兒我問你正事，你老老實實，乖乖回我。不然，我便將你煉成一顆小龍眼乾，讓你在小酒龍肚子裡化去皮肉，留下個龍眼果核，意識清楚中，口不能說，身不能動，混在那臭屎堆中，拉在那臭糞坑裡，不死不化……」

　　只聞小兵立時聲音顫抖，哀告討饒著：「美麗仙子！漂亮仙子！我真是怕了！求求妳快些問話，快些放我出來，此刻我是屎尿齊出了啊……嗚……」

　　鈺瓶仙子聞言，噗哧一聲笑了出來，眼中見識了伶優仙子手段，心中想著：「這伶兒手段竟是如此厲害！」

　　此時但見伶優仙子正色厲聲問道：「小兵！你告訴我，為何你虛空境界兵士，初到本境界時，個個都勇如出林猛虎，勢不

可擋。但酣戰一久，過一時刻，有的卻突然像是洩了氣的皮囊，瞬時便癱軟於地，任人宰割？」

「這，這，」小兵遲疑著！

「這，這什麼這！有何古怪？還有，你們魔主，對陣本境百穀王及無上師時，突發一掌後，便暫時像氣力全失，臉色似是萬分痛苦，又是什麼道理？」

「好吧，我說！這雖是機密，也不怕妳知曉！其實本境兵士，以及界主，並非血肉生成！而是由極度細緻的金鐵土石粉末所煉聚而成！不食煙火。我輩所以能有腦識，全賴界主巧作安排。我輩能奔行，能戰鬥，靠的全是身上電能。離境之後，一旦消耗過量，則如人界凡夫多日不食，那般地氣力全無模樣！」這小兵不知是嚇壞了腦袋了，還是腦識中已經著了伶優仙子什麼手段，竟將自身弱點全盤托出，這倒是意料之外！

伶優仙子趁熱再問：「你主子英明偉大，無人能及，無物可比，應該不難圖謀解決之道才是！」

「是呀！聽官長指揮們閒聊說起，總有一日，我輩將能占用人界凡人血肉之軀，盤據其腦識，變化其體質，終達所謂超人境地！到那一日，將是虛空境界真正繁盛，且能離開網路束縛，在各個境界裡自在遨遊，來去自如的美妙時代！另外，人界晚近許多阿宅魯蛇之流，莫名便猝死在那電腦鍵盤之前，當中有幾件實在是我們試驗失手的下場……唉！唉唷！……美麗仙子，漂亮仙子，我就快要煙消雲散了，妳再不放我出來，只怕我連同這個小友，都將要氣血枯竭了……」小兵顯然氣力漸虛。至於小酒龍，是不是真的將要氣血枯竭，卻是冒不得的險。

酒精靈界　巨變陡生

只是這伶優仙子，卻似乎還不想就此放手……

「還不急，你且說出你虛空境界所在，我便放你自由！」伶優仙子問。

只聽虛空小兵聲音似已氣力不濟，回著說：「好心的仙子，關於這個，卻真是愛莫能助了！我們小兵離境，只是跟著官長指揮來去，境界何在，卻真是不知，決不騙妳！妳再不放我出來，怕真要來不及了……」眼見再問無益，伶優仙子只得放手，要將虛空小兵自小酒龍身軀放出。

伶優仙子立時倒轉運功，同時將她自身的一股靈聖酒氣，注入小酒龍體內，繼之起咒，一聲：「離開吧！」只見一縷輕煙自小酒龍天靈昇騰而起，盤旋而上：「謝仙子不殺，我走了！」近旁老龍隨手一揮，一陣風，將那小兵送出境界之外……

小兵化煙離去之後，小酒龍雙眼垂閉，全身癱軟。老象將小酒龍交給鈺瓶仙子。鈺瓶仙子才一接過，立即覺得小酒龍他是觸手冰冷，氣息微弱，本想抱去讓百穀王瞧瞧，轉念一想，反而走向老龍說道：「龍公，請您想個法子，弄醒小龍吧！」

「嗯，交給我吧！」老龍接過小酒龍，便在藤椅上坐定，將小酒龍身軀橫置兩腿之上，小龍背脊朝上。龍公左手托著小酒龍下巴，右掌運勁，一道溫風和氣，起自天靈，一路拂過小酒龍背脊，及至龍尾，老龍輕柔掐指一捏，小酒龍竟活動了身軀，抬了抬眼皮，自言自語道：「咦！我怎麼地就睡著了？」

他發現自身躺在老龍雙腿之上，便在老龍腿上滾轉了一圈，兩顆有神的大龍眼，直看著老龍，說道：「龍公公，方才不正在打架打得火熱嗎？怎麼我卻突然睡著了？」

「去！什麼龍公公！在宮廷裡面，公公二字，可不是你隨便就能叫的！信不信我閹了你！」老龍正色說著，同時單手作刀切菜肉手勢。小酒龍一聽，嚇得滾下地來，惹得眾人一陣好笑……

鈺瓶仙子拉著小酒龍，低聲說道：「你需離那伶優仙子遠些，不然哪天，怎麼吃虧的都不知道！」

「哦！會吃什麼虧呀？不過既是瓶仙姐姐吩咐，我放在心上便是！」小酒龍嘴上漫應著，雙眼瞧著金階之前正忙著的伶優仙子，又瞧瞧鈺瓶仙子，心想，兩個仙子一樣漂亮，只是伶優仙子看來多了一些自信！

當眾人又進了朝殿之後，伶優仙子說：「請無上師，百穀王及四大護法，進內殿商議要事，其餘官長兄弟，請各自先行歇息去吧！如今界限既已被破，日夜運行將會一如人界。明日一早，請諸位依著鐘鳴聲，到這殿上議事！請散了吧！」

方才大家聽得明白，生肖十二公，內殿無禁，現下伶優仙子卻不邀請十二公進入內殿，這一差別聽在十二公耳裡，自然各人心頭都不是滋味！現在十二公群龍無首，內部出了這丟臉事兒，誰還有心情責問伶優仙子現實？

只是伶優仙子如此轉變處置，怕也是情非得已，在這非常時候，多方設想總是好的！也有其必要。只是眾人心中卻納悶著：「內殿商議著什麼要緊事情？」

此時金鷹飛回殿外廣場，嘴上猶自痛罵著鼠公不該：「這鼠輩跑遠了，追之不及，當真是可恨！凡人總說膽小如鼠，但我看這老鼠卻是膽大包天，竟敢勾結外敵，饒他不得！饒他不

酒精靈界　巨變陡生

得！」他自言自語著，獨自向著護殿走去……

　　且說伶優仙子領著眾人進了內殿。這內殿也是個議事廳堂，兩側及後面各有門限通往側門及起居之所。廳堂之中放置著一張大木桌，四面均有座椅。

　　廳上四個角落裡，各站著一個持兵衛士。這四名衛士是大帝師親挑親訓。此時這四人眼光直盯著桌上一個長約一尺，寬，高各約八寸的方長形石盒，僅向眾人點頭，並不說話。

　　眾人坐定後，伶優仙子說話：「各位可知日前大帝師傳喚我進內殿，是為何事？」

　　「不知，請仙子說明！」花豹護法開口。

　　此時伶優仙子手指著桌上石盒說：「其實，大帝師早已預感，此次到了雷峰塔將會遭遇不祥，便吩咐我把他的一分神靈意識，封存入他腦後一片晶鑽裡，取下後置於這石盒之中孕化。並派四位勇士隨時護衛周全。大帝師說，他到人界如遭不測，便指望在這石盒裡重生，快則七七四十九日，慢則九九八十一日必會重回境界。只是今日界限已被虛空魔主所破，護境之內外氣息遭受巨大震盪，看來四九，八一之數怕是尚未一定！」

　　百穀王面有憂色，說道：「如今界限已穿！花果二王又被擒去，不知所蹤。鼠公叛出之事，看來大帝師應早已了然。只希望大帝師也已對此事做了其他安排。晶片魔主既擒走花果二王，想必將會有所動作。花果二王自是要行營救。境界安全守護也是不能輕忽，各位有何良策？」

　　此時老虎護法說道：「護境之事，我等四人及黑金二將自當再做更動安排。虛空境界既由人界生出，探查之路恐怕也是離

不開人界。另外鼠公既然手上有著虛空境界之物，要尋找虛空境界，只怕免不得要先找他出來！我想找金鷹將軍及馬七擔下這事吧！」生肖馬公排行屬七，老虎護法慣稱他為馬七。

「也好！」百穀王說：「今日勞累至極，各位也該休息。大帝師在此孕化之事絕對不可洩露！這石盒，也請四大衛士多加費心保護！另外請問無上師有何想法？」

「俺？」無上師頓了頓：「俺四處走走，逛逛，這麼多酒喝，不會無聊的。各位！散了！散了！其他事，明早再想辦法吧！」一夜無事，卻是酒精靈界裡，首度的暗無天日……

次日一早，鐘鳴聲聚合了眾人，在議事殿前大廣場上。早到的，有運勁調息的，有活動筋骨的，三三兩兩閒聊天的，頗見朝氣。這景象若在往常太平日子，將會看到的是橫七豎八，貪飲的，醉倒的，三三兩兩，醉話連篇的，酒氣之外，難見朝氣……

百穀王在朝殿大門外，隨手搬了張石椅，站立其上，面向廣場高聲說道：「各位弟兄昨日辛苦，如今界限既破，恐怕虛空兵力再行來犯，在此，有請金鷹將軍擔任主帥，黑熊將軍為副帥。如是金鷹將軍離境時間，請黑熊將軍協調四大護法，將本境內原已在籍之官、士、兵勇，編為三階：

每一護法，統領十二武官及十二朝官，是為一營。武官執掌軍令。朝官為副，管轄一般軍務。

每一武官，統領十二士官。

每一士官率領兵勇一十二員。

其餘未入編官兵，由生肖十二公管轄，另作編派，做物資

酒精靈界　巨變陸生

調配，傷員救助等事務。本境餘外之精靈眾及游散，不管是否有其家室，暫時全部遷至花天酒地之內。

四大營中，三營在訓時，一營巡境。編成時，各類專才務求平均分配，四大營，除了聯合時能戰，分開時也要能各自作戰才是！」

酒精靈界兵力，勉強湊合，尚不足百乘之數，又都懶散成習，整體力量並不可觀。但卻都是精靈的天生體質，稍加啓發訓練，以之對敵，應可無慮。

金鷹將軍與黑熊將軍合稱黑金二將，在酒精靈境界中廉潔自持，勇於任事，極得眾精靈擁護，被百穀王委以重任，也是實至名歸頗孚眾望！

生肖諸公本來各與四大護法，實力相當，如今卻是不得重用，各自心中不平難免。其中龍虎二公武藝高超，早年行走三界，也曾身經百戰，智勇俱備，在境界之中當屬一二，眾人不解百穀王冷落生肖諸公的用意……

百穀王續說：「本境平日裡太平無事，大家不分彼此，今日面對劫難，不得不然。此外，花果二王不得不救，我請無上師及龍虎二公，伶優仙子一同與我先到人界打探消息，伺機救援。我等過午即行離境。本王離境期間，境內大小事務，悉聽黑金二將及四大護法號令！各自行事去吧！」老龍公不愛權勢，虎公常喜愛獨行。二人雖無機會掌握兵權，卻也心中自在坦然。倒是鈺瓶仙子，見伶優仙子隨行在百穀王身邊，內心稍有難安，且甚不以為然：「除了欺負小兵有些手段，她有真本領嗎？」

眾人匆匆忙忙行動起來，各自忙碌。本來一境鬆散，才過

不久，便漸見規矩，漸現條理！誰說貪杯者，只能懶散度日，只會貽誤大事……

　　過午之後，一駕銅牛車駕，馳出了酒精靈界。不久之後又有幾個車駕隨後出境，看來百穀王已做了適當安排。前面車駕上，無上師手裡拿了瓶「看誰先醉倒」小口品著，這不似他平日豪飲作風，想來是「醉倒」二字在提醒著他。龍虎二公談論著大帝師與大金人之戰；鈺瓶仙子與伶優仙子各有心事；百穀王嘴上無話，心中卻自理會著萬端頭緒，在盤算著，琢磨著，如何讓酒精靈界，再度過回那太平逍遙日子！當車駕正欲疾行時候，忽見一物自前方飛來，停在銅牛角上。看清，卻是一隻金毛小鼠，揹了一個細小銅罐。駕車兵勇取下銅罐，內裝一個小紙捲，他將紙捲呈給百穀王。

　　百穀王展開紙捲，只見一幅山川圖樣，圖上且有標註。看所在，卻是人界中土雲貴之地百山當中。老龍說話：「看這老鼠傳訊，想來必是那大老鼠所傳，寫了些什麼？」

　　百穀王將紙捲遞給老龍：「一幅山水畫！」

　　老龍公看了看說：「看來應是虛空魔主老巢所在！」

　　虎公接著看了看圖：「不知會不會是個陷阱？百穀王！這臭老鼠畫的圖，你信是不信？」

　　此時鈺瓶仙子語氣略酸，意有所指：「這人界凡人總愛說什麼有圖有真相的，依我看卻也未必！比如說有那女人家明明相貌平平，卻是化妝之術十分了得！一施巧術，愛像誰，便像誰，可說功同再造呀……至於這圖真假，恐怕就不好說了……」鈺瓶仙子這一插嘴，聰明人一聽，也知她是衝著伶優仙子來的。

酒精靈界　巨變陡生

可是伶優仙子即便是本來面目，脂粉未施時，卻也是酒精靈界裡，數一數二的美麗女子，只是她極愛變臉巧妝，卻也是實情，酒精靈界之中，一班自認漂亮的精靈仙子，便暗地裡稱她做戲精……這是旁話，只見伶優仙子倒也漫不在乎……

百穀王說：「不信也得信，至少是條線頭！我在人界的幾個好友之中，有人醉心網路，偶然知曉虛空境界與晶片魔主的存在，試圖追蹤其所在多時，卻一直未能掌握，可見虛空境界是十分警覺謹慎的！」

無上師說：「不管什麼，總是要闖他一闖！那魔主使壞，突發偷襲打了俺一掌，這筆帳，不能不討！」

此時小酒龍腦子裡，突然靈光一閃，說道：「我也想瞧瞧！」

「又不是什麼漂亮小妞兒的畫片，有什麼好瞧的？」虎公雖這樣說，還是將圖紙給了小酒龍。

小酒龍一邊接過圖紙，嘴上也沒閒著：「漂亮姐姐眼前就有兩個，我還沒見過比她倆更漂亮的！」只見雙姝此時臉上各自露出了笑容，可見得讚美的話人人愛聽！鈺瓶仙子又是玉指彈著小龍角：「就是嘴甜！」

小酒龍仔細看了看圖，說道：「真是一模一樣！」

「什麼一模一樣？」老龍問。

小酒龍說：「龍公公……」老龍瞪了小龍一眼！「老公公……龍，龍，公！昨日，我在昏睡中時，夢見那士兵，帶我飛至一處山河上空，與這圖像一樣，然後下到一處山前洞口，有許多士兵在守衛著，然後我們進了大洞中，只瞧見許許多多方形大鐵櫃整齊排列，卻是個個連著船纜一般大小的大索，不知何用。

士兵再轉進了一個較小山洞，後面看似還連著幾條，很深的坑道。我正想好奇看看，卻已醒來……」

伶優仙子正色道：「看來此圖不假！應是昨日小酒龍與虛空小兵，腦識意外相連。只怕彼此均已了然腦中記憶，卻怕虛空小兵也已清楚了酒精靈界大部景物……」

「唉呀！早知如此，昨日一掌便劈了那小兵！」老龍說。

「無妨，界限既破，境中配置，只怕早被虛空掌握！好在我已著四大護法調轉兵力布置，應無大礙。」百穀王說。

「怕什麼！如今既知他老巢，我們便出其不意先挑了他！攻他個措手不及！」老虎公說。

「對！就這麼辦！老龍老虎同俺老張要闖那龍潭虎穴囉！」想著有架可打，無上師精神起來了，早忘了醉倒二字，又灌了一大口酒。

老龍看那金毛小鼠未走，問道：「要不要給個回信？」

「不用，叫那老鼠離去，他看到老鼠就知道我們來了！」百穀王說。

駕車兵勇一揮手，金毛小老鼠一溜煙便不見ㄌ，同時車駕飛速向著人界奔去……

勇闖敵境　還以顏色

　　話說人界中土，滇黔之地，山高水急水能豐沛。主其事者多方築壩攔水，以取電能。

　　在某座大山之中，人界興築了一處超大高速電腦運行之地，稱他為數據之雲。入出存取，古往今來人界所有知識，及今人博眾之腦識洪流。其地處山涼水沛之所，取其電能充足，散熱極易且深藏山中，大有防備之利。

　　晶片魔主虛空境界便是寄生於此。

　　百穀王觀看那圖，見虛空境界乃在一個巨大山洞中。出入口有二，一處連接道路，設正門，置有重兵，且裝設了幾十個監視設備。一處於山洞之另一側，山邊有路與正門相連，乃洞中熱氣散逸之所，亦安排了精兵守護。

　　百穀王將眾人分為二路：百穀王及龍虎二公，伶優仙子，幾個兵勇，為一路，自正門叫戰；其餘為另一路，自後山洞門潛入，伺機救人！

　　回頭說那虛空境界被擒又被放的小兵，化作一陣煙塵在兩境界之間遊蕩，似是失了方向，回不到虛空境界。他的腦海之中混雜了，小酒龍在人界及酒精靈界的記憶。人界所見，有繁華城市，有寧靜鄉間，釀酒之地，熟識的人……那小兵尋了清晰方向，飛速到了人界。一到達人界，最先找到了小酒龍在人界的好友大魯蛇。一進屋內，眼見著小酒龍腦海中熟識的友人，

看他背影，卻是身材魁梧，熊腰虎背，正端坐在電腦之前，目不斜視直盯著螢幕，雙手十指，飛速敲擊著鍵盤。螢幕上字幕如雨瀑直下……虛空小兵好奇湊近螢幕一看，卻發覺自身在這一瞬間，就被收進了網路空間！再一瞬時，便發覺已是身在虛空境界，眼前正是他一向熟識之地。此時迎面走來一人，卻是他的官長指揮，劈頭便罵：「一六八號！你還知道回來呀！這些時間，你混去哪裡了？連訊號都不發一通！」

於是這叫做一六八號的虛空小兵，便將如何被擒，被封入小酒龍腦識，如何到了人界，見到了小酒龍好友。又如何被吸入網路回到境界，且還詳述未曾見過，有凡人編寫速度如小酒龍友人之快速者，云云……

「有這等事？待我向界主稟告此事，你隨我來！」一六八號小兵的官長帶著他前去面見虛空界主。

兩人來到虛空界主所在之地，卻見是一個大型玻璃球屋，外連著大大小小電能及信息纜線。正中間一個大水晶球座，上面一個大水晶球殼，水晶殼內是一個緩緩轉動，發著時明時暗金色光芒的大金球！眼前這一個大金球，便是輕易摧毀了酒精靈界護境界限，且有能力發出幾個信息，便引發人界互相征戰，互相毀於一旦的虛空界主……

虛空小兵及官長，向界主稟明了經歷，並請示是否需將小酒龍好友之腦識取來？虛空界主出乎二人意料，只向兩人索取小酒龍友人所在位置的數據：「我去找他！」

虛空界主一說完話，那顆大金球隨即暗了下來……

且說虛空界主循著位址，迅即找到小酒龍好友，那人曙稱

勇闖敵境　還以顏色

做大魯蛇！他正在建構一個有山有水，有花草樹木，蟲魚鳥獸，景物絕佳，精緻非凡的虛擬仙境！

這大魯蛇雙眼有神，身強體健，腦識清明……

虛空界主不想造次，便將自身化成絲絲縷縷之微小波動，在大魯蛇絲毫未察覺中，逐步逐步進了大魯蛇體內。將大魯蛇四肢百骸，五臟血肉，全做了細細的一番改造，及至八成功就，便一電閃封了大魯蛇腦識！虛空界主自此外貌成了大魯蛇，體內流淌著超強大氣血，一股雄渾無匹之力在運轉著……

「哇！哈！哈！哈！看來成了！我便用這超凡人之軀，電閃飛回虛空境界，試試他的能耐！」只見這大魯蛇～虛空界主立身站起，轉身一縱，穿窗飛出，空中一道金光，迅疾無倫，飛向滇黔山中……

且說虛空境界所在之地後山出口，無上師及鈺瓶仙子，小酒龍編爲一路，化氣進了瓶中隱在幽暗之處，只待正門叫戰時刻，便潛入山洞中救人！

在酒瓶中，無上師說：「這百穀王也不知想著什麼，打架的事俺在行，他卻叫俺躲在這瓶子裡，真是夠憋的！俺說鈺兒啊！俺這一身酒氣，妳可得忍受忍受！」

「無上師多慮了！我酒瓶子什麼酒氣沒經歷過？況無上師入口的，哪一滴不是鈺兒我千挑萬選出來的？既是好酒，酒氣自然香醇迷人！喝的人快活，旁邊聞著的人也愉快！您別擔心！」這鈺瓶仙子與無上師雖無有血緣，卻親逾父女，鈺瓶仙子在三界之間，一旦遇上難解之事，最先想著的便是無上師！無上師也從來是傳呼即至，不惟只是看在那美酒份上，更多的

勇闖敵境　還以顏色

是鈺瓶仙子的體貼用心，讓這酒界粗人，點滴在心！

「其實，俺知道百穀王是怕俺這一身酒氣，要不了多久，便整個虛空境界都聞到了！是以讓俺藏身在這瓶子裡呀！鈺兒呀，俺知道妳昨日受了些委屈，也知道妳們這彩瓶雙艷在酒界裡面是常常相鬥慣了，且出了名的！從早早時候，只要是伶兒有的，也不缺鈺兒妳的一份，鈺兒妳有的，伶兒也不會沒有……一直以來，大酒缸他總是向著伶兒多一些，俺呢，總是護著鈺兒妳多一點！一年年過去，妳二人也到了這個花樣年華！昨兒個妳二人對百穀王的體貼關心，酒界裡邊兒，還沒喝掛的，大概也知道是怎麼一回事兒！只是，這回事兒，俺也不好替妳出頭；也不能叫妳讓著！眼下大酒缸不在了，妳又是大著伶兒幾天。別的事，按說，妳該讓讓伶兒的。但就是這件事，不好說！不好說……」無上師怕是被那瓶「看誰先醉倒」給整治得徹底了，連這年輕後輩的兒女之情，也稍無避諱地直說分明，全不管嬌羞女子還有臉皮要顧著！只是看這一番關心，豈不正是父女才該會有的話題嗎？

鈺瓶仙子只是想著那少女心事，對於無上師一番關懷，除了感激，卻是不知如何回應，傻傻地低頭無語……

無上師嘴上不喝的時候，很難有一刻的靜默：「唉呦呦！說到這酒氣，怎麼這些天來，俺從沒聞到小酒龍身上有什麼酒味，酒精靈身上沒有那麼一點酒氣，這像話嗎？」

「是這樣的……」於是小酒龍將他在人界修練，功課未成，便提前化龍一事，向無上師說了一遍。

無上師想了想，說道：「這也簡單，俺酒氣強大，便挪些給

勇闖敵境　還以顏色

你！看你這氣虛虛的，等會兒打架時全沒力氣怎行啊？就算是打輸，也得有些力氣，才好逃命！過來！趴在俺雙腿上，閉上眼睛，放輕鬆……」

　　但看無上師左掌酒霧昇起，輕按著小酒龍百匯穴上，右掌溫風和氣，在小酒龍背脊上由龍頭至龍尾一路掐捏。一道陽剛純正的氣勁，便緩緩流進了小酒龍體內，在各個脈絡中運行起來，與那人界猴子的靈活之氣大有不同，卻互有相輔之功！

　　「好舒服呀！張爺爺按摩功力真是一流呀！」小酒龍在片刻間便平白補足了人間七載功課，又得到了幾分無上師的陽剛純正氣力，自是欣喜萬分！

　　「去！臭小子，你當俺是個抓龍的嗎？」拍拍小酒龍屁股，說道：「好了！」

　　此時，但聽得前山一道旱雷響聲過後，颺大風聲，並喊殺聲突起！

　　「前邊打起來了，且讓酒瓶子帶我們進去山洞之後，再看情形救人，花果二王的酒香氣息，自然會被酒瓶子找到……」鈺瓶仙子一聲「起！」小小酒瓶便載著化氣藏身在其中的三人，飛進了一大片大型高階超級電腦機海之中，似是穿越高樓大廈一般。不一時，小酒瓶子在兩隻中空大琉璃圓柱前停住。三人飛出酒瓶，只見花果二王，各在一個透光琉璃圓柱之中被囚禁著，看來氣力微弱，處境頗險！

　　無上師一蛇矛便劈向琉璃圓柱，本想破柱救人，卻不想那蛇矛一碰著圓柱，圓柱周身竟是一道電閃，一陣青煙，琉璃圓柱分毫未損！只見琉璃柱中的百花王搖了搖頭，同時手指著地

勇闖敵境　還以顏色

上纜索，示意無上師將之砍斷。

　　無上師依百花王之意，砍斷了那纜索，同時抱起琉璃圓柱，撞向那些機器，將花果二王救出。此時警報聲起，幾個虛空官長指揮及士兵，齊向著此處探查。

　　無上師要鈺瓶仙子等人，進入酒瓶中，由後門退出再至前門會合。自己則手提蛇矛，迎向虛空兵士殺向前門！一時之間兵器交擊火光四濺，原來一列列整齊有序的大型機器，此刻卻已是東倒西歪一地凌亂。眼前這幾個虛空兵士，雖驍勇善戰，卻哪裡是無上師的對手，不一刻，便齊向前門洞口退去。

　　無上師急於出洞，更使狠勁，矛挑，手拋，腳踢，一路輕快，清理了前門洞口，才一出洞口，雙眼中看到的已是密密麻麻，無數虛空兵士，將場中百穀王三人團團圍著，正自熱鬧相鬥！

　　但見戰團之中虛空界五大尊王均在。五個對三個，外圍更有千百個士兵圍著，百穀王三人顯然吃虧，屈居下風！

　　無上師一聲巨吼，：「給俺讓開！」拉高拉長的大嗓子，竟讓虛空兵士各個嚇破了膽！便不由自主地讓開一條路來。

　　無上師提著蛇矛，奔入戰團，再一聲大吼：「俺來助陣！」

　　百穀王三人見無上師前來助陣，精神一振，反守為攻，四個比五個，卻漸有壓倒虛空五尊王之勢，幾人邊戰，邊尋著機會說話：「花果二人如何？」百穀王問。

　　「救下啦！」無上師答。

　　「那好，殺將出去，走吧！」百穀王知道人已救出，示意眾人暫退。

勇闖敵境　還以顏色

卻驚覺半空中幾道雄渾無匹的掌勁襲來，同時耳聞：「一個都不許走！」

無上師四人正自纏鬥著五尊王，無暇留意上方突擊，各自挨了重重一掌！頓時氣息窒礙，步伐紊亂……

但見來人是一個陌生面孔，巨大身型卻是高出常人許多，聽其聲音耳熟，莫非來人竟是……

「來者何人，敢偷襲俺！」無上師怒極喝問。此時其餘交戰眾人實已累極，便停下手腳趁隙調息。

「我乃虛空界虛空界主！今日你等竟敢自投羅網，只怕是活得不耐煩了！如今降我便罷，否則便叫你等灰飛煙滅！」原來此人便是占用了人界大魯蛇血肉之軀的虛空界主。

無上師一見著虛空界主，火氣竄燒罵道：「晶片老魔！你除了扮俺二哥偷襲俺，此次又扮這是誰，又來偷襲！你沒個本來面目嗎？現身來跟俺好好打上一架！」

只見虛空界主說道：「本來面目，何足道哉？倒是這人界凡人軀殼頗為合適！我權且拿來一用！」

此時戰場外圍，避在暗處的小酒龍，幾乎要按捺不住：「他是我在人界好友，如今被晶片魔主占用身軀，這事可不太妙，得想想法子呀……」

「你大膽占用凡軀，有違天律，便不怕天打雷劈？」無上師一舉蛇矛，向虛空界主刺去，虛空界主輕易撥開蛇矛，同時一手運勁推出，無上師單手接掌，宏大掌勁壓得無上師退了三步！本來無上師單手接掌，若迅即出矛，虛空界主便得退避或者受傷。無上師忽念眼前乃凡人軀殼，搏鬥之間便有顧忌。臨

勇闖敵境　還以顏色

敵之時此為大忌，吃虧難免！反觀虛空虛空界主，初時運使著凡人軀殼，尚不能盡情發揮，然在數個回合之後，卻益見流暢，將無上師等人打得左支右絀，難以招架……

混戰之中，忽見半空之中飛來一人，卻是伶優仙子，只見她突然左手按住虛空界主天靈，右手持咒運勁，口中喊聲：「離去！」看此模樣，伶優仙子是想逼出虛空界主，無上師見這情況，知道伶優仙子此舉凶險極大，無異自殺！急忙喝道：「伶兒危險，快快退開！」卻已是慢了一步！

但見虛空界主面不改色，隨手一掌，伶優仙子便自受到重傷，似是一團柳絮遭到了疾風拋甩一般，遠遠地摔飛出戰圍之外！鈺瓶仙子與百花王見狀，立即搶出接住伶優仙子！只見伶優仙子嘴邊及衣襟上幾抹血紅，人早已昏死過去！一旁百果王，急取一粒丹藥逼入伶優仙子口中，再運勁護住她各處要穴，並示意眾人退至銅牛車駕藏身之地。

此時戰場之中，無上師眾人正打著一場硬仗，各人心中也自明白，此番要想輕易全身而退只怕困難！

交戰既久，無上師已無法顧及眼前對戰的凡人之軀，卯足全力，揮矛酣鬥！雖然矛如游蛇靈活，力似千鈞衝撞，卻是漸現破綻。

再觀百穀王及龍虎二公，此時各自對戰著一個金人戰將，五大尊王卻在一旁調息觀戰！看來虛空境界用了輪番戰法，酒精靈界眾人，縱然不是戰死，只怕也得累死……

正危急之間，突見遠處煙塵驟起，無數酒精靈界的銅牛車駕，急馳而來，虛空境界見此事態，急調大部兵眾擺陣攔擊！

勇闖敵境　還以顏色

　　只見酒精靈界，由虎豹獅三個護法，領著三大營兵勇助陣
而來！眼見援兵已至，百穀王喊了聲：「快靠過去！」

　　趁虛空界主眾人關注酒界大軍時，眾人退入酒精靈界大軍
之中。一時，兩境界大軍形成對壘之勢。眼看雙方長兵，短兵，
火器齊出，排列有序，正待開戰……

　　在兩大陣營兵力對壘將發之時，酒精靈界另一隊銅牛車駕，
各裝載了滿車酒缸，繞路馳向虛空境界後面山門急急而去。車
上酒缸中，全都灌滿了七十五度火酒。那酒，卻不是拿來喝的，
因這火酒缸中，尚混著二成多的火油！看來酒界將要酒淹虛空
境界，一舉滅了虛空界主老巢，一討酒精靈境界界限被破之恨。
眼見此，虛空三個金人戰將調了一支兵力急追！尚未追及便已
箭弩，火器連發攻向那銅牛車隊。此外，虛空遊戲尊王也領了
一支兵力，由前山洞門，穿過山洞，直達後山防堵！遊戲尊王
出了後山洞門，酒界銅牛車陣正好到來！三個金人戰將追兵也
已趕到，便將銅牛車陣兩面包夾！這一銅牛車陣由金鷹將軍及
龍虎之外的生肖諸公率領，奇的是鼠公竟也在其中！兩軍來不
及布陣，便亂哄哄地打了起來！

　　生肖諸公圍著三個金人戰將，奮力攻擊，雙方互有輸贏；
金鷹將軍對戰遊戲尊王，略有餘裕！

　　只見混戰中，銅牛車陣向著山洞中勇猛直衝，虛空眾兵士
卻是無力阻攔！如此，一駕駕滿牛車進；空牛車出！看看差不
多了，金鷹將軍一聲大叫：「成了！」一腳踹開了遊戲尊王，手
上三支火箭同時射入洞中。不多時，但聽得山洞中，轟然炸裂
聲此起彼落，既而一陣天搖地動，夾著巨大憾山的轟鳴聲，山

勇闖敵境　還以顏色

洞裡，土石火舌並雜碎之物，向著洞外噴飛而出！酒界眾人見事已辦成，急循著原路向前門奔去！

到得前門戰場，只見兩方陣式已亂：還活著的，正死命誓殺敵人；傷勢沉重的，躺滿了一地；斷了氣的，慢慢化做煙塵，在戰場蕭颯風中滾轉，在煙硝漫空中消散，並伴隨著一絲絲細聲哀號，嘆息，與一聲聲悲壯的軍歌，漸去漸遠……

生肖諸公，金鷹將軍見此慘況，縱是鐵打的英雄男兒漢，也不免震撼；不免浩歎！金鷹將軍說道：「諸位，看來不先拿下晶片魔主，兩界生靈怕要在此盡滅！」說完，向著虛空界主飛身衝去。生肖諸公也隨後追至。

這邊酒精靈界三護法對虛空四尊王正殺得天昏地暗！無上師，百穀王及龍虎二公，圍住虛空界主廝殺，本來尚有餘力，卻見虛空界主愈戰愈勇。看來，虛空界主已將這凡人之軀，運使至十分功成。無上師四人漸露敗象，漸感氣力不支……此時金鷹及生肖諸公，雖適時加入權助一陣，然虛空遊戲尊王及三金人戰將又來纏戰，酒精靈界又重居下風！此時天色微明，大夥兒人，由黑夜戰至此時，互有勝負，互有損傷，每個人早已疲累不堪，氣力消磨殆盡。

金鷹尋隙向百穀王說：「百穀王，這死傷實在太過龐大！你看如何？」

百穀王向著無上師說道：「無上師，你說一句！」

無上師此時再勉力提氣，迅速向虛空界主連刺三矛，又當即退開，同時說道：「界主，你我權且休戰如何？」

只見虛空界主輕易撥開三刺回道：「你燒我基地，現在我占

勇闖敵境　還以顏色

上風，你卻要休戰，你說，我會同意嗎？你們認命吧！」說完，即加快身法，氣力卻似更加強大，酒精靈界眾人更陷苦戰……

正打得無法招架時，天際突現洪亮之聲：「酒界眾人速速退至一邊！」其聲音壓過戰場一切喊殺聲，兵器交鳴聲及火器爆裂聲，同時一陣宏偉無匹的氣勁轟擊虛空界主！虛空界主毫無懼色，硬是接住掌勁，眾人趁勢急忙退至一邊，酒界兵勇亦一齊急退！

落掌之後，天空雲縫中降下一人。晨光映襯中的那人，卻是周身光芒輝耀奪目，你道來人是誰？

「大酒缸！你沒死？你回來啦！」無上師興奮著大叫。

「各位辛苦了！」大帝師重現眾人眼前，且看來更加晶亮有神，酒界眾人均感歡欣鼓舞！

大帝師向虛空界主拱手為禮：「久聞虛空界主盛名，今日初見，果然威猛壯碩，幸會！」

虛空界主亦拱手回禮：「幸會！早時聽聞大帝師在雷峰塔自解身亡，看來那消息有誤！但你殺死我手下愛將，卻是不假，不知大帝師如何說法？」

大帝師說：「兩界交兵，死傷難免，我只是將那金人戰將推入地下三百里深處，借用地界熔岩之力，只想看看那金人熔不熔！果然熔了！後來那金人神靈意識飛回虛空，你卻很快又再造了三個金人，界主此等能耐，叫人不得不深深佩服呀！」

只見虛空界主臉現怒氣：「大帝師，你好狠心！」

大帝師也不甘示弱：「誰狠？別以為我不知你早就圖謀攻下本界！你趁我不在，破我界限，殺我酒界無辜生靈，更是凶殘。

勇闖敵境　還以顏色

一切都是你挑起的！雷峰塔金脈，天界酒界怕的是金砂一出，人界將因為貪婪，互相搶奪以致兵禍大起！沒想到你在無意間出生自人界，卻不知珍惜，妄動貪念，妄想獨占金砂泉……」

此時虛空界主打斷大帝師說話：「自古強者為王，我既有此能力，自然得用他改造一切，你若不服，我便毀了你酒界。一個不圖長進，成日醉生夢死的族裔，留著何用？」

大帝師眼看多說無益，拖延時間只是讓虛空界主更形強大勇猛。於是手一揚，大金錘在握：「誰強誰弱，豈止是嘴上說說便得分曉！接招吧！」同時瞬化巨大身形，一記重錘，向虛空界主錘落！只見虛空界主也不閃避，雙掌齊出，迎向大錘，同時亦身形暴長，同大帝師以大鬥大。一時間，揮錘風聲呼呼作響，擋錘的金鳴聲震耳欲聾！一個跳躍，一個落地，莫不是地動山搖！

兩強雖是軀體巨大，身法卻是迅疾無倫。一時兩邊兵眾，各自被逼退至百丈之外觀看著這場驚天動地之戰……

在纏鬥聲中，眾人似乎聽見一種千百萬個蜂鳴之聲，自遠方空中漸至戰場頭頂。有好奇的，抬頭一看，但見映著晨光，天空中一大片，閃閃亮亮，細細碎碎的晶亮之雲，在浮沉著；在蠢動著……

「是鑽石雨！」酒精靈界中，有些文武官員曾經聽過，見識過他威力的，一時驚呼出聲：「這鑽石雨，不是咱們消受得起的！快退！再退遠些！……」

只見大帝師突發一掌，將虛空界主推出三丈之外，同時將手中大錘向著半空中拋擲，只見那大錘瞬間粉碎，化做細碎晶

勇闖敵境　還以顏色

鑽，飛向半空晶鑽群中……

「虛空界主，你既愛財，那我便將人界一切大小晶鑽悉數奉送與你，小心接好了……天降鑽石雨……下！」下字一落，駢指指向虛空界主。

虛空界主一面看著大帝師；一面留意著半空中……

但見滿空蠢動待發之晶鑽群，瞬間匯聚成一條巨大游蛇形狀，從天而降，全向著虛空界主身上招呼過來！

虛空界主雙手齊張，運勁旋身飛舞，但見滿天晶鑽，縱使已化作劇轉疾射而來之利針利箭，卻悉數被虛空界主吸附於雙掌之上。不多久，但見虛空界主雙掌各自托著一個好大好圓，晶亮閃閃之晶鑽大球！身上卻毫毛未傷，嘴上自傲著說道：「天降鑽石雨！毀殺我愛將，大帝師的成名高招。如今看來，卻也不過爾爾……」

他話才一說完，但見大帝師突然身形化至極小，同時向後躍出百步……說時遲，那時快，只見虛空界主雙手兩團大圓晶鑽，同時炸開，只聽他一急聲：「糟！」尚未說完便是臉上，手上，身上已然傷痕處處，鮮血隨即流淌了出來……他終於氣力不支仰躺倒地，一代近乎完美無敵的虛空界主終嚐敗績！

大帝師走近他身前說道：「你說是這血肉之軀好用呢？還是你原來那大金球舒服些？偉大的虛空境界之主！」

只見虛空界主有氣無力地說：「我來自人界的龐大腦識所成，我能力超越凡人！但是，我一直想真真實實地做一個人，沒想到卻是如此不易……」說罷，便閉上雙眼。

大帝師舉起單掌運勁，眼看這一掌一旦落下，眼前這個來

勇闖敵境　還以顏色

自龐大凡人眾的腦識所成，隱在虛空境界中，一手操弄著一切，掌握無限質，能，暗中裂解人界和諧的一代晶片魔主，網路奇蹟，便將灰飛煙滅……

忽見一人，從酒界群中狂奔而來，看仔細，卻是小酒龍：「大帝師，請留人！那凡人是我人界好友，請別殺他！」

無上師，百穀王等也跟了來。

「先別殺他！」無上師說。

此時虛空界主張開雙眼，瞧了瞧小酒龍，卻是眼神陌生，又別過頭去。

「他認得你，但看來你卻認不得他，晶片魔主，你說這怎麼回事？」無上師問。

「我一進入這凡人軀殼，立即將他腦識封住，只等他日再行消磨，聽聞此人腦力極佳，如今卻是無法受用！我已無力從此身軀脫出，殺了我吧！」虛空界主又復闔上雙眼！

「大酒缸，你說怎麼辦？」無上師問。只見大帝師搖頭不語。

「如果不是伶優仙子受了重傷，也許能辦！」百穀王說。

「這小伶優真是不自量力，連晶片魔主這等角色，她也敢碰！如果不是方才她急了些……眼下，只怕她連保住小命都不容易了，哪有力氣再辦這事？」無上師語氣惋惜無奈，卻也有著一些佩服伶優仙子的意思。

就在眾人不知如何是好之際，突然一陣清脆牛鈴聲，自遠至近。只見是一個童子，手牽了一頭老青牛，青牛背上，坐著一個仙風道骨模樣的老者，那老者鶴髮紅顏，周身香煙繚繞，

勇闖敵境　還以顏色

背後五色華光燦爛，七彩祥雲俱現，一派莊嚴祥瑞之氣籠罩……

只見無上師上前參見，口說：「俺的老祖宗，您可來了！唉呀！您這清字輩的，每次出門，總是要等人家打完架了才到……嘻！嘻！」

「小子！你得體諒體諒我老人家，人老，牛老，走得慢了。好在，來得還是時候呀！」無上師口中所稱老祖宗的老者說道。

大帝師眼見來人，即率百官及界中下屬下跪恭迎。

只見老者下了牛背，拉起大帝師說道：「別跪！打架不對，卻也不用罰跪呀！」老者轉身走向虛空界主身邊站定，口中唸著：「從虛無而來，向虛無而去！起來吧！」

他手中拂塵一動，一顆手掌大的雪亮金球，自虛空界主天靈之上昇起，飛至老者手上。老者口說：「這大渾球，尚可教化！我且帶走了！那些個千千萬萬個小渾球，在人界尚有所用！由他們去吧！」說罷，拂塵向著晶片境界餘眾一揮，只見那些虛空界主苦心所造就的，猛將，官長，兵士……全化做金砂光芒飛向四面八方……

老者做完了這些事情，轉身瞧了瞧小酒龍，只說了：「難得呀！」三字，便向著青牛走去，一邊自言自語說：「這人界一年熱過一年，不知哪一天會連我天界也給烤熟了！這世人哪知，唯有清涼才是真有大用處呀！快熱死我老人家了！童子，咱走吧！」跨上牛背，幾聲牛鈴響後，人也不見，牛也不見，華光斂去，祥雲消散。只餘幾縷清香煙龍漫遊……

老者離去之後，地下躺著的大魯蛇，慢慢張開了雙眼，見此陌生境地，見此陣仗及身邊小酒龍，又感奇異又是歡喜，說

勇闖敵境　還以顏色

道:「小酒龍，莫非我們又在夢中？」渾不知他方才有過一場非比尋常的經歷，且他自身險些沒了小命。

小酒龍搖搖頭又點點頭:「是呀，大魯蛇，我們是在夢中呀！呵！呵！」

背後無上師問百穀王:「這凡人怎麼處置？」

此時卻是鼠公答話:「這得問我！其實不難，將他弄醉了，帶去山下人界安全單位，自然有人發落！」

「那好！」無上師自灌了一口美酒，向著大魯蛇與小酒龍噴出一道濃濃酒霧，大魯蛇便即睡下，不一時便已鼾聲大作，小酒龍卻是歡喜跳躍……

「大老鼠你來！你得跟俺說說，那天你逃走的事！」無上師問。

「那個呀！原來金鷹和老狗抓到的那兩隻老鼠，實是虛空境界所放的。牠們是揹著盒子的;我那些老鼠是揹著圓筒的，不一樣！且虛空界用的是灰色的老鼠;我用的是金色的，了解了吧！另外，我們酒人大都粗率，臨敵情急，一時不察也是會有的……」鼠公一一說明。

「俺明白了！之前誤會了你，不好意思……」無上師搖了搖頭。

酒精靈界餘下的大隊人馬，收拾檢點，整裝回返……

無上師，百穀王，花果二王，生肖諸公，鈺瓶仙子等，同坐一駕車上。

白娘子懷裡抱著身受重傷的伶優仙子。她不時用手撥理著伶優仙子被風吹亂的長髮。卻一再瞥見百穀王，對著伶優仙子

勇闖敵境　還以顏色

投以無限關懷的眼神，有憂心，有憐惜，也似有喜愛之意。白娘子意有所指，再提酒精靈界許久未見婚嫁一事：「咱境界裡從來就是老人家多，可是適婚年紀的年輕男女也不少：像金鷹將軍帥氣豪邁；百穀王智勇雙全。還有那一班許多英雄漢子；許多漂亮女子，早該嫁娶，卻一年捱過一年！我想，過陣子，境界裡面得熱熱鬧鬧，來合辦一場大喜事才成……」

「幾場大戰下來，損失了那麼多精靈弟兄，再不快些補充，花天酒地怕有一天，真會是杳無人煙了！」牛公說道：「三個園子裡也需要新的人手呀！」

「是呀！是呀！這個主意好，境界裡沒些個小娃兒，多無聊！且如今界限已破，一時間生老病死這些事情，將一如人界凡俗一樣，一一到來！哪天等我老老鼠再也走爬不動了，不得不成天躺在床上時，誰來伺候我呀！」鼠公頗有同感地說。

「對呀！不能成天只管著有沒有酒喝的事。再不想想辦法增添人口，酒精靈界遲早有一天會消失不見了……」你一言，我一語，全都在這熱鬧話題上！

「有喜酒喝，俺舉雙手贊同，倒是百穀王，你也老大不小了，眼前這裡就有三個漂亮的，加上那個睡著的伶兒，這四個女子能得其一，可都是天大的福份呀！咱酒界中人做事爽快，你快跟俺說，你喜歡哪一個，俺來當媒人！」無上師頗有興致，也想著打鐵趁熱，也全不管這樣的場面，要叫百穀王有多麼尷尬難堪！雖說酒人行事率性沒錯，但在男女細膩的感情上，哪會是像賣酒買酒那般容易爽快？

「無上師，您是想喝喜酒想瘋了嗎？豈不知花果二王和咱

勇闖敵境　還以顏色

們的黑金二將，平日裡就感情不錯！至於百穀王同花果二王，那是兄妹之情……」白娘子說。

鈺瓶仙子聽了眾人言語，心中頗有起伏，尤其近幾日裡，看得出百穀王對於伶兒，恐怕不會只是兄妹之情！彩瓶雙艷在以往就已事事必爭，在對著百穀王感情的這件事上，伶兒恐怕也不會輕易退讓！

鈺瓶仙子曾在閒聊中問了百穀王：「是酒瓶子重要，還是美酒重要？」

當時百穀王不假思索：「美酒重要！」繼而一想：「酒瓶子重要！沒有酒瓶子，便不能隨時有著美酒喝！」

鈺瓶仙子再問：「那美酒喝完了呢？」

百穀王一時不再答話。因為百穀王手上有隻漂亮酒瓶，是鈺瓶仙子送的，酒瓶上精緻美麗的圖繪仕女，正是鈺瓶仙子的容顏體態！那隻酒瓶，百穀王片刻不離身上，喝完了再要拿酒時候，總是裝滿此瓶，從不做他選，如此反覆，不知多少年……

無上師滿以為百穀王也是個爽快漢子，又和鈺兒走得近些，想來他會選的是鈺兒！只是無上師隨興一問，卻讓這一手掌握著百穀園，在酒精靈界裡舉足輕重的莊稼漢子，尷尬莫名無言以對……

這當下，這個平日裡極少言笑的百穀王，竟唱起歌來：「載酒三千罈，八方悠遊，掛念一知己，醉夢相隨，醉夢相隨，且將青山美景來下酒，綠水清流來濯足，淘洗盡塵垢煩憂，剩下了自在逍遙，自在逍遙樂無邊……」眾人聽著，心裡想著：百穀王心中所掛念著的是誰？誰是他醉夢裡相隨的人？伶優仙子

勇闖敵境　還以顏色

嗎？鈺瓶仙子嗎？

　　小酒龍見鈺瓶仙子似乎面有憂色，便將龍頭靠近了她，說道：「瓶仙姐姐，敲敲我頭上龍角，解解悶吧！這些日子裡，妳總是高興時愛敲他一敲；心煩時也愛彈他一彈！這會兒，我看妳在心煩著什麼呀！」

　　「多事！」卻是粉臉上一抹笑意；一陣飛紅，暫時解了憂色。她伸出玉手，在小酒龍頭頂上搓了搓……

芙蓉池邊　應非夢境

　　酒精靈界在經歷護境大戰的一番兵燹摧殘之後，雖非滿目瘡痍，卻也是多有殘破之處。此外，護境界限毀損之後，這個原來不屬於天地陰陽的奇妙境地，便不再能隨意游移於天地之間，無四時，無日夜之變的奇異之象，也已暫時消失！並無多少酒界生靈心中透徹明白，何以境地雖未崩散離析，卻只能暫時憑附於地界人界之上，依著自然規律而運行著，是以，日夜之分，四時之別，已經不再能異於人界！只是，它的奇異本性，還是讓它得以高高地浮游於自然雲氣之上，且仍稍具隱藏起這偌大境地之怪異力量！除此之外，便是偶然不預期地似凡人醉酒一般，全境地面搖搖晃晃一陣。

　　境中生靈在百穀王等人帶領之下，日出而作，日落而息，忙碌著境地裏毀損之屋舍、田野等等的修復工作。

　　無上師鎮日無事，不時手上一瓶「諒你喝不完」，腰間一罐「看誰先醉倒」，這邊兒瞧瞧，那邊兒逛逛。嘴上不是呟喝著的時候，八成就是正在忙著喝他的好酒。

　　一日，午膳既畢，趁著眾人躲避烈日的休息時刻，無上師悠哉游哉閒晃著到了殿外廣場，卻見大帝師獨自一人，在迴廊之中的石椅子上閉目養神，便近前攀談。

　　他走到大帝師身旁，見大帝師猷自閉目，便伸手拍了拍他肩膀：「大酒缸，別再打瞌睡了，快來陪俺喝兩杯，練練酒量，

本來俺是千杯不醉的，怎地這些天有事沒事就覺得身子搖晃，莫非是俺酒量變差了？」

大帝師睜開眼睛，見是無上師來到，便指指眼前另一張石椅子：「坐吧！這大熱天的，你不歇會兒？還有，這些天是大地在不時地搖晃著，不是你在醉酒。」

說罷，隨手取了兩隻琉璃杯子，點壓酒柱上的龍頭，一股酒香爆發而出，他將兩個杯子各都裝了個七、八分滿，遞給了無上師其一。

無上師一手接過，將那杯子湊在那大鼻子前聞了聞：「好香啊！尤其是在這大熱天裏，這酒溫熱了些，酒香更濃，當真是迷人！」

說完，無上師將頭微仰，一杯美酒，沾唇直下，一滴不剩……

只見大帝師也是如此飲法，且已先進了三杯：「老張，確實如你所言，這酒當真是溫熱時候，要香甜些！」他又裝了半杯，拿在手上，搖晃著，把玩著。

無上師則離開了石椅子，半蹲下身子，大嘴對著龍口，一手壓著龍頭不放，一股芳香清流，不偏不倚，不快不慢，便流進了無上師口中。片刻之後，無上師手離龍頭，酒露止歇，末了，滴下了幾滴殘液，無上師連那幾滴也沒放過，伸著舌頭舔了舔嘴唇，才心滿意足微微地搖晃著身子站了起來：「好喝！好酒就該像這般喝法，痛快呀！」

「老張，這酒溫熱時候雖好，只怕寒冬一到，便不是這樣了，弄不好，這酒柱子結了冰，那就大大地不方便了！」大帝師說。

芙蓉池邊　應非夢境

無上師聽他這樣一說，一手摸摸後腦袋瓜子：「對呀！這俺倒真是沒想過……不過這些麻煩事，讓百穀王他們去操心去！另外，俺記得好像聽鈺丫頭說過，這五，六十度酒水，當真要它結凍成冰，也不是隨便容易……」

　　「老張，這個，你恐怕有所不知，之前，咱境地裏在護境界限尚未被毀之時，這天色，永遠如在春日之中，朝陽方昇之時，冷暖宜人。如今，咱高高避在這雲端之上，缺少了護境之氣息，日間陽光炙烈，極熱，夜裡暑熱散去，極冷。只怕來日寒冬一到，境地裡將會是一片冰天雪地，其慘況可想而知……」大帝師語氣憂心無奈。

　　無上師無意間瞧了瞧大帝師，卻忽然臉上一陣驚愕：「大酒缸，怎麼你，你，掉眼淚啦！唔，不對！不對！怎麼你雙手，大肚子上，全都在掉眼淚？這，怎麼回事？快說！」

　　只見大帝師閉上眼睛調氣吐納，雙手於胸腹之前提運氣息，周身起了一陣水霧輕煙。當酒氣飄散，大帝師再次睜眼時，其身上洩漏之酒水滴流痕跡，已不復見。

　　大帝師調息既畢，緩緩開口，說道：「老張，你可知前些時日，咱倆在雷峰塔與大金人一戰，我最後化成晶鑽利器，入地三百里，雖將大金人逼進熔岩之中，自身卻也大有損傷？」

　　「有那麼嚴重嗎？俺看你後來對戰晶片老魔時候，那股狠勁兒，不像是傷得多麼厲害呀！」無上師滿臉疑問。

　　「那是一時硬撐著的，另外，我還使了險招，靠的是虛空界主的輕忽自滿，還有我那根大鑽石錘子的猛爆之力……」大帝師說。

芙蓉池邊　應非夢境

「那，可有什麼法子幫你回復，再這麼下去，那是大大不妙呀！」無上師問。

「本來是有一個法子可行，你知不知道伶兒曾經爲我取下一顆，蘊藏著我一些神靈意識的小晶鑽？」大帝師問。

「你是說，孕化石盒中那個小鑽石？」無上師問。

「沒錯，本來，只要在七七四十九日之前，將那晶鑽取來，在我腦後復合，便沒事了……只是，一來，我的功體損失太過，已在潰散邊緣，伶兒又身受重傷尚未回復，勉強施法，恐有風險，二來，那顆小鑽石，已是一個生命雛形，我不想將他取回。此外，我擔心孕化尚未成就之前，貿然取出晶鑽，也恐怕會對石盒有所損傷！那石盒是前人所傳寶物，絕不能壞在我的手上！況且，我也眞想看看，經過四十九日之後，那石盒之中會不會當眞跑出個小酒缸來……」大帝師在這種可攸關自身生死之際，尚以前人寶物的承傳大事爲念，足見他對酒精靈界用心盡力之深刻。

無上師聽他一說，知曉大帝師自有盤算，再問：「那，有無其他法子？還有，你得答應俺，當眞到了萬不得已的時候，便顧不得那石盒，弄壞便弄壞了，取出晶鑽，保住你小命要緊……俺算算，雷峰塔之戰至今，大概已過十日，今天是人間七月中吧！」無上師自言自語，一邊掐著指頭計算著時日，口說：「便是還剩下三十九日……不行，不行，那便是三十六日一到，如果沒有其他法子，無論如何都得將晶鑽取出……」

大帝師想了想，說道：「在這時候，如能找到越陶然先生，事情便好解決了！」

芙蓉池邊　應非夢境

「哦！你是說鈺兒，伶兒她倆的外公？」無上師問。

「是呀！眼前，就只有寄望著找到越陶然出手幫忙。況且護境界限的修復大事，恐怕也少不得他們那一家子人！」大帝師說。

「這倒是個方向，方才，俺還想到，是不是該勞煩那老清字輩的出手，看來，先是不用了。況且，那個老傢伙不好說話，他只講定數，只講機緣！還是找越陶然……不對！他喜歡人家喊他作勒陶然，一點清心樂陶然……這找人的事，交給俺了……」

暑熱之氣稍稍收斂之後，無上師離開了迴廊，走向了百穀園。那兒，一大夥兒酒界精靈們，全都不分輩份與彼此，在搬動著，在填補著，他們手上，腳上俐落地工作著。同時嘴邊兒卻放肆地聊著彼此的得意事，糗事，看起來精神奕奕，氣氛融洽和樂。

百穀王，鈺瓶仙子，也都換上了粗布衣裳，手上各持一個畚箕，來來回回地搬動著一團團軟泥，有說有笑，自顧著忙碌，連無上師來到他倆身邊，也不見他倆回頭招呼，顯然正忙得專心高興，並未留意無上師的來到。

倒是正在樹上忙著的小龍，見無上師來到，便一骨碌跳下樹來：「無上師安好！」他手上抱著一大團綿軟如絮，作淺草綠色像是松蘿之物。

無上師點頭答禮：「好，好！小龍，你抱著那一大團像是棉絮一樣的東西，做啥用的？」

「回無上師，這是百果園之物，原來生在百果園老樹林中。

芙蓉池邊　應非夢境

前日戰事，大量飄飛了過來，那是吸水保水之物，我到處收著！」說罷，腳底下一溜煙，奔向了百果園去。

此時，百穀王同鈺瓶仙子轉身向無上師問安：「前輩安好！」

無上師回禮道：「百穀王，鈺兒，歇會兒，解解口渴吧！」說完，又是酒瓶子與他大嘴巴的相見歡！

百穀王正待自取酒瓶喝酒，鈺瓶仙子已自樹邊水溝中，撈起了兩支瓶子：「喝這個，涼快些！」

原來，這樹下活水涼快冰冷，其中，擺滿了各式各樣的酒瓶子，琳瑯滿目，ｘｘ金牌，保ｘｘ，維ｘｘ也在其列，各自為數不少，由此可見，不分境地，這些飲品，在營造工作環境的滲透之深廣，不言可喻……

「果然鈺兒賢慧！百穀王，將來你要是娶了鈺兒，可福氣了！」無上師打趣著。

鈺瓶仙子赧然而笑，拿了另一隻瓶子：「這是鈺兒孝敬您的！」

說罷，將酒瓶子交給無上師，自己又在冰水中拿了一瓶。

「百穀王，這些穀子，看起來都有些無精打采的，怎麼回事？」無上師問。

「依我看，這些穀子，是一時對自然陰陽之氣，尚不習慣！以往，不分四時，溫涼合宜，穀子滋長快速。如今，則白晝過熱，夜裡極冷，看來境中的花果，莊稼，還需一段時日來適應眼前這人界的日夜規律。」百穀王回道。

「原來如此……百穀王，俺此來，是想請你編派一駕銅牛車駕，弄些瓜果，麵餅，乾肉，重要的，多準備些好酒上車，

俺要到人界去尋訪樂陶然那一家子巧匠！」無上師說。

　　一聽到樂陶然三字，鈺瓶仙子睜大了眼，百穀王則頗感訝異地說道：「您是說，鈺兒，伶兒她倆的外公？」

　　「是呀！是他那一家子人！俺和大酒缸談過了，讓俺到那人界找他問問，看看他對本境護境界限的修復，有些什麼主意！另外，大酒缸近日來身子怪怪的，也許需要樂陶然的幫忙！」無上師說。

　　「您是說大帝師身體欠安？」百穀王關心著問。

　　「是呀！他剛經歷了兩次大戰，氣血有些不順，近日裏，你們須對大酒缸多些留意才好……」無上師說道。

　　他們談著，聊著，卻在無意中感覺到一陣陣強大的酒氣，自上風處斷斷續續飄來，無上師循著酒氣來源四處張望，眼光停駐在一個手拿鋤頭，正忙碌著的漢子身上：「百穀王，前面那個低頭忙著的傢伙是誰？以前怎沒見過此人？他身上的酒氣強大，不可小覷！」無上師好奇著問道。

　　「回無上師話，這人來歷不是很清楚，不屬於花天酒地及三個園子，聽說是在境地邊緣築廬而居，也很好相處，行走酒精靈界已久。境界中的各大小狗鼻子樹，對他並無表現敵意。此次境界修補工作，他也認真參與甘心無怨！」百穀王回道。

　　無上師走向那人：「這位兄臺高姓大名，您看來是來自凡人界，到這兒多久啦？境界的粗活兒，多虧您幫忙。」

　　只見那人，大約是無上師上下一般年紀，一頂竹笠，一隻鋤頭，身上穿著粗布灰色衣褲，足蹬一雙草鞋，忙起活兒來，架式十足，他見無上師走來，停下手邊工作，拱手行禮，答道：

芙蓉池邊　　應非夢境

「參見無上師，小人姓任，名舒懷，來到酒界，大概十餘年了，當初在凡人界，一場誤會，以爲本境界中送子鳥大人，正對著一個年輕酒客下蟲。我好管閒事，便追著送子鳥大人來此。後來看看這兒逍遙快活，安適自在，便在這裡生活，大夥兒沒將我當外人看。如今境界有事，我不敢自外，略盡綿薄，也是應該。」

「兄臺客氣了！您認識俺，也認識送子鳥，那可眞好！之前疏忽兄臺，請勿怪罪，等俺事情忙完一個段落，會來找您喝兩杯！」無上師對此人頗有好感，似乎有心與之交往。

「求之不得，承您看得起，如果想找小人，只需問問那些住在雜木林邊，境界邊緣的人家，三杯黃湯任舒懷的家在那兒，大概不難找到！」他爽快地回道。

無上師聽說這個名號，除了覺得極有意思之外，還有一種奇異且說不上來的感覺：「三杯黃湯任舒懷……有意思！不打擾您忙碌了，俺還有些事忙著……嘻！改天再聊。」

一旁鈺瓶仙子對於此人，一時竟有著莫名的親切感覺，便向他點頭微笑，任舒懷也報以微笑……

當百穀王調派了三五個兵勇，在整備著銅牛車駕時，無上師心有所繫，詢問著鈺瓶仙子：「鈺兒，這些天，伶兒的情況好些了嗎？」

鈺瓶仙子一臉憂色：「伶兒恢復得十分緩慢，人還是病懨懨地，那晶片魔主隨手一掌，當眞叫她吃足了苦頭！眼下雖能走動，卻是什麼事都力不從心。這些天裏，好在有白娘子悉心照護著她……短時間，恐怕還找不回來那個活潑自信的伶兒！」

無上師正色說道：「鈺兒，這伶兒雖非你親妹子，但你們同是千年窖泥所成的精靈，又從樂陶然各自賦予妳二人一筆氣血的淵源來看，也無異是血緣！妳得在她遭受重傷還未康復的此時，多關心她一些。幸運的話，俺找到了樂陶然，並將這一家子人都給請到咱境界裏來，也總不好讓她媽媽久別相逢時，高興期待見面的，卻是個軟趴趴的病美人兒。告訴白娘子，要她拿最好的藥材給伶兒調養，若缺什麼珍貴好用的，大酒缸庫房裏頭盡有著……還有，這大酒缸也實在是傷得不輕，俺離境不在的這些日子，叫金鷹，老龍，百穀王他們多留心些……」無上師是個表面粗率，內心仔細體貼的長者，尤其是在對著這些老老小小的酒界精靈們，付出關懷之時。

　　鈺瓶仙子也是個溫柔體貼的善良女子：「無上帥請放心，您的吩咐鈺兒曉得！您到人界，也要保重自己，曾聽伶兒說過，如今多是人心不古的一番話！」

　　無上師明白鈺瓶仙子心意，也頗感安慰：「放心，俺從來只要是身在人界，份內工作，便是專門在修理這些不古的人心呀！哈……」他得意地一陣大笑。

　　無上師與三五個兵勇，在圓月初昇之夜，近乎隱形地駕著銅牛車駕離境，向著人界悄無聲息飄然而去……

　　酒精靈境界中第一個月圓之夜，境地裡四處飄散著酒香，花香，人語。不論在花天酒地裏，三個園子中，老的，小的，還有正當年輕的精靈眾們，三五成群地閒聊著，吃喝著，同時欣賞著美好月色……

　　小龍獨自閒逛著，欣賞著稍稍異於人界的月色。酒精靈界

芙蓉池邊　應非夢境

如今隱身於人界雲氣之上，上方全無遮蔽，夜空之中星斗滿天，雲漢清朗，繁星閃耀，一輪圓月，似是放光銀盤，貼掛在空中，景象如夢似幻，牽動著美好醉人的心思。

小龍心想著：「這美麗夜色中，百穀王不知跑那兒去了，還有鈺瓶仙子此刻人在那兒呢？」

他漫無目的隨意閒晃著，卻在不經意間遠離人聲走到了芙蓉水池邊。只見就著月色，池面挺立的幾枝荷花，隨著清風搖曳，有的尚是含苞，有的猶在盛放，全忘了該在夜裡收合。池邊幾株木芙蓉，花影婆娑，也在與水中芙渠競豔，盡情揮灑芬芳，全不似人間芳彩，只能迎霜而開放，白晝始起舞。水池邊上，一隻小舢舨，依靠著一條斜插著長竹竿的竹筏。那竹筏之上，靜靜相依著一雙水鳥。小龍漫遊著荷花池畔。此時，幾個池邊蛙噗通下水；數聲林間鳥啁啾啼唱。不遠處流螢點點，與天空中繁星呼應，更添熱鬧。池畔，一個四方長形草亭，簷下懸著一個木片，藻紋鑲邊，上書「應非夢境」四字。

小龍方才走近亭子，卻一眼望見亭內木桌邊的長椅子上，此刻正坐著一個白衣赤足的女子。那背影，看來像是某一個女子的美麗背影，小龍心中一陣歡喜，喊了聲：「鈺瓶子姐姐，原來妳在此地！」

只見那女子似是有氣無力，慢慢地站立起身子，轉身面向著小龍，幽幽柔柔的眼神裡，隱隱然有一絲絲怨，有一絲絲期待，她注視著小龍好一陣子，說道：「小酒龍，在你眼裡，心裡，就只記掛著你的鈺瓶子姐姐嗎？」

小龍一聽那聲音，卻不是他的鈺瓶子姐姐，但細看她的容

芙蓉池邊　應非夢境

顏，卻分明眞是鈺瓶仙子沒錯。小龍心中一震：「唉呀！難不成是虛空境界的人，變幻了鈺瓶子姐姐模樣，又闖進酒界來了！」但她那聲音，卻也眞是頗爲熟悉！

「小酒龍，你害怕著我嗎？我是伶優啊！」那女子竟是伶優仙子！

「可是妳的面貌……莫非妳想化裝成鈺瓶子姐姐？」小酒龍有些糊塗，也像有些「自以爲是的明白」

「其實，這才是我的本來面貌！你說，我是不是長得像極了鈺瓶子？」伶優仙子問。

「像呀，眞是十足地像，如果不聽聲音，我還當眞的分不出誰是誰來！」小龍說。

「現在，你應該明白，爲什麼一直以來，我總愛時常裝扮成她人容貌，因爲我不想酒精靈境界裏，有另外一人，長得和鈺瓶子一個模樣。我其實也知道，一直以來，有些人都會在背後喊我作戲精，成天就特別喜愛妝扮。我不在意人家怎麼說我，打扮成凡人間漂亮女子的臉孔，有什麼不好？小酒龍，在你眼裏，心中，是不是只有你的鈺瓶子姐姐？」伶優仙子幾分淡淡失落地又問。

小龍聽她如此一問，即明白了一些事情：「不會啊！鈺瓶子姐姐人很好，她也常常誇讚妳能幹呢！」

伶優仙子語氣平淡：「小酒龍，你騙我，你那鈺瓶子姐姐，是不是讓你離我遠些，否則，總有一天，你會不小心吃了暗虧？」

「那兒會？妳別多想！」小龍說。

伶優仙子依舊淡然說道：「記不記得前些日子境界之戰，我

芙蓉池邊　應非夢境

將那虛空小兵的魂魄暫時封閉在你身上的事？那實在是情急之下，不得不爲，還望你能諒解！其實，我伶優也是個好人，至於你那鈺瓶子姐姐，爲人處事總是正經八百的。她會如此說我，卻是對你的好意提醒，她怕我一時興起，作弄了你……小酒龍，當眞有那一天，也是一時好玩而已，你別生氣，也別像其他人一樣刻意閃躲著我！至於我和鈺瓶子，凡事都要較量一番，那也只是好玩而已。只是久了，大家都好像怕了我，都在閃躲著我……」

伶優仙子是大帝師身邊的紅人，但她卻不知掩飾姿態，不懂稍作謙遜，就算她的名號叫做伶優，卻也是連做做樣子演演戲，她也懶得。她只喜歡妝扮，喜歡在百花園裡聽歌賞舞，偶而客串一下，陪那舞班姑娘們練練身段而已。她，當眞是沒有一個平輩知交！

小龍聽了伶優仙子一番說話，又想想此時此刻在如此美好的夜色裡，伶優仙子竟是無人爲伴，獨自一人在此草亭之中傷懷，便一時起了不忍之心：「也罷！今夜我且和仙子姐姐在此賞月，不知可好？」

伶優仙子臉上露出笑容：「傻小子！什麼叫也罷？說得好像陪我伶優一起賞月，是件無聊透頂的事呢！還有，別喊我什麼仙子姐姐的，叫我伶兒可以了。你別忘了，我在審問，釋放虛空小兵時，也順便探詢了你的神靈意識，你也不小了呀，別再姐姐長，姐姐短的，多肉麻呀！」伶優仙子取了兩瓶酒，拔了塞子，酒香溢散，她用稍稍失了血色的美麗雙唇，就著瓶口，小口啜飲著：「小酒龍，那另外一瓶給你，這樣的柔美月光下，

不喝點兒酒，便是枉稱酒精靈界的人了！」

小龍接過酒瓶：「不會是九十九度的吧？」

伶優仙子白了小龍一眼：「不是，這酒柔和醇厚絲毫不衝不火，更不會加了什麼迷藥，毒藥……」

小龍聽她這樣一說，便放下心來，毫不客氣，開懷暢飲了起來！

「小酒龍，你可知道，你的鈺瓶子姐姐，可也是我伶優的姐姐呢！」伶優仙子這話一出口，倒真是大出小龍的意料之外！

「這件事，鈺兒沒跟你提起過嗎？」伶優仙子又說。

「這我倒真是第一次聽說。」小龍邊喝著酒，邊與伶優仙子閒聊。大凡是有事，沒事的時候都常愛喝他兩杯的，只要這美酒一進了肚皮，便是什麼小事，閒事，故事都會變得有趣，好聽了！而平常日子裏，話不多說的，也常會變得喜歡多說他兩句！

「其實，我和鈺兒都是本境釀酒坊中，千年窖泥所幻化成的酒瓶子精靈，如果你耐煩聽，我便說說我和鈺兒的來歷。」伶優仙子原來竟然也是酒瓶子精靈，如果伶優仙子是鈺瓶仙子的妹妹，那同為酒瓶子精靈也算合理。

「當然想聽呀！伶兒姐姐……伶兒小姐……小姐姐……伶兒！」也許是美酒之力作祟，只單是要喊她一個名字，小龍胡亂，忙亂，結結巴巴了好一陣子方才說完。

「你到底是喝醉了，還是忘了怎樣說話了？都說叫我伶兒啦！」伶優仙子臉龐映著滿月之光，笑容燦爛，全不似往常過份自信到近乎盛氣凌人的模樣。她的美，是一種全然的自信，

芙蓉池邊　應非夢境

毫無遮掩，且毫不在乎別人的欣羨或忌妒，更別提那些羞赧的
小家子氣色，在她臉上，那是分毫不見的！

「與鈺瓶仙子相比，是各有特色，與號稱酒精靈界第一美
人的百花王相較，也未見遜色……鈺瓶子姐姐雖然大了些些，
卻是仙氣初見，稚氣未脫；眼前伶兒卻是仙氣已成，老氣略現，
當然，那所謂老氣，絕非歲月堆累的老，而是一種成熟磊落的
風采……」小龍忘了神，心裡想著，所謂的閉月羞花，沉魚落
雁，傾城傾國……眼前佳人莫不正是？這尋常人不論聰慧或是
魯鈍，只要是美酒入喉，大多是眼觀諸色，率皆佳美焉，何況
是眼前秀慧如斯的清麗佳人……

「呆呆地想著什麼呀！？」伶優仙子打斷了小龍的思緒。

「沒什麼，說說妳的故事吧！我想聽。」小龍回神說道。

於是伶優仙子邊品嚐著美酒，邊說起她的一段身世。

……原來，人界有個製陶巧匠，名號叫做，一點清心樂陶
然，與其同門師妹，萬般柔情何忘機，結髮三載，還是膝下猶
空。

一個夏日早晨，夫婦二人正在外出途中，天色雖然清朗，
太陽也已高掛，天空卻突然飄下了一陣小雨，夫婦二人急尋了
附近的涼亭避雨。一進了涼亭中，忽見長椅子上，竟有兩個猶
在襁褓之中，像是孿生女嬰的小娃兒，卻不見四周有何人影。
此時涼亭外面吹著微風，下著小雨，太陽卻依然照耀著大地，
遠山近水，景色美極！

夫婦二人，邊欣賞著美景，邊等待著小娃兒的家人，直至
雨停了，直至過午，再到夕陽西下，暮色籠罩，卻猶不見人蹤

行經此地。夫婦二人遂決定先抱回二嬰。樂陶然將真氣運於掌指，在木頭亭柱之上以指刻畫，寫著「二個小娃兒在樂陶窯」其下署名為樂陶然，計十餘字，卻是指力透木三分；指刻痕跡血色殷然，卻未見他手指有何血跡沾染。

「老頭子，你不覺得奇怪，這兩個娃兒，不哭不鬧，手搖足擺，卻是渾身冰涼？」何忘機說。

「只怕是餓壞了，著了涼了，無妨！」樂陶然說罷，雙掌集氣，同時在女嬰身上三寸之遙，來回周身，各施以溫熱掌氣，此時兩個小娃兒竟同時咯咯地笑了起來……

夫婦二人將一雙女嬰抱回，在窯場附近人家尋了乳母授乳。幾天之後，未見有人前來尋找領回，夫婦二人便動念收養這二個女嬰。

既要正式收養，便先要為之取名，因是女娃兒，相逢當天時值夏日，又是微風細雨的早晨時分，何忘機提議將看來稍長的叫做夏曉風，另一個叫做夏曉雨，以姓氏紀其相遇時節，以名字紀其相逢時的情境。

樂陶然卻說，美則美矣，但曉字筆畫太多，不如將之命名為小風，小雨……畫匠名師，其惜墨如金之作風，--至於此。何忘機知其生性，只得順著他！

如此，歲月匆匆，十餘年光陰瞬息而過。小風，小雨已是二八年華，二人出落得秀麗端莊，也各自習得一手精緻製陶的手藝。論其陶藝之精，不惟遠近馳名，甚且當世之中，能出其右者，寥寥可數……

一家四口，捏陶，作畫施釉，燒陶。日子無憂，和樂融洽。

芙蓉池邊　應非夢境

　　某日，一個身著白色衣裳，端麗大方的少婦模樣女子。攜帶著一個精緻木盒，內置一團純白無瑕，細緻無比的半濕軟泥造訪樂陶窯。開門見山說道：「樂師傅，這團軟泥，可否製得成陶瓷瓶器？」那少婦直問。

　　何忘機伸手掐捏軟泥，隨即一臉驚喜之色：「老頭子，快，你看這泥如何？」她當真是如獲至寶一般。

　　樂陶然走近細看一番，說道：「掌指觸之，似泥非泥，似軟實硬，嗅聞之，有穀子香味，百花香味，百果香味，還隱然有著酒糟香氣。這泥，從未見過，製不製得，不敢遽下定論。信得過我，便竭力為之，不然，則請另尋高明！」

　　那少婦聞言說道：「既然來了，便是信得過你，製不成了，大不了叫你『樂陶』二字，改作『落逃』：落荒而逃，也就是了，不要其他賠的！」

　　那少婦說話時不疾不徐，面無表情，猜不透她真正用意。

　　此時小風好奇近前：「爹爹，媽媽！我能不能也看看瞧瞧？」

　　樂陶然尚未答話，那少婦卻搶先開口：「當然可以，小姑娘是一定得瞧瞧的，唉呀！聞聲不如見面，小姑娘長得還真是標緻無雙，這一雙捏陶之手，看似柔軟，卻帶著勁道，果然不凡！小姑娘，這就設定了！就依著如此如此形制……樂師傅，瓶子上面，便依著這小姑娘的容顏體態彩繪上釉施作一番！」

　　「這……」何忘機才要答腔，那少婦不讓絲毫，回頭向著夏小風說道：「小姑娘別耽心，方才和你爹爹說笑的，你只管細心大膽去拉，去捏，我只知道捏成之後，不能用尋常法子將之陰乾，聽說需動用那什麼一筆氣血的獨門之內勁，才有可能到

芙蓉池邊　應非夢境

入窯燒製的標準！」

她有意無意地瞧著樂陶然，何忘機瞧在眼裏，內心裏頭覺得有點兒不是滋味：「老頭子，人家可是考校功夫來了，你接是不接呀？」

「接呀！不然，咱一家子當真要落荒而逃嗎？」樂陶然忽然一身豪氣，爽快答應！

「樂師傅果然豪爽，您這一家子大師巧匠儘管竭力施為，時候到了，也許是三年五載，我自然來取。作得成了，我不會失了該有的禮數；作不成了，也是兩不相欠！」她又對著夏小風說：「小姑娘，這泥的份量，雖說作成兩個瓶子都有剩了，但，這不是簡單容易的事，我很指望妳至少能完成一個。不過，妳還真得當心，這軟泥可不是捶打踩踏一番便可重新來過，捏的時候，不僅要手巧，還得有些勁道才成……」

那少婦離去之後，樂陶然一家子人卻從此像是烏雲罩頂一樣……

樂陶然是食不知味，成天面對著那一團軟泥，左轉轉，右瞧瞧，在琢磨著該從何處下手。

夏小風則跟著一班工匠師傅們，分別拿了自家場子各種極上等泥土，夯打著，踩踏著，模仿著那一團軟泥的涵水多寡，推究其軟硬勁道，只差著沒將材米油鹽醬醋茶都給用上了，卻一直尋不到有那一個方子，是合著那一團軟泥狀態的。

在幾個節氣更替之後，那一團泥，猶只是一團泥，樂陶然卻久已不知何事為樂，更無陶然情狀！但夏小風那巧柔藏勁的手法，卻是更加運使自如，連著夏小雨的捏陶功夫也跟著精進

芙蓉池邊　應非夢境

了不少。

　　某個天色陰鬱之日，樂陶然夫婦也還是坐對著那團軟泥。天冷將雨，樂陶然溫著酒，與何忘機對飲著，眼看著沒酒了，便喚了夏小風：「小風，再打些酒來！」

　　「爹爹，您記不記得這團軟泥剛來的時候，有著各種香氣，我記得它還隱隱然飄著酒香，」小風抱著個酒罈子走了過來：「也許給它些酒，事情便會容易多了！」

　　「唉呀！我怎麼將如此重要的事給忘了，真是的……」樂陶然似乎有了決定，它讓夏小風，將那一團軟泥掰成了兩個份量，一份在木盒中收著；一份在乾淨的精釉瓷盤上，小心翼翼地為它加上了無色的清純酒液，才施以巧勁揉壓。

　　卻見那團軟泥，一碰上了酒，竟是瞬間煥發出光彩，似是久旱逢甘霖一般地滋潤生長起來，眼看如此，夏小風便動手將那團吃了酒的軟泥，使巧勁在盤上揉捶拋摔。看看時候到了，便將它上了轆轤，小心翼翼地將它拉轉了起來！那軟泥竟似知人心意，隨著夏小風精巧的手藝施作順勢成長定型！

　　眼看成了，樂陶然接手此後功夫，它讓夏小風閉上了大門，半關了窗子，叮囑家人，別讓外面那貓兒溜進來打擾。

　　吩咐停當，便將個半軟稍硬的新成瓶子，小心翼翼地移至一個木頭轉盤上，盤腿運氣，雙手微溫之氣透出，轉盤上的瓶子，極其緩慢地隨著轉動。如此連著三天三夜，看看瓶子乾了，也沒見到一絲裂痕，雖只是個乾燥的泥土胚子，卻像是已施釉彩燒成，細緻無比。

　　樂陶然要夏小風端坐眼前，他隨即取了幾式釉水碟子，醮

芙蓉池邊　應非夢境

筆在瓶子上作畫起來，如此工筆細緻，運筆惟心惟巧，從晨光初起到日色昏黃，眼看畫成，樂陶然再氣灌掌指，右手食指，一縷極細氣血，緩緩地在瓶子上落款，題的正是陶然二字。

但見這一落款，那瓶子竟似活了起來，瓶子的彩繪佳人，就像是夏小風翩然走進了圖畫之中那樣的傳神！

樂陶然吩咐工匠開了小窯，單獨將那瓶子擺布妥當，只見那小窯是個窯中之窯，似是陶瓷之質。老火工封好了小窯門，在小窯之外堆材生火燒了起來。

芙蓉池邊　應非夢境

✿土石精魄　靈秀之氣✿

　　老火工首日施以文火，次日中火，其次之日大火，又次一日中火，最終之日文火，放冷九日之後開窯取瓶審視。

　　只見那瓶子，該圓的絕無一絲稍偏，該平的絕無分毫高低，圓弧曲線，則無一處不是工整對稱，厚薄均一，且表裡無異。再細看那表面，毫無一絲一點微裂與沾染！那瓶子以指彈之，聲作金玉，然觸之尚有微溫，且隱隱似乎有著回彈之力！再細看人物姿態顏色，表面光滑之中，竟似有極細之毛孔密布，直如嬰兒肌膚一般。

　　樂陶然觀器嘆賞，忽然心血來潮，便向著瓶子再運指力，隨即點點微小血痕，在瓶子圈足周圍，開成了細小的血色小花……只因樂陶然這心血來潮，神來之筆，竟然橫生了一縷煙氣，從瓶口飄出，凝而不散，繼而竟在那瓷盤之上，化成了一個女嬰，在場眾人無不看得目瞪口呆，一臉無法置信！

　　那女嬰啼聲嚶嚶，手搖足擺，竟是個真人模樣！

　　樂陶然急急喚來了何忘機，取了乾淨柔軟棉布，將此女嬰細心包裹一番，卻見此嬰啼聲即止，臉上露出了可愛笑容，手足揮舞，似在為了來到這人世而歡愉燦然……

　　夏小風，夏小雨二人更是高興得撫掌雀躍，夏小雨說：「姐，給她個名字！」

　　夏小風想了想：「叫她做鈺兒吧！願她此生，如金似玉那般

光彩尊貴，大家說，這名字可好？」眾人無不是紛紛點頭讚好，一時滿堂熱鬧，稱奇之聲，歡樂之語有如節慶當時……

夏小雨也一時興起，說道：「姐，那木盒之中不是還有一些軟泥？我也想用它捏個瓶子！」

樂陶然一聽如此，急忙搖著雙手：「別來，別來，一個瓶子便要了我半條老命，再來一個，怕不是要叫我早早昇天嗎？」

「小雨，放心去做吧！剩下的就讓媽媽來忙著吧！」何忘機倒是想藉此看看小雨的製陶功力如何。

於是，如法炮製，只是換了雙捏陶的巧手，換了個風乾瓶子的人，不過，這作畫的人依舊是樂陶然，而畫中的人，卻成了夏小雨。但樂陶然也沒多出些什麼筆畫上的麻煩，因為這夏小雨長得也和夏小風是一個相同的模樣……

當此新瓶子出窯之日，樂陶然依樣幾滴氣血滴落，在那瓶腳圈足處開出朵朵紅色的小花，卻是久久未見期待中的煙氣飄出……

樂陶然搖搖頭，嘆了口氣，說道：「看來還差了點兒，不知那兒出了差錯？」

夏小雨則難掩失望臉色：「隨緣吧！瓶子漂亮就好，爹爹，我給您拿酒去！」

說罷，她手拿著新瓶子，腳踏著沉重步子，走向了牆角邊的老酒缸，拿了酒勺子，打了酒，便望著新瓶子口灌落，卻突然一縷白霧，一聲嬰啼，這團白霧凝於老酒缸腳邊地上，竟然又是一個靈動活潑的女嬰誕生！

夏小雨大呼：「姐，快來瞧瞧！」

土石精魄　靈秀之氣

眾人一看，無不是臉上出現歡樂笑容！

何忘機更是笑得合不攏嘴：「卻是來個愛喝酒的，沒給她酒喝，還真是不想著出來見人呢！哈哈！」

「這孩子便叫她做靈兒吧……嗯，靈的筆劃太多，那就用人令伶，叫她伶兒吧！」樂陶然率先為這女嬰給了名字，但他又一次在筆劃上做了計較，眾人卻也是同聲稱好！

這二女頗稱靈慧，鈺兒則慧心蘭質早現，伶兒則聰穎異常，不論什麼本事，無不是一學就會。這伶兒又是十分喜愛化妝，才五歲上便拿了夏小雨的脂粉，盡往自己臉上塗抹，甚至工坊中的陶土藥粉也拿在臉上塗塗擦擦，好在都不曾在她嫩臉上留下一絲疤痕。

樂陶然依著二女資質，在她們才六歲時，便各傳一門本事。鈺兒能將瓶器之物，隨心變化大小樣式。伶兒則學了封禁神靈意識的一門功夫。她常對著工坊附近的貓狗施法，常見貓出犬吠聲，狗則喵喵之叫聲連串。伶兒只當這是門解悶時的有趣手段，鈺兒想學，卻是屢屢失誤，最終放棄。伶兒也想學學，將那瓶器變化大小的功夫，卻也常常是抓不住要點。可見二人適宜所學，一半得自天成，非僅是人力勤勞可就。

隨著歲月流轉，夏小風，夏小雨開始耽心起，當初拿了軟泥前來的少婦，有朝一日會來索取瓶子，因為鈺兒，伶兒二人，只要稍一離開瓶子不久，便似精神恍惚，失去了魂魄一般。人家當真要來拿取瓶子，這兩個孩子，該將如何？

二人耽心得沒錯，那少婦在鈺兒，伶兒七歲才過，便前來索討瓶子了。隨著浩大陣仗，跟著一駕奇異的銅牛車駕，熱熱

土石精魄　靈秀之氣

鬧鬧前來，車上滿滿的美酒及金銀珠玉之屬，一整條街上喜氣洋洋，似是在辦婚嫁。不明究裡的，還以爲是未婚育子的小風小雨二人終於要出嫁了，該當賀喜。卻不知樂陶然這一家子人，卻是愁雲慘霧籠罩，因爲不單是瓶子要走，鈺兒，伶兒二人也非得要跟著離去。

「當初她只說拿走一隻呢，咱留下鈺兒或是伶兒好呢？」何忘機在舉棋難定，小風，小雨卻早已是淚流滿面悲泣不止……

「都帶走吧，到了那兒，也好歹讓她們彼此有個玩伴兒！」樂陶然鐵了心腸，下了決定，只收了美酒，退回那些金銀珠玉，留作將來給她二人的嫁妝，並要少婦好好地對待她倆！

那少婦正色說道：「樂師傅果然爽快！不敢瞞您，說其實，一開始，我打著的便已是二個女娃兒的主意！她倆本是在我境界之中，釀酒作坊裡的千年窖泥所成就的精魂，卻是徒具精神而無形體。於是我便借重您這一家子大師的本事，如今果然成就了這二個酒瓶子精靈。我自會善待她倆，視如己出，不會讓她倆受到一點兒委屈！還有，這離別所愛的椎心之痛，我白蛇也深刻經歷過了，看開些，一些時候，就會習慣。」她轉頭安慰著小風，小雨。

「好啊！原來妳早就在算計著我！」樂陶然至此，方始恍然大悟。

「沒錯，這一切原來就都是我的算計，誰讓這普天之下，只有你樂先生這一家子人，值得我白蛇費心算計呢！」她轉頭吩咐幾個丁勇，將那些美酒全都卸下，挪了座位。然後抱起鈺兒，伶兒二個女童。二個女童初時極力抗拒哭泣，那少婦語聲

土石精魄　靈秀之氣

溫柔：「乖啊！妳二人原來就不屬於這裡，妳二人在人界的緣份，暫時只到今天，他日有緣，妳們自有再會相見之日！」

說罷，她手中絹帕輕輕一揚，一陣酒香飄過，鈺兒，伶兒便即昏然睡下。

說不盡的百種離情，剪不完的千般別緒，樂陶然一家子人，頓時像失了船帆的漂舟，漫無目的的日子裏，只是一樣不停地捏陶，燒陶。

「爹爹，媽媽，酒精靈界的人眞是狠心，說帶走就帶走。不知道鈺兒，伶兒過得可好？那兒是個什麼樣的地方呀？」曾有一日，對鈺兒，伶兒思念不已的小風問道。

樂陶然若有所思：「原來，酒精靈界存在世上的傳聞不假。看來，天地之間，當眞存在著這個境地！聽說它不屬於三界，境地不大，無人知其所在，是一個奇異之地。如是有緣，我們總還有機會再見到鈺兒和伶兒她倆的，妳可要暫時好好地，用心忘了她們吧！」這樂陶然老糊塗了，凡事，能忘記的自然就會忘了，卻哪裡是可以好好地，用心去忘記的呀……

回頭來說小龍與伶優仙子的閒聊……

自古以來，在滿月的夜色中，有多少人世的美夢成眞，好事得遂？

酒精靈界裏亦如人界，一些平日裏即互有喜愛之意的年輕男女精靈們，情緒在此自然潮汐之力的提升撥弄之下，乘著月光，就著醉意，終成了雙雙佳偶。

小龍極有興味地，聆聽著伶優仙子說起她那，伴隨著深沉愁緒的人界過往。

土石精魄　靈秀之氣

伶優仙子此刻臉上，卻已是兩行珠淚垂落！顯然幼年時的人界一番經歷，在她記憶中總是難以忘懷。她手上一瓶美酒此時也似摻雜了酸楚滋味。

小龍對眼前伶優仙子，萌生了不忍的憐憫之心，安慰著她說：「伶兒，快別再傷心了！我聽說無上師要到那人界，邀請妳外公和媽媽他們前來酒精靈界呢！別讓這些愁緒傷了情懷，辜負了眼前這美好月色，咱開開心心喝酒吧！」

「嗯！」伶優仙子手上一個瓶子，瓶口沾著她的紅唇，美酒欲下還留，一道酒水流痕從她嘴角滑過了粉頸，微微沾濕了她那略顯單薄的白色襟領……

此時小龍雙眼迷濛，內心怦然！此刻習習涼風與美麗夜色引領，陣陣的酒香飄盪，撫慰人心，讓二人暫時放下了悲愁心情。

此時，此境何如仙境，仙境難比此境呀！

不知過了多久，似有幾分醉意，只見伶優仙子醉態已現：「小龍，我想回去休息了！」她緩緩從長椅子上站了起來，卻是有如草亭之外，隨風輕舞的木芙蓉花樹，搖搖晃晃著身子，看她那情狀，似乎蓮步難移……

「小龍，扶著我回去吧，我沒法兒走動了！」她說。

「好，我扶著妳走！」小龍伸手要相扶持，不想那伶優仙子突然一個踉蹌，卻正巧將那小龍抱了個滿懷……

此時小龍但覺得心脈急竄，又似是天旋地轉，一時腿軟，便乖乖地跌在地上，只覺得伶優仙子像是一大團，白天裏滿懷擁抱著的，如棉絮般芳香溫柔的松蘿一樣，向著小龍掩身壓下！

土石精魄　靈秀之氣

小龍索性動也不動，只是細細地品味著這此生從未曾有的奇妙感覺⋯⋯

此時，她的幽香何如酒香，卻是酒香難比幽香⋯⋯

當小龍正自感覺像是騰雲駕霧般地如夢似幻時，忽聞兩個嚴屬粗暴的喝斥聲音如雷貫耳：「小酒龍，你好大膽子！」

這突來的一聲驚雷，讓小龍瞬間酒醒，伶優仙子卻在此時從他的身上姿態優雅，翻身落地，兀自還是睡態可掬，輕輕細細的呼吸聲，在此暴風前夕的片刻寧靜中，卻是清晰可聞。

小龍迅即站立起身子，卻見百穀王與那鈺瓶仙子，滿臉怒色，兩雙如火炬似的怒目正狠狠地盯視著自己。

鈺瓶仙子屬聲責問：「小酒蟲，你當真是不要命了？你竟敢欺負伶兒！」

「妳誤會了，我不是⋯⋯沒有⋯⋯是伶兒在無意間撞倒了我！」小龍情急之下，胡亂揮擺著雙手，連聲否認。

「還說沒有，還在伶兒，伶兒的，伶兒是你這小小酒蟲叫得的嗎？」鈺瓶仙子看來當真是動怒了！

「小酒龍，你不該乘人之危，你明知伶優仙子重傷未癒，卻還在此地灌醉了她，圖謀不軌！不給你一點教訓，你還當真以為這裡是個沒有王法之地！鈺兒，抓了小酒龍，泡酒！」百穀王和鈺瓶仙子合力抓起小龍。

小龍一聽到泡酒二字，雙腿又是一軟，心想：「完了，酒蟲化龍的我，今夜只怕真要小命不保了！」

他情急大喊著：「你們當真冤枉我了！」還回頭向著伶優仙子：「伶兒⋯⋯仙子，妳倒是快快醒來，快替我解釋一下呀！」

土石精魄　靈秀之氣

只是那伶優仙子卻恍若未聞動也不動，似乎還睡得正甜！

　　小龍卻在萬分危急的此時，在無意間，彷彿，瞥見了睡夢中的伶優仙子，嘴角揚起了一抹幾乎難以察覺的，暗自得意的，幾分詭異的笑容……

　　小龍一陣冷意，打從腳底板昇上心頭，他用盡氣力想要掙脫，卻是使不出一絲力氣，任憑百穀王與鈺瓶仙子，將他提著，走出了草亭外。卻見草亭之外不知何時，已多了一口大酒缸，缸裏頭滿滿的像是烈酒。

　　此刻滿缸的酒，看來直如張牙舞爪的，面目猙獰的可怕惡鬼！就快要將小龍吞吃下肚一樣！

　　這時，小龍忽然想起前些時候，鈺瓶仙子曾經叮囑過他，最好離開伶優仙子遠些的一番提醒。此刻，小龍悔之莫及，卻是為時已晚……

　　百穀王抓著小龍手腳，頭下腳上正對著酒缸，鈺瓶仙子使勁，將他的龍頭按壓著沒入烈酒之中，小龍最終拼盡了餘力，大聲長吼：「我不敢了，放了我吧！啊……」

　　那一聲雄渾響亮的龍吼，震動了酒精靈界的寧靜夜空，響徹四方。

　　在那拚盡餘力的一聲大吼之後，小龍卻未感到烈酒嗆入口鼻的溺水感覺，他睜開雙眼，揉揉眼睛，卻那兒還有百穀王？那兒還有鈺瓶仙子？伶優仙子也不見了，自己正躺在草亭中的泥土地上，雙手卻緊緊地貼胸抱著一個十分精緻漂亮無比的小酒瓶子。

　　小龍心想：「原來是一場夢！」他極不自然地站了起來，想

土石精魄　靈秀之氣

走近荷花池子邊，他想洗把臉，梳理一下思緒，他移動腳步，卻驚覺，這是一雙陌生的，凡人的光腳丫子，再看看雙手，也是陌生的凡人之手，他全身一陣顫動，心想：「這怎麼回事，發生什麼事了？」

他走近水邊，映著月光，池面上竟是一張陌生的凡人臉孔倒影，那俊秀的臉龐還帶著些稚氣，卻又有著七分成熟的年輕男子韻味。

小龍腦子裡一片空白，而那片「應非夢境」的木板子，此刻一如他的心中，正被微風吹拂著，擺盪著……

此時在遠處，老白龍和生肖諸公們也在相聚歡飲，聽了那一聲雄渾撼空的龍吼巨響，先是面面相覷，繼而，相視而笑。白娘子打趣著說：「看來，咱境界裏從此又多了一條強龍！我這地頭蛇，真不知是該喜，還是該憂呀！哈哈哈！」

虎公接著說道：「單說咱十二公裏，早就是龍蛇混雜，其他的就更別提，也不差多出他這一條！」

「強龍？還早著哪！別理他去，咱們再痛快喝酒！」老龍面露喜色，頻頻勸酒。生肖十二公也都無人不樂，全都是開懷暢飲，徹夜裡酒香四溢，笑語縈迴……

小龍初現人身，卻是還在動盪著，搖擺著，尚不安穩。

他時而是人，時而是龍，更會偶然變成了猴子，偶然也像無上師那樣鬚眉張揚，濃髮賁張，嘴吧裏自言自語談吐著的，有時是稚嫩童語，有時則聲如洪鐘兼著粗礪嗓音，更多時候則是低沉昂揚適度，緩急有節，彬彬謙謙，不似從前的輕浮急躁……

土石精魄　靈秀之氣

小龍自從應非夢境回到百果園中之後，便在一棵狗鼻子老樹下的松蘿棉團上呆坐著，自旭日初昇，再經烈日當空，到夕陽西下，他一直都沒起身走動。

　　他心中五味雜陳，不時地歡喜，惶恐，憂慮，羞赧情緒，來回反覆著……

　　他分不清楚昨天夜裡，是真？是夢？雖說此刻在他手上把玩著的，精緻漂亮的酒瓶子，是實實在在的一絲不假，但昨夜伶兒的溫柔擁抱，百穀王及鈺瓶仙子的暴怒斥責，聯手制裁，究竟是真實的嗎……

　　又已是月上東山時分，小龍還在思緒紛亂，神靈意識無端飄遊的時候，忽然聽得一聲極為熟悉的，關懷備至的呼喊：「啊，小龍，原來你在此地呀！你當真還不餓嗎？長大了以後可得要學會著照顧自己呀！」

　　這聲音雖是十分悅耳好聽，卻讓小龍頓時感到極不自在，且十分羞愧了起來！那是鈺瓶仙子的聲音，而此刻小龍正好現著龍形，只是比起之前高大威猛些。

　　他有點兒手足無措：「妳別過來，我不想被泡酒！」

　　他別過臉去，背對著鈺瓶仙子。

　　「你發什麼神經呀！什麼泡酒？你當真想試試被浸泡在烈酒裡的滋味，我倒是可以代勞，替你準備，準備！」鈺瓶仙子聞言，還弄不清楚怎麼回事兒，又說：「你轉過身子來，我手上有些好吃好喝的……」

　　其實自鈺瓶仙子來此，他手上荷葉包裹著的熱包子與熟肉的香味，早就讓小龍暗自猛吞了幾個口水，他轉過身子：「也著

土石精魄　靈秀之氣

實是餓！」

　　他接過包子熟肉，將伶優仙子給的那空酒瓶子，隨手放在一旁，隨即不好意思地吃了起來。鈺瓶仙子眼神留意著小龍放下的那隻空酒瓶，並遞給了小龍另一隻裝滿了美酒的瓶子，她自己也輕輕淺淺地喝著酒，一邊極有興味地看著眼前一夕長大的小龍……

　　「你不會怪我？」小龍又試探著問。

　　「我怪你什麼呀？我如何怪你？你別吞吞吐吐的，有話就直說，難道你還想讓我費神用心，施起法術來探尋你的神靈意識不成？」鈺瓶仙子要讓小龍自己說話，不然，眞有需要，她也可以知道，小龍此刻心中正想著些什麼，！

　　「好吧！」於是小龍便一五一十地，將昨夜在應非夢境草亭中的經歷，仔細地說了一遍。

　　鈺瓶仙子聽完，臉有疑色：「依你所言，我說呢，你昨晚的一番經歷，其中有眞有假……伶兒說與你聽的故事倒是不假；我和百穀王抓你泡酒的事情卻不是眞的！但伶兒給你的瓶子卻又是如假包換……」她再仔細地想了一回：「記得前些天境界裡大戰時候，伶兒曾將虛空小兵的神靈意識，關鎖在你身上，解封時，她將自身的一股眞氣灌注在你身子裡面……昨天夜裡，你的部份經歷，看來是她故意作弄你的，要知道她的那些怪異手法，眞想要讓你嚇得尿褲子，喊爹娘的，也不是不能，你的弱點何在，她可是一清二楚呀……」鈺瓶仙子的說法，聽來很有道理。

　　小龍雖然磊落坦蕩，但不經意間，便有兩個女子清楚掌握

土石精魄　靈秀之氣

著自己心裡頭藏著的所有事情，看來他這輩子，只得乖乖地當個不欺暗室的正人君子了！

「還有，小龍，我看伶兒給你的這一隻瓶子，除了比不上她自身的本命瓶子之外，卻是她一向最為鍾愛之物，她既捨得贈送給你，看來，她真是將你當成真心要好的朋友了！」鈺瓶仙子說。

「原來這瓶子如此貴重，早知道，不該拿它的！」小龍說。

「她想給你，便由不得你不拿！只是，你也要真心地對待她，她一向自負，又常盛氣凌人，在境界中沒有幾個平輩知交，說來，也實在叫人為她感到不忍的！」鈺瓶仙子對這個與自己在蒙渾未明，魂魄初生，尚未成人形時，便已朝夕不離的妹妹，又是心疼，又是頗不以為然，心中自是常常存在著矛盾。

小龍一想起伶優仙子那些怪異手段，心中又是感覺一陣恐懼！但另一方面，也有些不捨，在對戰虛空界主那一仗，她的奮不顧身，卻更是叫人不得不由衷佩服……

小龍吃完了包子，隨手便將沾了包子與熟肉香味的荷葉，放在那棵老狗鼻子樹的分枝之處。那兒，一個新生枝條，彎曲著細小枝子，在嗅聞著荷葉上的餘香。

小龍小心地將伶優仙子那隻瓶子妥善收好，和鈺瓶仙子欣賞著月色。天空那一輪明月，在月半過後，微現虧缺，似是在提醒著人們，世事豈能恆常美好，應該把握有限之年，好好地活他一回才是！

雖非中秋，小龍望著明月，心裡頭想著嫦娥奔月的傳說故事……忽然眼界之中，在那月亮升起的方向，無意間瞥見了一

土石精魄　靈秀之氣

個移動的細小黑點。他本以為那是飛鳥夜行，再一留意，卻見那原先以為的飛鳥竟是愈來愈大，當它飛掠頭頂上方時發覺竟是個龐然大物，也不聞其振翅之聲，那龐然大物向著朝議之殿方向飛降下去！

「鈺瓶姐姐，那飛行之物看來可疑，應非出自本境，你快去向百穀王，金鷹他們知會一聲，我先過去瞧瞧！」小龍臉上幾分焦急不安地說。

「好，那你自己小心留意！」鈺瓶仙子飛身即起，向著百花園趕去，金鷹，黑熊一大夥兒人此刻都在那兒。

小龍一路上穿林過河，或在草上疾馳，筆直而前。不一會兒，便已到了朝殿之外不遠處。只見那外型像是海中魟魚似的龐然大物，悄無聲息才正在緩緩落地。隨即，大約十來個夜行勁裝，凡人界模樣的勇士，自其腹下開口魚貫而出。看那鬼魅般行止，當非善類無疑！只見在那帶頭的人迅速指點分配之後，那十來個人隨即分成三個小隊，一隊在朝殿正門處探頭探腦，似在把風，也像在看守著飛行機器。另外兩隊，各自沿著兩邊宮牆外側，行動敏捷地向著後殿側邊奔去……

不久，低空中一隻飛鳥飛過，停在朝殿屋頂中脊之上在四處觀望著。看仔細，卻正是那金鷹將軍。不一會兒，百穀王，黑熊及幾個衛士哨兵也悄悄來到，與小龍會合。小龍低聲先向著一臉疑惑的眾人稍作自我介紹後，又將所見情勢向眾人描述了一番。

此時，金鷹將軍自屋脊上飛了下來，見了眾人。

「那邊如何？」百穀王問。

土石精魄　靈秀之氣

「兩個小隊，各約三四個人，鬼鬼祟祟地摸向後殿側門，看來是想溜進內殿。」金鷹說。

「聽好，金鷹，你帶人攻向後殿右側；黑熊，你帶人攻向後殿左側，這邊戒備著的，讓我處理。等會兒我發個長明彈子上天便立刻行動，希望其他還沒睡著的，看了彈子會趕過來幫忙！」百穀王說。

金鷹及黑熊各自帶了人手，百穀王將一發彈子射上了天空，一道耀眼閃光，伴隨著砰然一響，三組人馬，隨即各自衝向目標！百穀王及小龍等人迅速殺向了在正門處的對手，對方未等百穀王眾人靠近身旁，幾發彈子便已自手上火器連發而來，眾人迅即避開，同時立即面對面以拳腳短兵向著那些來人用心招呼了。

看那些對手，各人口鼻之上罩著個罩子，一根小軟管連著個綁掛胸前的氣罐子，看來是他們加強呼吸用的。

對戰不久，百穀王一拳頭打歪了敵手下巴，再一腿踢著了他下腹。那人便跌坐在地上，百穀王再補他一腳，那人就此安靜地躺平不動。

小龍此時尚是個人形，初次與人交手對陣，不免生疏且多滯礙，難免綁手綁腳。好在他揮拳彈腿倒是強猛有力，過不多久，也撂倒了一個敵手，並將那人雙手反轉綁在背後。

剩兩個來人，和本境三、四個兵勇還在你來我往。

那兩個人，看來身手不弱，百穀王向小龍使了個眼色，同時繞至敵手後面，一人一個，拳起腿落，兩個敵手待要回身防備，卻被本境勇士，趁機左右挾持動彈不得！

土石精魄　靈秀之氣

不多久，金鷹及黑熊那兩邊，也都傳了捷報，將敵人全都綁了過來。

此時天空長明彈子耗盡，光芒恰好消失，眾人手邊卻無現成燈燭，百穀王命人往護殿庫房裡去翻找一番。

就著月光，看著十二個凡人，拉下他們口鼻上的罩子，有人卻驚疑不解地嚷嚷著：「怪了！怎麼這些傢伙，長得全都是相同一個樣子？」

眾人聽聞如此，便再仔細瞧瞧：「沒錯，竟然連高矮胖瘦，也全都沒有一點差別，當真是怪異！」

此時一個熟悉的女子聲音說道：「這凡人界技術先進，傳聞，有一種稱做試管人的手段，同時可得到多個相似的後代。但要一次便做成十二個人，又都成為勇士的，倒是沒聽過。」

眾人看看說話這人，長相無異是鈺瓶仙子，聲音卻不是她，而鈺瓶仙子本尊此刻卻正在百穀王身邊。

眾人大都不知，此人正是伶優仙子！

伶優仙子邊說著，邊走向已變化成人形的小龍。境界裡，十有八九，都不知昨夜在應非夢境發生了什麼事情，只道是本境地裡，又新來了兩個年輕精靈。

小龍一看到伶優仙子出現眼前，卻是臉上一陣溫熱上來，心脈急速竄動，胸腹及兩腿有些兒酥麻顫抖，不聽使喚，有著將要癱軟的奇異感覺。

伶優仙子在小龍身旁不及一丈之處站定，她斜睨了一眼小龍，身上一陣淡淡花香，飄進了小龍鼻子裡。

「人界尚有一種手段，叫什麼複製人的，卻只是聽說，如

土石精魄　靈秀之氣

果真有其事，這幾個傢伙，八成就是！」她又說。

「這凡人界，怎麼老對這些奇異法門如此興致高昂？」

「成天裡盡是想著幹壞事，連咱們酒精靈界都盯上了，真是……」

大家七嘴八舌地談論著。

此時大帝師及四大護法也來到現場。

大帝師面向著百穀王：「百穀王，可知這些人的來歷？」

「稟大帝師，方才審問了，但沒一個人吭聲，問不出個所以然來！」百穀王回話。

大帝師對著伶優仙子說：「伶兒，妳那探詢神靈意識的功夫，能使得上嗎？」

伶優仙子上前回話：「我且試試，應該還行。」

大帝師又說：「如碰上難處就立刻放棄，千萬不要勉強，身子要緊！」

「伶兒曉得！」說完，她走向其中一人，拿出絹帕，在那人眼前隨意一揚，那凡人隨即昏睡。

伶優仙子命人將那凡人在地上放平，自己則趨前，雙手纖指在那人天靈及太陽穴上輕輕點落，並閉目施法。

一會兒睜眼，她只搖了搖頭：「一片空白，全無腦識記憶！」

她又隨意對著另一凡人如法施為，也是搖了搖頭，再要尋另一人施法，大帝師出言阻止；「不用了！看來他們，非是一般尋常凡人，只怕是讓人做下了什麼手段，或者根本不是血肉之軀也是難說，別再浪費力氣！」

「是，伶兒遵命！」她回大帝師話。

土石精魄　靈秀之氣

　　小龍此時仔細看那伶優仙子。只見她脂粉未施，滿頭烏絲垂肩，一條淺紫色髮帶隨意綁紮，也如昨夜，一襲白色連身衣裳，纖腰上繫著條淡紫色的雙結長腰帶，臉上稍稍顯露疲憊之色，應是方才施法，過分動用了真氣。

　　她的一雙迷濛秋水，望著小龍，似有所求，說道：「扶著我，讓我靠靠！」

　　小龍先是心中一喜，隨即卻是一驚，心想：「別又是什麼作弄，算計！」卻也還是規規矩矩，乖乖地讓她倚靠著。

　　伶優仙子伸長著右手，橫過小龍肩頭，老實不客氣地將小龍作為支撐，顯見她此刻的虛弱！

　　大帝師見眾人一時無法探問出個道理來，便吩咐百穀王差幾個人手看管俘虜，等天明再想法子。

　　百穀王點派幾個衛士，將那一班敵俘，分別拴綁在幾棵狗鼻子樹幹上，並讓他們幾個看管人犯，同時看管那飛行機器，並嚴禁任何人接近那機器，他怕那機器會像虛空境界小灰鼠身上的定位盒子，毫無預期，說爆就爆。這凡人界人心難測，不得不防。

　　伶優仙子本來要小龍扶著她回到居處，卻是一路向著應非夢境的方向行走。小龍心有疑惑，卻是不敢多問。

　　「先去水池草亭那邊坐坐，天色還早，我想晚些才休息」伶優仙子說。

　　又是那應非夢境！一路之上，小龍真是心驚膽跳，一句話也不敢多說，卻又是滿心歡喜著，能夠這樣和伶優仙子相依相伴而行。至於兩人走了多久，經過了哪些地方才來到草亭之中，

土石精魄　靈秀之氣

小龍卻全未留意。

　　扶著伶優仙子在長椅子上坐定之後，小龍想坐到木桌對面那張椅子，他就要轉身，伶優仙子卻是伸手一拉，小龍不自主地一個跟蹌，正巧緊緊地靠坐在伶優仙子身邊。

　　「坐我身邊不好嗎？」伶優仙子語氣淡然地問。

　　「很好……不是……也不錯……」小龍結結巴巴，不知所云，他的模樣逗笑了伶優仙子。

　　「噢，對了，伶優仙子，昨晚，妳忘了一樣東西……」小龍取出了那隻空酒瓶子。

　　伶優仙子一見到小龍取出那瓶子，立即，臉上沒了笑容，語氣轉為平靜冷淡：「都說叫我伶兒了，還有，那隻瓶子，我昨晚看你酒醉睡著了，還緊緊地將它抱在胸前，臉上模樣開心，我本來以為你很喜歡它，便打算將它贈送與你，既然你不喜歡，那便將它扔了吧……」

　　小龍見伶優仙子臉上不樂，急忙著回道：「仙子，不，伶兒，我，我十分喜歡這個瓶子呀，它上面還畫著你的模樣，十分漂亮，我當真是十分喜歡它！」

　　此時，滿月雖過，因為在此境地沒有遮蔽，月亮還在夜空之中大放著光明。草亭中，兩個相依，一雙年輕初識溫情的心，清純得似反映在池水面上的，微微盪漾著的碧空夜色。

　　「今晚不睡，我要在這兒欣賞夜景，聽蟲鳴蛙聲。」伶優仙子說。

　　「我也不睡，我就在這兒陪著妳欣賞月亮，看日出。」小龍跟著說，至於那些離開伶兒遠些的善意提醒，就暫時忘到九

土石精魄　靈秀之氣

霄雲外去了。

　　兩人如此相互依偎著，聊著，過不多久，伶優仙子卻慢慢入睡了。她呼吸聲細微，心脈的搏動平和，其韻律似是沉緩地在暗自調息吐納著，而伶優仙子卻不自知。

　　她在小龍懷中安穩甜美地入了夢鄉。小龍一動也不敢動，深怕稍一挪動身子，便會驚醒了伶優仙子。此時，「應非夢境」四字，在小龍心中，卻八成是「願非夢境」，他其實深怕這又是夢，真要是夢，又怕此夢再被驚醒……

　　不知何時，小龍忽然覺得懷中之物蠕動，他睜開眼睛，卻見已是日上三竿，伶優仙子還在小龍懷中，她半閉微睜著雙眼，說道：「當真是一夜好眠，」她又張開眼睛瞧著小龍，又說：「這太陽也早起得太快了些……原來夜晚，有這好處，不用躲屋子裡，便可不曬太陽！」

　　她站了起來伸伸腰：「去看看那些壞人……」

　　兩人便隨意在水池邊漱洗好了，卻見木桌子上，早有人放了一滿荷葉的包子，那包子尚有餘溫，微香還在。

　　「八成是鈺瓶子姐姐拿來的！」小龍說，他這才想起，昨晚，八成自己也在無意中睡著了。

　　「她還真是關心你呀！」伶優仙子說。

　　「是呀！我是她從人界帶上來的，她可不能不管我！還有，這許多個包子，自然不會只是給我的！」小龍說。

　　「你美呀，小龍！你自然不知，這許多年來，我吃的，穿的卻一直都是鈺兒在打理著的，誰叫她是我姐姐……雖然我們都不是什麼血肉生成的！」伶優仙子說。

土石精魄　靈秀之氣

「怪不得之前無上師，要她讓著妳什麼，不好讓著妳什麼的，原來有這一層因緣！」小龍說。

「什麼讓不讓的？誰稀罕她讓……」伶優仙子心中，是不是當真覺得世上的一切，都是那麼地理所當然，這不是小龍所想要明白的，當事者雙方如果願意接受，旁人不必深究，許多事情原是如此……

兩人邊走，邊吃，邊聊著，不久，已接近了朝殿。

尚未到空地上，卻已見人聲鼎沸，熱鬧有如市集一般。

「這可奇怪了，也不過就是過了一個晚上嘛，怎麼這些凡人全都回去見他老祖宗去了？昨兒晚上，還都活蹦亂跳的呀！」一個衛士說。

「這狗鼻子樹，向來是只抓壞人，卻從不殺人的呀！」另一人說。

「唉呀，好臭啊！這些凡人死鬼怎臭得這般快速？看來還正冒著煙氣呢！百穀王，這可怎麼辦？」鼠公問。

「看來，也只有讓他們從那兒來，回那兒去了！」於是百穀王，吩咐了兵勇，取來了蓆子，冰水，先將那些凡人遺體用蓆子包裹綑綁妥當，打算將他們送出境外，推落下方大海。

金鷹將軍本來欲調派兵勇，將那些遺體搬至境界邊緣，一舉拋下，老龍卻說：「不用這麼費事，大家讓開些，我且送他們一程……這些死人，還真的是臭不可聞！」

眾人聽說如此，無不掩著口鼻，急急地，遠遠地退避著……

於是老龍縱身躍起，化作巨大銀龍，興起一陣大風，將那些遺體，連同臭氣捲起，迅即捲向境外而去。

土石精魄　靈秀之氣

　　又過了不久銀龍飛回，化作老者落地：「百穀王，境界下方，
正好有他們同夥兒的在等著，一艘大機器，比那邊那台大多了，
正要前來討人。看到那些屍體，那領頭的人，也沒什麼憤怒，
不滿或悲傷。我告訴他，這些人的死，並非我們下的手。我們
只不過留下他們過了一夜，豈知卻已悉數斃命。我還問了，為
什麼這些人的體裁容貌全都長得一樣？那領頭的只淡淡說了什
麼，無須大驚小怪，這些人雖都是血肉之軀，卻只是他們上頭
複製研究出來的，尚有缺陷，還在改善當中。一付不將人命當
一回事兒的態度！我想，要是讓這些所謂的複製人種，知道他
們在別人心目當中，只是一種研究產品時，不知會不會感到悲
傷，心酸……」

　　酒界精靈，大多是初次聽說這複製人種，對於這個人種的
生命是否完整，可以稱之為「人」，各有說法，見解。一時之間
議論紛紛，雖無結論，卻有個一致的看法：複製人種是個違逆
自然天道的存在，則無疑義。另外，不管如何，那些人手上拿
著的傢伙，十足八成是會要人性命的……

　　百穀王聽了老龍一說，伸手摸了摸下巴：「也好，讓他們落
葉歸根也是好事。本來我還耽心對方誤會本界手段凶殘，對待
俘虜毫不留情，既然說清了也就是了……」

　　「他們愛怎麼想，咱們管不著，人又不是我們殺的，有什
麼好耽心的？我看他們雙眼突出的死樣子，八成是他們的氣罐
子用光了。咱這兒的空氣，不合他們的意，索性不吸，賭氣悶
死了……」老龍昔年在三界縱橫闖蕩，看多了生死大事，不像
百穀王，總是心繫生靈，心懷仁義……

土石精魄　靈秀之氣

「燒起來了，燒起來了！」一旁衛士，忽然大聲喊著。眾人循著火光看去。

原來，那貌似大魟魚的飛行機器，竟自燃燒起來，不多久，便只燒得剩下了骨架……

一波才過，一波又起，這平凡無爭的日子，也不是心裡想過，就能安適過得。酒精靈界尚未完全復原，事情卻緊接著來了，這對手是什麼來歷，他們又圖的是什麼呢？

百穀王看看大地的戰火傷痕，已回復得差不多了，便傳下命令，暫時停止地上的復原工作，雜木林子外面境界邊緣，除了衛士哨兵之外，如非必要不得接近。境中生靈只在三個園子及花天酒地中過日子。在籍兵勇則加強戰鬥訓練，以應突發戰事。

「進議事殿中商議事情吧！」百穀王命人鳴動鐘聲，召集朝官進殿議事。

眾官進得殿來，見大帝師早在金階之上大木桌後面坐定。

百穀王待眾官就緒，領著眾人向大帝師行禮。大帝師起身回禮之後，在大木桌後面來回走了幾步，才面向著眾人說道：「眾官近日辛苦了！我本以為，地上的傷痕回復至此已可稍安，再來便是護境界限的修復。卻是一波才過，一波又起。昨夜本境遭到人界入侵，對方是何來歷，有何圖謀，並不清楚。近日之中，大家要更加謹慎留意。本境當前處在這不上不下的人界上方邊緣，實非得已，待他日護境界限重修完成，本境方能再次遠上高飛，再重回到天地之間往來自如之境。但眼下卻是人界宵小，便能來得從容。這實在是我的過錯，我的無能……」

土石精魄　靈秀之氣

大帝師頗為自責。

「大帝師切莫自責，過去是虛空界主太過強大，又使手段，才讓我們措手不及。若不是大帝師盡心盡力，豈能將他收伏？本境全境一體，自會更加齊心協力，共同承擔護境之責。惟請大帝師保重尊貴之體，切勿過分操心！」百穀王說。

「是呀，請大帝師寬心！」眾官同聲齊呼：「大帝師寬心⋯⋯」

「我召集大家上殿來，只是想同大家見見面，說說家常閒話。許久未曾再與眾官宴飲，今日正午，便在殿上開席用膳，」大帝師稍停，雙手拍掌又說：「老龍，過來說說你的後輩小友。看他才過數日不見，卻是大不相同了，呵呵！」

老龍在眾官群中，朗聲說道：「這也沒什麼好炫耀的，一切全是他的造化！百穀王，你帶他上去亮亮相，叫大家認識，認識。不然哪天在境界裡楞頭楞腦地得罪了人，叫人給修理了，那可就冤枉了！哈哈！」言外之意似乎也有著，要是真有什麼矛盾，還請大家不看僧面也看佛面的意思！

伶優仙子推了小龍一把，百穀王領著他上前。小龍卻還有些跌跌撞撞地，隨著百穀王踏上三階之後站定，十分恭敬地向大帝師行了個禮：「大帝師好！」又轉身面向眾朝官。

百穀王拍拍小龍肩膀：「各位，這便是小酒龍，這些日子來，有些奇遇，造就成如今這等人才，請大家多多關愛教導！」

眾官想起前些日子，小龍才為大家帶來哄堂歡笑，幾天不見，卻已長成這等俊朗模樣，眾官無不叫好！

小龍嘴上說著：「各位前輩，晚生小白酒龍，在此向大家行

土石精魄　靈秀之氣

禮了！」並深深彎下了腰，拱手長揖⋯⋯

「老龍你得傳他些本事，境界裡正在需要用人的時刻！」大帝師說。

「這個當然，只是他這細手嫩腳傻呼呼的模樣，只怕會辜負大帝師一番心意，我老龍盡力就是！」老龍雖是嘴上如此說著，心中卻是深深有著期待。

午膳既畢，百穀王，花果二王，二將，四護法及彩瓶雙艷，老龍，小龍等，全進了內殿。

大帝師命人備了茗茶，示意眾人隨意就座，小龍和伶優仙子在老龍背後站著。

大帝師手指著桌上石盒向眾人說道：「昨晚，人界宵小之輩潛入本境，企圖摸進內殿，如依著他們方向看來，八成，所圖謀的是盜物，不在傷人，且八九不離十，目標在此！」

百穀王說：「您是指這孕化石盒？眾人只知道它極為重要，故不敢輕易洩漏此物，聽說它具有孕化重生之功，可是沒有像大帝師這樣高深的修為，光是憑藉著--個石盒，恐怕也不是說重生便重生，人界要它不知有何目的？」

大帝師喝了口清茶：「人界向來貪婪成性，知道有這樣的寶物，又有能力的野心之徒，當然要費盡心思前來偷盜奪取！據藏書樓典籍記載，孕化重生，需取待重生者的一分神靈意識，寄寓在一點血肉之中，將之置入石盒之中孕化。經過七七到九九日期之間，便能重生。而這當然需要有些本事修為，我恰好也懂得一些。這神靈意識分出之法，猶如從那老樹摘取枝條，再行扦插或者接枝萌生新樹。道理雖易，行之則難！須修得神

土石精魄　靈秀之氣

靈意識安息之法，而且，一旦分出，哪怕只是極其幼稚，極少部分的生息之念，施法之後，其功體修為已經頗多減損。故在雷峰塔大戰虛空金人戰將時，我實是力不從心。大戰當日，我將那金人推入地底熔岩途中，驚覺其神靈意識離體而去，我恐怕功虧一簣，便拚死先將金人推入熔岩。所幸此時我尚未魂飛魄散，便又拚盡最後氣力，重新喚回匯集那已經分散之自身晶鑽，強行凝聚。略事調養氣息，又急急趕往虛空境界，再次強行使力應戰，並用了險招，僥倖勝了虛空界主，自己卻也氣空力盡。短期之內，不但無法再行神靈意識離體之法，且近日時時感覺功體不穩，若有隨時將會崩潰離散之感。此刻再想將我的神靈意識回歸到孕化石盒之中，早已力不從心！」

「那該如何？」老龍問。

「前日，我已託無上師前往三界，找尋當年為鈺兒及伶兒兩人塑造形體的大匠師，一點清心樂陶然。只要找到他，以他的氣血賦生修為，要讓我這把老骨頭多活幾年，應該不是難事！」大帝師說。

此時伶優仙子說話：「稟大帝師，一時要找到我外公恐怕並不容易。之前，我與百穀王同至人界搜買百穀種子，順道去了陶然窯，想找我外公，卻見村屋，陶窯均已殘破廢棄，工匠村人也已不見蹤影……」她有些黯然神傷，百穀王身邊的鈺瓶仙子也是一臉的失望無奈。

大帝師安慰道：「這無上師在三界之中頗多交遊，要尋一個樂陶然當非難事。如果當真尋他不著，再作打算。自今日之後，我將在這內殿，閱書修習，內殿之中自有親兵衛士照料。無上

上石精魄　靈秀之氣

師尚未回來之前，境中諸事由百穀王全權裁決，有勞各位多加辛苦配合！」言下之意，大帝師即將閉關修習一段時日。

「大帝師請放心休養，我等將會盡力……」眾人辭了大帝師，離開朝殿，各自忙碌去了。

伶優仙子叫住百穀王：「百穀王，記不記得上回我們到人界蒐集種子？昨晚看到那些入侵的壞人臉孔，怎麼就一直讓我聯想起那個賣種子的人！」

「哦，妳且說來聽聽！」百穀王停住腳步，面對著伶優仙子。

「記得不久前那次，你的人界好友傳了消息來，讓你前去拿取幾個新品種的穀子……我們和對方在港口旁邊沙灘上會合，那個叫什麼王博士的……」伶優仙子提起在人界收取種子的事。

「妳是說那王博士呀，他是個新品種穀子的培育專家，他的學問極好，在相關技術的研究門路相當寬廣，深入，是個極為難得的人才！」百穀王說。

「王博士交給我們穀子，拿了金子之後，突然人不舒服，倒地昏迷。你幫他推拿一陣之後，要我探詢他的神靈意識找尋病因，我依法施為，無意間，從他的靈識中，看到他工作之地，除了各種設備，還有幾個年輕幫手，奇怪的是，當時發覺他那些幫手，竟然全都長得極是相像……隨後探知王博士只是過度勞累。當他清醒之後，我們急著將種子拿回境界裡，便將這事情忘了。直到昨晚，我看到了那些也是全都長得一樣的壞人，才又想起王博士靈識中的記憶。我的直覺，或許這些人與王博

土石精魄　靈秀之氣

士，有著一些關聯……」伶優仙子猜測著。

「也許只是巧合罷了，王博士為人不錯，應該不是壞人！」百穀王說。

「那可就難說了，如果是正人君子，又怎會將他單位裡的研成果，私下轉賣給我們？這在人界，是個業務誠信上很大的忌諱！」伶優仙子對他口中的王博士，似乎頗不以為然，這也讓百穀王有些兒小小的尷尬，畢竟他是百穀王在人界最為倚重的幾個朋友之一！

「妳說的也是，但是他對我們很好。我們三個園子裡的優良農作品種有極大部分來自於他。碰上傳統品種出了什麼問題，如果是我們自己無法解決的，他也是願意幫忙。交往多年，我看他的為人也算不錯。凡人愛財，走些小偏門，也是常有的事！他於本境算來大有益處，卻無傷他同僚的努力，不必苛責……至於昨晚那些凡人，既然有所圖謀而來，看來不會輕易就罷手，大家還是得隨時提高警覺才好！」百穀王話雖如此，心中卻在認真思考回想著伶優仙子的提醒，畢竟任何一個誤判情勢將會影響重大，豈可不慎，再如何微小的情報消息，自然都不能大意放過！

伶優仙子所說那人，姓王，名杉梧，朋友圈有人喊他三五仔，也有喚他叫八仔的。此人做事認真，為人謙和，是個極有學問，在人界某個大集團中的極重要人物。

百穀王事務繁忙先行離去。伶優仙子對老龍說：「閒著也是閒著，不如請龍公教教小龍一些本事，可別讓他被旁人瞎說些什麼龍生九子……」

土石精魄　靈秀之氣

「龍生九子怎樣了？各有所長不是嗎？」小龍說。

「還有一說，一代不如一代，嘻！」伶優仙子揶揄調侃著他。小龍聽完，心中倒無所謂。反而是老龍聽了，覺得有些不是滋味，心中便想著如何作弄一下這丫頭！

「伶兒真愛說笑……好吧！小龍你仔細聽了，凡是真本事，莫不是苦工夫！既稱本事，就是發揮本身所長以增益之，本身之所短者，力求補強之，先求知己，再求知彼，至於如何攻守進退，則無法急在一時，只能靠時間累積，只能從經驗印證。」老龍說。

「那，要不要拿什麼傢伙，我這兒有把短劍，可以借給你們用用！」伶優仙子隨口提議。

「都說了，本事者，在增益自身之長項！提到劍法，百果王在本境之中，無人能出其右，有興趣，改天向她請教一番，也無不可。但要說到龍族的本事，這抄傢伙的事可就方便多了，你看我這指爪如何？」老龍突張指爪，在小龍眼前晃了晃。

「明亮鋒利不下百煉精鋼之利刃！」小龍嘆服。

「這副老黃斑牙呢？」老龍呲牙裂嘴，現出了滿口尖銳強固之利齒。

「猛虎之牙，巨鱷之齒，遠遠不及！」小龍睜大了眼睛，將它瞧了仔細。

此時但見已化身成銀龍的老龍，全身龍麟微微張闔著，似在相互摩娑。小龍與伶優仙子兩人，頓時周身毛髮直豎，老龍伸出指爪，只見他兩個指尖相磨，爪子上瞬時一點星火急閃，隨即一道震耳欲聾的轟隆雷聲及霹靂電閃起自老龍周身。伶優

土石精魄　靈秀之氣

仙子料想不到老龍有此一著，情急之下遽伸雙手搗著耳朵，一整個意外受到驚嚇的嬌臉，盡往小龍懷中躲藏，又是花容失色，高聲尖叫。

「原來如此膽小，別怕！」小龍擁抱著伶優仙子，拍拍她背上，安撫著她。其實，這一記預期之外，突然而作的近身雷響，小龍也差些嚇得尿溼褲子，卻是佳人在懷，不得不強自裝作鎮定。

「哈哈……」老龍得意地大笑，說道：「還有，臨敵對陣，打輸了就得趕緊落跑，就得像這小丫頭一樣，在那雲霧中藏頭縮尾一番，這也是本事！逃命的本事。哈哈哈……」

這一番話，直羞得伶優仙子快要無地自容，只將頭一低，嬌容露著羞赧淺笑，搖轉身子，卻是不好意思正眼再瞧小龍。

於是，老龍就將那如何飛旋起風，如何引發閃電及其他縱跳滾轉，揮灑指爪，頂撞龍角，挾持纏繞，逼壓對手之技法等等，邊說邊演，讓小龍仔細清楚地瞧了幾遍。

「龍公，還有噴火，噴水！」伶優仙子看得精彩有趣，拍手叫好又湊熱鬧！

「好，為了更有看頭，烈酒拿來！」老龍一聲烈酒拿來，旁觀者趕忙遞上，老龍接過幾瓶烈酒，一瓶接著一瓶悉數倒入口中，一運氣息，嘴裡一柱酒露激灑而出，他隨即指爪起個小火光，一道長長烈火隨著酒露爆燃噴發，烈焰熊熊，燒向前方。看得眾人目瞪口呆……

「這便是本事，知其理則易，行其道則難，不多下苦功，豈能輕易得之？另外，小伙子，別心急，心急則亂，一不小心，

土石精魄　靈秀之氣

電昏了自己，燒傷了自己，也不是不可能……」老龍說完，又變回了老者，背負著雙手轉身離去。

「聽清楚了嗎？不多下苦功豈能輕易得之，小伙子，別心急，心急則亂，電昏自己，燒傷了自己，也不是不可能……」伶優仙子學著老龍的模樣聲調說，末了，還向小龍俏皮地，扮了個笑臉，又轉身學著老龍模樣，背負著雙手隨後離去。

小龍伸出指爪，瞧了又瞧，然後化身成白龍，在空地之上滾轉騰躍起來……

「這境界裡，終於有人能鎮住伶兒的尖銳高傲脾氣了！」一旁，白娘子有感而發。

「我看不然，弄不好，也許小龍將有他的苦頭吃了也不一定！」鈺瓶仙子接著說。

「那也未必不好，這人生不能，也不會只是一味的甜，千般滋味，猶如飲酒，脫不開酸甜苦鹹辣澀潤，芳香醇美，雜氣糟味，總是點滴在心，先甜也罷，先苦也好總有其甘美之味，芳香之氣，如此才稱完整多彩。人生如此，人品也是一樣。像百穀王那頭牛，單純易懂，調子軟硬適中，小龍則底蘊醇和但多變有趣……」白娘子與彩瓶雙艷情同母女，無話不談，她以飲酒比喻人生，評價人物，鈺瓶仙子聽得興味盎然，深有同感。

「只是，鈺兒，妳可有注意到，這些天為何伶兒不再用心妝點，不再變化成其他漂亮女子的面貌？是為什麼？」白娘子又問。

鈺瓶仙子搖了搖頭：「這我倒沒想過，也許只是她傷勢尚未完全復原，懶得打理妝容吧！」

土石精魄　靈秀之氣

　　「但那不像是她的作風！鈺兒，妳可曾認真想過，留意妳
在小龍心目中的地位？妳應該知道，不只是妳清楚小龍的心裡
藏了些什麼事情，相信伶兒對小龍內心的掌握還要更勝妳幾
分！」白娘子這話說得已夠明白，小龍心裡面也許曾經是喜歡
著鈺瓶仙子。而伶優仙子近日來的樸實妝扮，也許有著投小龍
所好的用意……

　　「會嗎？也許只是小龍對我初次見面的印象不錯罷了！那
時，他也還只是個孩子而已，他哪裡分得清自己心中所有的，
只是好感，或者是……愛意？」鈺瓶仙子說。

　　「我耽心的正是如此，小龍自己分不清楚喜歡著什麼，而
伶兒也只是想著與妳爭強好勝，她自己也不清楚是否真心喜歡
小龍，或者只是一時好玩而已，只怕到了最後，小龍要傷心失
望的！」白娘子也似乎有些兒耽心。

　　白娘子倒不是杞人憂天，畢竟在這情竇初開，方才踏上此
路的年輕男女，多的是一時覺得新鮮有趣，便全心全意不計後
果，盡將所有真心都託付給了彼此，一路上蒙蔽著眼睛攜手奔
馳。等走過了一段路程，平順也罷，崎嶇也好，總有感到困乏，
需要休息的時刻。此時睜開雙眼，才看清楚彼此真正的疲態。
如果彼此的真心已經昇華，互相都將對方看成是一輩子的歸屬，
願意相互珍惜直到白頭，如此便是完美收場。這便值得賀喜，
歌頌。或者是彼此都倦了，從此各奔東西無所悔恨怨尤，也未
嘗不是個良好收尾。最怕的是一個已經不想再比肩齊步，希望
從此分道揚鑣，另一個則是千方百計決不放手，到頭來彼此耽
誤，謝絕了其他可能的美好緣份，只接納承擔了苦果與滿心的

土石精魄　靈秀之氣

勉強，不願……

「我想不會，伶兒是個聰明人，小龍看來也不是個糊塗蟲，這些事，他們心中理當會有分寸，不會兒戲！」鈺瓶仙子嘴上雖這樣說著，心裡卻也不是十分篤定。

「那自然是最好，但我只怕伶兒凡事必要與妳較量爭勝，只圖一時高興好玩，並未眞正在意小龍的感受，就像她以往對待百穀王那樣。好在百穀王內心堅定，沒叫伶兒給作弄了……只是話說回來，人世姻緣這事，無法小心當心，只能眞心醉心。到了最後，總是會有兩方都開心的，或者有一方開心，一方傷心的。而最慘的是兩方都傷心，卻還要表面裝著都很開心的。也有人爲了面子好看，表面上硬撐著，暗地裡卻腳踏兩條船的，倒不如一生寂寞了……唉呀！我幹嘛說這一堆呢？各人自去體會經歷才精彩有趣呀！」白娘子一邊說著，一邊從她外袍之內腰間，取了瓶酒，就著紅唇淺淺啜飲著，原來，她正品飲著鍾愛之物呢！而那酒，微有雄黃的淡淡香氣飄散。

鈺瓶仙子清楚雄黃酒雖是微毒，卻對白娘子有著深長意義，她說道：「前輩自從端午浸製了雄黃酒，至今還未喝完呀？您不怕喝多了雄黃，會不自主地化現出原形嗎？」

白娘子神思悠然遠颺，三分婉惜，三分思慕，臉上猶是幾分甜蜜，心中還有著一點悸動地說：「鈺兒妳眞是小看我了，只這點兒雄黃酒能奈我何？白娘子豈是當年的白娘子呀？哈！就算我眞的化現出原形了，那又如何？在酒精靈界這個大家庭裡，能嚇倒誰呀？這兒沒有人會爲了面子而活著！我自己不會在乎，別人就更加不會在乎了！費心隱藏，不如大方展現自己。

土石精魄　靈秀之氣

在這兒，有誰不曾醉倒路旁？甚至喝到不省人事？在此逍遙之
境，只有真心真情才是大家心中所珍惜的呀！」

　　鈺瓶仙子如何不知，雖然伊人蹤跡已遠，白娘子心中那許
相公的形影，她兩人曾經有過的，那刻骨銘心的一番情義，從
來也不曾隨著歲月消逝？一壺雄黃酒，乘載了眼前這看似早已
淡然一切的白娘子心中，長久以來那回味無盡的酸甜滋味，以
及無邊的思念之情……

土石精魄　靈秀之氣

洞庭興波　各有難處

　　酒精靈界在耽心著的，防備著的對手，在後來的幾天裡並未再次侵犯騷擾。

　　倒是無上師卻突然在一個近午時分，在眾人毫無預期中，急忙忙，怒沖沖地奔回境界裡來，尚未安頓喘息便大聲嚷嚷：「老龍在那兒呢？俺們遇上麻煩了，快準備準備，隨俺到人界去走一趟！」

　　只見無上師是獨自一人，沒有銅牛車駕，亦未見駕車兵勇，更別提樂陶然那一家子人了！

　　老龍正在朝殿外庭空地上，指點著小龍修習本事。看見無上師獨自回界，已心下納悶，又見他盛怒焦急，心知有事，開口問道：「無上師，慌張如此，發生何事？」

　　無上師心急答道：「壞了，出大事情了，那樂陶然一家子人被那洞庭老龍給攔下了，現下被關在赤山島上一個坑洞之中，銅牛車及幾個兵勇，也全被關在那兒！」

　　龍公一聽洞庭老龍四字，神情陡變：「是那老東西，他竟膽敢關押那樂陶然，有什麼目的？還是他們之間有什麼過節嗎？」

　　「俺不了解，事出意外，俺是使盡吃奶的力氣縮小了身子，硬擠出鐵牢，本想拆了那鐵柵欄，沒想到那鐵柵欄拆不掉，彎不了，又被一大堆洞庭水族蝦兵蟹將圍住。俺想，既然和你龍族有關，便先回來找你，老龍，一道走吧！」無上師頗為著急。

一旁伶優仙子說道：「午膳時刻就快到了，用膳過後再走吧！」

無上師正在著急：「鈺兒⋯⋯啊！是伶兒，還有那邊的小龍，才幾天不見，都長這麼大啦？別等開膳了，妳趕緊去宜膳房隨便拿些現成飯菜，早上剩下的包子也行，重要的是酒！」

只見伶優仙子迅速轉身，向著宜膳房準備酒食去了。

小龍停下功課，向無上師問了安好。

龍公問道：「大凡江湖上的是非風雨，糾紛衝突，無非是起自名利情仇，或者礙眼，或者誤踩人家地盤等等⋯⋯你們是如何惹上那洞庭老龍的？」

無上師本來怒氣稍歇，聽及洞庭老龍，怒氣又來：「那兒是俺去惹他？是他莫名其妙，無端找碴⋯⋯俺好不容易找到樂陶然那一家子人以後，正打算趕緊接了他們回來。就在銅牛車駕急飛當中，卻遇上了一團奇怪的雲霧，一時閃避不及，一頭撞進了雲霧之中。銅牛車上下左右想衝出那團奇怪雲霧，卻總是不得要領，鑽不出來。不知過了多久，等雲霧散去，卻發現大夥兒已被困在一個前後都圍著鋼鐵柵欄的大坑道之中。大夥兒想化氣穿出那鐵柵欄，卻都像碰上了一堵無形的牆。俺便拚了老命，將自己縮成老鼠大小，才勉強從那坑道石壁的空隙硬是擠出了柵欄。其他人可就不行了。這逃命的功夫，俺是遠遠不如那大老鼠了！」他指的是鼠公精靈。

龍公接著說道：「是不如他，那是他討生活和逃命的看家活兒，確實無人能及！那後來呢？」

無上師說：「俺逃出坑道，卻見外面早圍了一圈蝦兵蟹將，

洞庭老龍也披掛上陣，看來那團奇怪雲霧正是他的傑作，俺問他困住大夥兒是何道理，他說要借樂陶然用用，俺再問做什麼用？他卻說與咱們相同，對象是他寶貝兒子。俺說咱們有急用，他說他寶貝兒子更急……這有些事俺就不太懂了，清楚知道咱們將邀請樂陶然回來的人不多，那洞庭老龍是如何得知消息？俺又想著那洞庭老龍的為人，向來不錯，他又是你龍族的，俺搶人也搶不回來，出手傷他卻也是不太妥當，就先回來了！」

此時伶優仙子與鈺瓶仙子各提著一個大食盒。三個精靈王也隨著一齊來到。

無上師見百穀王來了，便問：「百穀王，這些天裡大酒缸如何？還好吧？」

百穀王答道：「大帝師在閉門用功讀書，身子應無大礙！」

鈺瓶仙子和伶優仙子取了食盒，在長廊石桌上擺了酒食，果然也有著幾個早飯所剩的肉包子，一些飯菜，眾人隨便吃喝了起來。

百穀王向無上師問明了緣由，聽了無上師說話，便向無上師提起：「前些天夜晚，幾個人界宵小之輩潛入了本界。不知道與這事情可有些關聯？」他將人界入侵之事向無上師提了一遍。

「這個不好去猜測，眼前要小心看好境界，最重要的，還是將樂陶然他們救出。俺和老龍去走一趟，能說通就說，不能用說的那就來硬的，俺和老龍先走，百穀王，你讓十二生肖其他人隨後跟著過來，以防萬一！」無上師吩咐著。

「是！」百穀王說。

「我也去！」伶優仙子很想跟著，在她心中，早一些時刻

洞庭興波　各有難處

看到媽媽，外公他們，是件急切要緊的事情。

「伶兒，這可不是去看戲看熱鬧，可能會有危險的呀！何況妳的傷勢，還沒完全康復呢！」無上師多所顧慮。

伶優仙子卻是心意甚決：「不要緊，我盡量小心一些，必要時隱藏蹤跡躲得遠些，還有，小龍也去！」伶優仙子既然未先徵得小龍同意，當然也就不會在乎這樣的要求是否強人所難了。小龍卻也沒有被人硬是趕著上架的感覺，這一段時間的朝夕相伴，小龍覺得，除了有些倔強脾氣，伶優仙子倒也不難相處，當真不能跟著她去，心中反而會有些不安，有些不樂。

「好吧，那就一起走，再去見見世面也好！反正他們也不是沒經歷過風浪，小心些，也就是了！」老龍說。

無上師一行四人先行離境，過午之後，其他生肖諸公也隨即出發前往洞庭地域。

無上師四人直下洞庭，到了洞庭湖便先在附近湖岸邊落腳，看見幾隻小舢舨停著，便解開其中較大的一隻，緩慢撥槳離開。

在離岸稍遠之後，便將個小舢舨飛快馳騁，似離水飛奔一樣，在湖中大島周邊繞行。無上師藉此找尋著他離開時的水道。

看看已到了景物相似之處，便將小舢舨放慢，眾人裝扮成打漁人家和遊湖旅客，悠哉划槳，轉進了島上水道之中。看看並無干擾，便放心划進島中。

水岸兩邊住著幾戶人家，各自幾叢修竹，幾個牲畜禽鳥悠游庭中。不多久，河岸空地漸縮，兩側樹木修竹茂密幾可相接，幾個轉彎之後，水道兩岸自此驟然高聳開闊，眾人眼前所見，是個四面環繞著陡直山壁的圓形小湖泊，可說是洞庭大湖中的

洞庭興波　各有難處

小湖，方圓二里有餘，這山壁之勢垂直陡峭如削，山壁土色赤紅，山壁腳邊洞府連綿，山洞之外水濱平地屋舍相接，卻是未見雞犬，亦無人煙，惟是十分整齊清潔。

　　他們續將舢舨沿著右側水濱往前划去，直到看見遠處一座道觀模樣的古色古香建築，無上師說：「到了，就在那座道觀左手邊的山洞之中。」

　　眾人看那道觀，背後倚靠著山壁，面向著小湖中心，安安穩穩地矗立在水邊。道觀左右兩邊後面山壁，各有一個大山洞。山洞各以一條水道與湖面相接，兩個洞口果然各自有著鐵柵欄關著。

　　無上師又說：「我們先找地方將這小舢舨拴著，小龍和伶兒在附近看著，別離開小船太遠。這已是龍宮地界，沿岸這些人家及山洞中居住著的，都不是尋常凡人。俺和老龍進那道觀瞧瞧去，和那洞庭老龍說說話，他就住那兒！」

　　於是他們找了棵水邊柳樹將小舢舨拴好，無上師與老龍便沿著河岸前往道觀。小龍與伶兒則一面戒備著，一面欣賞這洞庭一隅的水岸人家風光。

　　只見此地清一色的，古樸木造茅草屋頂房子。屋外空地草色鮮綠，榴花正放，屋旁修竹老榕處處可見。湖岸垂柳輕擺，水中荷花搖曳，幾個白鵝悠遊，數隻小舟靜泊，一派世外桃源風貌。

　　小龍心想，這洞庭龍王隱在此處，也算得是個景物絕佳，風光秀麗且是風平浪靜的難得之地。

　　小龍與伶優仙子在附近走了幾個來回，便在一棵老榕樹下

洞庭興波　　各有難處

的長條石椅子上相偎坐著，留意著四處動靜。

　　無上師與老龍沿著水岸，經過了幾戶人家，幾座板橋，終於到了一座道觀前面。只見亭台樓閣錯落有致，假山水池，花草樹木玲瓏精巧。二人進了山門，卻見一人身著道袍，自內行來。見了二人，拱手行禮：「我家主人，命小的前來恭迎，酒精靈界無上師及生肖龍公蒞臨，並交代小的稟告二位，對於未能親自遠迎，先致歉意！」

　　二人亦拱手回禮：「兄臺客氣了，原來你家主人早已知我二人行蹤……看來他真是有事正在忙著！」

　　二人隨他行走，過了前庭，才進大院，卻見兩側各自一群道人，正在呼吸吐納比手劃腳，其前後進退左右行走，轉身跳躍整齊劃一，看來正在操練之中。細看他們的架式，不像是拳打腳踢，更像是浮水踏浪……

　　道觀中門之外站著一人，頭頂著雲彩拱珠小金冠，身穿柳綠色絲繡波紋魚龍水族長袍，正在等候來客。那道人將客人帶到，向他彎腰拱手恭敬行禮後，便退至一旁。

　　「洞庭老龍見過二位，未能遠迎，在此賠罪！」那人拱手為禮邀請二人：「有請二位進殿！」

　　二人隨他一進了殿門，卻彷彿瞬時走進了另一個時空境界……

　　只見雄偉宮殿裡盡是滿眼的金壁輝煌，華麗無比，望不盡的珊瑚珠翠，俯拾皆是。壁上刻畫及殿頂藻井，魚龍雕繪滿布，荷藻裝飾繁複，均作黃金之色。放光之珠大似鵝卵，隨意擺置多如夏夜繁星，目不暇給。與酒精靈界朝殿之大器素雅相比，

洞庭興波　各有難處

當真是大異其趣，各擅勝場。

那位自稱洞庭老龍的，邀請二人在精雕華麗的座椅上座。

無上師與龍公向洞庭龍王參禮既畢，便直敘來意，龍公開口即說：「前日，本境無上師，邀了本境貴客，既無打算途經洞庭，龍王卻是繞路將其攔下，強留在貴地作客。本來閣下盛情相邀，若在平日，相信他們自是求之不得，莫說推辭，只怕還要多待幾日盡情遊賞洞庭美景。只是，本境所以千里迢迢尋那貴客，實在是有要緊急事請他們出手相幫！不知閣下是否可以讓他們隨我離開，他日再來叨擾一番？」

洞庭龍王也不拐彎抹角：「龍公，關於此事，實在是十分為難，我也正巧有些急事，需要這位貴客幫忙，不如等他處理完成此地之事，再派人恭敬地將他送往貴境可好？」

「閣下也是個明白人，既然說是本境急事，當然早一天是一天，慢不得的。事關本境主的人身安危，懇請閣下高抬貴手！」

洞庭龍王面有難色：「我中途攔下貴客，實在有不得不為的苦衷，我知道我這一番坐收漁利的做法，在道義上很難向大家交代。但是為了小兒重病，只得出此下策，還望二位海涵！」

無上師接著開口：「貴公子生的是什麼病，非得那樂陶然出手？這洞庭附近，名醫大師可不算少呀！」

洞庭龍王語氣透著無奈：「嚴格說來，那不算是病，倒應該說它是傷！」

「怎麼說？」無上師問。

「近月來，大江水域連下大雨不停，小兒外出察看水情。前些天他巧遇一個凡人失足落水，便下水幫了那人一把，人倒

洞庭興波　各有難處

是救上岸了，小兒卻未察覺身旁飄來一隻大桶子，那大桶子被急流帶向巨石撞破，桶子潰裂，自那桶中噴濺出不明的油脂之物，小兒雖在當時極力清洗，回來之後，卻是周身潰爛，且高燒不退，此刻仍不見稍稍好轉。唉！我自然是延請了許多名醫，卻是每況愈下，病情一天壞過一天！」

「那你又是如何想到那樂陶然？」無上師問。

「消息是我三女兒所得，前些天有人給了她一本雜記之書。書上正巧有一則相似的怪異傷病記載，至於何人贈書與她，我不清楚。但是有此機會，我總是要費盡心思試他一試，這是為人父母不可推辭的職責！」

「俗話說，貧無達士將金贈，病有高人說藥方。龍王，你當真覺得一則雜記，值得你如此費心？雖說貴公子俠義心腸當然要救，但那樂陶然只是一個凡人工匠，對貴公子的傷勢，恐怕幫不上忙，我們還是另想辦法吧！」龍公心想，為何有人恰在此時贈書給三龍女，那只是個巧合嗎？而這個巧合卻即將引來洞庭龍族與酒精靈界的矛盾？

洞庭龍王雖是一臉哀悽，卻也十分堅定地說：「龍公，你說樂陶然是一介凡夫？但我看這雜記分明記著數年之前，樂陶然曾以奇異功法為人治療周身潰爛之怪異傷病。此外，能出手相幫酒精靈界之主，你卻要說他只是個凡夫，教我如何相信？自從小兒出事，他親娘幾乎不吃不喝寸步不離。也難怪，那可是她長久辛苦抱卵，懷胎的心肝寶貝。如今，說白了，樂陶然如是不肯出手相救，我便不放人！」洞庭龍王鐵了心腸直說。

「就算東海老龍出面相求，你也不賣他面子？」無上師接

洞庭興波　各有難處

著問。

「東海老龍如果不顧同爲龍族情義，不向著我這邊，我也絕不買他的帳。洞庭雖小，我灑泡尿，順江而下，那東海龍王還是得乖乖喝下，拿它泡澡……」顯然洞庭龍王心意已決沒得商量。

龍公聽了洞庭龍王一番話，老臉上微現慍怒之色：「無上師，你們且聊著，我先出去透透氣！」

只見龍公起身拱手，便逕自向著殿外行去。出了殿門，瞬間化身成銀龍，直上青空，一聲響雷，須臾，道觀上空，不偏不倚，降下了甘霖，那急來的雨露，卻是略帶腥臊之氣味。洞庭龍王急跟了龍公腳步出殿，抬頭仰望之時，正巧被澆灑了滿身！尚未走出殿門的無上師則掩嘴偷笑：「他奶奶的，這老傢伙，連這手段也使得，嘻！……」

雨露停歇，龍公旋身降下大院廣場，只見隨他而來的，卻是生肖十二公，全數到齊。

龍公向著其他來人，指指道觀後面左手邊山洞。

洞庭龍王眼見這陣仗，知道對方要來硬搶，便面對著大院，一聲高呼：「擺陣！」

立即，一班正在健身吐納的道人，全在片刻之間化身成一列列水族兵勇，將個大院廣場團團圍住。

洞庭龍王開口說道：「我不管你青龍也罷，銀龍也好，你硬要搶人，那就先瞧瞧大院上這陣仗，他們雖都只是些蝦兵蟹將，也將要費上你們一番手腳。識相的，就此離開，大家來日還好相見，強要動手，只怕會是自討沒趣！」

洞庭興波　各有難處

龍公一聲怒吼：「你這個老糊塗蟲，單憑一則記事，便要依法施爲。也全不管那是江湖傳說毫無根據，耽誤了你家小兒病情，還要壞了我家境主大事，不打不清醒，你這些蝦兵蟹將又怎樣了？惹火了我，將你洞庭燒成一大鍋魚鮮湯，教你知道什麼是尊重二字！」

龍公說罷，飛身向著洞庭龍王，揮爪便打。洞庭龍王也即刻化身成了巨大青龍奮力相搏。兩條巨龍便由地面打上了天空，由天空打到了水上，捲起狂風巨浪。一時洞庭湖中風雲變色，湖水動盪，風雷並起水火齊動，當真鬥得是昏天黑地。

無上師領著生肖諸公，衝向水牢洞口，卻是無數水族從那四面八方層層合圍而至，雖是水族，卻都是披甲帶盔，長短傢伙寒氣森森，令人不敢小看。無上師眾人志在救人，拳腳之下多所留情，點到即止。只是這點到即止的力道，卻叫那一班水族兵勇，噴飛滾轉，倒的倒，逃的逃，全是狼狽模樣。但是一波接著一波，四面包夾宛如潮水湧來，想要順利衝入洞中救人，卻也不是輕鬆容易。

再看兩條老龍，一個是寶貝兒子不得不醫，一個是老友境主不得不救。一個青龍，一個銀龍，上天下地盡顯本事非得勝了對手不可！

纏鬥了近半個時辰，洞庭龍王略現疲態，不時險露破綻。龍公則因近日參與了幾場大仗，筋骨活動得夠了，氣力仍在高峰之上略勝一籌。不多久，洞庭龍王背上挨了一爪，便轉身逃入道觀。龍公自以救人爲先，便不再追下，轉而衝向戰團與眾人並肩作戰，漸漸向著道觀左側山洞監牢逼近……

洞庭興波　各有難處

就在此時，道觀的鐘聲急促響起，無上師眾人心中一懍，卻見滿場蝦兵蟹將，全都急急忙忙，卻是有條不紊，各成行列，十分迅速地退出了大院。

無上師說：「大家留意，有古怪！」

龍公大喊：「不管，大家衝向山洞救人！」

眾人只待衝向山洞，卻聽得一聲轟然巨響，腳底下一陣天崩地裂似的震動，原來的堅硬泥土地面，竟瞬時粉碎塌裂，一陣大水忽從泥地裡淹了上來，眾人立時下沉及胸，身陷泥水之中！

「往上飛竄！」不知誰在大聲呼喊。眾人依言奮力向上飛縱，卻驚覺一張網子從那天空當頭罩下，那使刀的迅即出刀，想要割裂網子。卻那裡能夠割破分毫？

更慘的是，當眾人又被網子強行壓下泥水之中時，只聞一聲霹靂，網子上一陣強烈電閃猝發，幾個青煙升起，眾人便都眼前一黑，昏死了過去。

待幾個時刻過去，眾人慢慢甦醒之後，卻發覺已是身在牢籠之中。

牢中黑暗，只有在角落裡，擺了個凡人界的夏日良伴，捕蚊燈具，那紫藍色幽幽光芒發散，且伴隨著不時的劈啪電閃之聲生出，原來是幾隻蚊蟲受到魅惑的紫光所吸引，不由自主投身電網慘遭電擊的駭人情景。

明白人看那燈具擺在此地的用意，心中自是清楚，那是讓你明白，別想逃跑！大家還是乖乖待著，否則柵欄上的電網，不比那捕蟲燈弱，電擊的滋味，不會好受。這種感覺，眾人方

洞庭興波　各有難處

才已經有所經歷體會，而老龍公只怕應該是比別人更加強烈一些，明白一些！

不多久，洞庭龍王領了幾個手下，將小洞口的電門暫時撤了，推送了幾個食盒進來，那龍王說道：「奉上好酒美食，委屈各位在這兒住上一段時日，待樂先生醫治好了小兒再鄭重向各位請罪……至於老銀龍的一鍋魚鮮湯，便先欠著吧！他日有緣，再行奉上！」洞庭龍王說完，逕自轉身離去，龍公則氣得老臉鼓脹通紅……

龍王手下送好了食盒，正待復上電門，卻見一個美艷絕倫的婦人，步履穩健從容地來到，對著龍王手下說道：「且稍等待一回，讓我送個東西進去！」

只見她將手上一隻眼熟漂亮的瓷瓶，自小洞口遞了進來，白娘子伸手接過。

那婦人說：「這個瓶子真是漂亮，我還真是捨不得還給你們，看那瓶子裡面還養了兩條活蹦亂跳的小泥鰍，想來應是你們境中之物！」

白娘子說道：「確實是本境之物，多謝娘子善心，不知尊駕何人？」

那美婦人回道：「舉手之勞不必掛懷，在下洞庭三龍女，各位在此多所不便，需要些什麼，只須向手下人吩咐一聲，便無不盡力備辦，在下還有事情忙著，先行告辭了！」她一拱手，便逕自轉身離去。

那龍王手下將小洞電門，啪地一聲復上！

此時，那漂亮瓶子中，竄出了兩道煙氣，卻正是小龍與伶

洞庭興波　各有難處

優仙子。

　　小龍見了這一個尷尬場面，覺得不好意思，說道：「怎麼大家都在這兒呀！」

　　老龍正憋著一口悶氣無處抒發，見了小龍的狼狽勁兒，瞪了他一眼，外加一句：「怎麼你和伶兒兩個，沒事也來這裡湊熱鬧呀……不是讓你們小心躲著嗎，真是的！」……

　　原來，正當兩條巨龍天上地下打得不可開交時，小龍與伶優仙子即潛近道觀探視情況，不久，即看見老龍眾人身陷泥水，電網加身，被逮進了山洞之中。一班水族散去，幾個蝦兵蟹將，朝向他二人方向走來，再不離開，恐怕隨時將被發現。

　　伶優仙子看這情況不妙，心裡慌張：「怎麼辦？」

　　小龍想了想說道：「先躲藏起來，之前我和鈺瓶子姐姐，曾經化氣躲在瓶子裡，挺安全，挺有趣的！」

　　於是兩人便化氣飛進了伶優仙子的本命瓶中。只是小龍慌忙之中忘了說明，在這種情況下，鈺瓶仙子會先將那瓶子變得汙濁老舊，還會先將瓶子藏在隱蔽之處。

　　伶優仙子原就不是藏首畏尾之輩，只是覺得好玩，才和小龍藏進了瓶子裡，瓶子卻還大喇喇地放在石椅上，除此之外，這瓷瓶又是精緻無比，燦爛亮眼！要不招人目光留意，自是十分不易。

　　此時，一個美婦人走了過來：「唉呀！好漂亮的瓶子，咦！裡面還養了兩條小泥鰍呢，得蓋緊！」說罷，便將一條錦帕，塞住了瓶口。

　　瓶中二人心知不妙，待要衝出，卻那裡還來得及？

洞庭興波　各有難處

　　小龍心急脫口而出：「慘了，被逮個正著！唉呀，都是妳啦！也不會先藏好了瓶子再飛進來！」

　　那伶優仙子本來覺得有趣，直到被逮了，才心知不妙，又聽小龍如此一說，頓時火氣上心：「臭小龍，你還怪我，你又沒說要先藏好瓶子，要不是你提議進來，我豈會當個膽小鬼躲在這裡，還說什麼挺安全，挺有趣的。我才當真是被你給害慘了……」

　　兩人你一言我一語，伶優仙子指責抱怨的多，小龍回嘴的則少。直到再出瓶口的時候，卻已是身在牢籠，十幾雙眼睛正盯著他倆看著。

　　伶優仙子說道：「大家為什麼不化氣或縮小身子，離開這個山洞？」

　　白娘子說道：「恐怕不易，你看看牆角那隻發散著紫藍光線的，叫什麼捕蟲燈的……」她指著地上的捕蚊燈具，又指指牢門的電網，此時正巧兩隻飛蚊撞上了網子，劈啪兩聲，兩道微煙，一絲火氣焦味。

　　伶優仙子及小龍不自覺地打了個冷顫！

　　伶優仙子又說：「我媽媽還有我外公呢？」

　　「唉呀，可不是嘛！大家是該見見面啦！」眾人此刻方才想起樂陶然那一家子人。

　　此時一個駕車兵勇說道：「樂先生一家人在無上師離去不久之後，隨即被龍王的人請了出去，此刻他們如不是關在其他牢房，就八成是他們的座上客了！另外，自無上師昨日離開之後，他們便在柵欄上再更加強化了電網……」

洞庭興波　各有難處

「原來如此，看來只得先待在這兒，慢慢再想辦法了，反正有得吃喝，大家邊吃邊想道理！」無上師說。

眾人吃飽喝足後，龍王手下前來收了食盒，隨後又有其他兵勇將兩條奇特腰帶遞進了牢房，要小龍與伶優仙子繫上。

「會不會有什麼問題呢？繫上這腰帶，是不是要抓出去砍了？」小龍嘀咕著。

那其中一個看似帶頭的兵卒說道：「沒事，沒事，只是我家三小姐想請兩位過去敘敘。至於這腰帶，依三小姐說話：給他倆繫上腰帶，他兩個真要不識趣，妄想溜走，便通上電，讓他們嚐嚐厲害，就這樣！現在起，兩位最好別亂碰皮帶頭，萬一我誤會你們想要拿掉皮帶，手上的開關接通，那對兩位可就十分不好意思了！」

小龍聽完，便一臉認真地請求：「這位大哥放心，我們不會逃走的。請您千萬小心，別一時失誤壓下那什麼開關的！」

那人回說：「這個請放心，我自然會留意。還有，等會兒柵門開了，奉勸各位別想趁機衝了出去。方才各位吃的，喝的，都讓我那糊塗手下，不小心給加錯了料……那是人界凡人給的，各位想必聽懂。至於加了什麼，也不用費心猜想，反正三小姐也沒讓我們知道。她說聰明識相的，最好乖乖待著，三餐按時規矩享用著。否則，什麼時候，要出什麼毛病，可真是沒人知道！」

眾人一聽這話，無不是一陣驚愕！

「慘了，竟然著了三龍女手段！這三龍女看似客氣，卻心機深沉，看來只能真的乖乖聽話了！」鼠公說。

洞庭興波　各有難處

　　眾人怎麼也沒想到，此回竟是栽在一個小婦人手上。其實，他們還有不明白的是，那突然沉陷的地面；那從天而降的電網，無一不是出自三龍女的手筆。

　　小龍及伶優仙子隨著龍王手下，走進了道觀。一進道觀，就叫眼前明亮耀眼，華麗無比的景象給驚嚇得目瞪口呆。待回過神來，卻見洞庭龍王端正坐在寶座之上。旁邊的白色玉石椅子上，各坐著一男三女。

　　伶優仙子見了這四人，一時忍不住悲喜情緒，兩行熱淚奪眶而出……

　　「外公，外婆，姨母，媽媽……」伶優仙子各向他們喊了一聲，卻再也說不出話來。這心中長相思念，時刻記掛的親人，終能見面，卻是在眼前如此情境！

　　夏小雨站了起來，走向伶優仙子面前：「妳是鈺兒，還是我的心肝寶貝伶兒？」

　　「媽媽，我是伶兒呀！」母女兩人久別重逢，竟是多年之後，在此時地。

　　「都長這麼大了呀！媽媽好想你呀！伶兒！」

　　「伶兒也好想媽媽呀！」母女倆相擁而泣。夏小雨拉著伶優仙子在身邊座椅上坐下，小龍則跟在伶優仙子身邊站著，並向四人點頭行禮。

　　三龍女見人已來到，開口說道：「真是感人呀！妳們要敘舊，有的是時間，等處理過我哥哥的事情之後，再讓你們聊個高興滿意！」

　　三龍女轉身面向樂陶然：「樂先生，旁邊這位，便是我說的

洞庭興波　各有難處

酒界精靈，小白酒龍，你看如何？」

樂陶然仔細上下地打量著小龍。

此時，幾個水族兵勇，推著一張加了輪子的木板床，自側門進了龍宮來。木板床上躺著個人，卻是似龍似人，難分人龍，皮肉潰爛，不辨男女，只是臉上兩個眼珠子，卻依舊睜得大大的，他身上藥香味所掩蓋著的，卻是隱隱然，有股令人感覺不適的味道。

樂陶然立起身子，在木床之前站定，仔仔細細瞧著這個傷病極重，卻依然咬緊牙根，嘴上不喊一聲疼痛的奇特患者，說道：「龍王公子，果然是個硬漢，拖著這樣的傷病軀體，卻還咬牙硬撐！」

樂陶然雙手在胸前比劃著，同時呼吸吐納一番，雙掌在龍王公子身上三寸高處，在他身上四處游移，同時一道氣勁夾著絲絲幾乎無形的氣血，竄進了龍王公子軀體……

洞庭興波　各有難處

深情無他　唯此真心

　　不一會兒，龍王公子開口說道：「謝謝樂先生出手，解了我身上疼痛！」

　　「只是暫時撐個幾日不痛。過幾天還是要疼的。唉，這凡人當真是作孽，也不知造的是什麼厲害藥物，害得公子深受這等痛楚折磨！」樂陶然說。

　　龍王公子卻是語氣平和：「一切災劫，早有天定。避不過的，終究是會碰上，這些天，我閒靜下來，多想了些，也有些體悟！」

　　「公子氣度，樂某佩服！」樂陶然說。

　　此時三龍女開口說道：「樂先生，既然你短期之內還與酒精靈界有著約定，不能即刻讓我哥哥復原，那就依你之前所說的另一個方法，找一個完好替身，暫時將我哥哥的神靈意識轉寄其中，這有待修補的血肉之軀暫且小心封存，等您解決了酒界之主的難題，再找尋回復之道！」

　　在旁邊的伶優仙子聞言，知其心意手段，早已驚嚇，憤怒情緒並起：「外公，您和三龍女打的是什麼主意？」

　　「是權宜之計，只是暫時借用某人的血肉之軀！」三龍女說得輕鬆。

　　小龍聽至此時，才明白三龍女所指為何，不覺倒吸了一口涼氣：「這，這……」雖是如此，小龍心中認真想著，如到萬不得已時，為了大帝師活命，為了眾人的安危……

伶優仙子卻怒形於色：「她打你主意呢，還說得一派輕鬆的樣子！」

　　她又面對著龍王：「為什麼不找你老龍王？」又轉頭面對三龍女：「找妳三龍女也可以呀！為什麼就找他？」

　　洞庭龍王一臉尷尬：「我洞庭龍族，各領天職，實在是不得已！」

　　伶優仙子聞此，更是怒不可遏：「你洞庭龍族的生命才是尊貴的命，我酒界精靈的命卻是可以隨意輕賤嗎？既然說是領有天職，那你該去找老天爺出手相救才是呀！」

　　三龍女向樂陶然一拱手：「樂先生，還是請您向大家解釋，解釋吧！」

　　樂陶然嘆了口氣：「本來龍王公子的傷病確實可以用我修習的方法，保住他的性命，恢復他的形貌，但是施法之後，最短七七四十九日之內，我無法再次行功運使此法。如依無上師所述看來，酒精靈界大帝師，神形已漸漸渙散，若不先救治，再過不久，恐怕他將形體崩潰魂飛魄散了。龍王公子這情況，恐怕也撐不過四五十日這麼久，這是個兩難的事，如果找到適當形體，暫時將龍王公子的神靈意識換了過去……」

　　未等樂陶然說完，伶優仙子便打斷他的話，說道：「那這個合適之軀本來的神靈意識，是不是就要離開？離開之後呢？」

　　樂陶然點了點頭：「至於這個本來的神靈意識，三七日數之內如不能找到暫寄之體，便要重回人間，再當一次酒蟲……」伶優仙子聽聞此言，盛怒失措，方寸大亂，眾人忽然看見她手中亮出一把短劍抵住自己心窩：「外公，螻蟻尚且貪生，再如何

深情無他　唯此真心

低賤的生靈，哪個不是珍愛生命，有誰願意暫借軀體與他人？想不到這種有違天律的事，你也想得出來，還真想要付諸實現！」

她又面向小龍：「你說什麼也不能答應他們，你別天真的以為再在人間走上一遭，便能再來一次酒蟲化龍。如果沒有種種機緣奇遇，哪能造就成今天的你？多少酒蟲未及修成精靈，便已灰飛煙滅魂飛魄散，永世不能超生，今天你要是點頭答應他們，我便先自毀本心，魂歸杳冥……」伶優仙子說完，全身顫抖，又是憤怒已極，怒這樂陶然與三龍女自私，又是悲痛萬分，悲痛自己將與小龍緣盡，胸前衣襟已是淚濕一片……

在場眾人見此，無不動容，搖頭的搖頭，嘆息的嘆息！

小龍欲上前拿下她手中短劍，伶優仙子卻疾言厲色地說道：「小龍，我知道你一向心軟，心軟的一向都好說話，好欺負，說白了是笨，厚道有時只會害死自己！這些日子來，你的真心真意，我老早知道，如果真的無緣，你要一輩子記得我伶優仙子，也別瞎指望著什麼再世來生，那些都只是騙騙別人，安慰自己的話，知道嗎？」

小龍點點頭，又急著搖搖頭：「伶兒，你千萬別幹傻事，小心把劍放下吧！」他想上前制止。

伶優仙子卻瞬時語氣冷然沉靜地說：「你別再過來，否則我便先走一步，離開這個叫人絕望的人世……龍王，我聽你一句話，順便讓你知道，要將貴公子的神靈意識暫時寄存在小龍身上，沒有我的出手幫忙，恐怕還是大有風險，不信，你可以問問這位樂先生！」他對樂陶然，不再稱呼外公，只稱他先生，

是對他的不滿與失望。

龍王瞧了一眼樂陶然，只見他點了點頭：「伶兒的本事，雖說是得自我的傳授，但她大半是天賦，這門功夫我不曾深入，運使起來，不是十分順暢，施法之時確實是需要伶兒出手幫忙……」

此時四面寂然無聲，在場眾人，你瞧瞧我，我看看你，一時全沒了主意。

何忘機卻在此時淡淡地說了句：「這個時候，要是我師弟在此，應該能幫得上忙，只可惜他離開三十多年了，卻一直音訊全無……」

樂陶然卻語氣微酸：「你還在想著你的好師弟呀！分開這麼多年，他可曾想到過咱們？如今也不知道他是死是活！」

又是一陣鴉雀無聲……

忽聞一個聲音打破了沉靜：「父王，生死有命，既是早有天定，便不須再強逼他們，如果為了我的活命，傷害了兩個至情相愛的人，這不妥當，將來，恐怕龍族歷史，也不會忘了記上這一筆。另外，即使能夠活命，天天面對著別人的形體，教我如何心安？」卻是龍王公子清楚明白，大義凜然的聲音。洞庭龍族管轄領域雖是不大，龍王公子的氣度胸懷，卻實在是不可多得。

「好孩子呀！真不愧是我洞庭龍族血脈，咱們再想想其他法子吧！」卻是洞庭母龍站在邊門，雙眼垂淚，語氣無奈之中有著一絲驕傲與安慰。

三龍女見事情有變，便吩咐水族兵勇：「先送他們回牢裡去

深情無他　唯此真心

吧！」

伶優仙子低著頭，轉身便向殿外走去，小龍緊跟在她身邊，一時無語……

眾人回到了牢獄之中，樂陶然見過酒精靈界眾人。白娘子見了他們，自然更有感觸：「樂先生，多年不見，沒想到再次見面，卻是在此時此地，當眞是世事難料啊！」

「是呀！想當年夫人給在下出了道不算簡單的題目，如今再次見面，卻又是有著另外一番考試，我老樂當眞是閒不得啊！好在我也還是樂在其中……」樂陶然是個頗稱隨和的人。

正當眾人於牢中「歡聚」閒聊時，小龍突然雙手扶抱著頭，就地坐下：「唉呀！伶兒，快來扶著我躺下，怎麼我突然就暈眩起來，好像有人要強行進入我的神靈意識中呢！」小龍說完，隨即昏睡了過去。

伶優仙子聽聞如此，迅即小心將小龍放倒，讓他平躺於地，並向著白娘子說道：「請前輩爲我護法！」她一說完，隨即靠牆盤腿而坐，起咒施法，意識離體，進了小龍神靈意識之中。

「伶兒，妳來啦！我們此刻是在夢境裡嗎？」小龍見了伶優仙子問道。

「是呀！小心，恐怕會有危險，眞不知是誰，靈能如此強大，會是我外公嗎？不對，他此刻還在與眾人閒聊……」伶優仙子顯然極爲耽心，來人是誰，會耍什麼手段？

此時狐疑戒備著的兩人，突然見到一個熟悉的身影出現眼前，那人聲音洪亮呼喊著：「小酒龍，是我大魯蛇，我在這兒！幾天沒見，你竟變化成了人形，眞是有趣！」

- 158 -

深情無他 唯此真心

「唉呀，大魯蛇，怎麼是你！」小龍待要上前招呼，伶優仙子卻身形一動，攔在小龍面前：「小心有詐，我怕他是虛空界主，能身負如此強大靈能的，我只能想到是他！」伶優仙子在虛空界主手下吃過大虧，對來人心存戒懼，也是該然。

大魯蛇說道：「原來仙子也來此地。看來仙子是有所誤會，我確實是大魯蛇沒錯，只因為我在無意間接收了幾分虛空界主的能力，才能和你們在靈識之中見面，這事有空再聊，我找小龍，是要讓你們知道，我能幫忙大家離開這個山洞。」他大概不知眼前這仙子並不是他日前所見的鈺瓶仙子。

小龍問：「大魯蛇，你此刻身在何處呢？」

大魯蛇回道：「我在龍宮的伙房之中，自從跟隨你們進了此地，我便在暗中繞了幾圈，對此地施設，掌握得甚是清楚！」

小龍又說：「但是我們眾人，恐怕是被下了極厲害的毒藥，恐怕一動一靜都將受制於人，怎麼辦？」

大魯蛇說道：「這你們大可放心，那是龍王三小姐為了讓你們有所顧忌，才故意讓她手下這麼說的，她只是在欺騙你們罷了，這我在伙房中，恰巧偷偷聽得一清二楚！」

小龍又問：「當真沒事？」

大魯蛇又回答說：「確實是沒事！另外，我已經掌握了他們所有的電網設備，只剩幾個修改。等明日一早，我會將牢門打開，關了電網，你們便可逃出！」

小龍還有一問：「那我們兩人身上的腰帶呢？」

大魯蛇說：「先繫著那腰帶，別驚動龍王手下，等明早再替你們解開！此時，無人替我護法，我不能與你聯繫過久，你可

深情無他　唯此真心

要與其他人計議，計議，先失陪了！」

一聲失陪了，大魯蛇便即消失。

大魯蛇消失之後，小龍拉著伶優仙子雙手：「伶兒，方才在龍宮之中，爲什麼妳的應對如此激烈？」

伶優仙子雙眼正對著小龍：「傻子，你是假糊塗呢，還是眞不明白呀？難道你還不清楚我的心意嗎？我那時候，心裡害怕當眞會從此失去了你，才出此下策呀！」

「這個我自然明白，只是事情也不是全無轉圜，關於龍王公子的傷勢，也許我們可以想想孕化石盒，是不是可以拿來用用？」雖說小龍已經想到了孕化石盒，卻還只是一時靈感，眞要進行，還有許多細節需要考慮。但在此情況下，只能先拿這點子擋他一陣了。當然，小龍不會是個只爲了活命便無中生有，胡扯瞎掰的人。

伶優仙子聽了小龍說法，如夢初醒，兩隻水汪汪的大眼睛直盯著小龍：「對呀！我怎麼就沒想到呢……看來你不只不是笨到令人耽憂的地步，甚至還眞有點兒聰明呢！」說罷，雙手在小龍臉頰兩邊用力捏了捏。

小龍隨即痛醒，雙眼睜開時卻見伶優仙子一雙玉手纖指，正巧也在捏著小龍雙頰。

「會痛！」小龍嘴上說痛，心裡頭卻眞是溫暖甜蜜的。

於是小龍將大魯蛇的一番話與眾人說了，並向無上師提起了孕化石盒一事。

無上師點了點頭：「這倒是個法子，俺明天跟那龍王說說！」

伶優仙子自是十分欣喜，和夏小雨等人互訴著別後遭遇與

深情無他　唯此真心

思念心情……

　　眾人一夜未眠，直到旭日東昇，眾人心急，盼望著大魯蛇早點兒動手。只是最先盼來的卻是水族送來的早膳食盒！

　　眾人猶豫著不敢取用，小龍卻伸手便拿：「放心吧！我相信大魯蛇說的，再說，真要是加了什麼料，大夥兒昨晚也都已經吃了不少啊！」

　　眾人想想，也覺得頗有道理，便放心大吃起來。

　　大約當眾人飽食之後，忽然，牢門無人自開，電網自動撤了，眾人見此，知道大魯蛇已經得手，便迅速衝出了洞外，卻聽得道觀鐘聲急響。不一會兒，見三龍女領著一班手下，急急圍向眾人而來，卻是慢了一步，眾人早已身在牢房之外。

　　此時，小龍覺得有人拍了拍他肩膀，回頭一看，卻是大魯蛇在傻笑著。

　　水族兵勇擺起了架勢，慢慢向眾人圍攏過來，無上師大步往前一站，面向三龍女，大聲說道：「三龍女，多謝妳的盛情招待，只是俺們尚有要事，不克久留，妳若真是要強留俺們，大家再次動起手來，可就不再只是點到為止了！」

　　此時從道觀中走出一人，卻是洞庭龍王。他一身輕便常服，並未披掛戰甲，一拱手：「無上師，既然牢門已開，看來是留不住諸位了，各位要離開此地，就請自便，只是要請那位癱瘓了本境電網的世外高人，將這電能回復一下才好！」

　　只見無上師向大魯蛇使了個眼色，大魯蛇隨即高聲說道：「不礙事，過一兩個時刻，電網便會自動復上，還請大家留意自身安全！」

深情無他　唯此真心

　　無上師向龍王說道：「龍王如果信得過在下，可將貴公子交給俺們帶回酒精靈界，也許會有其他法子。就算不行，有樂陶然在貴公子身邊，應該會省了他許多痛楚才是！」

　　龍王想了想：「看來只得如此，便請無上師多加費心！」

　　「那是一定的，這年輕人樂於助人，又聽說頗有骨氣，極是難得，俺們會盡力幫他！」無上師點了點頭。

　　無上師眾人帶著龍王公子上了銅牛車駕。

　　臨別，洞庭母龍目送著銅牛車駕離去，忍不住悲傷掩面而泣。老龍王將她擁在懷裡，安慰著。

　　小龍在銅牛車駕啟程之後，發覺遺忘了一件洞庭之物，他向伶優仙子指指腰上那條腰帶：「倒是忘了將這兩個腰帶還給人家！」

　　伶優仙子也低頭看看自己腰間：「可不是嗎……要不，就留下來吧，還滿漂亮奇特的！」伶優仙子只怕是想將它當成洞庭之行，最最刻骨銘心的紀念之物吧！

　　大魯蛇對於小龍，在一夕之間變化成人形面貌的經歷深感有趣，小龍則對大魯蛇別後經歷也很想了解……

　　原來自從大魯蛇在人界安全單位甦醒之後，便向人問清了回程行旅等訊息。他看看自己的身份證件，消費卡片等，都還在身上，便一路轉乘了幾種運輸。到了出境機關時，卻發生了奇異之事！

　　原來大魯蛇在所謂的機場出關時，必須經過檢查閘門，卻幾次都在閘門觸動警報。隨後便有安全人員，將大魯蛇帶至特定處所仔細搜檢一番，卻發現大魯蛇身無長物，隨即便有看似

深情無他　唯此真心

領頭的人員，電話向上呈報。

不多久，便有幾個身穿便服的人到來，將大魯蛇帶上一部汽車。大魯蛇不解其用意，便開口問道：「我只想回到家鄉，出了什麼岔子嗎？」

其中一人回答：「沒什麼特別的事，只是發覺你的身上有些不同於常人的現象，值得研究了解，希望您配合配合，如果沒什麼其他問題，很快會再送您回來的！」

大魯蛇發現，行程中當真是一路飛快，因為都搭乘的是專門飛機，沒過多少時間，便到了他們的研究單位。

一下飛機，大魯蛇頓時感到奇怪，因為大魯蛇眼前之地竟是頗為熟悉，再一細想，此地不就是幾日之前，與小龍眾人短暫相見又即分開之地？但是幾日之前的殘破戰地，卻已恢復得整齊漂亮，完全看不出此地方才經歷過一場驚心動魄之戰的跡象。

隨即他們進入了大山洞中，只見整齊龐大的大型電腦行列正在運轉著，看得大魯蛇目瞪口呆直吞著口水。這些傳聞中的超級電腦，卻叫大魯蛇在此地見識了。

經過這個大山洞之後，他們轉往一個較小坑道，只見這是一條主要坑道，望之不見盡頭！兩邊又各自連接著數條分道，每條分道各有其單位。他們走了許久，進入了一個設有門禁的分道，只見這分道門口一個小招牌寫著「膽大包天科技公司特異體質研究處」。

走進了這個部門，卻又是別有洞天，因為那又是一條坑道，望之極深，一邊又各連著多個大型廳室，全都是整潔明亮，且

深情無他　唯此真心

都有著各種怪異設備，各有一群人在忙碌著。有什麼高級複製研究所；複合型體研究所；先進生命工程所；未來人工智慧所……等等五花八門，大魯蛇只是覺得熱鬧有趣，多半是隨看隨忘，但有一個廳室，是他印象較為深刻的……

　　大魯蛇看見其中一個廳室中，關著一大一小兩隻送子鳥。門鎖旁邊，吊著一個牌子寫著：「嚴禁開門違者嚴懲」大魯蛇心想，如此大費周章，必是極其珍貴之物！他對那兩隻送子鳥多看了兩眼，心想，再如何珍稀貴重，被關在這山洞之中，恐怕並不快樂！長著翅膀的，就該讓牠們海闊天空地四處翱翔才對！

　　他們最後走進了其中一個廳室，裡面只有一個工作人員。只見帶著大魯蛇前來的這幾個人，面對這人，卻是畢恭畢敬，誠惶誠恐。

　　那人一揮手，其餘人等，盡在室外肅立靜候。

　　他向大魯蛇自我介紹：「敝姓陳，是膽大包天科技集團執行長，兼任特異體質研究處主任，等會兒將對先生您作些檢查，造成您的不便還請多多包涵！」

　　他向大魯蛇說明了一些檢查項目，要大魯蛇放心配合。便在大魯蛇身上裝置了幾個看似偵測用途的器具，隨後又為大魯蛇戴上一個，連著幾部電腦的的特殊頭盔。大魯蛇戴上頭盔之後不久，便昏然入睡，而在此時，正是偵測機器啟動之時！

　　只是，大魯蛇並不知道，當偵測機器啟動之時，他的神靈意識之中，有著一股自發力量，在瞬間即將他身上，尚有餘存的虛空界主之力隱藏，屏蔽起來，隔絕了偵測！

深情無他　唯此真心

不知過了多久，大魯蛇悠悠醒轉，只見那姓陳的人一臉笑意，極有禮貌地向大魯蛇說道：「您這身上，沒什麼重大的奇特現象，只是您的體質較容易引發靜電。以後經過一些易燃油氣設備附近，您可要自己小心！為了感謝您的配合，這兒有兩張卡，一張給您在各個關口的通行證明，另一張裡面存有幾個貨幣，如果您不急著回去，可以到處遊歷遊歷……」

於是大魯蛇便在各地放心遊玩，因為那張所謂幾個貨幣的卡片，夠他過上幾個月的舒服日子……

當大魯蛇到了洞庭湖區來去閒晃的時候，他的身上產生了一種奇特的感覺，就像一幅幅的影像強迫著進入了大魯蛇腦識之中。而那竟然讓他感應著小龍蹤跡就在附近，就像做夢，他竟可以自主聯繫小龍。於是他用心找尋，終於找到了眾人，卻是在眾人已經進了網羅之後。大魯蛇只得暗中行動，伺機搭救眾人……

「原來如此，看來老天有意安排我們再次見面，真是太好了！」小龍滿臉愉快。

「小龍，有一件奇怪的事，當我進入那膽大包天科技集團時，無意中發現，幾道門禁的幾個警衛，全都長得極是相像，真像是同一個模子所印製出來的一樣，說不定他們就是傳說中的複製人種。但也許是我眼花，看偏差了，也說不定！」大魯蛇說。

大魯蛇的話，引起了伶優仙子的注意：「真有此事？難道這和日前侵入本界的歹人有關？」她心中暗自想著……

銅牛車駕一路奔行，不多久，便回到了酒精靈界。

深情無他　唯此真心

　　當眾人回到酒精靈界時，自然又是一番久別重逢的歡喜氣氛。何忘機，夏小風，鈺瓶仙子等，免不得一番情緒激動，喜極而泣……

　　眾人在朝殿之上用了午膳，席間勸酌殷勤，觥箸交錯好不熱鬧！

　　宴飲既罷，眾人在廣場迴廊下悠閒聊天，伶優仙子向百花王等提議，邀來園中一班女子前來舞蹈歡樂。百花及百果王隨即差人前去園中傳訊。

　　不一會兒，廣場上方傳來絲竹匏鼓的樂聲，接著飄下了漫天花雨，隨後伴隨著繽紛花雨，降下了十一二位貌美如花的年輕女子。其衣飾華美輕柔，身姿阿娜，所奏樂聲清和優雅，眾女子並隨著樂音翩然而舞，一舉手，一投足，全都是猶如彩蝶尋花，一轉身，一回眸，莫不像是和風輕撫，春花怒放一般。眾人目視耳聞，如癡如醉！幾個女子手上的樂器，緩急抑揚，稍無偏失，直撥弄著人心，令眾人舒坦萬分。

　　此時一個身穿白衣長裙，外罩淺紫色輕紗，高挑清瘦長髮及腰的女子，腳上一雙金絲提花小紅鞋，像是足不沾地般，滑移著舞入場中，她一雙水袖，滾轉飄飛似清風弄荷，其曳地長裙擺動如水波盪漾，一個旋身，一個穿梭，恰似鶯舞柳浪，卻與那十二女子適時應和，自然天成，如一隻春燕飛入了百花群中，為其躍動的春色增添幾分活潑……

　　自那白衣女子進場，小龍的雙眼從此便再也離不開她了，在他眼中所見那人，竟是飛天，竟是仙女，原來她正是伶優仙子。她的曼妙身姿，直叫小龍看得癡癡傻傻。直到樂舞停歇，

深情無他　唯此真心

場邊掌聲喝采如雷響起，他才回過神來。卻是眼見一張紅潤臉龐，一雙清明透澈，靈秀無比的大眼睛，也正深情款款地瞧著自己。那是伶優仙子，不再濃妝豔抹，而是一臉質樸，秀慧自然的清麗氣質散發……

在百花園中的百花精靈們精妙的樂舞之後，百果園中也是十二個清秀脫俗女子，各自手持精雕檀木長劍，身著水色勁裝接著入場。隨著古琴聲韻一起，即一手持劍，一手捏訣，腳上鞋尖輕點石板地上，一踏一畫，彎腰旋身，舞動了起來。她們手中的長劍起先似靈蛇吐信，蛇信所至蛇身隨之，蜿蜒四面靈動已極。輕靈之後，隨轉沉重，一步一趨，似猛虎之顧盼，長劍揮灑有聲，似風過長林吟嘯從容，然後當琴聲由輕緩轉而急重，則似大河之水奔流下灘。場中諸女子，則忽前忽後，時左時右，換位穿梭縱跳騰躍，聲如飛鳶唳天，勢若群馬奔騰，劍氣聲咻咻作響，卻是紛雜之中不失條理……

終於琴音戛然而止，觀舞眾人無不拍掌叫好。

舞者們向眾人一揖，隨即依序離場。百花園樂舞，如新調之花果甜酒，使人口舌生津，回味不已。百果園劍舞，如陳年烈酒，激盪脾胃，使人渾身舒暢，難以忘懷。

觀舞既畢，百穀王邀請無上師及樂陶然進殿商議事情。

正當樂陶然起身離開迴廊，將要走向廣場時，突然背後兩個冷然的女子聲音，喚住了樂陶然。

樂陶然回頭一看，卻是夏小風及夏小雨，兩人均是面無表情，同時口說：「樂陶然，請留步！」

樂陶然聞言，先是一愣，繼而停下了腳步，一臉狐疑眼看

深情無他　唯此真心

著她二人。樂陶然滿心疑惑，向來文靜好禮的小風，小雨，爲何卻直呼自己名號？眾人也都是看得滿頭霧水。

此時但見夏小風，夏小雨二人手上，各自握了把寒光閃耀的寶劍，二人目光注視著樂陶然。忽然齊聲而呼：「當心了！」

一聲當心了，二人隨即利劍出手，刺向了樂陶然！

眾人被她兩人這突來的舉動所驚嚇，一時不知如何是好，竟是無人應對。

樂陶然卻身形陡轉避開了劍鋒，口呼：「小風，小雨快住手，妳們瘋了嗎？」

二人對樂陶然的話充耳不聞，倏然分開，一左一右，各自一招招，一式式，連珠而發，分進合擊，配合無間，直取樂陶然，那模樣，不像是舞劍好玩。

樂陶然心下猶在狐疑，尚弄不清她二人突發之舉所爲何來，只得睜大雙眼，提氣運勁權以手中一把摺扇代劍，見招拆招。

雖說夏小風，夏小雨二人劍法，是得自樂陶然，何忘機夫婦所親傳，樂陶然對她二人劍法自是了然於心，但對招幾個回合之後，樂陶然漸漸感到她二人熟悉的劍式之中，慢慢摻雜了一兩式模糊難辨的手法。

繼而，二人用招卻是一緩一急，一輕靈，一持重。一人使的是熟悉招式時，另一人則用的是樂陶然陌生的功夫，且二人不時交換著出手的套路。

旁觀眾人也許還沉浸在方才觀賞百果園劍舞的氣氛情境之中，見到三人精妙絕倫的對招，全看得興致高昂。只因這一家子人的劍法，不僅是大異百果王的劍法，其精妙處，則遠非百

深情無他　唯此真心

果王能比。百果王的劍法，有如揮毫作畫時的工筆刻寫，樂陶然則瀟灑寫意為先猶不失精刻手段。小風，小雨初時則與樂陶然如出一轍，但在交手數回之後，卻偶有如同潑墨之作猝發，這又是別有一番可觀之處，只是無人知其由來。眾人看得忘神，渾然忘卻了眼前也許正是一場凶險無比的真正廝殺正在進行著。

　　樂陶然雖稱劍藝精妙，但在小風、小雨二人圍攻之下，卻漸漸感到吃力，好幾次劍尖在他鼻尖，手邊，身旁近處劃過。加上他手中無劍，單以扇子應招，便只能閃躲，只有避讓而已。到了後來竟是狼狽模樣時出。三人又交手幾回後，樂陶然忽然對著何忘機大聲喊著：「女人家留意，有詭異！」

　　此時何忘機一聽有詭異三字，看戲的興致心情才猛然驚醒，她留意到，小風，小雨此時已完全不像平日的小風，小雨。她既知事有蹊蹺，便看準了時機下手偷襲。她身形一動，迅疾無比各在小風，小雨二人手上及腰間，出指點落！

　　只見小風，小雨二人手上利劍脫手，卻已全在何忘機手中。這一手工夫，一氣呵成迅捷精準，看得眾人忍不住彩聲連連齊聲叫好！

　　此時小風，小雨二人已跌坐在地上，頭臉上直冒著汗水，各自閉目調息。

　　樂陶然忙著取出手巾，擦拭著頭臉上的汗水，手上一把摺扇不停地搧著，他除了滿頭汗水之外，還有著滿頭霧水……

　　無上師問：「樂陶然，這是怎麼回事？」

　　樂陶然搖了搖頭：「我也不清楚啊！」

深情無他　唯此真心

　　小龍說：「莫非是她二人喝多了？要不，就是同場加映，精彩分享，反正觀眾也都還在！」

　　伶優仙子給了小龍一個白眼：「你別胡說，才不是呢！」她急取了手巾，忙著替夏小雨擦拭汗水。鈺瓶仙子也急著替夏小風擦汗搧風。

　　此時何忘機雙目有如鷹眼，環視四面來回找尋著什麼，忽然她高聲說道：「師弟，你再不出來，還要藏在那兒裝神弄鬼，我可要生氣囉！」

　　何忘機一聲師弟，眾人莫不睜大眼睛四處瞧著，期待著她口中的師弟出現。

深情無他　唯此真心

杏花煙雨　且任舒懷

此時，只見一人頭頂著竹笠，雙手搭著一根橫過雙肩的竹杖兩頭，自廣場外面漫步走了進來！

他一走近何忘機身邊，便丟了竹杖，拋了竹笠，口說：「師兄，師姐，別來無恙！」

「他奶奶的，原來是你，三杯黃湯任舒懷！」無上師在一旁，嘴上低聲說著。

「師弟，真的是你？方才藏在暗處作怪的真是你？」樂陶然問。

「沒錯，師兄，正是我，許久未見，只想看看你這身老骨頭還是不是硬朗，順便給大夥兒們樂樂！」任舒懷說完，轉身向著何忘機，說道：「師姐，這麼多年未見，我很想抱一抱妳，行不行？」

「不行！你沒看到你師兄早就已經漲紅了老臉，正在那兒吹鬍子瞪眼睛呢！」何忘機嘴上如此說著，卻是腳底一動，張開雙臂，將眼前這師弟狠狠地抱了滿懷：「師弟呀，這麼多年了，也不想著回來看看我們，真是想死我了！」

一陣久別重逢的情緒激動之後，任舒懷問：「師姐，你怎麼知道是我作弄師兄？」

「師弟呀，你這一滿身老黃酒味道，三里之外都聞到了，除此之外，如不是你，還會有誰這麼喜歡作弄你師兄？」何忘

杏花煙雨　且任舒懷

機伸出雙手，捏了捏任舒懷兩邊臉頰。

「會痛耶，師姐！」任舒懷嘴上說著，卻是嘴角揚起，充滿笑意，一旁樂陶然則是看得直搖頭。小龍見了這一幕，心想，原來女人家都是喜歡如此捏人臉頰呀！

「外公，請您放了我娘，讓她二人起身吧！」鈺瓶仙子向樂陶然請求。

「她二人既有本事讓我難看，便要有本事自己解開禁制！」樂陶然看來一口悶氣還未出完，並未出手，何忘機只是轉頭瞧瞧也沒動作。

倒是任舒懷卻認真地打量著鈺瓶仙子：「什麼？妳叫他外公？錯了！妳真是要喊聲外公，是我，我才真的是妳外公！」任舒懷此刻這話真是語出驚人了⋯⋯

眾人一聽此言，無不是睜大了眼睛，豎起耳朵，心想著，有這等事？他們還當真是關係複雜的一家子人啊⋯⋯

「師弟，你別說醉話，這事兒開不得玩笑，弄不好，要出人命的，這回事⋯⋯」何忘機提醒著任舒懷，口無遮攔隨意說話的嚴重後果。

「是真的！」任舒懷說。

「還真的！你給我清醒過來，說清楚！」何忘機頓時收起了臉上笑容。

此時樂陶然出手解開了夏小風，夏小雨二人身上禁制，一夥兒人正等著聽聽任舒懷怎麼說。

只見任舒懷走向了迴廊下，挑了一個老黃酒柱子，將個空瓶子裝滿黃酒，一大口下肚之後，坐在個石椅子上：「這個自然

杏花煙雨　且任舒懷

是要清清楚楚地說！」

　　於是閒著的人各搬了石椅，像聽說書一樣，圍著任舒懷，邊飲著酒，邊聽任舒懷說。

　　「師姐，這得從當年你爹，我們的師傅，將你許配給師兄那時說起。你和師兄當時也許並不知道，正當你們高高興興辦著喜事的時候，師弟我表面上雖也是高高興興地幫著辦喜事，可是我私底下卻暗自傷神……」

　　「怎麼說？」何忘機問。

　　「其實很早以前，我便偷偷地喜歡著師姐妳！」任舒懷像正在說著別人的故事一般，若無其事地自在。

　　「師弟，這個就別說了！」樂陶然瞪了任舒懷一眼。

　　何忘機卻是一臉得意，雙頰微泛著紅：「說呀！為什麼不說？大家都聽到了呀，師弟當年暗戀著我呢！」

　　「好，這個不說……」任舒懷喝了口黃酒，又說：「在妳們成婚之後不久，我便離開師門，想要一個人到外頭去經歷一番。兩三年後，我曾回到窯場附近，卻沒有勇氣走進師門。後來得知妳們尚無子嗣，便心想弄兩個娃兒與妳們作伴！」

　　此時何忘機恍然大悟，如夢初醒：「師弟，難不成小風，小雨是你的孩子，還是你在哪兒抱來的？」眾人一聽，無不感到意外。小風，小雨更是一臉驚愕不可置信！

　　「師姐，我那時只是想著給妳們添兩個伴兒，讓妳們高興高興，所以沒有明說……其實小風，小雨，是我當年在外遊歷時，於西疆白玉河中找到的一塊玉石，它不僅質地溫潤更是大大不同於尋常玉石！我覺得它似有生氣，似能自主，還頗不安

杏花煙雨　且任舒懷

份。我還發現似乎有著兩道靈秀之氣附於其上，便動手將那玉石雕成了兩個娃兒形體，雕成之後，看到她們靈動異常，便對她們施法賦予氣血，造就成兩個血肉之軀，那可是耗費了我許多的氣血修為……」任舒懷說。

「那你怎麼不親自將她們送來給我？」何忘機問。

「一來，聽說師傅也已經離開了師門，就算回去也是見不著他老人家。二來，是想給你們與那兩個娃兒一個比較自然的相遇！」任舒懷說。

「那你又怎麼知道那天早上，我和你師姐會走進那亭子？」樂陶然問。

「我在暗處看了幾天，清楚你們平日出入的路徑。還有，當時又出太陽，又逼著你二人不得不躲進亭子的那一場雨，卻是我藏身對岸樹下，用盡氣力激盪著小溪水，才下下來的。過了一些時日，看看你們都沒發現真相，我便離開了……這樣說來，鈺兒，伶兒她們倆，既然稱呼小風，小雨為媽媽，是不是也應該喊我一聲外公才是！而師兄你為鈺兒，伶兒賦予氣血，讓她們得以長成人型，她們真要喊你一聲爹爹，也都沒有錯！」任舒懷在這事兒上，倒真是沒想著要占那樂陶然的便宜。

眾人至此，才大概明白了樂陶然這一家子人的複雜關係。原來彩瓶雙艷是酒精靈界的千年精魂，由夏小風，夏小雨為之捏造形體，樂陶然為之賦上氣血造就成了絕美精靈。而夏小風，夏小雨則原是玉石精魄，由任舒懷擔綱施作，使她倆成為了血肉之軀……

「當年你離開師門之後去了哪裡？後來，你又是如何來到

杏花煙雨　且任舒懷

這酒精靈界的？」何忘機又問。

任舒懷聽她一問，臉上一時起了些羞赧之色：「這，這個我不好意思說，我怕妳們聽了之後會取笑我！」

「說，我不會笑話你！」何忘機似乎很想知道。

「師姐的話當真？妳真的不會取笑我嗎？」任舒懷心中不知何事害怕被人取笑。

「我騙過你嗎？快說，快說，別像個小姑娘家似的！」何忘機催促著他。

「好吧！我說，聽完之後，不許笑我……當年我看到妳們二人結髮之後，似乎幸福美滿，我便也想到外頭去尋找個好姑娘，盼望結成個好姻緣。當年我心裡頭除了曾經偷偷地喜歡著師姐，其實也還喜歡著另一個漂亮女子！」除了對何忘機同門相處，近水樓台而生的情誼，任舒懷當年心中竟然還有著別的意中情人。

「是哪家閨秀？有多漂亮呢？」何忘機率性直問。雖說女子面貌容顏總是各有特色，一般人嘴上也都說三從四德內在要緊。只是這生就得愈是漂亮愈有自信的女人家，在這種事情上，雖然表面裝著不在乎，內心總還是愛和別人較量，也總是在意著旁人的評價！

「師兄，就是當年我們常常外出送貨完了之後，都會到鎮上酒館喝他兩杯的，那家叫什麼～杏花煙雨～酒館裡頭那個紅牌，名號叫剝皮小辣椒的姑娘啊！我離開師門的頭兩三個月裡，在那小辣椒姑娘身上，花光了身上所有積蓄。下場當然是錢沒了，也討不到老婆，還被人家掃地出門。至於我會來到這裡，

杏花煙雨　且任舒懷

是在幾年之後，在一個機緣之下，因為誤會，追趕著送子鳥大人，無意中來到這裡，又看這地方不錯，便長住下來……哦，對了，當年師兄你那老相好的，那叫，真心不二的美麗紅牌，在我流連酒館的那些快活日子裡，倒是對你一直念念不忘，常常三天兩頭地提起師兄你……她手調的好酒～恨不相逢未嫁時～真是好得沒話說！我到現在還懷念著那滋味呢，嘻嘻……」

何忘機聽到這裡，早忍不住笑，一手輕掩著嘴，一手指著任舒懷：「剝皮小辣椒……剝皮……師弟，你可真是荒唐糊塗透頂啊！啊哈哈……」她又笑彎了腰。

任舒懷十分不好意思地摸摸腦袋，傻笑著……

何忘機笑夠了，轉身面向著樂陶然：「樂陶然！晚點兒，你得好好說說，什麼是真心不二，還有那，恨不相逢未嫁時，究竟是個什麼樣兒的好滋味呢……」她一臉蠻不在乎，漫不經心的模樣。

只見樂陶然早已是一臉慘白，他心裡想著：「師弟呀！你還真是那壺不開提那壺呀！你可真是要害慘我了……」

樂陶然的到來，為酒精靈界帶來一股新力量，大帝師的復原應非難事。任舒懷既然也身具氣血賦活的修為，看來，龍王公子的傷痛折磨，也將會少捱受些時日。

而最是欣喜的，莫過於鈺瓶仙子，伶優仙子與夏小風，夏小雨母女四人，她們長年遙相思念的心情，終於能得安慰。

百穀王向大帝師通報樂陶然已到本境之事。大帝師隨即出關，欣喜相迎，眾人相見自是十分歡洽。

樂陶然看了看大帝師傷勢，說道：「看來，還得用上貴境的

千年窖泥，燒個小陶片，以做修補之用！」

　　大帝師聞言，說道：「那便有勞白娘子，前往作坊取泥，以便燒煉！」

　　夏小風，夏小雨一聽說本境也有著陶瓷作坊，便興味盎然欲跟隨著白娘子前往，何忘機也說道：「這烘乾陶坯的事，只怕是少不得我，我也去。」一眾女人家便熱熱鬧鬧向著作坊前去。

　　另一方面，無上師問那任舒懷，對於龍王公子身上的奇異傷痛，可有把握治好？

　　任舒懷回答說：「應該不難，我且勉力一試，但要庫房裡一些生肌造血的藥材以相幫襯！」

　　無上師說：「那便事不宜遲，早些弄好，咱倆就可以痛痛快快地喝他幾杯！」

　　果然正事要緊，但是喝酒的事也不能怠慢，兩人備齊了藥物，命人抬了龍王公子，在百穀園中一個潔淨的小水池中，將他周身略事清洗之後，又抬進了百穀園中一個清淨的廂房裡。

　　準備就緒，任舒懷便收斂心神，專注提功運氣，無上師等人則四處留意為之護法。

　　只見任舒懷取了幾味藥末，置入了一個小瓷碟中，隨發一道指力，激盪著藥末緩緩生煙，任舒懷又以手指將之引導，形成了一道白色煙龍，煙霧一觸及那龍王公子臉面，龍王公子隨即安祥入睡。任舒懷便又指引著清香煙霧封住了龍王公子周身，隨後任舒懷再屏氣凝神，雙掌在高距龍王公子周身三寸各處為之運行氣血。

　　正面既成，昏睡中的龍王公子竟自坐起，任舒懷又在其背

杏花煙雨　且任舒懷

上施法，然後龍王公子又自站立起身，接受藥霧之滲透清淨。施法既畢，又復緩緩臥於榻上。

眾人見此怪異功法，無不連連稱奇。卻不知比起日前他對小風，小雨二人施加的手段，眼前這一手夢遊仙境的功夫，倒真的是不足稱道了。

此時掩蓋著龍王公子的煙霧漸濃，其色轉黑，任舒懷隨意揮掌，挾帶著一陣勁風，那濃煙隨即竄出了廂房，向著天際散去。

眾人再看龍王公子時，只見他本來遍體糜爛之軀，經此療治，已恢復了三分，不再慘不忍睹。

任舒懷命人在其身上裹敷塗擦藥物，又向眾人說道：「三日之後再行施法，如此三回，成敗便定！」

日下西山，晚膳之後，眾人在朝殿廣場閒飲閒聊。忽然天際遠處，一道閃亮光柱，自人界之地竄升而起，直上暮色天空，過不多久，卻見那光柱前端的一個細小黑點，一陣爆裂火球突起，又過不久一陣轟然長鳴，伴隨一陣強烈波動傳至，眾人無不為之撼動！

無上師說：「看來是人界打什麼火箭上天，卻失敗炸了！」

大帝師接著說：「自從遠古凡人懂得用火之後，人界文明進程，便似大樹成長，只有快慢，從不停歇。又似海潮之力無可抵擋。可惜人性貪婪，為了巧取豪奪，長久歷史中，大小征戰攻伐，處處可見，時時可見……此時恐怕有人已將本境當作了奪取的目標，確實可嘆！」

無上師問：「凡人取我境界，有何益處？為什麼虛空境界也

杏花煙雨　且任舒懷

來，凡人也想？」

大帝師說：「大家只知本界除了，自由自在有得吃喝與世無爭，如此而已，卻不知本界所以奇特，就在一旦護境界限回復之後，便可隨意飄移，似一個浩大圓球，能隱藏在人界氣層邊緣，陽光稍弱之處，隨之運轉，而讓本界永遠如太陽初昇之時，無冬夏日夜之分。除此之外，本境界，如有必要，還能逸出人界氣層，飄入星空遨遊，我猜想大膽貪心的凡人，其用心著眼處，則必是在此一面！」

無上師聽完：「原來如此，怪不得以前在此，老是睡不好覺，原是無日夜之分。另外，這凡人，貪心未免太大，膽子也未免不小……」

百穀王也說：「再不快將護境界限修復，遠遠地離開人界，早晚有一天要出大事情，不知大帝師幾日深思，可有想到什麼良策？」

大帝師說道：「據我這幾日翻閱古籍所載的軼事傳聞或大事紀要，前人倒是有些說法。只是傳聞未必可信，軼事恐怕無用，大事紀要卻又極少論及相關話題，修復界限的事恐怕還需大家再共同想想辦法！此外，前人最早所記一冊本境起源之老書，卻不知已經流落在何處境地！」

樂陶然問道：「可有什麼本境界起源的故事或記錄？」

「是有一則傳聞，非是大事紀要。根據前人所傳，本境界起源在千年之前，一片巨大的，不知來自何處的飛來奇石飛掠人界，捲起無數砂土，並衝撞剷離幾個山頭，之後連同那幾個山頭的碎木土石，脫離人界，與人界漸行漸遠，飄移在天地之

杏花煙雨　且任舒懷

間。後來有一群修眞道者，由人界來此，觀此地中心，似有一奇異之物，可凝聚殘餘碎木土石粉末及水氣諸物，使之雖游移在天地之間，卻可不致散逸。又見其粉碎重組諸物，隱然似有生機將發，便策其群力，千辛萬苦成其雛形，漸成規模，遂引其生機，播撒穀物及其雜花野果，爲今日百穀，百花，百果諸園之伊始……」大帝師詳述其古籍所見。

無上師此時聽得興味大起，問道：「那本境這些酒水酒氣從何而來？」

大帝師答道：「初時，有修眞道人攜來奇酒，其一名爲秋水之泉，其二名爲逍遙之源，其三名爲浩然酒氣。

秋水之泉，置於荷花池裡，小涼亭中的泉眼之內，能使湧出之泉水，清淨無瑕且略具美酒之質地，芳香甘美亦稍能醉人。

逍遙之源與浩然酒氣，據聞此雙罈奇酒當時同時開罈，浩然酒氣衝霄而起化作本境外緣氣層，凝而彌固，是爲護境界限。逍遙之源則充塞於界限之內，混入原始氣息與之相融，生養著萬千生靈……」

樂陶然又問：「若依此看來，本境之完成，除天外奇石之力所附聚的地界諸物，尚有三罈奇酒加上那一班修眞道者之用心勞力……不知古籍是否記載著，當初眾修眞道者往後之行蹤？」

大帝師回道：「據載，當時三園建成，得以滋養生靈，三界修眞之眾便相攜群至。後來那些開界眾道者，多有得道飛昇而去，或修仙未成，半途返回人界者。此地便成了三界眾修仙生靈聚集之地，終至今日規模。可惜如今護境界限已破，本境不得不依附著人界氣層而生，汙濁之氣日漸，最終恐將成爲泛泛

杏花煙雨　且任舒懷

一般之地！」

　此時，何忘機突發一語：「師弟，當日境界大戰，你既在此地，爲何不出手阻止，卻讓那護境界限被人破了？」

　任舒懷嘆了口氣：「非是我不出手襄助本境，而是那虛空界主太過強大，又來得突然，界限一被攻破，逍遙之源和浩然酒氣，開始崩散，事態緊急，我只能窮盡全力，集聚其氣，最終只救得逍遙之源半罈，浩然酒氣半罈，其餘則散至天外，來不及搶救！」

　樂陶然說道：「師弟如何得知那便是逍遙之源與浩然酒氣？」

　任舒懷回道：「我初來本境之時，在邊緣之地與雜木林中生活，曾在雜木林中發現兩個酒罈，其一寫著逍遙之源，另一寫著浩然酒氣，我便將之清洗一番拿來提水。大戰之日，我見護境之氣與生養之氣受到虛空界主巨力震盪，色分陰陽行將崩散，情急之下，便倒轉運使氣血賦活之功，聚氣之力，強將天際紅潤之氣與青冷之氣，各自成團聚於雙掌之上，正不知如何處置它們之時，那紅潤之氣竟自竄入浩然酒氣空罈之中；青冷之氣也遁入逍遙之源空罈子裡，其餘則早已散入天外而不可得。我見其各自尚有半罈，便將其加蓋封藏，心想有朝一日或有所用，便將之藏於草廬之內隱匿其蹤……」

　任舒懷停了停，又說：「至於有關當初開界道者去處，我在人界四處遊歷之時，曾在一處山間雲水洞府之中，與一老道人相遇，相談甚歡。記得他也曾提過酒精靈界這段傳聞。當時心中頗不以爲意，只心想那無非只是老道瞎編。後來在一個酒肆

杏花煙雨　且任舒懷

之中飲酒時，見一個似是精怪之物，正對著一個年輕酒客杯中偷偷下蟲，我便出手驅趕，並在幾番緊追不捨地追逐之後，竟來到了這裡。後來得知那是送子鳥大人正在施放酒蟲……那老道人也許知道一些當初參與開界，又返回人界幾個修真道者的故事。」

大帝師問他：「關於開界之說，看來古籍傳聞有其可信之處，只是不知任先生是否還記得當年那修道人的居所？如能找到那人，有些疑問或者可以得到解答！」

任舒懷想了又想：「當年山巔水湄四處漫遊，如今確實不復記憶其地，只依稀記得那處洞府叫什麼，飽食道糧的，我勉力再行回想便是……」

何忘機說：「如今既然知道那兩罈奇酒的重要，即當取來交給大帝師妥善保護，我深怕師弟你萬一嘴饞了找不到酒時，便將他們喝了，那可就真是罪該萬死了！」

「這個自是當然！」任舒懷便請百穀王遣派兩人陪同取酒。百穀王除了派人，自己也隨之前往。

聚會既散，伶優仙子提議：「時間還早，不如我們去瞧瞧龍王公子，看他恢復得如何？」

小龍回答：「好呀！也該去探望探望他！當日在龍宮時，如不是他出言相助解圍，恐怕龍王父女還不會輕易罷手。這一兩天仔細想了想，如當真身軀被人占用了，還真是挺可怕，挺麻煩的事啊！」

伶優仙子說：「你還會知道這是可怕，麻煩的事呀？往後遇上什麼事情時，別先急著替他人著想。有時候，想將那擔子扛

杏花煙雨　且任舒懷

上自己肩膀之前，也要先惦量惦量自己是不是當眞適合，是不是有更好的辦法才是！」

一旁大魯蛇耳聞二人談話，有時沉默不語，他似乎有些心事未解，獨自在思考著什麼。

三人一路閒聊，不久已到了百穀園，龍王公子養傷之所就在不遠。正當三人再往前行，卻見那廂房之門正巧打開，一人正從廂房走出。

伶優仙子細看那人，卻是人稱送子鳥大人的朝官。那人未等小龍三人開口招呼，便已先開口說道：「各位也來探望龍王公子嗎？」

伶優仙子答道：「是呀！原來是送子鳥前輩，您也是來關心龍王公子嗎？」

「沒錯，順便送了瓶養生滋補的酒來，等他身子好些了，便可以補補元氣！」送子鳥話一說完，便頭也不回逕自離去。

等送子鳥走遠了，小龍說：「這人看來有點兒陰陽怪氣的，不知平日裡爲人如何？」

伶優仙子答道：「送子鳥看來雖是有些兒邪裡邪氣的，但在咱酒精靈境界裡，每個人都有其各自的脾氣個性……這些先不說，如果你知道當年是他，將你這小小酒蟲，送到人間那猴子的肚子裡，你對他的看法自然會有些不一樣的。他給龍王公子送酒，八成也是在打著龍王公子的主意！只不曉得這次又是哪家精靈派了差，拿出了酒蟲來？」

大魯蛇聽到這裡，伸手摸了摸自己的肥肚皮，低頭瞧著。

三人進了廂房，見龍王公子雖是臥於榻上，但氣色不錯，

杏花煙雨　且任舒懷

猶未入眠。照護他起居的童子，正爲他朗誦詩詞。

眾人見面，相談甚歡，直到深夜，三人告辭。到了離去之前，小龍突然回頭說話：「不好意思，我有一事請教，不知公子可曾聽過『飽食道糧』四字？」

「飽食道糧？」龍王公子想了想，說道：「好似曾經聽人說過……啊！是我三妹子說的，聽說是個老道人的修眞洞府！」

「那公子可知其地何在？」伶優仙子問。

「這個我倒是不知，也許舍妹知道其地，她遊歷所經之處甚多，應該會清楚……」

三人辭別了龍王公子，各自回到居處安歇。

伶優仙子將龍王公子的話與夏小雨眾人說了，也引起了樂陶然的關注。

次日一早，樂陶然等人面見大帝師，將龍王公子關於飽食道糧的說話向大帝師稟告。

大帝師想了想，便開口商請無上師帶人再下人界洞庭，向龍族打探消息。

無上師邀了龍虎二公，小龍三人則是請命隨行。

無上師離境之前，請來百穀王商議：「看來本境既是天外飛石衝撞地界生成，能成一境界的關鍵也在天外飛石，人界宵小圖謀本境的，應該和天外飛石有所關聯！」

百穀王問：「不知這天外飛石是何模樣，此刻所在何處？」

無上師答道：「曾聽大酒缸說過孕化石盒的來歷，是前人取自小塊散裂之天外奇石雕成，每乘銅牛車駕機關之中，也都有著小塊奇石，至於奇石本體，依俺的猜想，應該是深埋本境地

底之下，無處不在。至於其中心所在，應是在本境正中之地，如由各個外緣推算，應在朝議內殿，孕化石盒所在的內殿地下附近。前日入侵歹人既是聚集於此，或許與此相關，你須加派人手看守此地，避免有失！」

百穀王答道：「這個自然，何況浩然酒氣與逍遙之源，已移至內殿中，內殿防務自是十分要緊！」

無上師又說：「此番前去，如果探得浩然酒氣與逍遙之源相關訊息，固然最好，如果無法如願，俺怕這護境界限的修復，就算不是空談，恐怕也將是困難重重。樂陶然那一家子人，雖說各個身負奇功絕藝，對於護境界限如何修復，只怕也不是完全明白。你在這段時間，要抽空和大老鼠幫忙那大酒缸，多翻翻書樓的書本。大老鼠頭腦機靈點子多，也許會有些心得。這些事，俺已同大酒缸談過，他也認為可行。至於其他不該擔憂的，便不用多費心思了！」

百穀王一臉憂色：「無上師是說，如果護境界限無法回復，本境不能再行飄移遠離人界，最終只得降下人界依附著人界一事？」

無上師說：「就是這件事，反正這也只是推測，半是看天半是由人，就算真會發生，也只得由它，在這之前，能盡力便盡力而為。另外有空多欣賞夜晚月色的盈虧，及滿天星斗也是很不錯，難得的事情。有空，也多陪陪鈺兒……」

百穀王心下早已是憂思百結，心事繁雜，此刻，既要盡心盡力，有些事又不要多費心思，又要抽空欣賞夜色，多陪陪鈺兒……這人事當真是複雜萬端，不好梳理……

杏花煙雨　且任舒懷

　　無上師一行人輕裝簡備，直趨洞庭。

　　不多時，已身處洞庭龍族所在山坳小湖的入口小溪。

　　龍公託辭在外把關不與眾人一同進去，虎公便在外與之作陪。

　　無上師與小龍三人進了小湖泊，便已遙見一斑水族正於廣場上操演。眾人唯恐廣場無端再次陷落，便盡量靠著邊緣行走。卻聽得一個聲音熟悉的婦人在打著招呼：「酒精靈界無上師大駕光臨，有失遠迎，還望恕罪！」說話的正是三龍女。

　　無上師一拱手：「未先通報，擅闖貴地，於禮有失，尚望海涵！」

　　三龍女又說：「無上師何等尊貴，哪能不走正中大路，卻由小道迂迴，眞是委屈您了！」

　　無上師道：「大路上這日光太強，俺怕熱，小路多樹蔭涼快些，哈哈……」

　　三龍女知其不由大道行走，必是心中有所顧忌，便也心照不宣，隨之哈哈大笑起來：「諸位既然怕熱，便請移駕道觀之內，那才眞是清涼之地！」

　　無上師只得回道：「那眞是感謝三姑娘了，有勞帶路！」

　　眾人還未進道觀，洞庭龍王便已出觀相迎。待眾人進得道觀，卻見依舊是珠翠奪目，寶光耀眼，龍母亦早起身拄著寶杖相迎眾人。

　　龍母見了眾人，一開口便是：「請恕老身心急，心繫我兒病體傷痛，不知他此刻病況如何，祈望見告！」

　　無上師拱手回禮，說道：「尊公子玉體，在本境界裡回復得

杏花煙雨　且任舒懷

甚是迅速，在名師用心調養治理之下，俺想不久之後，他便能回來與您一家相聚！」

龍母聞言，滿面愁容才稍稍寬解。

眾人閒聊片刻，三龍女說道：「諸位遠來除了告知家兄近況，想必尚有他事，若有要緊的事，不用客氣便請直言，可以效勞之處，必不敢推辭！」

無上師說：「三姑娘真是善解人意，真是感激。確實是有一事請教，不知三姑娘可曾聽過『飽食道糧』這回事？」

只見三龍女一聽『飽食道糧』四字，先是一愣，繼而臉色微慍之外尚見憂傷，諸般情緒湧上了她的美麗臉龐。

「飽食道糧，是曾經聽過，和我也有些關聯。緣起千年之前，直至幾十年前，還聽聞尚有道人在此修真。只是我已很久未再涉足其地，實是不知如今景況如何！」三龍女神思飄向悠遠的記憶之中……

「那是一段不堪的回憶，當年父王將我嫁給涇河龍王之子，後來我夫婿負心變卦，將我逐出家門。那段日子，我終日牧羊為生，日子清苦，記得曾經進入山中，當時流經山中的涇河河濱，有一處洞府名為飽食道糧，有幾個道人在此修道。我偶然路經其地，竊觀那班道人，都是道行高深之輩不像是凡夫俗子。猶記千年之前的一個夜晚，飽食道糧附近幾個山頭，被一個龐大的天外飛石削去大半，連同樹木土石飛散，不知所蹤。隨後那一班修真道者，便離開洞府他去，亦不知所往……大約四、五十年前，我再遊歷其地，洞府尚在，且有一老道者居住生活其中，偶有遊人造訪，與之攀談交遊……涇河龍族向來對我洞

杏花煙雨　且任舒懷

庭龍族頗有不滿，彼此雖相距千里之遙，雖千年已過，其怨恨之心不減，實是無可奈何……無上師此刻問及此地，不知可有何事與其相關？」

無上師沉吟了半晌：「俺將這兩天所得消息，前後梳理一番，看來飽食道糧千年之前的那一班修道高人，便是追隨著天外飛石而去，也就是創建酒精靈界的始祖。日前本境界與虛空境界大戰，護境界限毀於虛空界主之手，本境如今正在苦尋修復之方。雖得高人樂陶然相助，但恐怕一些修復的線索，還須往飽食道糧洞府探尋一番！」

三龍女聞言，面有難色：「本來貴境之事，我理當出力，只是其地為涇河龍族所轄。涇河龍族後裔，近來對其水族嚴加訓練，我不知其意圖，為恐事涉本族，我只得勤於守備防護。至於飽食道糧所在，我只能繪製其圖，還勞無上師親自尋找！」

「既然三姑娘不方便親自領路，有那圖紙也是相同！」無上師說。

於是三龍女取了紙筆，繪了兩圖，一則前往其地之簡要路徑，一則飽食道糧附近詳圖，揮筆立就。三龍女靈智學養頗稱高深，也由此可見。

三龍女將圖紙交付給無上師，還小心提醒：「這涇河龍族雖非名族大裔，其後人卻都好勇鬥狠，諸位造訪其轄地，不可大意！」

無上師說：「謝謝三姑娘圖紙及好意提醒……」

無上師一行人離開洞庭，依著圖紙所示，逕往涇河而行。

路途之中，伶優仙子對著小龍意有所指：「將來如果娶妻，

你會像那涇河小龍對待三龍女那樣負心嗎？」

小龍不假思索：「將來的事，誰也說不準……」

伶優仙子狠狠瞪了他一眼：「你敢負情！」

小龍急忙搖手：「八成不敢！」

伶優仙子再次進逼：「什麼叫八成？」

小龍只得放低聲量：「萬萬不敢，絲毫不敢……」

一旁虎公聽完，微微一笑，說道：「還好，伶兒不是老虎一族……」

無上師打趣地接著說道：「要不，可就是貨真價實的母老虎了，哈！哈！」

伶優仙子知道二人消遣自己，臉一紅，轉開了話題：「大家快看，這涇河水色風光，可真漂亮呢！」

大魯蛇此時開口：「有漂亮仙子作伴同行，美麗風景，真是更添幾分顏色呢！」樂得伶優仙子一臉喜色，只差沒隨口輕快唱歌了……

其實涇河源流頗富黃沙，雖經築壩攔水，緩流則水清。但此時正當豐水，也許是水壩排洪水色黃濁。接近山邊時兩岸風光則好，至於水色則稱不上漂亮，眾人也不再說破，且由著伶優仙子一路上盡情地漂亮著吧！

杏花煙雨　且任舒懷

飽食道糧　混沌老道

　　眾人依循著圖，過了水壩，眼看已近飽食道糧附近，便慢下腳程，循著河岸再向上源行走。

　　不多久，見前方人聲吵雜，眾人停下腳步近前一看，見水邊是條大魚，約可一兩百斤重，卻是身受重傷血水不止地流著，奄奄一息。

　　老龍細看那大魚，不似一般尋常河鮮，卻像是龍族手下，也許才經歷過一番打鬥，看看情況頗不樂觀！再留意周遭諸人，卻也非是一般生人，全都是山精水怪所化。

　　老龍向其中一人行禮問道：「請問兄臺，是否知曉附近有一個叫做飽食道糧的修真之地？」那人回禮，正待答話，旁邊一個道士模樣裝束的年輕人卻搶著答說：「飽食道糧自是知道，只是那兒正在熱鬧著，可不是好玩的那種熱鬧！諸位看來不是本地人，會尋找飽食道糧，想來也不只是一般尋常凡夫。我老實說，如果不是十分要緊的事，就別去了！」

　　老龍聽說如此，便轉而向此人問道：「你是何人？為何勸我們別去飽食道糧？我等確實有著極要緊事情，非去不可！」

　　那人說道：「小道名叫青楓。飽食道糧自從幾年前那修真老道離開之後，偌大洞府便乏人管理。我等一班山林精怪之屬就此進駐，潛心修習，日久無事。卻在近日，每逢夜晚，便來了十幾個生人，欲強行奪占洞府。這十來個人，強悍非常，身手

矯健，夜行如晝，白日則遁去，夜晚復來騷擾。如此攻了數日猶未得手。昨晚那些人卻抓了這條受傷大魚，放在洞口即行離去。我看此處山溪水清，便將大魚移來此地。我細看這魚，卻是涇河龍族手下，看來，這些生人有意引起涇河龍族與我們的衝突，從中得利！」

老龍心想：「這班生人來得好巧！」嘴上卻說：「看來八成是如此，我看小兄弟不是信口雌黃之輩，實說我的來意，實是我的友人前輩，曾於多年之前，在此洞府修道，如今四處尋人不得，我等便想前往洞中探尋一番，希望能找到些線索，看看他可曾留下些書簡雜項，或是可資追尋之物！」

眼前小道聞言卻說：「這，恐怕有所不便，近日既有生人幾番滋擾，我便不得不小心應對。我如何知道諸位來歷？說白些，我是不是該懷疑諸位是否正與夜來襲擾的生人有所關聯呀？」

無上師上下打量著眼前這自稱青楓的年輕道人，似乎對他的應對說話很有興趣，仔細留意著這人的眼神舉止。

老龍聽這青楓說法，便回答道：「小兄弟這般想法也不算過份，但，在下確實是十分誠心造訪，別無他意，也許諸位看了在下的原來模樣，便會知道在下的誠意！」

說罷，他周身一團煙霧突生，化成一條巨型銀龍，躍上空中，在眾人頭頂上方不遠處盤繞，大吼一聲，聲勢懾人！

原來的一般人眾，看見巨龍出現，便立時消失身影，逃逸無蹤，只剩一人呆立原地。

無上師問他：「他們都走啦，怎麼你還不走？」

那人顫慄著回答：「小的嚇得腿軟了，來不及逃跑！」

飽食道糧　混沌老道

　　無上師說：「你別怕，俺們絕不傷你，有勞你帶路，前往那飽食道糧洞府。」

　　那人一點頭，才走了兩步卻不自主地即刻變回原形，四腳落地，原來是隻修為尚淺的小野狐，牠往前行走，卻頻頻回頭示意著眾人跟隨，其實也是一心留意提防著眾人。

　　小龍觀牠害怕的神情，安慰說道：「你別害怕，只管放心帶路，沒有人會出其不意，突然就從背後將你吃了！」小龍確實是一番好心勸慰，別無他意。但那小野狐聽到「背後吃了」等等數語，似乎更加嚇出了一身冷汗，不自主地夾起尾巴，奔兩步，走三步，快也不是，慢也不妥，一路留心著牠背後眾人。那模樣可憐又可愛，也叫人忍不住發噱。伶優仙子忍俊不禁捶了小龍臂膀一拳：「臭小龍你別多話，看你將牠嚇成那德行！」小龍只得陪著她忍不住傻笑一回：「唉呀，真是罪過！」

　　一夥兒人跟隨著那小野狐續往前行，不久，又遇到條小溪，沿著溪岸邊轉進了樹林。又過不久，眼前便是個山洞。

　　眾人看看四周，果然前方幾座山頭，山頂如被利刀削砍一般，各作平台狀。眾人心想：「原來酒精靈界，可能真是來自眼前幾個消失的山頭，說這自然之力，當真可怕，也真是奇妙！」

　　眾人走近洞口，卻見先前所見諸人已在洞口等候，其中一個適才未見的老者拱手行禮：「不知何處仙龍，大駕光臨，有失遠迎，還望恕罪！」

　　無上師看那老者精神矍鑠，神采內斂卻不掩精光，知其當非泛泛之輩，於是將來意說了一遍。

　　那老者聽完，再瞧了瞧老龍眾人，說道：「那便有請諸位入

飽食道糧　混沌老道

內，以前那修真老道，離開此地已久。他的生活看來十分簡樸，他所留下之器物均在其居室之中未曾挪動！」

於是眾人便隨之進入了山洞之中。但見此洞十分巨大寬敞，正中長石桌上，供俸著道家天尊石像，惟是黃塵蒙蔽，看來已經久無香煙油光薰照。

石洞兩邊各有幾十張竹蓆垂掛，略事分隔遮蔽。地上各有毯蓆，看來是日常起居之處，全都稍嫌簡陋。長石桌後面尚有空間，由一道長長木板矮牆與前洞隔開，權作後殿。

老者打開山洞左側一扇木板門，門後是另一間小石室，其中擺設著木製桌椅及櫃子。木桌上一付茶具，地上小小一個燒炭煮茶用的鑿石爐子。

老者說：「我等來此之後，此間洞室便是如此模樣，從來未有旁人擅入，只有老朽偶然入內烹煮山茗，其餘諸物則未曾翻動，各位可以仔細翻找，或可尋得需要之物！」

眾人小心四處找尋，只見木架子上幾本尋常經懺，隨手翻閱，也未見特別之處。竹木櫃子中，除了一些碗盤食器，薰香爐子及瓶罐。瓶罐中除了有些看似老舊，年久未動的香末之外，再無他物。櫃子旁邊石牆壁上，吊著一件袍服及一頂道家冠帽。

眾人多次翻找，也是不見異狀。看來此行恐怕將是白跑一趟，毫無所得了！

就在眾人漸失信心時，一隻飛蠅停在小龍臉頰之上，小龍揮手去趕，卻見那飛蠅繞彎飛直，停在那頂道冠之上。小龍一時起了玩心，手指凝氣，出指彈向那隻飛蠅。氣勁所到之處卻是未將飛蠅擊中，倒是將牆上那頂道冠掃落地上！卻見原來道

飽食道糧　混沌老道

冠所在之處正巧掩蓋著一個小洞。

此時小龍眼睛一亮，口呼：「大家快看，這牆上有個小洞！」

眾人轉頭瞧去，果然壁上原來掛置冠帽之處，卻眞是有個細小洞口。

無上師上前一看，發覺小洞之中透出微光，且隱隱有著薰香及油煙味道飄出。他仔細望進小洞看了又看，說道：「看來隔壁尙有洞天，只是不知如何進去？」

此時那老者突然說道：「老朽刻意迴避，卻還是被你等發現了！」

說罷，那老人家出手將那竹木櫃子移開，只見櫃子後面，是一個通往隔壁洞室的低矮石門。

那老者又說：「看來大家有緣，請進來吧！」

他領著眾人進入了隔壁石室之中。

只見此室，較之方才所在的石室，又更加高大寬敞一些。正中也是一個木桌，旁邊幾張椅子。木桌上面一個油燈亮著，小薰香爐也有淡淡的煙霧盤繞，牆邊一個老書架子擺了許多書本。進門對面左前邊角一張竹床上，正睡著一個老人家。

眾人面面相覷，無上師待要上前喚醒那老人，卻見領著他們進來的老者開口說道：「諸位莫急，請事稍待！」

說完，只見他突然化成了一道煙氣，自那睡夢中的老人家口鼻竄入。不久，那睡著的老人睜眼醒轉，坐起身子，盤起雙腳，只見他手指向著進門右邊牆上，隔空揮指一動，牆上一個木盒蓋子被那無形指力翻開，盒中一顆雞蛋大小的明珠瞬時大放光明，照耀得一個洞室明亮如晝。眾人無不大感驚奇，小龍

心想：「原來這洞中，也有著洞庭龍宮那樣的寶貝明珠！只是好像更加明亮許多！」那顆明珠似乎對著小龍散發出一種奇特卻又自然的吸引力量，小龍有著一種很想將它拿來把玩的慾望。

老龍公也對那顆明珠頗有興致，專注地瞧了一會兒。

眾人細看那老人，卻見他的容貌，便是方才引領眾人進入石洞的老者。

那老者口說：「諸位請隨意坐坐！大家能在這洞中說話，便是有緣，各位來此，自是有所疑問，還請不要客氣，直說來意無妨。」

此時無上師上前，彎腰拱手說道：「敢問仙人尊號，您在此地清修，已有多少時候啦？」

老者答道：「老朽年輕時厚顏自號混沌道人，至於來此多久？這個確是早已記不得，算不來啦！」

無上師又問：「那您可還記得一個叫做三杯黃湯任舒懷的人？」

自號混沌道人的老者想了想，說道：「記得，這小子有趣，曾在此住過幾天……日子過得真快，那是二、三十年前的事了！」

無上師和老龍相對望了望，心想：「看來找對人了！」

此時老龍問道：「不知仙人可曾說過，天地之間，有個酒精靈界的故事？」

那混沌老道又再看了看眾人：「說過，各位想聽嗎？」

於是那混沌老道便將千年之前，天外一片巨大飛石飛越黃土區，帶著狂風捲起無數土石，到此山區，又將此地幾個山頭

飽食道糧　混沌老道

剷去，帶離大量土石，揚長而去。原在此地修真的眾道人們隨後追隨此飛石離去，並苦心將之經營成一個奇異之境的故事說了一遍。

混沌老道一邊說著，表情之中卻是無限激動神往……

無上師聽他說完，再次彎腰拱手，問道：「請問仙人，可曾參與過當時的境界建造？」

那混沌老道隨口答道：「自然是有的……小子你聰明，料想出老朽的來歷啦！」

無上師說道：「晚輩不敢，瞎猜的，如今……」無上師尚在人世經歷磨練時，遠早於酒精靈界創始，但論入界先後，稱混沌老道為前輩則無不宜。此外，當年立界之時，混沌老道年歲幾何也是個謎。

眾人知曉眼前混沌老道竟是酒精靈界開界始祖，無不是心情歡喜激動無比，各自恭謹行禮一番。

無上師將前日境界遭遇大戰，虛空界主破了護境界限之事，及尚留有一罈老舊秋水之泉，半罈逍遙之源，半罈浩然酒氣之事詳細說了。

混沌老道聽完說道：「看來，近年我在幾次無意之間，洩漏了酒精靈界的事，卻真是害慘了境界啊！」老人家一臉懊惱。

「這事情既已發生，成了事實，前輩就勿須懊惱，眼前重要的事是如何趕緊修復那護境之限！」老龍說。

那混沌老道想了想，說道：「其實，就算虛空境界不來攻打，護境界限支撐千年，時間上也算不短啦！也差不多該換新強化了！」

飽食道糧　混沌老道

混沌老道此言倒是出乎眾人意料之外！

「護境之限當年由老朽及另外幾個師兄弟，共同協力完成。我們分為上、下、東、南、西、北、中，各據陰陽方位，各使陰陽之力，除三罈奇酒所化無窮之氣，尚有我七人為之布置導引……如今既還存有一些老酒氣，若要恢復護境之限，有些事情便較易從事，也能有著進行的方向可依！」混沌老道於護境界限修復之道，似是胸有成竹。

「請前輩指點如何行事，晚輩眾人今日確實是為此而來！」老龍問道。

混沌老道想了想，說道：「此事說來簡單，卻也不易。你們須將三個老酒氣連著酒罈帶來，如果酒罈不在，那可就麻煩了……唉呀，我這老糊塗！老酒氣既在，酒罈自然是在的，普天之下，能裝得住那三種先天奇酒的，除了那三個寶貝難得的酒罈子以外，恐怕再也沒有其他器物可行……」

無上師說：「所幸三個酒罈都還在！」

混沌老道說：「那就好，那就好……你們將那三個酒罈連著所剩的老酒氣一齊帶來，然後去找到那地界酒泉。地界酒泉有個三眼之泉，如果你們能順利找到三眼酒泉，便可將三個老酒罈撤去封口，此時你們須十分留意，三個老酒氣，各自奔向哪一個泉眼，便以相應的酒罈，在那泉眼取滿了相融之後的酒水，加封之後盡快拿回酒精靈界備用！」

老龍問道：「不知地界酒泉是在何處？拿到三罈奇酒之後，如何布置以行修復？」

混沌老道手指著書架：「將那架上最大的那一本老書拿

飽食道糧　混沌老道

來！」

小龍小心翼翼地，將那最大，看似最重的老書拿下，卻發覺拿在手上的書，雖然看來厚重，卻是輕似棉絮。

小龍將那本老書交予混沌老道。那混沌老道接過書，瞧了瞧小龍，說道：「小夥子！架子上有本名爲清涼之道的尋常書冊，不嫌棄的話，便拿去，年輕人該找時間多唸些書的！」

小龍問道：「這書是送給晚輩的嗎？」

老道點了點頭，小龍便不客氣地取了書，卻發覺書本雖小雖薄，卻頗爲沉重，便說：「比方才那本重得多了！」

老道說：「雙眼所見，有時並非本來面目，事物本質，通常有待深究才能知悉！」

書在手上，小龍隨意翻看，盡是些什麼，靈識如樹之本，神識，意識，如枝葉花果……又如分枝接芽，又如播撒種子。都像是些雜家修爲，園藝功夫等等。又翻過幾頁，寫著什麼……故弛則能張，張則能容，有容始能成其大，能柔方可成其剛。內自修則如麵之發醒，外激盪則似薪火燒水，日積其本始能成其規模……而後凝如堅冰流水，化似雲霧霜雪，聚之如處江河湖海，散之如游山巔蒼穹，外引內存其沛然乎……如巨浪推石，輕浮者隨波而去，必也順勢沉穩，定之靜之。又如逆風直行，欲求其速則虛耗其力，必也迂迴而行，更趁其隙而前行焉等等。小龍雖非過目不忘，卻尚可記得幾分放在心上。

混沌老道隨手將那大本老書翻了翻，瞧了瞧，向眾人說：「這本書叫《天中記事》是酒精靈界開界諸多雜事的繁瑣記載，包含當時如何布散各種酒氣的細節，地界酒泉所在的圖紙也在

其中。有勞你們帶回，也該是讓它回到酒精靈界的時候了！」

此時伶優仙子問道：「聽在此地修真的山精們說起，近來常有歹人前來騷擾，不知所為何事？」

老道回答說：「我聽說，人界一向野心勃勃，到處開採地上地下億萬年積蓄之寶藏。他們的意圖，無非是看上附近山頭所藏貴重金屬之物，試圖搶占開採……這些歹人夜裡視物如同白晝，個個身手不弱，看來是凡人別具用心培養訓練所成。雖有困擾，尚還不成重大禍害。我留下這些歹人，讓洞中這些山精水怪們練練拳腳法力，也是好的！」

「前輩，常聽人說，凡人常是為達目的不擇手段，如今的凡人行事已經不講什麼道義。凡是和當今人界打交道的，總要多加留心他們的各種算計才是！」無上師關心提醒著，或許他察覺到了什麼，有所疑慮，卻還不肯定，不便明說吧……

眾人得到混沌老道指點，無不滿意歡喜，拿了書本，辭別了老道，便打算直接趕回酒精靈界。

正當眾人沿著涇河岸邊一路往回奔行，才過水壩不遠處時，卻遇上一群陌生人眾，在河岸邊攔下眾人，看似不懷好意。無上師看看那領頭的人，短褐短褲，全身曬得油亮棕黑，雙眼炯然有神。

無上師向此人一拱手：「兄臺請讓路，俺們正有急事離開此地！」

那人雙手插腰，也不回禮，說道：「諸位行色匆匆，是不是幹了什麼壞事，急著離開？」

無上師收起了好臉色：「你說這話是什麼意思？俺有些不太

飽食道糧　混沌老道

明白！」

那人說道：「你們是不是打傷了一個人，或者說是一條大鱘魚，趁著四下無人，便想一走了之？」

老龍聽他一說，心下明白了幾分，對方看來是將他們當成了飽食道糧山洞中的山精水怪。便說道：「大鱘魚？這條髒髒小小的涇河會住著大鱘魚？我看你八成是準備惹事來的，大魚倒是有一條，在更上游之處，但那條大魚已經傷得分不出是什麼魚來，不是我等出手傷他。據我所知，是昨兒夜裡，有一群人出手傷他，再將它丟棄在飽食道糧山洞前面，是何用意，你自己想想。別來為難我們，讓出路來，我們真的是有急事待辦！」

那人卻說：「不行，你們得隨我回頭，去找到那條大魚，我看情況再考慮放行！」

此時一旁虎公早已看得不甚耐煩，此時火氣上心，大聲說道：「我想走便走，還得要你放行？行走江湖的最怕是沒長眼睛，臭小子，你還當真是瞎了狗眼，不給點教訓，你當真以為江湖之大，只有附近這小小涇河水域！」

虎公說罷，猛然一個箭步上前，向那帶頭的，當胸就是一拳，接著迅即又左右開弓，那人兩邊臉頰立時又各自多了個火紅掌印。

虎公一擊得手，退回無上師身邊，雙手環胸，怒視著那人。

只見那人挨了幾記拳掌，怒上心頭，大吼：「快給我叫人來！」同時縱身騰空，立即變成一條土黃色四爪猛龍。

老龍看這情形，轉頭將眼神望向小龍，示意小龍「上場啦！」

小龍搔了搔頭皮，將手上書本交給了伶優仙子。接著向上

一個騰躍，化身白龍，身形巨大不下於對手黃龍，卻是口說：「黃龍兄，得罪了，請指教！咱就點到為止吧！」

地上老龍聞此，直搖著頭：「真他奶奶的，有夠天真……」

此時黃龍首先發難，縱身向前，一對閃亮利爪左右劃向白龍。白龍眼看利爪攻來，便龍頭一低，避了開去。他才避開利爪，黃龍一條強韌巨尾接著襲掃過來，白龍只得再往上空跳躍，看樣子有點兒膽怯逃竄的模樣。地上伶優仙子則是有點兒替他緊張耽心！

黃龍卻是一路緊追其後。

幾個縱跳之後，白龍依舊擺脫不去黃龍的追擊，龍尾巴差些被那黃龍所傷！於是白龍奮力向上一個滾轉之後，驟然頭下尾上迅即揮出利爪反擊，襲向那黃龍。黃龍在一路追打著白龍的優勢之下，突然被逆轉襲擊，冷不防地臉頰捱了一記爪子。還好白龍未使全力，只是做做樣子。

黃龍再出利爪，與白龍便是四爪相接。此時白龍身形在上向下猛壓著黃龍，黃龍則使勁向上竄升，同時全身麟甲陡然急速張合。白龍見狀，知道黃龍打著什麼主意，便也依樣炮製。不多久，天空連著發出兩個霹靂電閃伴隨著兩聲轟然巨響，同時兩條巨龍墜向地面，落地時各自化為人形。黃龍居下，臉上，身上幾處焦黑。白龍則壓在他身上，手上，腳上幾個燒灼之痕。

小龍翻身躍起，站在老龍身旁，老龍點點頭：「這才稍稍像個樣子，但也不用弄得如此狼狽！」

黃龍也站立起身子，拍拍身上泥沙，惡狠狠地瞪了小龍一眼。

飽食道糧　混沌老道

　　此時，從河岸上下游陸陸續續出現了許多個凡人戰士。有奔行而來的，有身負飛行裝備，自四面八方飛著來的，前後堵住了無上師眾人的來路與去向。

　　無上師提醒眾人：「小心凡人戰士手上那些傢伙！」

　　老龍則大聲責備著黃龍：「涇河龍族後輩小子，沒想到你自貶身價，與凡人勾結，比起你那些前輩們，當真是一代不如一代！你可知道你那條大鱘魚，很有可能便是傷在眼前這一班凡人手裡，他們想嫁禍給飽食道糧！你可要清醒些，看清楚，他們只是在利用你罷了！」

　　那黃龍早失了理智：「廢話少說，接戰吧！」他一揮手，凡人戰士手上火器便同時噴出點點火花。

　　眾人無奈，只得迅即各自出手抓了個敵人，以之為盾，同時目光落在凡人手上火器，一搶奪到手便將之損毀，或向河中拋去。此時飛行中的戰士也都出手攻擊，他們居高臨下，身上背負著噴氣設備，忽高忽低，移動迅速，隨時給人來個火網突襲，叫人防不勝防。

　　雙方你來我往各顯本事，無上師眾人一開始多採守勢，多在巨石大樹背後躲避，盡量不出手傷人。

　　龍公，虎公於雙方交手之後不久，漸失耐性。

　　虎公說：「咱倆上去，將那些在上邊兒飛的給弄下來！」他指指天空，又指指水面。

　　龍公說：「你是想，讓他們變成水裡游的？這主意好！」

　　虎公點頭，伺機飛身而上抓住了一個飛行戰士，幾個滾轉，便將那人扔進了涇河黃濁水中。那人身上背負既重，機器在水

中又即刻失去效能，幾個浮沉之後便隨波而去不復掙扎！

黃龍見此，急令手下水族下水救人。

龍公也依樣施爲同時發難。不多時，原先幾個天上飛的，全都成了落湯「機」。多虧了涇河水族，否則他們只怕都要飽餐一頓黃濁之水了！

地上無上師等人，也都加緊腳步出手猛攻。不多久，地上二十餘個凡人及水族戰士也都丟盔棄甲，手上所持傢伙，不是被打斷損壞了，便是被扔棄在涇河水中。無上師將幾個凡人戰士聚集逼至水邊一個角落裡，雙手運使蠻力，將身旁一顆大約四五千斤重量的巨石高舉過頭，作勢要將這一些人砸個稀爛。旁觀眾水族，早已嚇得全身顫抖臉上冷汗直流，雙腳下分不清是滴著水漬，還是尿濕了褲子……

伶優仙子留意著這些凡人戰上，發現他們都是面無表情毫無懼色，冷然以對凶險局面。再一細看，又是個個體裁一樣，容貌相同……

無上師放下手上巨石，對著黃龍說道：「哼！你這涇河龍族小輩，俺給你個忠告，這些凡人千萬不可交往，趁早離開他們愈遠愈好，否則你總有一天要吃大虧，悔之不及……」

無上師大手一揮，腳上一動，眾人又繼續向前奔馳。臨去之前，小龍發覺黃龍臉上浮現著各種表情，分不清是憤恨，懊悔或者其他。小龍如在江湖上多混些日子，便輕易可知，黃龍此刻那表情，正是「老子記住你了，這一筆帳，我非討回不可！」

眾人一路奔行，直至涇陽縣治，已是日落西山華燈初上。他們尋了一家飯館，點了幾個飯菜，吃喝了起來。

飽食道糧　混沌老道

　　如果是在早幾年時候，眾人一身古人裝扮，自然是不敢毫無避忌遮掩，便在大庭廣眾之前大吃大喝。如今人界正在過著繁華太平日子，吃喝不愁之餘，不分男女老少，每個人的穿著打扮便都講究起來。多的是自有主張的，也有不少是有樣學樣的，花樣更是不可勝數。有不少人將那流行風潮復古反推，衣飾穿著回復成漢唐樣式，且用料講究，剪裁更是毫不馬虎。有了這些復古的穿著流行，眾人再不用擔心旁人的異樣眼光，同時省去了無上師眾人一些裝扮上的費心費事。

　　伶優仙子向無上師提及，方才對手凡人戰士全部生就相同面容一事。

　　小龍打趣地說：「就喜歡多看年輕男子！」

　　伶優仙子白了小龍一眼：「你打什麼岔呀，乖乖吃你的飯吧！」

　　此時天氣雖還是正當人間暑熱，小龍一瞧見伶優仙子那冰鋒眼神，渾身如被人當頭澆下冷水，慌得急忙低頭乖乖吃著他的飯菜。

　　老龍揶揄著小龍：「嘴吧的用途不少，用來吃喝唱歌，吼叫撕咬，胡吹牛皮，嘴親臉頰，嘴對著嘴，用對的時候，滿心歡喜，不看場面用錯地方，有時不免惹來一肚子閒氣。還是那句話，一不小心，燒傷了自己，電昏了自己，也不是不可能⋯⋯」

　　無上師聽伶優仙子一說，則是停下了筷子，像在思索著什麼。

　　此時大魯蛇剛喝下一口湯，聽伶優仙子之言，又瞧了瞧無上師，說道：「那些人如在人間說法，應該是叫複製人。以前，

飽食道糧　混沌老道

我總以為那只是人們小說傳奇書本上，或戲劇之中才出現的題材，如今看來，卻是真有其事！」

無上師問：「什麼叫複製人？」

大魯蛇想了想，說道：「本來人種傳宗生育是以有餘補不足，陰陽調和，緣份到了便能生兒育女。現代凡人，利用科技之力取健壯男子身上微量血肉，聽仔細，是「血肉」而已，分而析之，在十分高端精密醫學科技之中，取成年女子之生育細胞，使與結合而成其胚胎，復入母體培育之，所產嬰兒便是複製之人種。複製之人若全取用同一男子血肉所成，則其體態容貌與此男子都將殊無二致。假以時日，配合以所謂先進細胞科技，只取男女二方血肉，便可大量育成優秀人種。人能隨意造人，且能愈來愈形強大，想想將來，像我大魯蛇這樣，自然古老而平凡的人種，恐怕將會失去存在的價值了……」他一說完，好像心中頗有感慨，一舉杯，手中那七分滿杯的烈酒咕嚕入喉，一滴不剩，看得眾人一臉錯愕，不可置信！

無上師倒是樂在心頭，喜上眉梢：「好小子，看不出來，原來你酒膽子這麼大！來，來，來！咱痛快喝他幾杯！別管那兒人沒事閒著就喜歡自找麻煩！」說罷，殷勤地給大魯蛇滿上了八分，自己則只圖方便，半瓶烈酒就口而飲，一飲而盡。

一旁老龍公看得直搖頭，喚了店夥計，搬來一箱好酒備著……

眾人邊吃邊聊著，過了一會兒，見一個端莊美貌的婦人帶著個三歲孩童，進了店門，在靠窗處一張桌椅坐下。接著，又有一男子進來，在另張相鄰不遠的小桌前坐下，他們分別叫了

飽食道糧　混沌老道

飯菜，各自吃了起來。這美婦人連用餐時的舉止都堪稱優雅，光看外表難辨其年歲，但自其行止風采觀之，當非年輕稚嫩。

　　無上師無意間發覺，這儀貌端秀的婦人與那後來的男子似是相識，兩人眼神似是不時地互相交換著關心。此時隔桌幾個先來的客人，看來飯菜已飽，酒意未足，談興正發，卻是旁若無人。其中一人藉著幾分醉意，隨興而為，竟魯莽地走向那美婦人桌前，彎腰拱手意在邀請，口說：「好娘子，光吃飯菜似有未足，在下斗膽，敢請移駕，我們桌上有好菜好酒，還有滿桌子好男子，大夥兒一起用餐，豈不是有趣多了！」

　　只見那婦人停下筷子，瞧著那人：「先生只怕是喝多了，你我素昧平生，小娘子只管吃飯，此刻不想喝酒，還是請你回去陪你的朋友們吧！」

　　那人似乎還想糾纏：「相逢何必曾相識，大家舉杯便是同路人了……」

　　那婦人卻說：「先生看來眼力差了些，如果你清楚小娘子我的真實年歲，恐怕便不再如此意趣昂然找我陪你喝酒，不是我想占你便宜，如果你的老祖母在此，我對著她老人家自稱一聲老身，也還不算是過份……」

　　眾人聽她說話，只道是個玩笑，並不以為意。

　　只見那人的同桌友人出聲：「老李，回來吧！別在這兒沒事生事瞎攪和，別讓大夥兒看笑話呀……」

　　此時老龍眼尖，看見緊隨著美婦人進店的男子似乎臉有不豫之色，老龍便向小龍說道：「小龍，你們看過長了翅膀的酒瓶子嗎？」

小龍搖了搖頭。

老龍又說：「你們瞧瞧旁邊那位晚些進來的男子手上！」

小龍真以為那人手上拿著什麼長了翅膀的寶貝瓶子，便轉眼瞧去。卻只見那人手上，正玩轉著一隻尋常的小空酒瓶，一面卻斜眼瞧著那藉著酒意正在糾纏著美婦人的漢子。小龍正納悶著那酒瓶子的翅膀長在哪兒時，卻見那人手上隨意一揚，一隻瓶子已然飛了出去，不快不慢，不偏不倚，不輕不重，正巧撞在那酒醉漢子的臉龐。那美婦人則隨意伸手一接，空酒瓶子便跌落在她手上，小龍這時才知曉酒瓶子長了翅膀的意思……

眼看著一場衝突即將爆發，卻見那漢子同桌的，趕緊起身拉了那漢子回桌，一面向著那美婦人賠不是……

只見那美婦人面無表情，向著那拋出酒瓶的男子說道：「難得出來一次，你嚇著孩子了呀！」

其實那三歲孩童頭也不回，很認真地享用著他的飯菜。對於方才的事，他卻充耳不聞視若無睹，泰然處之。

那男子說道：「是那人不長眼睛，冒犯了夫人……」

眾人只關注著這突來閒事的發展，卻未留意著那與美婦人同來的男子，長相可真是似曾相識。相似的臉，最近也還常常出現呢……

伶優仙子一臉正經，向著小龍說：「這眼睛嘴吧都各有所用，雖然各自都掛在腦子前面，凡事還是得聽腦子指揮，不然難免要像那酒醉漢子一樣常鬧事情！」

小龍向她點頭微笑著稱是……

眾人吃飽喝足，步出餐館，已是萬家燈火輝煌。他們回到

飽食道糧　混沌老道

涇河，沿著河畔，行至遠離遊人之處，在一個大水泥石塊上略事休息，欣賞著遠處七彩燈火倒影，及絢麗夜色。

伶優仙子緊緊依偎著小龍，溫言婉語：「看這人間夜色真是燦爛奪目呀！」

小龍微醺：「是呀！凡人眾在這日裡辛勤工作，夜裡稍享歡樂繁華，此時正當太平無事日子快活。只怕的是有些凡人，本性貪婪野心太大，有朝一日將會連累了大家！」

伶優仙子說道：「這個時候先別想著這些。有些麻煩事情，單靠幾個人是扛他不住的。過得一日快活便是賺得一日快活呀！我看那混沌老前輩，能活過那麼大的歲數，八成已是早早看破紅塵，心無掛慮的緣故！另外，他給你的那本清涼之道，八成說的也會是這些……」

「伶兒說的沒錯！」小龍也有著同感。

夜色漸深，遊人漸散，眾人調息一番，準備返回酒精靈界。

小龍示意大魯蛇前來抓緊自己背上準備飛翔回境，大魯蛇卻搖了搖頭。

小龍說：「難不成你不想再回酒精靈界？」

大魯蛇回答：「當然不是！自從虛空界主將我這身軀做了變化改造之後，我也算得上是個精靈體質了。我常有御氣而行的想法，就在方才我突然發現，我也能飛了！」

無上師說：「老弟，八成是你喝太多了，醉得厲害，頭上搖晃，腳下顛浮，自以為在飛，你這是在說醉話呢！」

大魯蛇卻只管搖晃著身子起身，雙手向外大開，狀如鳶鳥張翅，面向大河，搖搖晃晃著大步邁出，繼而只見大魯蛇身子

落水，卻是向下一沉，河面一陣的水花噴濺……

「壞了！」小龍立時化成白龍，正待入水救人，卻見大魯蛇落水之處，河水一陣激盪，大量水花水泡冒起，大魯蛇竟直立著身軀穿出了水花水泡，一路向著空中浮昇而起。

眾人一看，無不是大感意外！

只見大魯蛇漂浮之中猶能輕鬆說話：「大夥兒來吧，別懷疑！自從在那虛空境界醒來之後，我便發覺自己體質已變，常感覺著身輕如燕。我一直想飛他一飛，趁著今晚膽大興起，我要飛了！」果然酒能壯膽，若在尋常白晝清醒的時候，光看那水色，大魯蛇八成沒那個膽子跨出他那離地凌空的一步……

他一說完，便從容不迫更向上飛昇，身影快要消失在夜色之中。

無上師說：「好小子，原來他也會這個，大夥兒跟緊，別讓他迷路了！」

於是眾人飛躍上了夜空，群起御氣飛行，寧靜地劃過天際，奔向酒精靈界……

伶優仙子回頭望向人界，只見夜晚的人界，明亮炫麗的萬家燈火，在黑暗大地上，肆無忌憚盡情張揚，與夜空中的點點繁星互相輝映，美麗已極。

她心想：「這人間夜色，如此燈火璀璨美麗夢幻，哪裡是酒精靈界的單純寧靜可比？真猜想不透為什麼還有凡人，貪心不滿，還在打著酒精靈界的主意，難道真的只是因為人類貪婪好戰的本性而已嗎？」

眾人回到酒精靈界時，已近夜半。由於境界隱藏在雲霧之

飽食道糧　混沌老道

上，俯視人間，已看不見燈火閃爍的繁華夜景。仰望天空，卻是滿天繁星一無遮攔，似乎連最遙遠的微弱星光，也盡力想為酒精靈界再多增添一絲明亮。

雖是人間暑熱還在，雖有地底的奇石核心為之調節，夜半之後的酒精靈界依然是極其寒冷的，位在高處的飛瀑流泉，幾乎將要凝結成冰。三個園子裡的莊稼花果，在暗夜中忍受著寒冷，似乎也在重新適應著變化之後的新環境。

眾人各自歇息之後，伶優仙子卻還手拉著小龍，一路欣賞著天上星辰，漫無目的，隨意行走。走著，聊著，竟是來到了境地邊緣，比鄰雜木林的民居地域。

伶優仙子在她的衣袋之中，取出了一小片玉石，口說：「小飛石，請替我們照路！」

十分神奇地，那小石片似乎與伶優仙子心意相通，竟然騰空飛在兩人前面，發出明光，為兩人照亮前行路徑。神奇的小飛石引起了小龍的興趣。伶優仙子更刻意讓小飛石繞著她兩人來回轉圈飛舞，更叫小龍看得目不轉睛。

伶優仙子對小龍說：「改天找到一顆漂亮的，送給你！」小龍心中當然是非常期待這有趣的小飛石了。它不只飛舞似流螢，放光如燈火，還讓小龍想起每一次的流星飛過。

環繞著酒精靈界最近外緣之地，是一環連綿的雜木林帶，長滿著各類宜寒、宜熱之針葉、闊葉的奇特樹林。再近內側則是環帶全境的一般民居，此處住屋雖多，卻不像花天酒地那樣的密集擁擠與熱鬧吵雜。

在此一般的精靈民居地域。無數間向面對著境界中心的，

茅草屋頂竹木牆壁的家屋整齊排列著。門前小水溝裡終日清水流動，門後較大的雜水溝裡更有著活水奔流。在酒精靈界，流水並不是規規矩矩地水往下流，卻較像是人體的血脈循環，似乎有著一股奇異的力量在驅動著，讓它們走高走低四處跨越無阻地流動著。

民居門前的小路平整，路兩邊遍植梅杏桃李，同一種花樹開花結果之期則是參差不齊，各依各的調，有些正是繁花盛放時，有些則青熟滿樹，全不受那時令節制。相鄰家屋兩側，便有著一處可做耕種之用的平地，地上滿是雜糧桑麻，瓜果茱蔬。如此格局前後數層，數不清有著多少酒界精靈生老於此美麗之地。

伶優仙子隨手摘了兩個熟梅，遞給小龍一個。小龍看那梅子又大又黃又十分飽滿，心想必定好吃，便大口咬下，卻是滿嘴濃酸味兒，口說：「好酸呀，看來還是醃漬的強些！」

伶優仙子笑了笑說：「老愛吃甜的！這天底下那兒有不酸的梅子呀？你再多嚼他幾下看看吧！」

小龍原想吐去滿嘴的酸梅，聽她一說，便又勉為其難，細細地多嚼了幾回，細嚼之後，嘴裡竟是慢慢生出了甘甜滋味，他便說道：「果然愈嚼愈有好滋味呢！原來這乾淨純粹有乾淨純粹的美好。」

伶優仙子意有所指地說道：「對很多事情的認識，不能只憑粗淺的印象。對人，也是相處久了才能真正了解他的好處，缺點……」

小龍接著說：「對呀，就像我的本質是一條龍，長成一條酒

飽食道糧　混沌老道

蟲的時候就不好看！」

伶優仙子卻說：「是嗎？，怎麼我倒是聽人說過，某人化龍時，左看右看都活像是隻肥壁虎呢！」

小龍又抓抓頭：「哦！我還沒說完呢……還有，有些人就算是刻意擦脂塗粉，卻也比不上本來的面目好看呢！」

伶優仙子瞧了一眼小龍：「你這是對本姑娘的妝扮品味不以為然呢？還是酸梅子吃多了，就變得滿嘴酸話了……嘴裡的梅渣還在嗎？連同你後面說的這一句，都給我吞下肚去，你說如何呀？」她說得是輕描淡寫，漫不經心；他聽來是如雷貫耳，膽戰心驚，卻又是如沐春風甘心受教！這兩人此時正在甜中帶酸，一切事物嚐來，都覺得酸酸甜甜的時候。這時候，眼中片刻沒有那人的影子，耳邊一時沒聽些那人的甜言蜜語，心裡頭就有些兒莫名的酸楚，而沒了心中這莫名的酸，耳邊，嘴裡的甜便都覺得不夠味道了……

小龍二人手拉著手相互扶持，踏上一座沾潤著露水，看似濕滑的木板小拱橋。伶優仙子一時不慎，腳底一滑，身子便即靠向了小龍身上。好在小龍身手敏捷，穩住了腳步，否則二人真會掉落水裡。伶優仙子不好意思地說道：「這橋板可真是滑溜！」

小龍笑了笑說：「好險！我們差點兒就要跌落水裡，變成了落湯雞，落水狗！」

伶優仙子隨口說道：「我才不當狗！」

小龍又笑了笑：「那妳豈不是只好當……」小龍身上立刻招惹來了幾個小粉拳頭……

此時似有微風吹拂，稍稍涼冷。伶優仙子倚靠著小龍，佇足在小橋上。此時兩人雖覺得腳底板近似冰冷，相互依偎的心卻無比暖熱，縱然是一夜的晚來天冷，更深露重，卻也難敵他二人的情真意切。

兩人又走過了幾條小路，來到了一個荷花池邊。池畔幾株柳樹，柳條迎風輕擺。池邊小舢舨上不見水鳥蹤影，水面幾個垂首低頭的乾蓮蓬，稀疏幾枝含苞的荷花輕輕擺動著。二人踏上舢舨，拿著木槳，緩緩划著。水波輕輕盪漾開來，水面倒映著天上的星辰，也全在上下地跳動起舞，這迷離夢境，與人間絢麗燈火的夜景大異其趣……

她倆划著，划著，忽然，小龍口中無端地自言自語著：「你也還沒睡呀……」便扔下了木槳，人往伶優仙子身上一靠，隨即雙眼一閉，沉沉入睡。

伶優仙子見事有蹊蹺，本想進入小龍的神靈意識之中探查。卻又耽心此時二人孤立無援，豈能隨意放任著血肉身軀，在此清冷池心毫無防備？便提高警覺，將小龍擁在懷中。卻覺得小龍時而心脈亂竄，時而手足軀體顫動。看來他的神靈意識之中，此刻正在經歷著震撼心神之事。她緊緊握著小龍雙手。慢慢地，小龍脈息漸趨平和，四肢不再無由地顫抖！

過了叫人難熬的一段時間，終於，小龍悠悠醒轉，他一醒來開口便是：「伶兒，妳方才可有看見大魯蛇……虛空界主嗎？」

聽見虛空界主四字，伶優仙子心頭一驚，心想不妙：「什麼虛空界主的，我不曾看見，你可別故意嚇唬我！」伶優仙子四處張望：「難道方才侵入你神靈意識中的，真是虛空界主？此刻，

飽食道糧　混沌老道

他在何處？」

「沒錯，正是虛空界主，我還和他打了一架……」小龍說。

原來正當小龍二人划著小船漫遊時，小龍突然感覺一陣暈眩及濃烈睡意，尚來不及抗拒便已墜入了夢鄉。一入夢鄉，便見大魯蛇在他眼前負手而立，似乎在觀望著星空。

小龍一見大魯蛇，便上前招呼：「原來你也還沒睡呀，大魯蛇！」

只見眼前這大魯蛇轉身面向小龍說道：「我不是你所說的大魯蛇……看來你便是老道頭口中幾次提及的，那千年一遇的小白酒龍，幾時不見，你已長成這般模樣，世事當真是變幻莫測呀！」

小龍聽他一說，心頭一驚，此人若不是大魯蛇，那可能就是虛空界主了！只是看他此刻並未懷有惡意，小龍便強作鎮定：「在下便是酒精靈界小白龍，敢問尊駕可是虛空界主？」

「正是！」他點了點頭。

「不知您光臨本界有何要事？」小龍小心翼翼地問道。

「沒要緊事情便不能前來此地嗎？我是來找大魯蛇的，卻沒想到他體內尚有我所遺留的三成力量在保護著他，遮蔽著他。想侵入他神靈意識之中頗為不易。倒是你小小酒蟲，膽敢如此神靈意識大開，毫無防備，碰巧將我引來！」

小龍又問：「您找尋大魯蛇所為何事？」

虛空界主毫無猶疑答道：「便是取回我那三成功力！」

小龍聽說如此，心中一懍，心想，如果讓他取回三成功力，他要是想幹壞事那豈不是大事不妙？便想法子先拖住他，再圖

飽食道糧　混沌老道

解決之道：「這些時日，您不是隨著道尊正在研修道法嗎，如何有空離開？」

虛空界主自負地答道：「老道頭子那些，陰陽變異，剛柔動靜，道法自然，天地始終，種種道理，我早已了然於胸，成天被那法器的叮噹聲響擾得心神不寧，還被那木頭煙霧燻蒸得昏頭漲腦，便趁機下來透透氣！」

飽食道糧　混沌老道

虛空界主　豈無妙處

　　小龍便接著說道：「原來是逃學來的，我看您還是快快回去，免得受罰！」

　　虛空界主聞言略有慍色：「你這小子，將我說得像是個童蒙小兒……看來你也長得強壯，眼下無聊，先拿你暖暖筋骨，練練拳腳，再來對付大魯蛇，來吧！全力拿出你的看家本事，我盡量不傷你便是！」

　　小龍雖心下駭極，卻又是一心想拖住他，便硬著頭皮上場，冀能熬過一時便是一時，希望伶優仙子發覺異狀能趕緊求救，最好無上師，樂陶然，任舒懷他們都來……正胡思亂想之間，一道閃光自虛空界主手上劈來，小龍只得迅即跳開。才一跳開，一記近身雷爆又已襲來。小龍又是游移縱跳，才堪堪躲過雷爆，那當胸氣勁又壓得他氣息凝滯……於是，一個隨意起掌落招；一個則是心慌害怕四處逃竄，一個愈打愈起勁；一個愈逃愈狼狽……小龍只是逃命閃躲，哪敢正面迎擊？虛空界主隨意追打了一回，卻是屢擊不中，心下懊惱，大喝一聲：「小子莫再閃躲，你看清楚了！」

　　小龍耳聞如此，回頭一望，恰與虛空界主眼神交接，卻立時驚覺眼前明光一閃，如墜煙霧之中。待一回神，卻眼見虛空界主身軀忽然高大許多，雙手各自拎著一人。看仔細，卻是伶優仙子與大魯蛇已經在其掌握之中。只見伶優仙子與大魯蛇兩

人，眼神呆滯，面無表情，不發一語，叫人看了慌亂焦急！

再看此刻情景，卻正是身處人間酒廠之中一角，酒品自動裝填產線一側。那成排的酒瓶，填裝，封蓋，貼標，一路快速旋轉行走順暢，叮噹響聲清脆，看得人眼花撩亂！

此時虛空界主說道：「臭小子，我看你閃躲的身法快速，如今我且將手上這兩個娃兒的神靈意識，隨意分別封藏在這酒瓶標貼之中，就讓他倆從此各自雲遊人間世界去吧！看清楚了，我將同時動手施為，我便看看你是否真能快到兩個都救？」

虛空界主說罷就要動手，此時小龍大聲憤恨不平地說道：「界主，枉費您這些時日勤苦修道，卻還是不改如此邪惡心思！」

虛空界主洋洋自得地回道：「我本來即非正人君子，廢話少說，眼珠子放亮，你再不有所準備，便要和你這兩位朋友從此分手，各奔東西，天地一方了！」

「壞了，一個是知交好友，一個是紅粉知己，兩個都是心上最重要的人，先救誰呢？此外，要從虛空界主手下奪人那兒容易？就這麼辦吧！先都不救……」小龍此刻心下慌亂，腦子裡的鬼點子已在頃刻間轉了千百遍。忽然在一瞬間，一個叫人放心安定的聲音傳來：「靈識如樹之根本，務必抱守。神識，意識則如枝葉，雖是脫出，亦有再生之機……」一陣書卷氣息並且隨之而來，而這聲音聽來竟是混沌老道，想來混沌老道竟是明白此刻小龍正欲逐行險招，胡亂分出自身的神靈意識，各自隨著伶優仙子與大魯蛇同行而去，再做他圖。小龍此時當真是無計可施，竟是不得不行狗急跳牆之策了！

虛空界主　豈無妙處

正當小龍極力目注著伶優仙子與大魯蛇，且欲強行分出自身神靈意識時，又是炫目之光一陣閃亮，同時小龍胸腹捱了一拳，回神時又已回到面對虛空界主拳掌交擊的時候。哪裡還有伶優仙子與大魯蛇？原來方才小龍在瞬間著了虛空界主的迷惑手段。

小龍邊躲邊罵：「身為一界之主，卻對後輩人耍這陰險手段，您羞不羞？」

虛空界主卻說：「但能求得勝利，便什麼手段都算是本事，誰還跟你講求交戰之道？」話未說完，又是一掌轟擊而來。小龍只得又閃又躲。

又是幾個回合之後，小龍心想，不能老是捱打，像這般騰躍縱跳，要不了多久，便會氣力用罄醜態盡出。又想，拚著硬是受他一掌，便順勢化成龍身，以利爪利齒加上出其不意的雷電之技，或可還他幾分顏色⋯⋯心中打定了主意，便即刻回頭雙掌齊出，恰與虛空界主雙掌相接。可惜未及化成龍身，便已驚覺一股雄渾無匹之掌力，似排山倒海一般，源源衝擊而來⋯⋯

小龍只得咬緊牙根，反推雙掌，卻那有一絲回擊之力？他雙掌為人所制，雙腳不由自主離地凌空，身似一捲鋪蓋，任由著虛空界主來回甩擺，苦不堪言！便一心只想著快快脫離對手掌握⋯⋯

又是迅速幾個來回，小龍實已瀕臨虛脫，此時竟然反而心上極度害怕，怕這虛空界主隨時會將雙掌放開以致讓他摔飛受傷。便拚盡餘力，緊緊抓著虛空界主雙掌不放。只是當他這個心念一轉，卻驚覺虛空界主的強大氣勁，轉由雙掌源源傳入小

虛空界主　豈無妙處

龍全身經絡百骸，衝擊運行。不久，小龍再也承受不住，眼前一黑，在即將不省人事之際，虛空界主卻是一腳踢向小龍胸腹，小龍非但未在此時昏了過去，反而痛醒。

痛醒之後，只見虛空界主已席地盤腿，正自認眞地運氣調息，小龍自己則是摔飛數丈之外，仰躺於地，氣喘如牛！

「好小子，原來你要這心機，硬是要盜取我的功力？」略事調息之後，虛空界主開口便是痛罵小龍！

「什麼盜取您的功力？是您硬是要將氣勁推送過來，我想擋，卻都擋他不住……咦！說也奇怪，您與我長時相鬥如此激烈，爲何尙未變成個大金球？看來卻仍是個血肉之軀？」小龍原來已是上氣不接下氣，但此時不及片刻卻已是氣息順暢，回復迅速。

「你少臭美，憑你也配讓我現出原形？」虛空界主瞧瞧自身，又喃喃自語：「是呀，我隨興發掌毫無節制，短時之內耗損大半眞元，理該回復金球形貌……難道這些日子的參悟道理，薰蒸香煙，竟是有助血肉的生成？」

小龍坐起身子，調勻氣息，說道：「是呀！道尊將你帶在身邊時時教導，自是有其用心的，道家講自然，佛家講緣份，看來你有緣修得血肉之軀，切莫半途而廢！」

虛空界主點了點頭：「想來應是如此，只是平白叫那大魯蛇與你這小小酒蟲，各自偷了我三成修爲……罷了，功力勤修即可再有進境，這血肉之軀卻眞是萬分難得！我還是回去找那老道頭去！臨走，我得提醒你一件要緊事情，今夜我在此地閒遊時候，發覺暗地裡有著一股不明能量，正以波行之術在附近游

虛空界主　豈無妙處

動，難知其正邪敵友。能以如此掩人耳目行動者，其修為必非尋常，其用心堪慮，當非善意，你要多加小心！」

「多謝您的提醒，我會格外留意就是！」小龍說。

虛空界主又看了看小龍：「怎麼瞧你都不見有何特殊之處，何來那千年一遇之說，八成是老道頭老眼昏花，看差了……你連這自身的神靈意識，都粗心大意開放著任人進出！你有無想過，萬一你在與敵人交戰或正在飛行之中，有人突然闖進你神靈意識之中，你突然昏睡，那將會是個什麼後果……」虛空界主嘴上對著眼前小輩雖是頗不以為然，但在頃刻之間卻被他「盜取」三成功力這事，卻是心知肚明，頗有體會。

小龍說：「這個，其實我不太明白神靈意識的開闔之道，只是粗淺懂得與人間一隻猴子相連心念的斷續！」

虛空界主說：「手上有書就該知道用心研習，年輕人還是應該花些時間翻翻書本的，話不多說了，後會有期啦！」

小龍此刻不會想到虛空界主，究竟如何得知他手上有書的事。他的神靈意識大開，在虛空界主如此高手一探之下，單純心事自是被他悉數窺知。但也因為他神靈意識大開，引來虛空界主，從而對戰，竟因此在無意中收受了虛空界主三成修為。這致命的無知，加上天生的奇異體質，此刻卻讓他在無意間占了便宜。人世禍福當真是自有天定……

伶優仙子仔細聽完，一則替小龍意外收得虛空界主三成功力感到高興，一則心中生了憂慮，生怕虛空界主所說那居心堪慮的高人，此刻正在進行著什麼傷害本境的勾當。

小龍與伶優仙子將小舢舨划回池邊，停置妥善，四下張望

虛空界主　豈無妙處

再三，不見有何異狀。便急急走回白娘子房室，小龍見伶優仙子入內歇息，便也轉回自己居處。

一夜無事。翌日一早，小龍二人向眾人提及昨夜在邊境民居的遭遇。

白娘子聞言，臉有憂色：「有這等事？也來得太巧，今日樂先生將為大帝師修補缺損，來人如要圖謀不利於大帝師，應在施法修補之時，看來大夥兒更須用心留意，免得當真出了什麼差錯！」

老龍接著說：「這種敵暗我明的情勢，最難掌握。就算我等將大帝師圍護得水洩不通，遇上這種不露形體，行止不留痕跡的高手，當真是拿他沒轍！」

此時小龍卻自告奮勇說：「我有個想法，不知是否可行？」

無上師說：「說來聽聽！」

小龍壓低聲音說道：「我想找大魯蛇幫忙，我與他各據一方，然後我二人神靈意識洞開，互為連繫，以身為餌，誘其進入神靈意識之中。當真此人上鉤時，我們便出聲示警，伶兒便出手相助我們將它困住，我和大魯蛇在神靈意識之中會他一會！」

「這不失是個好法子，只是有其凶險，你二人可有把握攔得下那高手？」無上師有所顧慮。

「凶險自是難免，能攔他多久，便攔多久，能多替大帝師爭得一刻總是值得，我相信合我二人之力，應該不難應付。我著實也真想試試虛空界主這三成功力的效用如何！」小龍這初生之犢，當真是躍躍欲試。眾人臨時也實在想不出其他辦法，便依著小龍計策，且由無上師與龍虎二公就近援手。眾人計議

虛空界主　豈無妙處

妥當，便向朝殿行去。

一大早，殿外四周便已布置好兵力，來回巡行的，各個步履穩健來去從容，手中長短兵器森然雪亮；明衛暗哨個個目光如炬不敢絲毫鬆懈；空中則有幾個鷹族勇士盤旋其上，當真是堅如銅牆鐵壁一般。

眾人進了殿中，則三個精靈王，黑金二將，四大護法及樂陶然，任舒懷等人已在其中。

無上師直趨內殿，見八個持兵親衛護衛之下，大帝師已燃了薰香，閉目調息之中。

無上師乾咳了一聲，大帝師睜開雙眼，口說：「此次當真是勞煩諸位！」

無上師回了聲：「別說客氣話！」便湊近大帝師耳邊，將小龍在邊陲民居巧遇虛空界主諸事，及小龍的禦敵之策，向大帝師說了一遍。

大帝師說：「是小龍造化，只是隱在暗處那人如真是敵人，小龍二人合力，雖已不弱，畢竟年少，臨敵經驗淺短，需要你們多替他二人留心！」

無上師說道：「只得如此！」

於是二人步出了大殿，四個親衛隨行，另四人則依舊緊盯著孕化石盒。

到了殿上，則見眾人已經布置妥善。百穀王親迎大帝師至大殿正中，金黃毛色氈蓆之上坐定並向大帝師稟告：「如此大張旗鼓，實是有所顧忌，不能稍有閃失，請大帝師稍作等待，樂先生有話要說！」

虛空界主　豈無妙處

大帝師只說：「辛苦大家了！」他表面雖仍是一派溫和，但幾個較爲親近他的大官要員，則心知大帝師已在勉力提運內能，以維繫著他一身瀕臨潰散的晶鑽之軀。

樂陶然說道：「稍後一旦施法，請大帝師封閉耳目，一心專注在如何流轉氣息，如何運行及聚散氣血，不論外面發生何事，皆與你我無關。切記不可分心，未到完成，決計不能半途而廢，在你的神靈意識之中一切聽我吩咐行事。」

他又讓任舒懷在大帝師背後坐下，並吩咐了幾句。隨即又請何忘機在木匣中取出一片，又似琉璃又似晶鑽之物，眾人知曉此物煉自本境千年窖泥，卻與一般陶瓷之屬大異其趣，其清透如此，觀者莫不暗自嘆賞。樂家工藝的不可思議之奇，竟已至將此窖泥煉成非陶非瓷渾似晶鑽之境界！

何忘機將此物交予任舒懷，任舒懷一接過它，雙掌聚氣，輕煙緩緩起自指掌。此非瓷之瓷緩慢離手飄昇轉移對正，在大帝師後腦缺損之處，以毫釐之隔，靜待貼合之機。

一切就緒。樂陶然面向大帝師盤腿而坐，閉目運氣。

此時整個酒靈界大殿，頓時陷入靜默，只餘下各人心脈搏動之聲。各人依分配方位守備，以大帝師爲中心，留意著內外動靜。

此時小龍與大魯蛇各在大帝師兩側一丈之遠。二人均刻意將自身神靈意識洞開。伶優仙子則在大帝師背後不遠處，留意著小龍二人的動靜。

樂陶然方才施法不久，一個傳訊小兵神色慌張，自內殿奔出，在百穀王耳畔說話。百穀王聽完，立即示意鷹熊二將，隨

虛空界主　豈無妙處

同他奔往內殿。

三人一進內殿，只見內殿在頃刻之間已是一片混亂，平日的議事長桌已被掀翻開了，三個黑衣人正在內殿鬧事，其中一個，正在原先長桌所在的地板上，正尋找著什麼。

一個親衛頭領，以牆角作為依靠，手上抱著孕化石盒死命地保護著它，並以其雙腳對戰著一個黑衣敵手。另一個黑衣人則以一敵三，纏住了三個持兵親衛，雙方你來我往，拳腳兵刃交加，快得看不清形影。

百穀王向著正在搶奪孕化石盒的黑衣人發了一掌，那人來不及轉身，背後猛然受了重重一擊。

鷹熊二將則是眼神對望：「抓人！」便圍向正在地上尋物的黑衣人。那人見對手來到，不發一語，便是快速連發兩拳，分別擊向鷹熊二人。二人才堪避過，金鷹立即抓住敵人雙手，黑熊趁機抱住那人，只是那人，下盤穩固，氣力極大，鷹熊二人一時之間制他不住，摔不倒他，便如此糾纏僵持著。

百穀王一掌擊中黑衣人，以為那人必要受傷。卻是手上反受震盪，如中鐵石，心中一懍，一個熟悉的感覺回來：「難道是虛空界的金人戰將？」

於是他加重力道，加快拳腳，向著對手猛攻。

那對手被百穀王一纏上了，只得放棄奪盒，全心與百穀王對戰，雙方各盡全力，都是迅速中帶著剛猛一路。幾個回合之後，百穀王發現對手只是身上穿著奇特護甲，身法也不像金人戰將，便更加留意觀其破綻。

又是幾個來回，黑衣人虛晃一招，伸手取出腰際短刀，兵

器在手正待施展。卻已是慢了一步，百穀王已早他一步，利斧在手迅即架在黑衣人頸項之上，並奪下黑衣人短刀。

百穀王說道：「兄臺，咱們且到外邊兒說話去，我這手斧只怕和你的短刀一樣鋒利，你可要小心慢走，我盡量保持不要手抖！」

其餘兩個黑衣人耳聞百穀王說話，看見自己人被逮，稍一分神便即失手敗陣，一個已被三名親衛的利刀抵住胸腹，一個在轉瞬間被金鷹綑綁了雙手。

金鷹手法迅速，又立即將另外兩個黑衣人的雙手捆綁。百穀王示意將三個黑衣人經過側門押至殿外。殿外衛哨此時才知內殿早被外人侵入……

再看朝殿之上，大帝師與樂陶然神靈意識相合，氣脈功體相融，依其指示聚散運行氣血。片刻之後，樂陶然的意識又連上了任舒懷，這分神之術能由凡人身上運使，當真是匪夷所思！

樂陶然一面指點著任舒懷，將非瓷之瓷緩緩逼向大帝師玉枕穴上缺損。一面要大帝師將穴上氣血且聚且散，缺損處將鬆將緊……卻是在此緊要時刻，任舒懷身上陡然驚覺有股外能，以波行漸進之勢入侵，樂陶然亦已同時察覺，即以其意識指示：「師弟，值此緊要關頭，你需挺住，一切外力，暫時接收而散諸自身軀體，知道嗎？」

任舒懷也在意識之中回以：「拚死也會撐住，快將事情完成要緊！」說完但覺此一陣強大外能自腰背命門湧動襲占全身，任舒懷立即將全身氣勁調散至四肢，空出了本體硬是收納了外力氣勁，緊接著四肢暫存的本身真氣又復回衝，與外力僵持。

虛空界主　豈無妙處

　　在此危急時分，任舒懷卻又察覺再一次外能湧動相逼，他便以硬勁與之撐持，將之排拒於外。任舒懷此時遭遇兩次外力的內外相逼，實已如水火交擊，凶險至極。任舒懷強自運使畢生所習軟硬氣功與之相抗，不多久，任舒懷周身漸漸滲出了細微血汗，在危急關頭，樂陶然一句：「放！」

　　任舒懷拚盡最後一絲力氣，以氣血賦生之功，護持著似瓷非瓷，輕輕將它逼入大帝師腦後缺損之處。同時樂陶然指點大帝師凝聚氣血，將之吸納收攬：「收合！」

　　大帝師運使巧勁將此似瓷非瓷收攬貼合，與本體舊痕連結一氣：「好啦！」同時與樂陶然二人各自運勁，襄助瀕臨氣血及神靈意識崩散的任舒懷。

　　樂陶然護住任舒懷神識，大帝師護住其靈識，任舒懷自身意識強自歸引，在絕處覓得一隙生機，三道正氣齊聚相合，頓時解了任舒懷之危，危機既除，三人同時發功，將外氣外能強逼而出。

　　此時一道濃黑煙霧自任舒懷天靈急竄冒出，何忘機看出端倪，待要出手困住此敵，卻已是慢了一步，讓他一溜煙一閃而逝遠遁而去。

　　大帝師三人清醒之後，立即運氣調息修補真元。

　　正當大帝師三人在一開始施法行功之時。小龍與大魯蛇刻意將神靈鬆弛，意識渙散。果然一道陌生靈識搶了進來，小龍當即閉眼睡下。

　　伶優仙子及龍虎二公見狀，立即悄然圍護在小龍身旁，同時無上師見大魯蛇也已閉目入睡，便提高警覺，暗中提聚真氣

虛空界主　豈無妙處

以應突來之險。

話說小龍昏睡之中，一人入其靈識。小龍心知敵手已然上鉤，便驟然收攏渙散之神靈意識，開口說道：「你果然來了！」

只見那人緩緩轉身面對小龍說：「看來這是請君入甕，而我已經陷入其中！」

小龍初聽來人的聲音已覺得似曾相識，直至看到他的面目時更是大吃一驚，原來他竟是送子鳥大人！

這實在大出小龍的意料之外，他不解的問：「為何是你，鳥大人？我再怎麼猜測，也絕對料想不到竟然是你！」

送子鳥冷冷地回答：「這便是世事難料！」

小龍試探地問：「看來以前虛空界主應該也受到你不少幫忙？」

送子鳥答道：「本來應該會是如此，但他十分自負，並未找我幫他什麼忙。」

小龍又問：「那洞庭龍王攔下樂陶然這件事，就八成不會是別人了！」

送子鳥淡淡地答道：「只是舉手之勞，也算幫了他一回，讓洞庭小龍撿回一命！」

「你說得倒是輕鬆，你暗中這一手算計，卻差點兒害得大帝師無法順利回復，也差點兒讓我失去這化龍的軀體……」小龍又問：「那你眼下打算如何？」

送子鳥答道：「本來我打算盡其可能，潛入最接近大帝師其人的神靈意識之中，趁機控制其人，再出其不意，突襲大帝師。如今你既早有防備，那便少不得先要將你制住，再作行動！」

虛空界主　豈無妙處

說罷，他便提振氣力準備與小龍拼鬥。

小龍只想盡量將他拖住，好讓大帝師能及時完成修補，便再問道：「再有兩個疑問，讓我弄明白了再打不遲，反正你看來已經勝券在握。其一，為何你要傷害大帝師？其二，為什麼當年你會將我投放在一個猴子腹中？」

「哼！我豈不知你意在拖住我的行動！實說無妨，我會在他們最後的關鍵時刻再行致命一擊。至於你的疑問，首先，每個人都有其不得不為的難處，為何我要對付大帝師這件事，我不想說。至於為何當年你會被下在那隻猴子體內？其實純是巧合，原先我是看準那裡一個新來的年輕釀酒工人，他在那幾天算是初嚐美酒。但是我無意間發現了一隻猴子正在作坊內偷酒喝，便一時起了玩心，將你下在牠身上，純是好玩而已！」送子鳥說道。

小龍故作不平之態：「好一個鳥大人，連老龍的託付，你也毫不用心在意，隨意便將我下在了猴子體內，看來你從來就不是個值得信賴的人！」

送子鳥笑了一聲：「哈！你真以為酒精靈的生成是如此簡單容易？真要計其成敗，幾千百個之中能成其一，已算難得！如此往返，疲於奔命的日子，我煩都煩死了！喂！小子，我看你也還像是塊材料，不如你跟著我，我領著你到人界去任憑發揮。那兒繁華多彩，要什麼有什麼，好過這兒太多！別的不說，就說你身旁那小妮子，目空一切，氣燄高張，你當真受得了她的脾氣性子？你看那繁華人間女子，如花似玉溫柔體貼者，無處不有，總好過你在此受氣受罪！」

虛空界主　豈無妙處

小龍聞言，愣了愣，回道：「這人各有志，我的前途就不敢勞你費心了。至於兒女私情，是沒什麼道理可講的。關於伶兒，你的說法也有偏頗。在幾次的神靈意識交流中，我無意間發現了她的眞心本質，那是一種參雜著母性護雛，甚至願意爲我犧牲生命的眞心眞愛。這絕不是嘴上說著好聽的甜言蜜語！我既然喜歡上她了，便像是愛上了一壺好酒，柔順辛辣，各有所好。既然是我自己的選擇，就一切都是美好！你要我跟著你，好一展所長，這份好意我且心領了，但是我實在揹不動這犯上背叛的罪名呀！我既然源生自這裡，自然是要來去自在，無愧於心！那怕將來雙眼一閉，也要安然在此歸於塵土，無一絲尷尬！倒是你，不知有無想過將來，是否會有想著回頭的一天？你何不爲自己留下些餘地？」小龍說得正氣凜然。

　　送子鳥似乎喜怒不形於色，沒人知道他是否心無罣礙：「好啦！臭小子，原來你也學會那些讀取別人內心思想的邪異之術，還裝著一副憨傻的模樣。哼！你既然不願意，就不用再講大道理。你是自己靈識出竅呢，還是要我動手？」

　　小龍此時只是嘴上說說，手裡卻早已是摩拳擦掌躍躍欲試：「你別胡說，我才不是刻意去學，也絕不是有心去用，我是與生俱來就懂，也絕不拿它害人。那兒像你，存心邪惡，竟要謀害大帝師，我就是拚了這條命，也決不能讓你得逞。來吧！就讓我領教領教鳥大人高絕的武藝神采吧！」說完，起手一拳便揮向了送子鳥面門。

　　送子鳥輕易避過，回手一掌便是力當千鈞，排山倒海而來。

　　送子鳥能在談笑之間隨意發出雄渾掌氣，讓小龍差些吃了

虛空界主　豈無妙處

大虧，倒是叫小龍深感驚異，便不敢再有大意，全心與之相搏。自此，一來一往便都是小心從事。

此刻的小龍，雖還稱不上是頂尖高手，但他身兼數家修爲之長：鈺瓶仙子的靈巧變易；伶優仙子的清聖之氣；人間猴子的靈活本質；老龍公的純正；無上師的陽剛及虛空界主的雄渾。只是這些龐雜路數，猶未貫通，也是無一門精通，又不像是對戰虛空界主時的驚恐拼命。此時在送子鳥面前要弄起來，竟似是花拳繡腿一般，徒有其形，未有其力。縱偶有其力時，亦是胡亂發出，不得其巧。

而送子鳥雖能出奇不意，制敵於談笑之間，那是對著一般高手來說的，碰上小龍這種求戰而無力戰之勁，能走卻無心思逃走，滑溜異常，卻又偶出奇招的對手，竟是一時無策，只得一面和對手拳腳往來，一面暗自積累內勁，準備伺機再作一次驚天之擊。

小龍徒有虛空界主之力，也極想試他一試，奈何臨敵之時竟是無法順暢運使，只得不管出手強弱胡亂隨意地發掌。老謀深算的送子鳥，看準了小龍一掌發出之後回力未濟的空隙，便將他蓄積提聚已久的內力，化成宏大剛猛的一掌，猛擊小龍。

小龍未料到送子鳥這幾經算計的一掌，倉促地出掌硬接，卻是有如硬接那突然飛來的千鈞巨石，一時氣息凝滯，虛浮無力地癱軟跌坐地上。

送子鳥再略一提氣，正待再出一拳將小龍魂魄靈識擊散時，卻驚覺背後一股威猛掌勁猝然襲到，待要轉身迴護，卻已晚了一步，背後受了突來重擊，真氣隨即潰散，便也頹然倒地不起。

小龍看著來人：「大魯蛇，你要是再晚一步出手，以後只怕當真要見不到我了，好險！」

大魯蛇一臉傻笑：「我在一旁看你拳掌連發，打得十分起勁，本以為你可以輕鬆取勝，便隱在一旁先看看熱鬧，沒想到鳥大人也不是個省油的燈。他表面應付，卻在暗中蓄積掌力。我看出他的意圖，便也在暗中提聚氣力，趁他出掌打你，氣力未復時出手偷襲，任他如何狡猾，終也是敗下陣來！你趕緊調息，大殿之上只怕也是有事！」

大魯蛇話才說完，忽見地上送子鳥化作一陣濃煙，隨即消失不見。大魯蛇也急急隨後追去。

小龍正遲疑之間，忽然兩頰突感一陣灼熱劇痛，當即猛然驚醒。一睜開眼，見大殿之上寂然無聲，眾人正目注著打坐調息的大帝師三人。伶優仙子則蹲在自己身邊，小龍不用多想，也知道方才自己臉頰上的灼熱劇痛，是出自何人手筆！

「鳥大人呢？」小龍問。

「走遠了，逃得好快！」大魯蛇回答道。

「這裡看來沒事了，咱們到殿外看看去！」伶優仙子手拉著小龍，起身便走出了大殿，大魯蛇也隨後跟著。

三人走出了大殿，見殿外幾棵狗鼻子樹下，各自拴綁了一個黑衣人。百穀王，金鷹，黑熊正各自對著一個黑衣人，使盡手段在逼問著，卻都問不出個所以然來。

那三個黑衣人也都算是硬角色，雖然臉上，身上及雙手，處處青一塊，紫一塊，嘴上卻是一個字不說。

金鷹將軍滿臉怒氣方盛，將手中一條藤鞭子拋摔在地上：

虛空界主　豈無妙處

「我看你三人也都是血肉之軀，今日再不說話，便將你等綁在這樹下，餓你個三天三夜，看看你們的硬脾氣當真能夠撐持多久！」

黑熊將軍也停下手腳：「不用三天三夜，記不記得上次來的那十幾個，只消一個晚上過後，便全都瞪大雙眼一命嗚呼了！不知是咱們這裡空氣稀薄，還是一到晚上，這些狗鼻子樹便會化作妖魔鬼怪，將那些血肉凡人全嚇死了。我已懶得再問，就留下他們三個，晚上再過來看場熱鬧好戲便是！」

百穀王也沒什麼好點子，只得點點頭。

此時鈺瓶仙子手提竹籃，從小水溝中撈起了幾罐冰涼的美酒。金鷹將軍三人各取了一罐，拔開塞子便大口大口喝了起來。一陣花果香氣的甜酒濃香飄散開來，叫人單是聞之，便已口舌生津了。

此時，一旁伶優仙子近前詢問三個黑衣人，想不想也喝點兒酒。其中兩個將頭一轉，閉目不語，另一個卻點了點頭。

小龍便上前將綁縛著那人手上的繩索解開，那人雙手一被解開束縛，先是一愣，繼而迅速出手，便要自行解開腰上拴綁著的繩索，企圖逃離。只是當他雙手一觸及腰上繩索之際，卻驚覺那繩索瞬間一陣緊縮，自己的五臟六腑，則被催逼得似要從他嘴裡奪門而出，便放開雙手，再也不敢稍動。

小龍雙手向著老樹揮擺招呼，狗鼻子樹便將那人身上繩索稍稍鬆了。小龍同時對著那黑衣人說：「老兄，不好意思，忘了先告訴你，你腰上繫著的這一條，不歸人管，是歸這狗鼻子樹管的。聰明識相的，還是乖乖地別再亂動身子！」說完，便將

虛空界主　豈無妙處

一瓶冰涼的花果美酒交給那人。只見他也毫不客氣，接手便喝。

此時伶優仙子從衣袖中取了個小瓶子，拔了塞子，交給小龍，並吩咐了幾聲。

小龍接過瓶子，在手上倒了幾滴瓶內的什麼東西，又將手摀著另外二個黑衣人口鼻。只見那兩人便很快地雙眼垂閉，全身癱軟，歪斜地靠在狗鼻子樹幹上。

另一個黑衣人見同伴如此，便停下美酒不喝，開口問道：「你對他二人做了什麼？」

伶優仙子回答說道：「也沒什麼，只是讓他們休息休息，小睡一下，我們才好放心說話，不怕有人監視著你。兄臺看來對自己人卻是真的關心，你放心，他們二人暫時不會有事！」

那人說道：「風雨同舟，本該如此！」說罷，又老實不客氣地喝起酒來。

伶優仙子說：「說得好，果然喜愛杯中物的，總是氣勢豪邁講情重義的為多，你儘管喝，我們這兒最不缺的，就是美酒！」

看看他喝得差不多了，伶優仙子又開口說話：「兄臺既然是酒中同好，我便自作主張放你離開，還會送你幾瓶好酒帶走！」

那人聽說如此，顯得一臉不可置信：「妳說這話當真？那他二人呢？」

「你既然不肯讓人知道你們的來歷，又不說出來此的意圖，我便將你放走。至於你的同道，我只有留下他們，用來下酒，這種結實的身材想來會有著一身好血好肉。至於他們那兩顆頭顱，處理起來麻煩，便先砍下，有勞你帶著回去，我想黑熊將軍不會很在意那兩顆人頭的！」伶優仙子這回真的是語出驚人

- 233 -

虛空界主　豈無妙處

了！

　　此時黑熊將軍竟是興起，臨時配合演出，化成了巨大黑熊張開血盆大口，揮舞利爪，大吼數聲，又近身聞了聞那昏睡中的二人。

　　這個黑衣人聽說如此，雙腳早已不自主地顫抖著，臉上卻又裝著毫無懼色：「妳這真是讓在下為難了！」

　　伶優仙子此時臉色一寒：「戰場廝殺，隨時可能喪命，若是成功，便是英雄好漢，便受到萬人景仰，失敗則光榮殉職血染沙場，同樣會受你們的同胞尊崇仰慕。只是，真要是戰死沙場，你們年邁的雙親，年輕的妻子，年幼的子女，將天天在哀傷悲痛中渡過，你們的魂魄將似斷線風箏，無處可依，不知著落處……我只是替他二人感到惋惜，明明有著活命機會，卻不把握。至於你們的來處與此回任務，當真以為我無法追查？你們既是血肉之軀，任你們如何意志堅強，總還有其受自天地父母的神靈意識。我要進入你們的神靈意識之中有何難哉？我只是懶得為此耗費心力侵入你們腦識之中，也是怕一個不小心弄傷了你們的腦智，讓你們這些英雄好漢意外地成了癡呆貨色……我希望你能知道好歹，好好說話，保你三人無事。另外，你們此次的同道中人，有本境的叛徒送子鳥，相信他的修為不在你三人之下。現在已經失敗逃逸，本境正傾全力追捕之中，你真要是不想說，那便帶著美酒和兩顆人頭離開吧！」

　　那人低頭不語，似在沉思，想來他對於伶優仙子的話深有所感。片刻之後，開口說道：「既然妳有門道探知消息，我再堅持不說，未免太不識趣！本來我們三人各被編在在不同單位。

我們一樣是組織利用新科技複製完成的人種，上面的叫我做忠誠一四九。上面的看我們三人表現不差，能力相當，便選派在一處共同受訓。兩三年前來了個新教官，便是妳說的送子鳥，他的才華遠超以往教席。我們能以波行之術移動，便是承他傳授。據我所知，上面的給了他無數的財物，還給了他一個貌美如花的女子為伴，這在我們之中是非常少見的禮遇……今日我們三人受命前來，不在妨礙貴境主的醫治修復，而是趁機興亂，除了搶奪孕化石盒，還在探知天外飛石的行蹤……」

在場眾人一聽是孕化石盒，早已是十分驚異，及至聽說天外飛石，除了百穀王等人，全是滿頭霧水，大半數人還是首次聽聞，許多人在竊竊私語……

伶優仙子問道：「那你可知，你們上面的，要這天外飛石有何用處？」

那人答道：「這個我就不知，上頭交代，找到天外飛石所在便可。至於用途，也許帶頭的送子鳥先生明白……」

此時有傳訊兵勇來到，向百穀王稟告：「內殿現有要事處理，請百穀王等速至！」

百穀王及金鷹，黑熊一聽，立即奔回內殿。

伶優仙子讓小龍將其餘二個黑衣人雙手束縛解開，並交代大魯蛇及小龍留下，吩咐了幾句，便也急向內殿行去。

那叫忠誠一四九的黑衣人問道：「不是說讓我們走嗎？」

小龍答道：「不急，等你同道二人醒轉再走不遲，最晚日落之前便會讓你們離開，咱喝酒吧，順便隨意聊聊！」

從那人說話中，小龍得知他們與虛空境界早有淵源，如今

虛空界主　豈無妙處

則是在一個私人集團之下做事。小龍趁機向他探詢虛空境界其餘人眾情況，更想獲知虛空小兵一六八號的近況。出乎意料，這忠誠一四九竟說出了令小龍大感意外的內幕。

原來，自從虛空境界兵敗，除界主被青牛老道所收，三個金人戰將遭到重新改造，一六八號小兵，因為神靈意識之中熟悉酒精靈界，及五大尊王尚有可用，得以留下之外。其餘兵將則已悉數遭到拆解，毀壞，猶如破銅爛鐵，棄置堆積。逃離者似乎寥寥無幾。而主其事者的理由卻只是耗能過大，效率不彰！小龍想到原來生龍活虎戰力強大的虛空界兵眾，竟是落得如此下場，雖曾是戰場上的敵人，卻也教人為之慨嘆唏噓……

話說百穀王三人急忙進了內殿，只見內殿正中長木桌上的孕化石盒，此刻正激烈抖動，通體光潤異常，且微有紅光透出。

內殿的領頭親衛說道：「想來是方才幾番的搶奪衝撞，讓石盒起了變化！」

此時伶優仙子正巧隨後來到，見這般情形，說道：「怕是大帝師所留下的晶鑽及靈識，受了衝撞激盪，提前孕化完成，卻還未能自行由石盒之內開啟。請衛士們將木桌搬開！」

衛士依言挪開木桌，伶優仙子雙手待要拿取孕化石盒，卻是才一觸及石盒便又即刻縮手：「好燙呀！」看那木桌放置石盒所在之處，卻已經是微微生煙，發出了焦味。

百穀王立即使勁調息運氣，氣集雙掌：「讓我來！」便單手拿了石盒，將以另外一手打開盒蓋，卻是用上了蠻力，盒蓋依舊紋風不動。

伶優仙子說道：「依天中記事上說，孕化重生猶如小雞破殼，

須由其內經歷完整重生者自盒內開盒。若是時間未到，卻有孕化完成之象，如欲安全打開石盒，須將石盒置於天外飛石之上，你且先將石盒擺在地上，在原來木桌下方找出石縫！」如非天中記事有所記載，這提前開啓石盒之事，恐怕又是件得傷傷腦筋的事情。

百穀王依言將石盒擺在石板地上，石盒附近果然出現了一道石縫，且似有一股莫知的力量，正緩緩將一大片石板推升。百穀王命衛士將這片石板抬開，卻見石板下方赫然出現了一道石造階梯。

伶優仙子說道：「拿著石盒，咱們下去！」說完便即當先走下石階。

百穀王三人隨即拿起石盒跟隨而下。

只見才走下石階數級，眼前便有微光出現，再下數級卻見眼前是一間龐大無比的石室。石室中間突出一大片，正通體散發著悠悠螢光的扁平狀石頭。這發光石頭連著地下，其規模如何無人可知……

百穀王眾人白走入石室，便覺步履輕浮，愈近那片發光巨石時，則都已雙足離地，隨心念所至，便行飄飛接近毫不費勁，與那自身御氣飛行的感覺竟是大異。

百穀王發覺手上石盒愈近巨石則愈現躁動，且石盒愈近巨石，則與巨石同時光芒愈盛，及至相距三尺之遙，手中石盒逕自平緩飛至巨石之上著落。落定之後，即見石盒蓋子已自行開啓……

虛空界主　豈無妙處

孕化石盒　又現帝師

　　此時，一道煙氣伴隨著一聲：「再不打開，就要悶死我了！」出自石盒之中。

　　眾人赫然眼見大帝師的神形出現眼前，只是形體略小。緊接著，由石盒中飄浮出了幾個手掌大小的圓球，光耀奪目，載浮載沉。

　　黑熊見那圓球奇異好玩，便伸指一點。卻是一道令人手麻的閃電，及一道小小青煙升起，黑熊急忙縮手。

　　只見那大帝師形貌的孩童開口說道：「那是我的玩物，黑熊，當真想玩，改天陪你！」卻真是幼童聲調。

　　他又轉身向著其他人一一問好：「百穀王，金鷹，還有妳鈺兒？哈，是伶兒才對，你們都在這裡，真好！」

　　眾人聽他一一唱名，心中一時有所疑問，百穀王向他拱手行禮：「看來您是大帝師無誤，只是此刻大殿之上那位……」

　　只見眼前這身形小了一號的大帝師說道：「什麼這位，那位的，上面的那位是什麼東西我不清楚，他腦袋瓜裡想著什麼我也一無所知。他是他，我是我！至於大帝師的稱號本人愧不敢當，還是留給上面的那位專屬，叫我小酒缸就可以了，也實在些！」

　　眾人點頭稱是。心中對這小酒缸的第一印象是，只論外型不計尺寸時，渾似與大帝師相同一人。但看他談吐舉止，則顯

然有著古靈精怪的個性，這倒是有異於大帝師的理智溫和。

百穀王及鷹熊二將，雖早知有此石室，卻是首次踏足，至於天外飛石則是今日方始聽聞親見，對於這奇異巨石，自然是要好好地看他一看！

伶優仙子於之前大帝師封存自身晶鑽靈識於石盒之中時，曾與大帝師來此翻開石盒封蓋，只是她專注於石盒的封、啟之法，並未用心留意巨石，如今有此機會再見，自然也隨眾人沿著它四周仔細審視。心中對於酒精靈界原始混沌的來由，漸漸有了清晰面貌：若不是眼前這奇異巨石於千年之前，削奪挾持了人界山頭及水土衝飛天外，豈有後來道人在此開界修真，又豈有今日精靈眾生的興盛繁衍？

伶優仙子只是尚不明白，何以眼前如此巨石，竟能有著如此強大奇異的力量，能聚攏一個神仙境地於不散，且能飄移浮游自如而不至於墜下人界？

她心想至此，忽然另有所悟，便說道：「看來，虛空境界及近來人界所圖謀於本境地的，全在此奇異巨石，只是虛空界主為圖攻進本境，毀損了護境界限，以致減損了本境自在游移的能力，卻是他始料未及的事……」

眾人對於伶優仙子的說法，無不表示贊同。在此奇石旁邊除了感覺飄然如風，思路也似乎更加清晰了幾分。

眾人繞行巨石一周之後，百穀王示意離開，因石盒能開啟地下石室的石板縫，便將石盒帶著，眾人正要離開石室時，耳邊忽聞迴響之音：「娃兒們且稍留步，老人家有話要說！」

眾人方才全都專心注視著巨大奇石，無人留意到石室之中

孕化石盒　又現帝師

尚有其他人在，一聽其聲音，心中莫不驚異，便循著聲音來處看去。卻見石室角落不知何時已現出一處明光，灼照著一位老者，眾人不知其是敵是友，回頭向那人走去，眾人心念才起，方才舉步，卻像是被推移，被吸附，在一瞬之間全已來到了那老者面前。眾人暗自心驚，但一到了此人眼前，卻反而有一種親切熟悉之感，戒備之心均不由自主地立刻鬆懈瓦解。

只見這老者鬚髮俱白，在他背後及地上有著一大片交錯盤繞的樹根，這老者盤坐在樹根之上。

百穀王向他拱手行禮，問道：「敢問老人家，您是何人？」

那老者瞧了瞧眾人，說道：「你們不認得我，我可是幾乎天天都看著你們呀！」

眾人聽得滿頭霧水，在境界裡幾乎天天見面的，並無這號人物！

百穀王說道：「看來閣下在本境之中已久，只是印象中我並未曾見過閣下，還請明示！」

那老者說道：「你們看看這些樹根，是不是有些兒熟悉之感？」

眾人才將眼光移向樹根，卻見那老者忽然變化自身成了一隻松鼠，繼而又變成一隻草鴉，不久，那草鴉又化做一條樹蛇，再變成一隻五色鳥……

此時伶優仙子似有所悟說道：「前輩莫非就是狗鼻子……樹仙？」

那五色鳥又變回老人，說道：「是狗鼻子樹沒錯，你們尋常都這樣叫我，你們各人身上的氣味，我可都是一清二楚！女娃

孕化石盒　又現帝師

兒最近身上多了蘭花香水味道，想來是情竇初開，有了意中人了，之前妳雖愛裝扮，卻只是表面打扮得漂亮，沒有從心中自然散發出來的，女孩兒家墜落情網時的優雅氣質之香……」

伶優仙子一陣靦腆：「樹仙前輩眞愛說笑……原來您也知道境界之中有此一地……」她頓了頓，又說：「不知道前輩叫住我們，有什麼事情吩咐？」

「勞你們帶個話，讓那大酒缸找個時間，到此地和我老人家喝酒聊天，還有你這小娃兒……」樹仙眼望著金鷹將軍說道：「他們都稱你是將軍，看來你也頗有那架式！老人家有句話問你，你對本境界屢有功勞，大家也都對你頗有好評，如果有一天，要你拿小命來換取境界的存續，你可會害怕退縮？」

老人家眼神凌厲，逼視著金鷹將軍。眾人不知他何以會在此時此地，有此一問。

只見金鷹將軍一臉正氣凜然，向著老者抱拳回話：「金鷹早年承大帝師救援，又承蒙大帝師抬愛，同儕們不棄，如能有機會報答大家，自然是勇往直前做眾人表率，那怕眞是要拿生命來換一境安穩，也是不敢推辭！」

那老者聽了金鷹之言，點頭稱讚：「好，好！果然不愧你大將軍之職，不負大酒缸的栽培與付託，今日之言叫我眞心佩服讚賞了……」

此時黑熊開口一問：「樹仙長年與這巨石相處，不知您可明瞭它的來處？來了多久？」

老人家看了黑熊一眼：「你這傻大個子懂那麼多做啥？我只知道它來自上古人界，它長久沉睡，曾在背上背負了一個上古

孕化石盒　又現帝師

城市。在一次人界發生重大意外之後，它在那一瞬間忽然被那巨大能量驚醒，一時慌亂，拔地飛昇迅速就走。只是這一次的瞬間移動，卻在無意間，將那原來業已被巨大能量，摧毀得十分殘破的上古城市，從它背上抖落，卸在了大海，深沉在大海之中……後來它在人界上方漫無目標，十分不穩地漂浮了幾千年。直到千年之前，它又再次沉睡，差點兒又在人界鬧出了大事情來。它那時既然已經又到了人界，便索性捲揚起野地砂土，鏟挖起幾個山頭土石壓在身上，以求移動時的穩定緩和……」

黑熊又問：「那樹仙您是否知道那上古城市叫什麼嗎？想來那上古城市也眞是悲慘呀！不知道有一天，我們會不會也像那上古城市一樣出大事情？」

樹仙說：「是哪一個，不太清楚，只知道與它心意相通了數百年，最久最遠就只到此處。它一直說著，阿德蘭的事，阿德蘭的事……至於誰是阿德蘭，又出了什麼事，我想了幾百年了也弄不明白，如今再也懶得去想它。至於你所耽心，會不會有一天它又沉睡了？那肯定終究是會！但是因爲有我老人家在，不會讓它再出亂子！你可以安心。此外我們還有護境的界限，只要將它修復了，它就可以更加安定……你們還有什麼想知道的嗎？」

此時伶優仙子說：「前輩可知爲何要在我們境界的氣息之中，充塞著滿滿的酒氣？」這倒是個大家都習以爲常，卻是不會特別留意的事情。

老樹仙說：「咱境地裡，大家嘴上不都常常掛著，三分似睡，三分似醉，其他幾分也無所謂這樣的話嗎？這話對這大石頭來

孕化石盒　又現帝師

說也合用，這漫天酒氣可以穩定這片大石頭的心神，咱祖師爺們發現這個現象後，便刻意布置這充塞境地之內的酒氣了。此外，咱境地裡這精靈群眾，不也都是愛酒成癮嗎？光是你們這些酒鬼們平日吐納呼出的醉人酒氣，就已經夠多了，想避開它還真是不容易呢！妳說，這可否算是妳們的自我麻醉？」

眾人聽他一說，相視會心而笑！

百穀王對眼前的老者已倍感親切，便問道：「不知前輩已經在此多久？何以在此？」

那老者回道：「我之所以在此，是一種緣分。我與酒精靈界同壽，自從在此萌芽茁壯，有了神靈意識之後，便與眼前這巨大石頭若有感應。本境界的飄浮沉降，四方移動，全都是在老人家的一念之間。而在上面的那些狗鼻子樹們，全都是我探知外界冷熱，據以聯繫這大石頭調節涼暖，移動遠近的依據……」只見老狗鼻子樹仙說完，身影漸淡，此處明光漸失，眾人便要轉身離開。此時一種低沉緩慢的聲音在各人耳邊響起：「阿～德～蘭～的～事，怕～怕！阿～德～蘭～的～事，怕～怕！」眾人想不通，弄不懂。只好慢慢走回梯子，離開地下石室，又命人將石板及長桌，石盒等復原如前。

一行人仍走側門出了大殿，來到狗鼻子樹下與小龍等人會合。經過了地下石室中的一番奇遇，此刻眾人對這些狗鼻子樹，自然有著全新的感覺與十分的敬意。

金鷹將軍並不明白老者尋他說話的用意，但是他光明磊落心口如一，便將這事放在心上，其餘則一如往常，並未特別在意。

孕化石盒　又現帝師

　　眾人回到大殿之外。此時另外兩個黑衣人也已清醒，見到了伶優仙子，那忠誠一四九便請伶優仙子放人，小龍正欲將三人鬆綁。

　　一旁小酒缸卻有不同看法：「好不容易抓了敵人，怎能說放就放？」

　　此時大魯蛇向伶優仙子說：「該問，能問的，都問了，他們能回答的，也都說了！」大魯蛇眼神之中似乎也期待著將那三人放了。

　　百穀王說：「既有約定，便放了他三人吧！」

　　小酒缸似有不豫之色：「放了便放了，你們這些後生小輩，連這縱虎歸山的天真事情也做得！找人跟著，要看著他三人規規矩矩地離開本境！」

　　於是金鷹，黑熊二人親自跟隨三個黑衣人到了境界出入口。只見他三人在雜草叢中，取出三個背包，各自穿戴背負妥善之後，便陸續騰空飛向境界之外。二人眼見如此，心想，凡人這些怪異點子當真是不少，也真是巧妙，只是不知如此飛行能撐多久？

　　事情總算暫時告一段落，幾番紛擾暫得平息。

　　大帝師身上的缺損修補完成，功體也將從此穩定。樂陶然，任舒懷的身體也無大礙，只是功力大減極待費心調理。孕化石盒又已造出了一個小酒缸，雖說脾氣古怪，但看來也不會是個麻煩角色。

　　接下來最該擔心的便是人界三番兩次侵擾，再不加快境界修復腳步，恐怕還得和人界野心者，糾纏不休著一段時日。

孕化石盒　又現帝師

闔境朝官聽聞大帝師已平安修復功體，不待召喚，手邊沒事的，便都進殿面見大帝師，除了問安，還好奇地更想看看另外一個大帝師是何模樣……

終於任舒懷脫離了險境，大帝師功體大致回復，三人先後睜開眼睛，看看彼此，看看大殿上的一切。大帝師率先起身，伸手扶起任舒懷：「多虧二位先生鼎力相助，任先生的豁命周全，兩位大恩，莫敢或忘！」

樂陶然說道：「大帝師客氣了，若非外敵騷擾，本來只是舉手之勞而已。」

此時小龍眾人正巧回到殿上，百穀王向大帝師稟明了方才經歷：「來襲的，豈止是外敵而已！大帝師絕對料想不到，本境送子鳥大人竟是敵方領頭者之一！」

在場眾人一聽送了鳥大人背叛，均是大感意外，這個一向行事低調，卻與人界最具聯繫的鳥大人，竟會參與此次偷襲，實出眾人意料之外，境界之中無人能猜透其中緣由。

此時任舒懷氣力稍復，接著說道：「我雖不知送子鳥實力如何，但另一個侵入我靈識之中，意圖藉我雙手擊殺大帝師的高手，功力肯定不在送子鳥之下，合我三人之力才能勉強將之驅出！此人底細我則一無所知，不知大帝師有何看法？」

大帝師沉思半晌答道：「當時我們三人正忙於我的功體修補，無暇顧及對手來路，但我透過與對手氣勁的短暫相接，突然有著似曾相似之感，卻一時還想不出細節！」

樂陶然說道：「待大帝師思慮清晰之後，當會有所心得。另一件大事是，大帝師日前於石盒中所留一點靈識氣血，看來已

孕化石盒　又現帝師

經孕化成功一個副體……」

不待樂陶然說完，這一個才初生長成的大帝師卻即刻打斷他的話說：「什麼主體，副體的，他是他，我是我，叫我小酒缸便是了！」

眾人循著聲音看去，見到一個大帝師模樣，卻身形略小的人，正毫不客氣地高舉雙手，自信滿滿地向眾人打招呼！

無上師臉上露出微笑：「看來大酒缸年輕時候，便是如此模樣，至於兩個酒缸各自裝著什麼靈魂，腦袋，咱們無從得知，也許大小酒缸也對彼此毫無感覺，更別說要心意相通，知己知彼了，有機會揍他一拳，看看另外一個酒缸會不會喊痛，就知大概！」

眾人聽無上師一說，無不是會心一笑。大帝師更是開懷而笑，引得眾人也放懷大笑，一時大殿之上盡是笑聲。

伶優仙子說：「無上師八成又喝醉了！」

小酒缸卻興味盎然：「有機會我也想和無上師比劃比劃，看看到時候哭爹叫娘喊痛的會是誰？」

這小酒缸與大帝師的個性，脾氣顯然大異其趣，莫非大帝師年輕時候真是這般爭強好勝，毫無遮掩？

樂陶然商借百穀園，設晚宴慰藉一家人團聚，酒精靈界要員全在席上作陪。

夏小風，夏小雨，彩瓶雙艷與一班廚工，在廚下忙得不亦樂乎。

雖說是樂陶然設宴，廚下用的乾濕葷素材料，卻無一樣不是百穀王庫房，水池，園子裡的貨色。大家也沒計較這個，這

孕化石盒　又現帝師

酒人宴飲，總是要尋一個題目，找一個藉口，就題發揮以便熱熱鬧鬧，心安理得罷了！改天大帝師回請，或者十二公敬邀，只要有得吃喝，藉口，理由卻不是頂要緊的，難得的是一個「緣」字，相聚便是緣分，既是一同經歷磨難，隨性而爲的放鬆，讓緊繃的日子多些樂趣，有何不可？誰日不宜？這俗話說「醉裡乾坤大大不過你一碗入喉英雄氣概反覆講，壺中日月長長不過我三杯下肚風光話題來回說。」這是群集宴飲的熱鬧迷人之處。

席間，彩瓶雙艷各自對著夏小風，夏小雨兩人，媽媽長，媽媽短地大獻殷勤。夏小風，夏小雨也對這兩個女兒呵護備至，好菜好肉盡是往她二人眼前遞送。

一旁小酒缸瞧著眼紅：「我也要一個媽媽，有媽媽眞好，這世上什麼最珍貴美好的，全都捨得拿給自己的子女！」

「對，這天底下就是媽媽最好，舉杯敬媽媽！」一旁小龍也有感而發。

小酒缸的這一番說話，卻惹得大帝師眉頭一緊，停下雙箸，瞧著小酒缸。

卻見小酒缸又立即改口：「我誆你的啦！媽媽那有什麼好？成天裡雞毛蒜皮的事也都要管，一見面就囉哩吧唆唸個不停，連個耳根子清靜也難，找個媽媽只是無端自討苦吃自尋煩惱罷了！」

眾人被小酒缸這前後不一的一番言語，作弄得哭笑不得，小龍心情更是如洗三溫暖，嘴上只得低聲說道：「原來如此！」

無上師手不停箸，口不停酒：「別聽小酒缸瞎說，還是媽媽最好！你們看這滿滿幾桌，如不是小風小雨這兩位媽媽的好手

孕化石盒　又現帝師

藝，那能有這精緻豐盛的菜色？大家說是不是啊？俺先乾兩杯
敬鈺兒，伶兒的兩個好媽媽！」眾人也全都舉杯真心誠意敬酒，
滿場歡樂……

　　此時最是高興歡喜的自屬彩瓶雙艷及夏小風，夏小雨。而
她們四人除了年紀有所分別外，面貌身材卻都極為相似，她們
在酒酣耳熱時各自玉頰如施紅粉，燦然如春花盛放，開懷似彩
蝶輕舞。夏小風，夏小雨雖已年近四十，其氣質風韻之美在此
燈影輝映之際愈加彰顯，竟與那號稱酒精靈界第一美人的百花
王，各擁十分豔麗顏色，難分高下……

　　經那小酒缸這一鬧，小龍此時心中竟是無由地興起了從未
有過的念想……爹爹？媽媽？對小龍來說，那樣的親情，是應
該如何去理解體會呢？看那夏小風姊妹自小就有著爹娘的照
顧。鈺兒，伶兒雖說沒有親爹爹，好歹也都各自有個好媽媽可
以長相思念，歡喜相逢，何況她們二人更有大帝師，無上師，
白娘子將之視為己出。而小龍呢？要說老龍公是親爹，不像！
聽白娘子說，老龍有次噴火太猛，燒燙了嘴邊上的一點小贅肉，
隨火噴吐而出，讓那送子鳥撿了去；要說酒廠那靈猴是媽媽，
更是不像，他可是貨真價實的公猴一個呀！這酒蟲的化龍，成
人，究竟應該算是什麼樣的傳續道理，只怕真是無人能解了。
而那小酒缸，還有複製人種就更複雜，無法為之定位了！小龍
的個性隨和，是不會對這些繁難的事情深入探究的。他想，不
管如何，這人世來去如夢一場，來處既是幽微，去處怕也未知，
唯有眼前此刻才是讓我們知道生命還在，以及活著的意義。酒
蟲也罷，精靈也好，人種也是一樣，來這一回，走這一遭，時

孕化石盒　又現帝師

候到了，誰都將要歸向不知究竟之地，不是嗎？只有當下才是真實的。往者，來者，竟是不能捉摸，不能感覺的呀！至於其他，都是緣分，需有則有，需無則無，何須掛懷……

宴飲既畢，大帝師問百穀王，對於近日境中遭遇諸事有何看法？

百穀王無時不以境界的興衰為念，近日來更是時時留心。聽大帝師一提及，便回道：「若從虛空境界來攻，及人界兩次進犯來看，本境只怕是有著懷璧之罪，否則本境向來與世無爭，實在猜想不透外敵興師遣將，所為何來？及至今日手持石盒進入內殿地下石室後，更肯定明白，對手圖謀的確然是地下石室中那個似有靈性的龐然巨物，只是屬下不甚明白，為何今日之事會牽扯上送子鳥大人？」

大帝師說道：「你的看法沒錯，他們心中想要的，正是那塊大石頭。據古籍所載，那是我們能成一境界，千年興盛不壞的根本。他們看上的，正是那石頭聚物成境，且能隨意飄移的神奇力量……人界自從懂得用火，又懂得用電，其進步之速，恐怕三界之中無出其右。只可惜他們力量愈強眼界愈高，卻是愈加貪婪無度，對前人善良本分的修為，則是棄如敝屣。至於送子鳥會變節，也不奇怪，數百年來，他看見人界日漸繁華，難免動心。加上人界善用什麼脅迫，利誘，鼓惑，欺騙種種本領，這些都不是我們酒界精靈們所在行的，這送子鳥那能抵擋？聽說前些日子，洞庭龍族與涇河龍族在人界為難無上師，跡其象，人界野心者也是難脫幕後策劃的干係！說到龍族，不知洞庭小龍此時已經恢復得如何？」

孕化石盒　又現帝師

百穀王說道：「人界雖然野心勃勃，但組成複雜，大小朝野不下數百，有正有邪，依屬下看，對本界有所圖謀的，只怕是檯面上這些朝野以外的組織，也或者兩者都有。至於洞庭小龍在任先生的細心調理之下，已九成回復，屬下本是打算讓他在近日，隨著找尋地界先天酒泉的眾人回去洞庭，與其族人團聚！」

此時一旁小酒缸聽了百穀王說話，卻又忍不住發言：「既是洞庭龍王之子，何不將他留在本境，明著說是調養身子，實則是叫人界當真要大舉興兵來犯時，會投鼠忌器有所顧忌，另外也可利用他讓洞庭龍族不得不幫忙出些力氣！」

大帝師瞧了瞧小酒缸，搖搖頭說道：「施恩不望報，本界向來遇事總是自己承擔，況且醫治龍王公子傷病的，是任先生出的力，我們只是讓出個居所並照顧他起居罷了。至於洞庭龍族，如果肯在人界適時出手幫幫我們，那是再好不過的事，其他的，不必計較強求！」

小酒缸遇事總有自己的看法，而這看法通常和大帝師不會一樣，大帝師是仁慈敦厚；小酒缸看來是精於算計。而這精於算計的，卻又是源出於這個仁慈敦厚的，真要追究根底，參酌人界所謂複製生命者，大約便是外型可以相似，腦識思想則異！

小酒缸靈識血肉雖直接取自大帝師，經過石盒孕化之後，其思想及行事風格與大帝師卻頗有差異，道理何在，卻真是無人能知。

小龍心想，有空翻翻清涼之道一書，也許會有說法。

此時，伶優仙子也正巧拉拉小龍衣袖：「記不記得那混沌老

孕化石盒　又現帝師

道說，年輕人有空時候多唸唸書總是好的！」兩人此刻倒真是心有靈犀！心中所想的竟是不約而同了。

小龍微微一笑向她點了點頭：「看來沒錯，有空，我還真該翻翻那本書才是！」

原來當日眾人在飽食道糧，取得天中記事及清涼之道二書。小龍閒時曾隨意翻看，見天中記事，是酒精靈界初始生成的正式記載。而清涼之道則是混沌老道隨手雜記，內容包羅道人早年經歷，修為見識及心路因緣等，對於酒精靈界亦多所著墨，較之天中記事的有條不紊，清涼之道似乎頗多趣味，就像是混沌老道親口說著故事一般，常有神來之筆，文雖雜亂，卻更能引起小龍翻書研讀的興趣。至於天中記事，只適合擺在內殿，讓大帝師，百穀王這些正經八百的人去細究學問與史實之用……

幾日之後，百穀王撥派了一駕銅牛車及數個兵勇，小心翼翼地護持裝著老舊秋水之泉，逍遙之源，浩然酒氣的酒罈子。由無上師，龍虎二公，金鷹將軍，小龍，伶兒，大魯蛇等隨車先行。

虎豹二大護法挑選了幾個好手，伴護著洞庭龍王公子，在另一車駕上隨後離境。

小酒缸本來依著大帝師指示，跟著百穀王留在境中。他見洞庭龍王公子也隨著虎豹二護法離境，便也要求隨行，大帝師知他脾氣，便行答允。

臨行之前，大帝師叮囑眾人：「此番前行，必多險阻，眾人務必更加留意。此外，對手既然意在本境的天外飛石，想來對

孕化石盒　又現帝師

於銅牛車駕也會有所圖謀。因為每駕銅牛車機關之中，也都各裝置了一小塊飛石，聰明的有心人不會略過這重要一節。各位下到人界，切記謹慎將銅牛車駕隱藏保護以免有失。如果有幸取得三罈新的先天酒氣，務必盡快回來！」

眾人答了聲：「是！」便啟程先後離境。

依天中記事所載，地界酒泉入口在飽食道糧附近。無上師等人先行直下涇河。二大護法等人則先將龍王公子送回洞庭，再往涇河與無上師等人會合。

無上師等人一到了涇河岸邊，看看圖紙所繪，那地界酒泉入口，猶在飽食道糧更上源處，便想先向混沌老道打個招呼，順便再探問些地界酒泉的消息。

無上師問伶優仙子：「伶兒，妳能不能將咱這巨大銅牛車外表，變成尋常牛車模樣？還有這拉車行走的青銅老牛也實在是奇怪了一些！」

伶優仙子回答道：「這變戲法的本領我可不太在行，鈺兒如在此地便是舉手之勞……我且勉強試試！」

她一說完，便煞有介事地閉眼念咒，隨即雙手如老鳶張翅，口中一聲：「變！」隨著一團煙霧散去之後，一駕尋常牛車出現眾人眼前，只是眾人卻大笑不止，原來青銅老牛竟變成了一頭活蹦亂跳的野斑馬。

無上師笑著搖了搖頭：「再變化看看，伶兒，妳可以的！」

於是她再閉眼念咒。這次出現的是隻長了一對翅膀的巨大兔子，眾人又是一陣笑。

伶優仙子不好意思地臉上一紅，便又再次施為，這一次拉

孕化石盒　又現帝師

車的，才老老實實地變成一頭老水牛。於是眾人再上牛車，沿著河岸向著飽食道糧走去。

　　一路上出奇地平靜。涇河未築水壩時難得有水清時候，主流路常是流動著黃濁的河水。築壩之後，可在近水壩處或偶然經過山邊泉澗，看見清澈的水流。

　　牛車緩行河畔，一面是綠草河岸，一面是山高林密，樹蔭涼快和風拂面。如不是要務纏身，眾人無不想著停下車駕，賞景淺酌一番呢！

　　伶優仙子依偎著小龍：「原來坐上牛車緩慢行走，是如此地輕鬆寫意，等回到了境地裡，咱們也弄一駕牛車來玩玩！銅牛車駕雖然巨大豪華，但是不像尋常老牛會搖頭擺尾，氣喘吼叫，拍耳朵，還有著對大眼睛，銅牛也不吃青草，呆呆傻傻的，牛兒有趣多了！」

　　伶優仙子自言自語只是說著好玩兒，無上師卻接著說：「伶兒這主意不錯，等境界修復了，俺讓工匠們打造一個，至於這活生生的牛兒，俺找機會和百穀王商量商量……」

　　眾人一路上閒聊著，不久牛車轉進了山邊，飽食道糧洞府已在眼前。

　　老龍，老虎，金鷹及幾個兵勇在林蔭下等候著，無上師和小龍他們三人走進了洞府，欲向混沌老道問安。一進山洞，卻只見空蕩蕩一座大山洞裡，只有一個道僮正在打掃清理著。看那背影，似乎眼熟。

　　無上師乾咳了一聲，向這道僮搭訕：「小兄弟，能不能請你向混沌道長通報一聲，就說酒精靈界來人向老道長請安！」

孕化石盒　又現帝師

那道僮停下手邊工作回道：「這位前輩，唉呀，您可就是上回曾經來過的無上師？可真不巧，老道長今日領著一班同道入山靈修去了，只怕要三五天後才回來！各位既然來了，就請進來喝杯茶水略事休息吧！」看這道僮面容，果真是青楓小道。

無上師聽他一說，摸了摸自己的大把鬍子，眼睛朝著洞內四處瞧瞧：「這樣啊！確實還真是不巧，本來還有事情向他老人家請教的……」未及說完，無上師突然轉身出手，疾如迅雷，左右兩手擒拿襲向青楓小道，卻叫青楓小道幾個彎腰旋身，堪堪避過！

一旁小龍及大魯蛇看這突發場面，雖一時尚不明白緣故，卻也立即身形電閃急竄，三人將這青楓小道圍在中間。

只見青楓小道扔了手上掃把，眼神冷厲，說道：「酒精靈界來人果然眼光不弱，一眼便看穿了在下手腳！」

無上師臉色陡然一變：「青楓小道，上次來時俺便見你眼神閃爍，行止鬼鬼祟祟，俺猜想你肯定不是個規規矩矩的人。今日一進這洞中，發現這兒安靜得連隻蟑螂走動都聽得清楚。現在這山洞裡，少說也有幾十人的呼吸喘氣，還有那老人家的咳嗽聲音，你當俺是個耳聾的嗎？不只這樣，你還當俺鼻子不靈，聞不出來這裡面充滿了火油火酒的氣味？說！混沌老道人在那兒？」

只見這青楓小道雙掌互擊兩聲，便見混沌老道身上被人綑綁著繩索，從側面石室中被兩個黑衣少年押解出來，隨後幾個壯漢亦魚貫而出，逕自列隊堵住了山洞口。

混沌老道一出石室，便是開口痛罵：「青楓小子，你也不想

孕化石盒　又現帝師

想師伯一向待你如何，今日卻來害我！」

　　混沌老道又點頭招呼無上師，嘆了口氣：「師門不幸，出了叛徒，這小子在果子和茶水裡下藥，才將我們都拿了！」

　　無上師見混沌老道落在叛徒手中，安慰他道：「前輩請放心，您這徒侄雖是武藝不弱，心思機敏，卻也不是無法治他。晚輩只是不明白，他心中所圖的到底是什麼？」

　　那青楓小道答道：「也沒什麼可圖謀的，我要的，只是您外面車上那三個老酒罈子，我老闆是個收骨董的，他對那些古樸老色物件，是朝思暮想的喜愛，連同那一駕銅牛車，您開個價，他全都要了！」

　　無上師瞧了瞧眼前的情勢，口中說道：「買賣不成仁義在，你犯不著押了自家人來與人談生意。還有上次來此，你那些同門的人不少啊，如今都到那兒去了？」

　　只見青楓小道別過臉去，也不答話。卻聽混沌老道說：「都像我一樣被綁成了麻花，全都在那大神桌後面躺著，此刻只怕還在呼呼大睡，真是一群沒用的東西！」

　　無上師搖了搖頭：「雖說人不為己天誅地滅，但這利字當頭便將那三綱五常，四維八德忘在一邊的，卻不只是凡人之中有人如此，修道者之中有人如此，連俺們這一向自命清高，只要有酒一切好說的酒精靈界也是出了叛徒，當真是人心不古世風日下呀！」

　　無上師又瞪了一眼青楓小道：「上回小溪邊那條大魚受傷的事，是不是你下的手？如果真是，那你的演技可就讓俺真心佩服了！」

孕化石盒　又現帝師

青楓小道頗有幾分自得，答道：「我只是起個頭，喊聲嘴，卻還不用親自動手！」

無上師說道：「小小年紀就有這般心機，你還真的是了不起啊！但也不知是不是胡吹大氣便要無風駛帆了……」

無上師邊說邊向小龍二人使個眼色，說才說完，他立即雙掌齊出，擊向押著混沌老道的兩個黑衣少年，再伸手一抄，將那混沌老道搶了過來，保護著他。

與此同時，小龍及大魯蛇也一左一右向著青楓小道出手，小龍拳掌連發猛擊青楓。青楓無處閃躲，奮力接掌，卻是連退三步，大魯蛇趁勢張開雙臂，青楓正巧跌進了他壯碩的懷抱中，大魯蛇雙臂猛一使力緊抱，青楓小道便痛暈了過去。

這一連串出擊，救人，推人，抓人，全在瞬間發生，似是雙方排練已久，駕輕就熟一氣呵成……

大魯蛇口說：「這小道友真不耐打，只輕輕一夾便痛昏了過去！」大魯蛇卻是不知自身三成虛空界主之力，在緊急慌張之中運使出來，這青楓小道沒被夾成肉餅，已可算是根底深厚了……

正當無上師等人才解了混沌老道之危時，卻忽聽大神桌後面一陣拍掌聲傳出。接著一人隨即走了出來：「果然精彩，不僅無上師厲害，這兩個後生小輩也是身手不凡，怪不得上次偷襲大帝師時，我會栽在這兩個小娃兒手下！」

只見這人正是送子鳥大人，他將手上的火把點燃起來，在暗處光影閃爍之中，送子鳥的臉色看來有些陰森可怕。

無上師在此時此地見到送子鳥的出現，已不特別感到意外：

孕化石盒　又現帝師

「送子鳥，如果沒猜錯，上次涇河龍族找俺的麻煩，這次青楓小道的背叛師門，八成都是你搞的鬼！俺眞是不懂，爲什麼你會變成這模樣？難道大夥兒對你不好？酒精靈界有誰對不住你？事情非得弄到如此無法挽回不可收拾？」

只見送子鳥搖搖頭：「沒有人對不住我，會弄到今日這地步，全要怪我自己經受不住人界的迷惑。先是財物，再是美色。等到我入其圈套，難以自拔時，一切都太慢了。他們抓了我美艷的妻子，威脅要毀了她的容貌。還抓了我的孩子，威脅要下手殺他，我能不乖乖聽話嗎？」

無上師恍然大悟：「原來如此，只因爲他們要毀你妻子容貌，剝了你的小鳥……小送子鳥，你便乖乖聽話，任他們差遣，也全不問是非，不顧同是酒界精靈的情誼？你當眞是個好丈夫，好父親呀！」

只見送子鳥臉色一沉，說道：「各有各的難處，如今已經沒有我回頭的路了。數百年來，我千萬里路爲了酒精靈界，大半生涯忙著到人界散布酒蟲。如今好不容易自己有了子嗣，便說什麼也不能讓他受到傷害。我要的只是三個老酒罈和一駕銅牛車，來換我的愛妻與幼子……要是不能如願，我心灰意冷，精神耗弱，手上火把一不小心掉落，那在神殿後面這些勤修苦練多年的山中精怪，只怕片刻就要燒成灰燼！」送子鳥不只聲音顫抖，他的手也在顫抖，看來當眞是十分激動！

無上師語氣不悅：「送子鳥！你竟然膽敢威脅俺老張？還有，不管目的爲何，你都不該傷害飽食道糧的人！」

「不敢，只是你的心地仁慈好商量，我情非得已別無他法！

孕化石盒　又現帝師

再說，就算你們過得了這關，後面還有重重險阻。我勸你還是留下酒罈與牛車，趁早回頭，免去往後的傷亡！」送子鳥這話想來不是隨便說說。

「好個送子鳥，你是說俺胸無城府心思單純，俺也要勸勸你，多積些陰德給你那隻小送子鳥！人不能完全不講是非善惡呀！」無上師嘴上說著，內心在計算著該如何出手解這危局。奈何眾人距離送子鳥委實太遠，身手再快，也是很難安全地搶下他手中的火把。萬一失手，不慎讓送子鳥丟下火把，這幾十個潛心修習的山精水怪們，恐怕便要死傷慘重了。一隻平日替人指引明路的尋常火把，如今竟變成了讓人為難頭疼的大問題，這與拿著火把的送子鳥本人情況相似，這昔日的好夥伴，今日卻成了難纏的敵人，世事果真多變！這點著的火把終究只是隻單純的火把，但這人心卻不是永遠不變的人心！

正在無上師拿不定主意應付眼前困局時，突然山洞門口傳來幾聲悶響，守著洞門的幾個壯漢，先後摔跌了進來。隨即一道迅疾無比的金色光影直奔送子鳥，同時出掌襲擊。此時送子鳥手中的火把，也並未像他所說的不小心掉落，反而以之做為兵器迎向來人。小龍及大魯蛇見機不可失，身形急動將個送子鳥圍住。

原來那道金色光影正是金鷹將軍。他也正要向混沌老道問安，卻被洞口的幾個漢子攔下，一時起了衝突，竟介入了送子鳥事端。

送子鳥估算眼前情況不利自己，虛應幾招之後，便將手中火把向著神桌後面拋擲，同時身形急動，飛身向著洞口逃竄而

孕化石盒　又現帝師

出，卻在牛車近旁又遭遇了龍虎二公，各自對了一掌後，便立即逃逸無蹤。幾個少壯也隨之退走，地上昏死的青楓小道，也不知已在何時遁逃而去……

當送子鳥扔出火把時，小龍及大魯蛇同時飛身躍起，搶接火把。小龍身形略小，快了一步接住火把。看這火把即將落地之處卻已在神桌後面，若再差池分毫，地上這一群身沾火油，睡在幾缸火酒旁邊的精怪們，只怕已經陷身火海，當真是危險已極！

眾人對送子鳥的為求脫身，不惜真想讓這幾十條無辜的性命就此犧牲，均感到不可思議。此外，就算他的頂頭上司真要搶奪附近山頭，也不該行此殘忍手段，意圖焚殺在此修練的眾精怪們。可見他們這些人是如何的心地極惡，手段凶狠了！眾人痛罵之聲不止！

龍虎二公深怕敵人去而復返，仍在牛車上守衛著酒罈。

眾人七手八腳，將神桌後面一群山精水怪們盡數救醒。眾精怪既已清醒，在向無上師眾人連連道謝之後，各自忙著清理身上火油去了。

混沌老道再次向無上師眾人稱謝，若不是無上師等人適時趕到，飽食道糧今日必是在劫難逃了！

無上師卻說：「只怕是晚輩們連累了前輩眾人才是，如不是衝著俺們來的，諸位在此世外清修，與人無爭，如何會惹來這一番風波？俺猜想不透的是，他們如何算出俺們必定到此拜訪前輩？而早一步布下此局為難眾人？」

那混沌老道點點頭：「這些人圖謀附近山頭已久，此番當真

孕化石盒　又現帝師

是狠下心來了，他們竟連下藥迷昏，意圖焚燒奪命的事都幹得出來，看來當真是要滅我飽食道糧一脈了！此外，無上師的疑問自是有理，這些人應該不會偏巧就選在此時動手，既然已經出手了，恐怕還會有其他兇殘的手段等著大家，唉……只是消息如何洩漏，卻是不易查明！」

大魯蛇此時開口說話：「人界素有各種奇巧法門，我可再用心細察一番，如有線索再向各位提醒！」

無上師說道：「那就有勞小兄弟了！」無上師接著又向混沌老道說：「前輩，本境主大帝師尚有一事讓俺向您請教，是關於浩然酒氣那回事。他還有些弄不明白，求您費神指點！」

那混沌老道聽了浩然酒氣四字，先是一愣，半晌不語，片刻之後才慎重地說道：「關於這一個重要枝節，恐怕我得和他當面探討，你們只管快些前往地界酒泉取得先天酒氣。這一兩天我會上酒精靈界一趟……只是離開幾百年了，不知那些會抓人的妖怪老樹，是不是還記得我的氣味？」

伶優仙子和小龍一聽那會抓人的樹，兩人幾乎同時脫口而出：「狗鼻子樹？」

混沌老道一聽什麼狗鼻子樹，又是一愣，繼而會心一笑：「原來你們叫他做狗鼻子樹，俗了點，倒也真是貼切……記得當年我們稱他是不動將軍的，他只是不到處走，卻還是會動，狗鼻子樹好，哈哈……」

無上師眾人收拾停當，便在牛車上隨意用餐。

伶優仙子似乎食不下嚥，語重心長地對著小龍說道：「如果有一天，我也像送子鳥夫人那樣被壞人抓了，用來要脅於你，

孕化石盒　又現帝師

甚至要你變節背叛朋友，你會怎麼做？」

小龍正吃得起勁，被伶優仙子一番問話，又瞧她一臉正經，不知如何答腔，只好敷衍：「妳心思細密，年少體健，武藝又高，誰有本事抓得住妳？」

伶優仙子聽了這話，依舊不肯就此罷休，便再追問：「那如果我老了，力不從心，粗心大意被人抓了又將如何？」

小龍聽她又說，隨口回以：「妳人老珠黃，滿頭白髮，雙眼無神，滿口牙齒崩落，誰還會想著費心抓妳呀？」

伶優仙子一聽，氣得粉臉通紅：「臭小龍，你們男人沒一個有真良心，好心腸！」說罷，即拳掌交加，花拳繡腿全往小龍臂上腿上招呼。眾人吃飯看戲莫不會心莞爾。

小龍好生無辜：「是妳自己要杞人憂天，沒事找耽心呀！」嘴上無奈，心上卻是好不陶然，口中雖只是粗糧開水，卻似嚼著山珍海味，蜂蜜瓊漿……

過午之後，眾人在林蔭下歇息。

小龍及大魯蛇在一塊大石上閉目養神，不久，小龍聽見大魯蛇喊他：「小龍，記不記得我曾說過在虛空境界山洞中的經歷？」

小龍睜開眼睛瞧他：「你是說，曾被人帶去檢查什麼腦波的那件事嗎？」

大魯蛇說：「沒錯，自從離開那兒，有時候，我總覺得思緒似乎常會受到干擾，不如往常流暢！」

小龍想了想，說道：「會不會是虛空界主曾經借用你的軀體，除了留下他三成功力之外，還有別的？」

孕化石盒　又現帝師

大魯蛇說：「不像！虛空界主所留功力的影響，只在氣血運行，只在對敵出擊時會幫忙我，除了我想運用，他在我的神靈意識方面不會滋生干擾。我在懷疑是不是那膽大包天集團執行長為我檢查時，趁我昏睡中，在我身上動了什麼手腳？」

小龍說：「這可就不好說了，難不成你懷疑我們的行蹤屢次洩漏，與此事有關？」

「不無可能，只不過大凡是想在他人血肉之軀，裝上那定位發報傳訊之物，要做到被放置的人一無所知，毫無察覺，卻也不易。在人界，一些能偵知大小強弱信號的設備隨手可得，只可惜此時我的手上並無如此物件！」大魯蛇說。

小龍搔搔頭：「那該如何是好？」

大魯蛇說：「方才我想了想，如果善用你的閃電之力幫忙，也許可尋得其藏放之地！」

小龍問道：「如何幫忙？」

於是大魯蛇便要小龍，在雙掌上昇起微弱而穩定電力，在大魯蛇周身上下四處探查。大魯蛇則藉著感電之瞬間增減，以斷其可能所在。此法也許可行，但對兩人均是不易的課題，卻也正是修習之機。

小龍說：「我盡力而為，如不小心電擊了你，可別怪我！」

於是小龍掌上微生電氣，平緩而穩定地，在大魯蛇四肢及胸腹近處來回掃動。大魯蛇則閉目仰躺於大石之上，神靈意識專注感其電氣之起伏。

終於在腹結與大橫穴之間，最是鈍感之地，發覺有異：「八成在此！」大魯蛇說。

孕化石盒　又現帝師

「看來沒錯！」小龍也說：「處理得絲毫不見破綻與疤痕，更未見突起，原來隱藏在你這三寸肥油之中，大魯蛇，你之前可真能吃喝呀！」

「沒辦法，一則被電腦綁架，一則被零嘴與速食所害。如果可以，多割些肥油一道取下……」大魯蛇不知是否說真的。

於是小龍向伶優仙子借取短劍，小龍手中接過這短劍時，心神竟是一瞬跌入回憶之中，而與伶優仙子眼神不期然的相遇，又讓小龍幾乎分心失神！這把短劍，曾聯繫著兩人在洞庭龍宮之中銘心刻骨的那段過往……

「小龍你行不行啊？」大魯蛇問。

「你放心吧！，你這大肥油肚子，就算不小心讓我割開一道大排水溝來，也不會有事的！」小龍回過神來答道。於是拿了高酒度酒液，清潔了鋒刃與肚皮之後輕輕劃下，皮肉之下，肥脂之中。果見一長不及寸，細不及箸，兩端圓滑，外覆軟膠，內藏金屬小管之物。見到這小物，小龍與大魯蛇心中，對於敵方來歷自然也就更加清楚幾分了。

小龍順勢手指一夾，將之取出：「原來是此物作怪，讓我運指將它捏碎！」

「且慢！」老龍出言阻止：「留下它，或有所用」

「也對！」於是清理之後將它交與大魯蛇收存。

伶優仙子取了針線燒酒，刀創藥粉，替大魯蛇縫合傷口。只是那傷口除了肥油，幾乎不見血水，怪不得被放置此物多時，大魯蛇仍然未有所覺。雖說此物細微難察，卻也是大魯蛇這滿腹肥油隨處可藏的緣故……

孕化石盒　又現帝師

　　眾人候至日將昏黃時刻，金鷹向無上師說：「這虎豹護法護
送龍王公子直奔洞庭，就算小有耽擱，算算時間，也早該來到
此地與我們會合才是，莫非他們半路上遇到了什麼麻煩事情？」

　　無上師說道：「若依送子鳥所言，這也不無可能！」

　　虎公卻說得輕鬆：「凡事別盡往那壞處去想，也許洞庭龍王
爲了答謝他們一路護送的辛勞，辦了桌好吃好喝的請客，他們
多耽誤了些時候也是人之常情！」

　　「但願如此！」無上師臉上掛著一絲憂慮地說。

孕化石盒　又現帝師

地界酒泉　陰差陽錯

　　正當他們費心猜疑的時候，只見空中出現了一點映照著夕陽的金色光影，向著他們火速奔來，原來正是小酒缸他們的銅牛車駕前來會合。

　　眾人一見這幾個前來的夥伴們，略感詫異。原來他們各個都灰頭土臉鼻青臉腫。要只說他們是風塵僕僕，卻還真是有幾分不像！

　　無上師說：「小酒缸，虎子，豹子，怎麼你們看來全都有些灰頭土臉的？是不是打過架啦？」

　　小酒缸氣呼呼地說：「是打過架了，碰上的是麻煩對手，難怪大酒缸不久前才說，他的對手有些似曾相識的感覺，卻原來是……」於是小酒缸將他們往來洞庭湖之行的遭遇，說與眾人知曉。語氣之中猶難掩著與敵人交戰時的高昂情緒……

　　原來，小酒缸他們一路直下洞庭龍宮，送回龍王公子，與洞庭老龍寒暄片刻之後即調轉車駕，向著涇河方向疾駛而來。一路上山青水綠，萬里無雲，卻在他們離開洞庭龍宮不久，前方竟無端突現一團雲霧阻住去向。

　　小酒缸說：「眾人小心，前方這團雲霧來得怪異，恐怕並不單純！」

　　虎豹護法稱是，便將車駕向上飛馳。但那團雲霧卻像瞬間長高了一樣，銅牛車駕一時閃避不及，便一路撞進了雲霧之中。

地界酒泉　陰差陽錯

不久，在車駕前方響起了幾聲雷爆。隨著便是煙硝氣味迎面而來。隨著雷爆之後，緊接著車駕又在瞬間撞上了逆向而來的強烈暴風，前進之勢瞬間受阻。

此時一個洪亮聲音傳來：「你們急急趕路，要去哪裡啊？」

接著又是一道夾雜著水花的狂暴氣流，向著車駕衝擊而來，眾人幾乎要被沖下車駕。

小酒缸立時發出宏大一掌擊散氣流，同時口說：「既然知道小爺正在趕路，那就快快讓開！」

只見水花散落，雲霧消失，眾人眼前卻出現了一個全身金色光芒閃耀的怪人，在那怪人背後，十來個黑衣壯漢一字排開，攔住了銅牛車駕的去路。

那金色怪人示意一個黑衣漢子出來說話，那黑衣漢子說道：「異境車駕，好大膽子，光天化日之下竟敢毫無掩飾遮蔽，如此目空一切在人界橫衝直撞，當真以為凡人界中，盡都是軟弱可欺之輩嗎？」

此時小酒缸神靈意識之中，一個強烈感覺在提醒著他，眼前金色怪人惹他不得，快快離開才是上策！偏偏小酒缸膽氣不小，且正是初生之犢好鬥好勝之時，哪裡服得？他面向著金色怪人，說道：「我看閣下也不是什麼血肉之軀，平凡人角色，勞師動眾半途攔阻，所為何來？」

「留下車，你離開，辦你的事，不會讓我，好好搶奪……」那金色怪人斷續著說道。還好，雖在慌亂之中，小酒缸還聽得出金色怪人的意思。

此時小酒缸想起離境之前，大帝師曾提及，敵人可能也會

搶奪銅牛車駕一事，果然遭遇上了。於是他向虎豹眾人吩咐幾聲：「等會兒我先探探這金色怪人的能耐，沒我吩咐，你們不用出手助我。看好車駕，必要時趁機先行離開，速與無上師會合，我隨後便到！」

小酒缸吩咐完了，面向金色怪人：「你說留下車駕，我便要照辦，那將來我要如何面對我的夥伴們？想要這車駕，你得拿出真本事來！」

金色怪人口說：「不知死活，不會，要怪我！」說完隨即出拳襲擊小酒缸。小酒缸也毫不退讓，一時你來我往打了起來。交手過招幾個回合，兩人出手又快又猛，難分高下。

又鬥了片刻，金人向後跳開，開口一句：「刀來！」一名手下拋出一把長刀。金人接過長刀，取下刀鞘。但見那刀，刃長四尺上下，刀鋒寒光閃耀。那金人示意奉上長刀的手下說話：「刀厲害，你說，他怕！」意思是你將長刀的利害本事向他說個明白，嚇死他！

只見那漢子踏前一步，說道：「我們領頭的讓我告訴你，他手上這把長刀的來歷與利害本事，希望你明白之後，乖乖認輸，不必再戰⋯⋯」

「只不過是一把刀，小爺我還不將它放在眼裡。它有什麼特殊之處，你且說來聽聽！」小酒缸說。

那漢子說道：「不知者不怕，這把刀叫做百靈血刃⋯⋯」

「名字倒是取得響亮，說說它的來歷！該不是和百靈鳥有什麼相關，又或者此刀已經屠殺過百人以上？」小酒缸問。

那漢子回答道：「倒不是和百靈鳥有什麼相關，也從沒殺過

地界酒泉　陰差陽錯

人，只不過它是以天外飛來的珍貴隕鐵，加上研究單位所回收，用來存取數百種生靈之血的針頭，經過千錘百鍊打造而成，專門用來對付你們這些山精水怪等等特別的物種，它會叫你們煙消雲散，死得徹底……」

小酒缸聽完，心中還當真升起了一股寒意，這沾染了數百種生靈之血的長刀，不管其威力如何，光聽，就覺得邪門，倒真的不能不小心以對。

小酒缸不敢大意，隨即在銅牛車上取了條黑鐵棍子，長約七尺。他雙手持棍，向著左右方向各一點撥。尋到雙手最稱妥適的持棍位置，也不再說話，便正面向著金人，一棍劈下，手中長棍由上而下破空有聲！

那金人似乎想試探黑色鐵棍軟硬，也不避讓，舉刀相迎。刀棍交擊，只見星火四濺夾著鏗鏘巨響，長刀不見缺損，鐵棍也未見損傷。

於是兩人各使手段，攻防進退，互不相讓。如此幾個回合，兵器之爭也是未見勝負。只在一番較量之後，兩人身上各自多了幾個傷口，卻是全都未見血紅，這二人奇特的體質，實在也是大大異於常人與尋常一般的血肉精靈之軀。

二人相鬥至激烈處，小酒缸忽然隱約看見，不知何時對方竟多出了兩個生得一樣的金色怪人加入戰團，且恍惚之間，似見三個金人，又在一瞬之間合而為一。

小酒缸自問：「難道是我眼花？」

自小酒缸看到那三個金人合一之後，發覺金人外形已變，似是變得高大閃亮一些。幾個曾經參與雷峰塔之役的兵勇，此

時大聲高喊：「小酒缸當心！他是虛空戰將大金人！他又出現了！」原來大金人竟又在此重現！

大金人此時將利刀隨手一插留在地上，騰出雙手。小酒缸見他空手，便鐵棍橫斜，向著大金人當頭劈下。那大金人將頭一偏，避過了鐵棍，同時雙手一探，抓住棍頭。與小酒缸各執黑鐵棍的一端，互比蠻力，看誰的下盤及腰背之力強大穩固一些。

此種較量方式，比之空手拳腳及兵刃相見，大異其趣。比的是軟硬內外修為，取不得巧，無從閃避更不能鬆手，對手實力如何，透過鐵棍便能探知個大概。

較量片刻之後，小酒缸發覺，對手真是力大無窮，手中鐵棍變得重逾萬鈞。與之相較，勢如蜻蜓之撼大樹。不僅如此，小酒缸很快竟覺得手中鐵棍似乎熱過炭火，一根熟鐵棍，由黑色轉紅，當真是鐵棍熟了。兩人更加使力，一根燒紅的鐵棍子，便硬生生被蠻力瞬間拉扯，來不及伸長便已斷成兩截。

大金人將手中半截鐵棍拋棄，小酒缸也將鐵棍丟下。大金人在拋下鐵棍後，雙掌提氣運勁：「接我一掌！」隨之一股剛猛掌氣，排山倒海地壓向小酒缸。小酒缸氣貫雙掌硬是接下，卻是略遜一籌，被震退了數步。

眼看同伴敗象漸露，虎豹二護法及十幾個酒界兵勇便加入戰鬥。對方人馬也紛紛加入戰團，各尋對手廝殺開來。大金人一方志在奪物，小酒缸一邊除了要護住車駕，尚與無上師有會合之約，須求速戰。

小酒缸雖有虎豹護法二人相助，對付起大金人卻也無法在

地界酒泉　陰差陽錯

片刻之間取勝。不得已只能先想法子困住他以求脫身。於是小酒缸運行起他那得自孕化石盒之異能，手上瞬間出現了幾個光球，隨意轟擊對手壯漢。只見幾個黑衣人與光球相觸，便似身遭雷擊，周身焦黑皮開肉綻，立即倒地哀號。

　　小酒缸向酒界眾人大呼一聲：「咱們快些走吧！」同時雙手張開，手上又現出青紅白綠黃紫各色幾個光球，對著金人轟擊而出。只見這幾個光球便將大金人困住。幾個光球圍住大金人載浮載沉地環繞飄飛。大金人不敢造次，即刻氣運周身不使光球逼身碰觸。

　　小酒缸趁著大金人遲疑片刻之間，隨手拿取了百靈血刃：「你毀我鐵棍，我拿你長刀，這筆帳就算相抵！」

　　大金人憤怒已極，卻也不敢移動：「你混帳，你亂算帳……」

　　小酒缸眾人趁此機會，急駕銅牛車，一路奔向涇河。

　　戰場之上，大約半刻之後，困住大金人的幾顆光球，在其眼前一陣亮閃，便即消失無蹤……

　　無上師聽小酒缸說完，心中對怪異金人的來歷似有幾分掌握，便吩咐眾人：「如此看來，這奇異金色怪人，和之前虛空境界大金人不無關係，如果他真是取自大金人的神靈意識所造，其能耐便不可小看。之前俺與大酒缸聯手，都無法徹底摧毀他，眾人日後獨自遭遇此人，能避則避，不必拼命硬碰！」他轉向小酒缸又說：「你拿了他的兵器，他必然不肯輕易作罷，你得隨時留心……話說這邪門兵器，不用也罷，你有自信駕馭這把什麼百靈血刃嗎？」

　　小酒缸不假思索，立刻回道：「兵器便是兵器，只分強弱，

不分正邪，但看何人所用。用來對付的如是善良百姓，正人君子，那便是邪惡之器。如是落到歹人手上，用來作奸犯科的，雖是湛盧，純鉤，勝邪之屬，何以言正？」

無上師聽他之言，似乎也認為不無道理，而這樣的兵刃拿在自家人手裡，總好過落在強大的敵人手上。至於其來路，似乎也沒必要太過計較！

若依送子鳥所言，此去地界酒泉，必然尚有險阻。眾人如在入夜之後行動雖較隱蔽，但是凡人的科技配備無奇不有，要在夜間清晰視物，絕非難事。而此去酒泉路徑，多在山邊林下，若是白天行走，於此生疏路途反倒是利多於弊。另外，金鷹提議，將取自大魯蛇身上的定位之器，拿到對岸遠處，隨意黏附於野地小獸身上，也可權做擾亂之用。

計議妥當，眾人便在銅牛車駕上安睡養神。

這銅牛車駕雖在燥熱夜晚的野地之上，卻是蚊蟲不擾，熱氣不侵。一夜裡也無敵蹤，眾人賺得一宿好眠。

次日天色未明，金鷹便飛向對岸，尋了一隻野犬，將那定位之器黏附完成隨即飛回。眾人便啟程往尋地界酒泉。

一早，林下清涼，空氣清新潔淨，耳邊時有獸聲鳥鳴。

眾人依著圖示而行，離開飽食道糧所在，沿著涇河岸邊，過了幾個山頭，遇到一條山溪，轉而沿著山溪入山。

初時，溪岸尚有行車路徑，不久之後山路漸縮，最終只供人行。大家看看四下無人，便要駕車兵勇讓那車駕騰空而起，沿著溪岸飄飛前進。幾個轉彎曲折，入耳水聲漸大，似有水瀑激潭之聲。

地界酒泉　陰差陽錯

　　果然再行不遠，見一道水瀑高約數丈，寬才幾尺，自山腰落下。水花混著水霧冰涼宜人。

　　水潭邊一個山洞，青苔被覆，藤蔓垂掛。對照圖紙，此洞便是地界酒泉入口之地。眾人將車駕停駐潭邊空地。取了三個老酒罈。小酒缸及虎豹護法留在水潭邊看守，保護車駕。無上師眾人則帶著酒罈進入洞中。金鷹帶著兩個手下，來回奔走聯繫內外。

　　無上師眾人進入洞口，見此洞實是一條坑道，分不出是天然或者是人工鑿成。坑道時寬時窄，腳下一條細流沿著坑壁流出洞外。眾人愈向內走，愈覺黑暗，終至伸手不見五指。

　　小龍，大魯蛇手持火把燈具走在前端。

　　初進坑道時猶有蝙蝠，幾隻飛鳥受到驚擾飛出，幾個曲折彎轉之後，除了微微涼風迎面，除了偶然水滴滴落，便無餘物。再行不久四周及岩石地面已漸乾燥，惟習習涼風依舊，且愈深入愈感陰涼。又走過一段尖銳碎石地面之後。兩側石壁似較狹窄。過此之後，便往下蜿蜒，眾人小心翼翼地放慢了步子。

　　又不知走了多久，過了幾個彎折，卻見一道石壁橫在眾人眼前。路徑在此向著左右一分為二。小龍及大魯蛇停下腳步，看看眾人該往何處行走。

　　二人站定時候，忽然隱約耳聞極細微的，斷斷續續的女人哭泣聲，夾著風號聲，來自右側遠處。小龍側耳細聽，卻感到哭聲隨之低抑，終至停止。

　　小龍好奇地向前走了數步，此聲音又起，且原來的徐徐涼風，瞬間感覺冰冷，小龍不敢造次，退回腳步。卻隱約聽見那

地界酒泉　陰差陽錯

本來的哭聲，變成了似帶輕蔑的連續笑聲。

　　小龍反轉方向朝著左側試探。才走數步，耳中卻傳來極幽遠處，有著鐵鍊拖地聲音及像是壯漢的哀嚎，嘶吼，叫罵，狂笑聲。小龍再前行數步，卻感覺火燥熱風迎面而來，且隨著腳步前行，愈感燥熱難當，便又退回原地。兩人面面相覷不搭一語。

　　此時無上師眾人亦已來到。

　　小龍便將方才兩側奇怪聲音，及冷熱異象說與無上師知曉。無上師略一沉吟便取了圖紙，就著燭火及燈具光線，用心將路徑比對了起來：「按圖紙所記，前方原有三個岔路，左右各一，前行的這一條路，此時卻只見一堵石壁，當真是怪了！」便與龍虎二公及隨後而來的金鷹，一起研究探討起來。

　　金鷹左右來回探查後：「真如小龍所言，往左極熱，往右極冷，看來應是圖紙所記，所謂陰陽交會之地。但這第三條直行路途……」金鷹便在前面石壁上仔細地瞧了又瞧，且不時以雙手試探觸摸壁面，然後說道：「看來眼前這道石壁是後來才加上去的，只是看這石縫細微老舊，已經頗有年代！」

　　無上師聽金鷹一說：「果然還是鷹眼銳利，瞧出了端倪。既然不是天然障蔽，俺且試他一試，能不能再次開通，你們且退開！」

　　無上師說完，雙掌便貼住石壁單側邊角企圖推而轉之，運氣提勁之後，往前一推，口中大喝一聲：「開！」

　　卻是一陣地動山搖，石壁上方幾個細碎石片應聲掉落。震動未止，這堵石壁似乎稍有移動。

地界酒泉　陰差陽錯

　　無上師待要再行提氣運勁，更增氣力推動石壁時，眾人耳中卻聽聞壯漢的粗嗓子怒吼，及女人家的高聲尖叫同時由左右傳來：「何方妖孽精怪，敢在此地放肆！」

　　隨即看見左邊來了一個，披頭散髮臉色慘白，腳上拖著條粗鐵鍊條的女子。右邊則來了一個武勇壯漢，他的身上垂掛著粗大長鐵鍊。正怒目圓睜盯視著眾人。

　　小龍心想，方才聽其聲音分明是女右男左，此刻眼前卻是粗壯漢子從右方而來，瘦削女子則來自左側。

　　只見那披髮之女又是大喝：「還不快停手，你想讓這坑洞崩塌不成！」卻是男子的粗糙嗓音。

　　此時那壯漢臉上怒容略減，開口說道：「妹子，你這嘶吼聲只怕要嚇著人家，且讓我來問問他們吧！」卻是尖聲細調，十足分明的婦人聲音。這二人的性別與聲音全不搭調，讓人聽了昏頭轉向。

　　只見他向著無上師問道：「你這大老粗，一來此地不由分說，便使勁推動石壁，你是不是不想活了，也不怕坑洞塌了要將大夥兒活埋？」

　　無上師向他一拱手：「俺酒精靈界老張，正想前往地界酒泉，取些水酒回去酒界救命之用！不知二位尊號大名？」

　　「是何名號不重要！我兩個非人非鬼，玉皇天子管不著，地界天子不想管，人界天子不敢管，受那混沌老頭所託，在此地看守以正陰陽，不知過了多少年歲。長久以來未見生人，你們這可是頭一遭，哪知你們卻是精怪之屬，除了那個白白胖胖的……」他的眼神望向了大魯蛇，大魯蛇一時渾身不自在地打

了個冷顫……

那人又說：「你們要找的地界酒泉就在這石壁後面，要我打開石壁也是不難，或者你打贏我們，或者叫那白白胖胖，結結實實的血肉凡人，讓我二人各自痛快地咬上一口也行！」

無上師皺皺眉頭：「二位這不是為難俺們嗎？」

只見那壯漢又說：「不然閣下以為先天酒氣是尋常水酒，說拿便拿的嗎？我看你倒有幾分蠻力，可以陪我們練練拳腳，鬆鬆筋骨！」

那人說完，立即與另一人，一左一右同時向無上師發掌襲擊。

無上師口中說道：「打就打，在此裝神弄鬼，俺老張就怕了你們嗎？」雙掌齊揚，以一敵二。卻在接掌之際，心中一驚，蓋壯漢的掌氣熱似炭火，那女人的掌氣卻夾帶冰霜冷勁！

無上師正心想不妙，暗自心驚時，左右來襲的兩道掌氣，卻立刻冷熱互換，如此時左時右交換襲擊，無上師料想不到有此一招，不由得冷汗熱汗胡亂在他臉上奔竄……

觀戰眾人看得心驚，小龍向大魯蛇說了句：「一起上，不然他們要吃了你！」

兩人此刻顧不得什麼交手規矩，便各使掌力，一人一邊，分別襲擊壯漢與女人。小龍二人才一接掌，卻似是掌擊在那巨大鐵塊之上，且震盪回擊之力強大，生平未遇，此外這鐵塊時而至熱，時而極冷且其掌力似已控制住二人運氣走向，氣息的正反運行竟隨之流動，小龍二人氣血時而將要沸騰，時而接近冰凍，如此冷熱互換，正反衝擊著二人的四肢百骸，五臟六腑。

地界酒泉　陰差陽錯

小龍二人及無上師此刻全身已是熱痛冷麻奇癢難當，苦不堪言！但各人氣血運行，卻仍在其間順逆來回，不知已經過了幾遭。

交手之餘，那壯漢口中還說著風涼話：「先將這兩個娃兒熱烤，等會兒香嫩好吃！」

「才不要，冰涼的生吃喝血才新鮮過癮！」那女人家粗聲大喊著。

旁觀老龍看勢頭不妙，向虎公使個臉色，二人化成龍虎之形，老龍張開血盆大口正對著壯漢臉面；老虎也同時對著那女人家發難！

老龍大聲喝道：「還不乖乖就範，我先一口吃了你！」

只見二人聞此，瞬化一道閃光，眾人只覺眼前金光一瞬明滅，卻見此二人已在丈餘之外站定，臉色輕鬆自若。

那披髮女子揶揄道：「真是暢快！讓這些老的，小的陪咱們洗了趟三溫暖，嘻嘻……」

此時酒界眾人驚魂甫定，卻聞到一陣燃燒松針及柏楠的香煙氣味，自坑道外面方向飄來。隨即一團明光忽現，亮光中一人像極了飽食道糧的混沌道者。人未到，洪亮聲音已至：「陰差，陽錯，你二人不得無禮，時刻已到，還不快快打開石壁？」

他才一站定，便向眾人一揖：「他二人許久未見生人，不懂禮數，甚莫怪罪！」

無上師說：「不會，他二人十分盡責，在此看守得非常嚴密！」

此時那壯漢又說道：「什麼陰差陽錯呀？老哥哥你才真是顛

倒是非，黑白不分的人呢！我二人生就如此，那兒差了？那兒錯了？」聲音尖細，如非眼見，還將以為，是個紅顏弱女子使嬌弄嗔的不平之鳴。

老道人回以：「說得沒錯，看來這長時間冰冷火熱的熬練，也難讓你們一時改變回來！師兄讓你二人在此陰陽交界之地看守，便是期望著人鬼殊途各安其地，但當今人界卻早已是人鬼雜處，陰陽莫辨，多的是人說鬼話，鬼作人樣，當真是何其亂哉！」

那壯漢說道：「這可怪不得我們呀！人界地界互通之路，早就所在多有，豈止在此一地？當初要我們駐守此地，要緊的可也是石壁後面的那些先天酒氣……如今，這些不知來自何處的精怪想去取酒也可以，快叫那結結實實，白白胖胖的小娃兒，先讓我咬上兩口解解饞，便放他們進去！」他那貪饞眼神又望著大魯蛇，目不轉睛狠狠地瞧著。

大魯蛇經歷方才一番交手，深知眼前兩人的修為根底，咬人吃肉絕非難事，不由得心生恐懼！

老道者又說：「別嚇著他們了，大不了讓他們多帶壺酒出來，讓那胖娃兒在酒裡面滴上兩滴鮮血，送與你喝便是！」

壯漢及女子眼睛一亮：「這才差不多！但是我才不稀罕裡面的什麼先天酒水，我現在就要喝，嘻嘻……」說罷，兩人竟當真各自打從懷中取出酒來，遞給老道者。

老道者向大魯蛇說道：「你看如何？」

大魯蛇心想：「流幾滴血，總好過被咬幾塊肉！」立即連連點頭，向金鷹借了短刀，在手指上一劃，各在每瓶酒中滴上鮮

地界酒泉　陰差陽錯

血。

一旁老道人直搖頭：「真是拿你二人沒辦法！」

只見那壯漢及女人一接過了酒，立刻旁若無人，嘴一張，頭一仰，血色酒液逕自入喉下肚。眼看酒沒了，那壯漢伸伸舌頭舔舔嘴邊，又伸手摸摸肚皮，口裡說道：「真暢快呀，這才像話，哈哈哈……」卻是聲音低沉渾厚，端端正正的粗嗓子。

眾人看了他在瞬間的變異，無不感到訝異。

那女人家喝完了酒，說道：「大哥呀！咱動手吧，喝人三滴鮮血，替人流些汗水也是應該的，這叫湧泉以報呀！」那聲音卻在頃刻間變得猶似童蒙少女，柔媚無比。

但見他二人各自取下了鐵鍊，兩端各在石壁之上尋了鐵鎖扣，勾連妥當，那壯漢又說：「那大鬍子大老粗，一出手便將石壁往裡面強推，也不知這道厚重石門卻是外寬內窄，給他這用力使勁一推，再要拉出，可得更加費勁了！」

無上師聽他一說，頗覺得不好意思，摸摸後腦勺說：「俺來幫忙拉它！」說完便要伸手去拉鐵鍊。

那女人卻說：「不敢勞煩，我深怕您一個出力，拉斷鐵鍊不說，這四點出力不均，萬一卡住，只怕又要更加多費力氣了！」

說罷，兩人肩上掛起鐵鍊，擺上架勢緩緩地拉動巨大石門。大石門在他二人協力之下，平緩移出，果然是十分厚重，也確如壯漢所言，真是外寬內窄。

只見石門一經拉開，一股芬芳撲鼻的陳年好酒香氣，同時自門內傾洩而出，中人欲醉。愛酒的人莫不是趁此機會放大鼻孔嗅聞陶醉一番。

老道者吩咐他口中的陰差陽錯二人看守著洞口，再要酒界眾人帶著酒罈進入洞中。眾人走進洞內，看見幾顆明珠在兩側石壁上，錯落散亂地發著光亮照耀石洞。兩側地上小溝之中，清澈水泉藉著孔道隨處湧出流動，卻都是酒香撲鼻。

沿著石板路往前大約三丈之後，是一個高大寬深各約數丈的大型廳室。此廳室正面盡頭的石壁之下，果然有三個水泉。

眾人見那三口水泉是連著山壁鑿石而成，外緣高於地面足有一尺，狀如三隻相連的石碗，圓徑約是五尺。各泉水似在微微流轉，就著壁上珠貝之光細看，中間一口泉水清透無色，右邊一口微呈琥珀之色，左邊一口則隱隱透著綠色翡翠光影。

這三口泉水卻是不聞酒香，眾人小心翼翼地將三個酒罈擺放地上。中間一罈是秋水之泉，左邊一罈則是逍遙之源，右邊一罈正是浩然酒氣。三個酒罈一接近三口泉水邊，便感覺罈內酒水一時如水滾沸騰啵啵有聲，躁動起來。

此時老道者雙手微揚，手指各做捻花狀，指間清香煙霧升起。他雙目微閉，口中念念有詞，復睜開雙眼，說道：「看看時候，約當午時，等會兒打開酒罈，大家須留意記得，三種酒霧各自飛向哪一個泉口，便將那酒罈移至該泉口邊，時候到了，再行取水！」

大魯蛇低頭看看手腕上的新式時計，卻是數字混亂，隨意跳動不已⋯⋯

無上師等得無聊，便找話題說道：「這先天酒泉為何生在此地？如果長在咱們酒精靈界裡，該有多好？大夥兒就不用這般大費周章來此拿取！」

地界酒泉　陰差陽錯

小龍接著說道：「無上師所說，說不定竟是眞的呢！」

無上師問道：「怎麼說？」

小龍答道：「有一次我在狗鼻子樹下睡著了，正巧夢見樹仙和我說起了這件事。他說本來這先天酒泉是飛天奇石身上的東西，當年飛天奇石衝撞附近山頭的時候，不小心將這酒泉留在此地，聚在此處，凝而不散呢！」

一旁伶優仙子則說：「小龍你瞎說，今天你還沒喝酒，所以不說醉話，倒是在這兒說起夢話來了！」

小龍只是摸了摸腦袋，傻傻地望她笑著。

無上師也笑了笑說：「哈哈，原來這是咱小龍日常的醉夢生活啊……」

老道人又等了會兒，環視了眾人一周之後，點頭說道：「請將罈蓋打開！」

無上師，小龍及大魯蛇同時彎腰取下罈蓋，此時忽見三個罈口各自冒出了一團酒霧。中間那團色呈乳白，右邊的則紅似火光，左邊那團則綠如老榕的濃綠葉色。

三團濃煙離開瓶口，各自飄到三口水泉上方，並未即刻入水，均各自旋舞片刻之後才緩緩墜下。

只見三道濃煙入水之後，泉水卻緩緩在泉池之中環繞流動，與濃煙入水後所成之圖形，竟似太極圓轉，互相環繞游動，卻不相融合。

老道者看了看，皺了皺眉頭：「怎會如此？這酒霧入泉，合該相融才是！」

此時小龍開口說道：「前輩，我記得您那本清涼之道書上有

載，但凡汙濁酒水返回先天酒泉重生，須各於兩儀之眼上滴落童子鮮血一滴，片刻之後即可新舊相融，酒氣重生亦成……」

老道人一聽清涼之道四字，臉有異彩突現詫異之色說道：「清涼之道，你看過此書？」

小龍回答道：「前輩忘了？您在飽食道糧洞中已將此書贈與晚輩，晚輩閒暇之時翻閱，記得有此一段記載……」

只見老道人如夢初醒：「看看我這老糊塗，竟然忘了向各位自我介紹一番！貧道年輕時大膽，自號無始，飽食道糧中那老道者，自號混沌，是貧道師兄，看來各位將貧道當成是混沌師兄了！」

眾人聽他一說，紛紛將目光在道者身上仔細地瞧了瞧，發現他長得實在太像混沌老道，方才混亂之中未及細辨，此刻看來這自號無始的道人，比之混沌老道，要精神些，年輕些，臉色也紅潤一些……

這叫做無始的老道又說：「此番受師兄之託，傳話陰差陽錯二人開放石洞，既然他有安排，書上也有紀載，也只能一試，唉！我當真是忘了太多啦！」

虎公面對大魯蛇說道：「反正方才你才劃破手指，就再放個幾滴到那魚眼上頭吧！」

卻見那大魯蛇搖了搖頭：「這可不好意思了，我的血恐怕不合用！」

虎公皺了皺眉頭：「這凡人原來都早熟的多。這臨時上哪兒去找童子的血呀？」

虎公雙眼環視眾人，卻都是搖了搖頭。

地界酒泉　陰差陽錯

　　此時伶優仙子忽然臉色微紅，指指小龍：「用小龍的，他還是個孩子！」

　　於是小龍便劃破手指，各在其相應的陰陽眼點之上，不偏不倚地滴下鮮血。但見泉水不再轉動，不久，卻又逆勢一番旋轉，太極圖樣隨即消失，泉水歸於平靜，看來新舊酒氣已經融合新生完成。

　　老道者又掐指起咒，三道酒氣似潛龍出水，分別化成水柱，噴流進了酒罈之中。看看已是八九分滿時，指訣一收，入罈的，落泉的便都各自歸位。

　　老道人一聲：「封罈！」三人依言將酒罈仔細地密密蓋上。老道人手一揚起，六道符籙離手，飛落各個酒罈，每個酒罈罈口各有兩道交叉的符紙黏封。

　　老道者見事情已畢，便向眾人說道：「先天酒氣既已取得，此地之事已經完成，諸位須盡快返回境地。一路之上風險難免，請各自小心，諸位且先離去，此地有我善後，大家有緣自會再見。」

　　無上師也不多話：「那便先行告辭，多謝前輩恩德，日後有緣相見，當敬您幾杯……」

　　三人抱起酒罈，跟在金鷹及兵勇背後，三人之後由龍虎二公及伶優仙子押陣。

　　眾人不敢耽擱，一路上小心翼翼地循著來路返回。

　　三人雖是抱著酒罈，倒是不覺疲累，原來這三罈酒水看似極重，實則是輕若無物，此外三人自從與陰差陽錯二人交手對掌之後，經過幾番寒熱順逆交替的氣血運行，功體實已重整改

造，反應之速，內力之強，已是大大不同以往。

　　眾人雖是一路上拐彎抹角，上坡而行，卻是走來輕快，如此行行復行行，一個時辰早已過去，看來出口應在不遠，只是眾人卻愈走愈覺得有異。雖是一路往上而行，算算時辰即使再遠，也早該看到出口才是，卻依舊是前路迢遙。走著，走著，金鷹忽然停下腳步，對著靠在石壁上一個長石條瞧著：「壞了，這條路徑當真有鬼，進來的時候，我不記得看過這個長石條！」

　　無上師說：「也許進來的時候疏忽了，才沒看到這石塊！但是這回程，也真是太遠了些！」

　　伶優仙子似乎有所發現：「這石條上面還刻的有字！」她拿燈火照明，念著上面的字：「風狂雨暴憂前路，火熱水深難回頭！」

　　伶優仙子方才念完，後方不遠處卻傳來轟然巨響，同時一道強勁氣流循著坑道衝擊而來。

　　虎公急忙回頭查看，不久又走了回來：「當真是壞了，坑道已經塌陷，咱們只得往前快走！」

　　眾人已經顧不得路程是否有錯，急忙往前走去。

　　才走不久，坑道路面急遽向下，接著，眼前卻出現一個水潭阻擋住去路。更糟的是那水潭的水似乎正滾燙冒煙，滾燙的水面上方離那山壁頂上只餘咫尺空隙。

　　金鷹當即將自身化成一隻金色細箭，沿著洞頂空隙飛出，又復飛回：「這水潭長約四丈，過去之後似有火光明滅！」

　　此時一個兵勇說道：「大夥兒都化作煙霧，從熱水上面飛越過去！」

地界酒泉　陰差陽錯

　　另一個則說：「傻兄弟，你看那些熱水滾燙燻蒸，你不怕一不小心，煙霧沾上滾熱的水，便要損傷四肢身體？還有這三罈先天酒氣，恐怕不好過去！」

　　老龍說道：「再如何困難還是得過，我化成龍形暫時硬收熱氣，稍降水溫，你們盡快過去，能撐多久我沒把握！」

　　老龍說完瞬化長龍，游入水潭，只見水面的滾燙熱泡立即消失，眾人也絲毫不敢遲疑迅速下水過潭。

　　無上師及小龍三人殿後，小龍說：「倒轉運功，也許會有幫助！」

　　三人便倒轉運行氣息內力，卻發覺毫無窒礙，順暢無比，不一時，周身冰冷如將凍結。

　　無上師也已感覺功體之異：「看來是倒是陰差陽錯讓咱們功體有所變異！俺本來至陽至正，剛強一路的功體，現下卻有了一分陰柔，可以巧，可以婉轉，更可以快速提運十成功力，也不知是好還是不好？」

　　無上師已知三人靠著自身便能輕易穿過熱水潭，便對著水潭那頭大呼：「老龍先走，這麼大一條別擋著俺！」

　　老龍問道：「你們三人成嗎？我都快被煮熟了！」說完便先游出了水潭，無上師三人隨後也游過了水潭。

　　眾人過了水潭之後，果見坑道前方有著火光閃爍，地上小水溝流淌著滾燙熱水，流向水潭。

　　小龍心想，方才水潭並未全滿，必有流洩出去的孔道。

　　眾人不敢停步，又向前疾行，金鷹已自前方奔回：「前方果然堵著一道火巷，烈火似由地面竄出，望向那頭，少說也有七

八丈遠，烈火燒炙，石壁四周不時有碎石屑剝落，熱氣似乎向著洞頂流竄而上，不知去向！」

　　眾人尚未走近烈火巷前，已聽見烈火焚燒呼號之聲猶如巨獸怒吼，且背後熱水潭的滾燙蒸騰熱氣吹來，前方則有火光熱氣迎面，接近不得，也無法在此地停留過久。

　　眾人一時停下腳步苦思對策。

　　無上師想得一法，說道：「老龍，你看這大火，如是將它噴水，滅不滅得？」

　　老龍看了看那大火的規模，說道：「如是在外頭江河之畔或雨雲濃厚時，倒是可行，如今在這坑道之中，我怕冷水一觸及石壁，瞬間冷熱互衝之下，恐怕岩石將會爆裂傷人。而蒸騰熱水之氣對人的傷害，恐怕不下於烈火焚燒之苦，何況如此規模大火，老龍心有餘，力不足！」

　　「那該如何是好？」無上師搔了搔頭。

　　小龍不假思索說道：「此刻如果鈺瓶仙子在此，或有辦法可行！」

　　伶優仙子問道：「有什麼法子，如何可行？唉呀！這後方的水氣愈來愈熱了！」

　　小龍說道：「鈺瓶仙子有隻酒瓶，可以隨意變化大小，我幾次化氣飛進其中，躲過幾番危險！不知此刻伶兒那酒瓶是否帶在身上？我料想伶兒那酒瓶也曾經歷過陶窯幾日夜的烈火燒炙，隨行駕車的弟兄們，如能躲在其中，應能避開熱氣，撐過一陣子。」

　　伶優仙子聞言一喜：「你不說我倒是忘了，這支瓶子我自然

地界酒泉　陰差陽錯

是隨身帶著的，只是我變化器物大小的手法不太靈光，或可試試！」

無上師一聽連連點頭：「這主意好，如果伶兒可以，那事情可就好辦一些，只不過別又變出一隻長了翅膀的大兔子來，那可不管用！」

眾人一聽，雖身處險境，卻也無不會心一笑。

伶優仙子自腰間取下一隻精美無比，蘿蔔形狀的細瓷酒瓶，與鈺瓶仙子的一模一樣，她雙眸垂閉，認真地唸起咒語，玉手持訣輕點：「化！」

只見瓶子變得高與人齊，直立在眾人眼前。

無上師說：「老龍及咱們抱著酒罈的三人不用躲進瓶中，其餘眾人都進去吧！」

於是金鷹領著手下化氣進了瓶中。

無上師說：「伶兒，妳也進去，進去之後，再將酒瓶變小一些！」

伶優仙子點頭稱是，隨即也進入酒瓶，之後瓶中傳來：「我變啦！」

酒瓶漸次化小直至比原來的稍大一倍左右。

小龍將手上酒罈交給老龍，自己則伸手抱起了酒瓶子，還仔仔細細將它捆紮了一番，向眾人點了點頭，便各自運氣護身。

無上師一馬當先騰空飛入烈火之中，老龍緊隨其身，小龍雙手護住酒瓶幾乎緊貼老龍後背，大魯蛇則緊跟著小龍前行。

四人之中，無上師功力最稱深厚，熱火之中雙眼猶能視物自如，老龍則雙眼時睜時閉，小龍及大魯蛇則只能緊閉著雙眼

地界酒泉　陰差陽錯

追隨著前行者的熱流縫隙前進。

　　小龍想起清涼之道似乎記著：「……譬如烹煮，小鍋之水，沸騰則速，冷卻亦快。大鍋之水，久難沸騰，復涼亦緩……大惡大慾猶如大火，吾輩修心者無不懼之，小惡小慾猶如小火，人恆輕之，不做釜底抽薪，如何心若止水？輕忽日久，終將水沸燙人。又如惡念之萌生常使人走火入魔，應視之如赴湯蹈火，畏之，懼之，應使其如白駒過隙，不做短暫之稍停，雖大火橫於前，或身入其中，吾心自在清涼焉……」書中說懼怕惡念應如懼怕薪火，小龍卻領會成心中清涼，迅速竄過，自然可以無懼大火了，好在此時小龍鱗甲夠厚，修為亦增……於是將酒瓶極力貼近自身，全力提運冷凝之氣極力護住酒瓶，耳邊雖有熱流呼號之聲，卻心無雜念緊隨貼近老龍飛騰而行，片刻之後，但覺前方似有涼風吹來，耳中聽聞老龍聲音：「可以睜開眼睛了！」

　　小龍才一睜眼，見四人已經平安越過了火巷，立即伸指彈了彈酒瓶：「喂！大夥兒可以出來啦……」

　　卻未見有人化氣飛出，亦未聞有人答應，小龍心中不由得一陣驚慌。卻見大魯蛇手指著瓶口說道：「瓶塞子！」

　　小龍始會心一笑，拔了瓶塞子，瓶中眾人隨即化做一道道輕煙飛身而出。

　　小龍抓著伶優仙子手臂，急切地問道：「熱嗎？」

　　伶優仙子微微一笑，搖了搖頭。

　　無上師卻說：「熱呀，咱小龍的心兒，眼兒都熱呼呼的呀！嘻！」

地界酒泉　陰差陽錯

一句話惹得那兩個人，一個是臉紅嬌羞，一個是傻頭楞腦不好意思地傻笑著……

眾人經歷了幾番折騰，雖是無恙，卻都已經是十分疲憊。好在前方似有涼風水霧迎面飄來，且隱現天光，看來不管如何，洞口已近，離外面不遠。眾人趁著此時略事休息，稍作恢復。兵勇們取出了乾糧，此時乾糧之味不下珍饈，一口老黃酒則酸香提神勝似瓊漿玉液……

無上師說道：「看來這一路回程的遭遇，頗不單純，應是在別人的算計之中，不知各位以為如何？」

金鷹答道：「回程之初不覺有異，半路之後路途卻在不知不覺中改變，我想有人在某個地方刻意關了一道正確的門，又開了另外一道門，讓我們不得不順著它一路走來，直到那個崩塌發生，便是封住了我們任何回頭的路！」

無上師說：「俺想也是如此，還有那叫無始的老道，為什麼不跟咱們一道退出？地界酒泉那兒，還需要他忙些什麼？俺實在想不通，如果真是混沌老道託他前來幫忙，為什麼他不知老舊酒氣與那先天酒泉相融的方法？混沌老道沒交代他嗎？」

老龍說道：「看來有人讓咱們走上這條熱熱鬧鬧的路，用意不是在殺，而是在耗盡眾人的力氣……如果估計沒錯，只怕出去以後才會是大菜上桌，免不得要打場硬仗！」

無上師點了點頭：「那就別急在一時，眾人休息夠了再說。另外，那無始老道在每個罈口都加上了封條，不知是何用意，俺有些兒耽心……」

金鷹趁著大夥兒養精蓄銳的時刻，先行向前查探，不多久，

地界酒泉　陰差陽錯

見他衣裳的前面淋濕了一片，返轉來向眾人回報：「龍公方才說得極是，外頭現在有許多看來不懷好意的人，將這坑道口圍住！」

老龍問道：「你怎麼渾身濕透？」

金鷹答道：「據我探知，這一個坑道出口前面，便是一道輕薄水瀑，我們稍後出洞便要穿過水瀑，越過一個水潭，外面便是河灘平地，看來是涇河岸邊沙灘。只是不知離開虎豹護法他們多遠？是在其上源或是下游之地？」

無上師說道：「此處坑道，圖紙上並無記載，等會兒咱們一出洞口，金鷹即飛上天去，盡快找到那一條山溪，在山溪源頭務必找到小酒缸他們前來會合幫忙！俺有預感，外面這關肯定不好通過，大夥兒心中要有所覺悟，不論如何拚死硬撐，一定要將這三罈奇酒帶回咱們境界……」

無上師平日極愛說笑，十分隨和，眾人從未見他如此嚴肅，心知此番情勢必非尋常，各人心下無不有所覺悟，便都以堅定的心，同聲稱是！

「走吧！」無上師見眾人又已打起精神了，起身便走。

地界酒泉　陰差陽錯

涇河岸邊　遭逢劇變

　　眾人愈近出口，感覺風力愈強，水氣愈多，且有冰冷之感，想是方才經過兩次火熱燒煉，猝然遇著溫涼便覺寒冷，人間時序雖已入秋，外頭卻仍是猶如酷暑，但在此時此地，卻有幾絲寒意，竟也有著冬日蕭瑟之感……

　　龍虎二公率先衝破水瀑，無上師三人各自護著一罈先天奇酒隨之奔出，其餘眾人也魚貫而出。殿後的金鷹，化成一隻細小飛箭，穿出了水瀑，便直上半空再化成一隻金鷹，急急搜尋著小酒缸及銅牛車駕去了……

　　無上師眾人越過水潭落地站定，眼前只見密密麻麻敵人的精兵勇士圍了幾圈，空中還有飛行戰士及其他飛行機器來回巡行。水潭邊地上躺著一隻看來才死不久的野犬。無上師看到那野犬，心想八成是黏附著大魯蛇身上發報器的那隻。無上師看到這些人隨意屠殺生靈，心中漸生憤怒不滿。

　　此時和無上師眾人正面相對的，除了送子鳥，大金人，還有叫人感覺意外的則是無始老道也在其中，他的身旁跟了個小道僮，正是飽食道糧中那個叛徒青楓。此外，混沌老道則又是被人五花大綁，跌坐地上。當他看到酒精靈界眾人，先是嘆了口氣：「唉，真是劫數啊！」又看到三罈先天奇酒的時候，似有安慰，有感慨。當他眼光停駐在幾張酒罈口的符籙時，竟生出了憤懣之色！

無上師看到混沌老道又被抓了，說道：「前輩，沒想到咱們又見面了！」

　　混沌老道看著無上師說道：「你眼前這三大高手同時光臨飽食道糧出手相邀，老朽能不乖乖就範？只要他們能放過我那些不成材的徒子徒孫們，就算上刀山下油鍋，我也只能心不甘，情不願地來了！」

　　無上師向送子鳥點了點頭：「鳥大人，你可真是神通廣大，俺老張不得不服！」

　　只見送子鳥臉有愧色，目光不敢直視無上師，假意瞧著三罈奇酒：「你要真想佩服，就該佩服無始道長及他的徒弟青楓小道。」

　　無上師瞧了一眼青楓小道：「俺倒真是小看你這小輩了，只是俺不明白，你們大可自己去那地界酒泉取得先天之氣，要多少有多少，何必費心安排，活整俺們眾人？」

　　此時青楓小道得意地說道：「既然有人代勞，自是不必我們親自奔波！況且三個酒罈一直都在你們手上，那就只好勞煩你們前去取出，我們大隊人馬，便在此地恭候大駕，再誠心向您商量求取了！」

　　無上師又問：「原來如此！只是俺還不明白，你師父在酒罈子上面貼了那幾張符籙的用意何在？」

　　青楓小道看了看無始老道的臉上並無不快之色，便又說道：「那是我師父的獨門手法，除了他老人家，普天之下恐怕再也無人知曉啟封之法。如果你們不肯將這三醇酒水留下，便要等他老人家哪天心裡頭高興了，才會出手解封，他真是捨不得讓

涇河岸邊　遭逢劇變

酒精靈界太快離開地界遠去呀！」

此時送子鳥也說：「無上師，行走江湖當識時務，眼下情勢不比從前，諒你心中十分清楚，如果識相，找來銅牛車駕，並留下這三罈先天奇酒，往後便在人間逍遙自在，日子繽紛多彩，有何不好？」

無上師將手上一罈奇酒放在地上，自己竟盤腿席地而坐：「小龍，大魯蛇，把你們手上的酒罈也拿來！」

小龍及大魯蛇不明白無上師的用意，卻是依言將酒醰置放於地，三罈先天奇酒便在無上師眼前地上觸手可及之處。

無上師口說：「要俺在這清新空氣難尋，乾淨水源日漸稀少的人間過活，俺豈能快樂，縱使美食美酒隨處可得，俺還是喜歡酒精靈界的，與世無爭，和樂純樸。哪裡像是人界凡人，日子越過越舒服，心裡頭卻越來越不知足，成天裡都在算計著。書念得愈多，腦子裡壞點子也愈多，偷搶拐騙占，先人幾千年的苦心經營，敵不過幾十年人心的墮落腐蝕。都說人心是肉做的，送子鳥，還有你這叫什麼無始的老不死老道人，圖的，修的，是什麼？千年求道清苦過日，卻甘心在一念之間將他毀於一旦。睜眼看看在你們背後乖乖站著的，還有上面那些飛來飛去的，生就同一副臉孔，個個毫無主見，本來不應該存在的這些什麼東西，你們，他們，活在這世上為的是什麼？俺一向總以為所謂壞人，總也是有他不足為外人道的遭遇處境。以前，俺也不相信有人會成天裡吃飽飯沒事幹，只是打著壞主意，等著幹壞事！經過這些日子來，俺不得不相信了。送子鳥，無始老道，行行好，讓俺知道，誰是在你們背後的，那個強逼著，

涇河岸邊　遭逢劇變

誘惑著你們背叛同道，那神通廣大的傢伙，叫俺認識認識……」

無上師從未如此長話連篇，即使在酒醉之後也絕少多言，此時一番牢騷話，卻真是叫人開了眼界，不論是自己人或是敵對的人，無不是安安靜靜地聽著他講話。

良久，送子鳥才開口回以：「無上師，等會兒你會如願見到他的……」

送子鳥話才說完不久，遠處傳來透空的噪音，天際出現飛行機器身影，不多久，那架全身銀白雪亮的飛行機器，便在河灘上落地停妥，送子鳥則立即飛奔前去恭敬迎接。

只見機艙門一開，白機上走下兩人，都是衣冠楚楚，方面大耳，自信高傲的大人物。

「原來……果然……是他，膽大包天執行長兼特異體質研究室主任！」大魯蛇一看到那人，脫口說道。

「還有另一位，農作研究專家王博士！」伶優仙子看見另外一人，也是一臉錯愕。

「正主兒終於來啦，讓俺好好瞧瞧他們兩人面目！」無上師說。

只見他二人由送子鳥引導來到無上師面前，二人拱手為禮。

那皮膚白皙，文質彬彬的來人說：「敝姓陳，是膽大包天科技集團執行長，向先生請安！」

另一個皮膚黝黑，身形略瘦的也說：「敝姓王，是膽大包天科技集團總工程師，向先生請安！」

無上師還是坐在地上，並未起身，雙眼瞧瞧二人，一拱手：「俺姓張，也向二位大人物請安！」

涇河岸邊　遭逢劇變

那姓陳的半彎著腰說：「張先生如何席地而坐？要不要我叫人弄張椅子過來？」

無上師說：「方才俺從那水深火熱的坑道中出來，十分疲累，看這小卵石灘十分乾淨舒服，眼前被這高手如雲的大陣仗圍著，一時嚇得腿軟，他們又不急著動手打架，俺便坐下來歇歇。如果不是隨時準備逃命，俺還真想躺下來，看著那藍天白雲慢慢變成晚霞滿天……」

那姓陳的說：「張先生果然膽識過人，但張先生其實更可以悠哉悠哉自在快活，在這繁華人世享盡美好，何苦為了一個飄移不定的小小境地，費盡心力奔波忙碌？」

無上師冷冷地說：「陳先生果然聰明過人直說重點，但是您何苦為了一個業已缺失一些力量的小小境地，費盡心力奔波忙碌？您應該規規矩矩，無憂無慮在這繁華人世享盡美好才是！」

那姓陳的猶是禮貌客氣：「我們做研究的人，就是閒不下來，發現什麼奇異事物，總是要費盡心力，廢寢忘食，研究透徹才肯罷休，真心希望先生放手！」

無上師也是毫無火氣，不慍不怒：「俺們這些被人關注的神靈精怪，也是閒不下來，有什麼大小風險，總是要費盡心力，廢寢忘食，排除透徹才肯罷休，真心希望先生收手！」

靜默了片刻，那姓陳的又說：「先生一出了洞口，為何不是立刻走人，依你們的本事全身而退應該不是難事！」

無上師答：「你的人見俺們出了坑洞，為何不是馬上動手，依他們這陣仗，手到擒來應該不是難事……俺口渴了，不再與你鬥嘴……伶兒，拿酒來！」

涇河岸邊　遭逢劇變

伶優仙子取了瓶酒恭敬奉上，無上師接過了酒，旁若無人張口即喝，一飲而盡。既已飲罷，站立起身子，拍了拍屁股：「姓陳的，在您手上那老道人是個與世無爭，潛心修行的老人家，你抓他做什麼？還有，你是如何讓他那不成材的師弟和他的門人背叛師門，甘心為人鷹犬，他們之間可有什麼矛盾讓你利用擺布？」

　　那姓陳的答道：「我不知他們之間如何，我只是灑了些錢，成立個千年非正統學術研究基金會，讓他掛個會長的名銜罷了！至於他那師兄，是因為他死也不肯加入，最重要的，我聽他師弟說，您眼前這三罈先天奇酒如何布設使用，還是有賴他師兄的指點幫忙！」

　　此時，那被五花大綁著的混沌老道說話：「師弟，我真沒想到你會為了那小小虛名，將你千年的修持拋棄，甘心為這奸邪所用。你年輕的時候，幾時曾經好好地唸過書了？如今卻做起千年學術的研究來了，真是叫人不得不搖頭歎息！還有，你以為那三罈先天奇酒，讓你使用什麼特殊手法的符籙封住了，沒有你的施法，便無人能夠解開封印？」混沌老道話說至此，搖了搖頭，轉而對著無上師說：「無上師，記住我的話，回到酒精靈界之後，要鼓勵督促年輕人多讀書，不能像我這不成材的師弟，和他的門人一樣，不學無術卻妄想著做什麼學術研究……」

　　混沌老道一說完了話，便雙眼垂閉，口中唸唸有辭。此時眾人慢慢嗅到一股紙張燒焦的味道。無上師循著那氣味望去，卻見三罈先天奇酒上面的符籙封印，已在瞬間燒化消失。同時緊緊綑綁著混沌老道身上的粗麻繩，也竟然著火焚燒起來。幾

涇河岸邊　遭逢劇變

個修爲較高眼尖心細的人，見到麻繩焚燒當時，似有一道青色蛇形影子迅速自那繩索竄出，隨即飛離。接著，混沌老道身上竟然冒煙起火，並且迅速延燒全身！

無上師看見這突來的變故，急呼：「前輩，千萬不可！老龍，快，快，你快灑水救人！」

此時混沌老道聲似空谷洪鐘迴響：「無上師，我將先走一步，離開這個叫人失望的地方……任你活得再久，再如何苦，再如何樂，世人總有一天終須見我……」

說完，只見他渾身化成一團炙烈火球，所生的白色煙氣似作飛龍之狀，騰空飛去，消失無蹤，只餘地上一團散落不成人形的灰末餘燼。

無上師見此情狀，向前跨過三罈奇酒，悲號數聲，同時變化成巨大身形，雙手張揚，渾身剛烈之氣陡起，遍地大小卵石悉數騰空飛起。無上師大喝一聲，漫天卵石風沙向著前方敵人，挾著宏大氣勁激射飛出。

一時之間，閃躲不及的，哪裡抵擋得住？頃刻之間已有多人倒地不起。金色怪人及送子鳥各自護著兩個大人物，隨著氣勁飛向外圍。

戰事突發，小龍及大魯蛇急忙護著三罈奇酒退至水潭旁邊，龍虎二公則衝向戰團殺敵，奮勇爭先所向披靡，當之者無不立刻披紅掛彩，身上染血！

送子鳥及怪異金人將陳、王二大人物安置妥當，即返戰場，與無始老道並肩，三人面對無上師及龍虎二公亦毫不遜色，加上了天上飛的，地上走跳的也群起圍攻，無上師三人難有勝算！

涇河岸邊　遭逢劇變

戰局一開，敵方又有一支精銳奇兵，從河岸山林中群湧奔出。

這一支奇兵當眞是奇，一人一獸組成一對。那猛獸初看像隻豹子，卻大過老虎，敏捷強力兼而有之。總數約在十一二對，此人獸兵團圍住虎公纏鬥，虎公怒極化身爲巨虎，來回攻擊卻是無力取勝亦難突圍。無上師與龍公更是吃力困戰。更慘的是，山林之中又再衝出另一支人獸奇兵。

正當危急的時候，卻見空中兩駕銅牛車駕直降水潭旁邊空地。另一個猛將身子未及落地，手上金弓已是亂箭連發，擋住了從那山林中衝出的人獸奇兵。同時虎豹護法及小酒缸等人也都不落人後，各自尋了對手，不論其修爲高下，見面便是拳掌爲禮，全心奉送。不多時，敵營又是一波傷兵退至一邊。

金鷹落地之後，領著幾個兵勇，將三罈奇酒小心搬上了車駕。便與伶優仙子，小龍及大魯蛇保護著車駕。

此時戰局一分爲二，無上師，老龍公及虎豹護法，小酒缸等人對戰怪異金人，無始老道及送子鳥所領的諸多高手，奮力鏖戰。

另一邊則是虎公與金鷹，小龍，人魯蛇，對戰敵方二十餘對人獸奇兵。

虎公邊戰邊退至車駕旁與金鷹等人會合，人獸奇兵便將兩駕銅牛車駕團團圍住。二十餘人帶著二十餘獸，攻守有節進退有度。金鷹四人與幾個兵勇，各據一方互相支援，伶優仙子則在車駕之中守護著三罈奇酒，一時之間僵持不下。

此時日下西山，空中雖是霞光滿天，地面河岸邊卻已是一

涇河岸邊　遭逢劇變

片昏黑。

無上師見車駕已到，先天奇酒業已上車，再戰無益，便大吼一聲：「拚盡全力！」

酒界眾人豈有不知，無上師尚未說出口的下一句話便是：「立刻走人！」

眾人紛紛提聚全力，準備在那全力一擊之後便迅速離開！

與此同時，卻聞一聲響亮哨音發自敵陣。哨音之後，敵方眾人即紛紛退離戰場。

酒精靈界眾人見此詭異行徑，一陣錯愕不明敵人用意，正自如墜五里霧中時候，卻眼見水潭旁邊地面同時發出無數個強烈閃光，挾著遍地土石轟然爆開，耳邊傳來震耳欲聾的驚天爆響，巨大衝擊震動亦同時到來，緊接著就是幾聲慘叫……

塵埃落定之後，卻見兩個銅牛車駕已被炸裂，三罈奇酒摔在地上，金鷹及虎公各自一身鮮血躺在地上，大魯蛇渾身掛彩鮮血直流，小龍則是雙手抱著渾身是傷，已陷於昏迷的伶優仙子癱坐於地……

眾人看見水潭邊地上，已經滿滿遍布硝煙土坑，看來敵人早在水潭邊布設好了許多地雷，就等此刻引爆！

老龍眾人立即奔回殘破車駕近旁戒備，無上師卻疾似閃電反向縱躍至陳王二人面前，揮掌作勢欲發，送子鳥諸人卻已擋在前面。

無上師怒極破口大罵：「該死匹夫，竟敢埋設地雷傷人，你還有人性嗎？」

此時這陳姓大人物也全無懼色：「好一班毫無見識的精怪，

涇河岸邊　遭逢劇變

身懷奇寶不知善用，卻只圖安逸，打造什麼逍遙樂土？我若不用地雷炸它一炸，哪裡知道它是不是真的有如傳言所說那般神奇，值得我再費盡心思搶奪研究？」

無上師一聽此言，更加怒不可遏：「你這混帳東西！傷殘人命竟只是為了考驗銅牛車駕的能耐，俺如何能饒你活命？」

說完，盡使十成功力發掌擊出，當面三大高手雖是奮力接掌，卻都是被擊退了數步，送子鳥更是一口鮮血噴濺而出，無上師待要再次發掌，卻聽小酒缸大呼：「老張，快些回來！」

無上師回頭一看，卻見兩道青色豪光，各自從那兩駕破損車駕殘骸之中發出，隨即頃刻連結，形成一道光幕，罩住車駕及眾人。小酒缸則雙手運出六顆異色光球，作勢轟擊。

無上師再次縱跳，躍回光幕之中，只見輕傷的人已幫忙將重傷者堆放的，垂掛的，橫斜倚靠著的，置放在車駕殘軀之上。

小酒缸見無上師已在光幕之中，便將六個光球奮力推擊而出，敵陣中立刻一陣慘叫哀號……

此時龍虎二公各自牽引銅牛，喊了聲：「起！」

兩隻銅牛並駕齊驅，帶著酒界眾人及殘破車駕，騰空而起。此時敵營火器亦連發而至，卻在光幕之外盡數彈落。兩駕銅牛車在光幕保護中飛馳離開戰地返回酒精靈界。

小龍手上抱著伶優仙子，一條布巾以酒沾潤，頻頻擦去伶優仙子臉上手上血漬，卻見她一臉慘白，雙眼極力想著睜開，眼皮卻似千鈞之重。她聲音微弱地說道：「小龍，我不知能不能撐過這一回……」

小龍急切答道：「會的，妳一定可以撐過來的，上次面對虛

涇河岸邊　遭逢劇變

空界主，妳都撐過來了，這次也會沒事的！」

伶優仙子卻說：「但這次不同，我在毫無防備時，突然被炸重傷，情況感覺不妙，小龍，我當真捨不得離開你呀！」

小龍安慰她道：「決不會的，上次妳受到重擊昏死過去，都能活過來了，這次妳都還能與我說話，妳一定是沒事的……」

只見伶優仙子似乎是想動，卻無一絲餘力：「傻子……哪有這樣安慰人的，我真想再揍你一拳……也真想再次笑笑，卻連再笑一笑的力氣都沒了……」伶優仙子說罷，垂閉的眼角泛淚，繼而淚似泉湧……

小龍則也早就潸然淚下，只連連說道：「妳一定沒事的，妳一定要撐下去，妳媽媽，妳外公一定有辦法的……」

此時全身是傷，氣力盡失的金鷹，勉強拿了顆丹藥：「小龍，讓她服下此藥，再小心向她灌輸真氣，務必穩住她的心脈！」

小龍依言從事，且試圖進入伶優仙子神靈意識之中，卻都徒勞。

大魯蛇看出小龍的意圖，拍拍他肩膀：「此刻，別去打擾她，專心給她氣力，護著她心脈要緊！」

小龍點了點頭，便全心照護著伶優仙子，渾然不覺自身肢體也都遍布著大小傷痕……

殘破的銅牛車駕在青色光幕的保護之下全力奔馳，不消片刻便已回到酒精靈界，進了境界便直望著議事殿前廣場停落。此時人間已是燈火點點閃爍，酒精靈界則猶有些許高空的落日餘暉映照。

百穀王眾人，見車駕已回，急急齊來探視。見車駕毀損，

涇河岸邊　遭逢劇變

傷殘者眾，急喚眾人幫忙，攙扶的攙扶，抬人的抬人……

白娘子見小龍手上抱著重傷的伶優仙子，著急問道：「伶兒怎麼又受傷了？唉呀，看來傷得不輕呀！」

小龍點點頭：「伶兒她的……她媽媽，外公呢？」小龍又是憂急，又是混亂。

白娘子一臉焦急：「快隨我來！」

她領著小龍急向醉鼓樓側殿走去，未至門口，鈺瓶仙子及夏小風，夏小雨也正要自側殿大門走出。三人看見伶優仙子受傷昏迷，急忙向前探視。鈺瓶仙子拉起伶優仙子垂下的手：「小妹，妳怎麼傷成這樣？唉呀，手好冷呀！妳快醒來呀！」

夏小雨更是一臉驚愕：「伶兒，妳快醒醒，妳別嚇著媽媽啊！」

夏小風說道：「你們先進去，我去找爹爹，媽媽！」說完，急急奔向議事殿中……

廣場上，小酒缸及百穀王指揮手下，將幾個傷兵及金鷹等人安置在醒鐘樓側殿之中療傷。

無上師吩咐百穀王說：「近日境內所有銅牛車駕，全都集中一處，且要加派高手看管！」

百穀王稱是：「謹遵辦理，但碰上了什麼麻煩，車駕為何竟是如此嚴重受損？」

於是無上師將涇河灘岸邊，一場大戰，又遭遇敵人布下地雷襲擊，且將傷殘車駕猶能發出光幕，保護人車回境的事，說了一遍。

他耽心著貪婪的凡人，在見識過了銅牛車駕的不凡能耐之

涇河岸邊　遭逢劇變

後，將會更加千方百計地搶奪到手！

至於那歷劫無恙的三罈奇酒，則被安置在議事殿中，且由境中幾個輩份最高的大師，護法及生肖諸公親自看管著。

由於三罈奇酒的取得，全境的酒界精靈們無不齊心一致，為著即將到來的護境界限修復豁盡心力。

樂陶然與何忘機得知伶優仙子身受重傷，便急忙趕來探視，大帝師與任舒懷也隨行而至。

樂陶然瞧了瞧伶優仙子氣色，聽了聽氣息，並為之把脈。

何忘機不待樂陶然說話，便已著急問道：「伶兒如何？」

樂陶然說道：「她舊傷尚未康復，腑臟又受激烈震盪，能撐到此時，已算是奇蹟。好在氣息，心脈雖是微弱，還算平順。若不是小龍為之續氣，豈能……」

何忘機哪裡聽得下樂陶然的一長串專家說法，急切再問：「那該如何呀？」

只見這專家此時靜默良久，才又說話：「眼前只有不斷替她續氣，再煎幾味清淤治傷的藥材，慢慢調養……」語氣中聽得出他的焦急又無奈。

何忘機心急口快：「庸醫，就沒什麼真本事，這些尋常法子誰不會說，倒是你那氣血賦活的神功都跑哪兒去了？」

樂陶然被她數落得臉色時紅時白，只得淡淡地回答道：「氣血賦生之功，也不是全然無所不能，再說，一經全力施展過後，沒個七七，少說也要有個六六日夜，才可回復功力……」

「老了就是老了，說什麼七七六六的，我看零零落落是真！當真是急驚風遇上了慢郎中！」何忘機心中一急便更加口不擇

涇河岸邊　遭逢劇變

言。

夏小雨雖然也是心中憂急，嘴上卻依舊故作平靜：「伶兒肯定會沒事的，媽媽就別再怪罪爹爹了！」

這氣血賦生之功，任舒懷及何忘機也都學得幾分，如是用在修爲高深本質強壯的人，就像大帝師之輩者身上時，還能勉強應付。但像伶優仙子這等修爲本就不高，卻又受傷極重，小命已在旦夕之危的人身上，卻是不敢一試，也難怪何忘機要將一口悶氣盡數出在樂陶然身上。何忘機是個聰明人，她如何不知無中生有容易，起死回生萬難的道理？這人的一口氣只要是吹了，斷了，任是你神仙下凡來救，恐怕也都只能搖頭嘆息而已！因而在這緊要時刻，又逢樂陶然功體未復，這意外來得如此突然，誰不是急得像那熱鍋上的螞蟻一般無助？好在此刻有人心中已經有了主意……

此時大帝師說道：「各位先別耽心，依天中記事所載，這秋水之泉先天奇酒，有治傷療痾之效。如今既已取回，可速將秋水之泉還置於清心泉泉眼之上，將伶兒浸浴在清心池中，仍然續氣給藥，應該很快就會復原！」

「那就事不宜遲，快快進行！」何忘機是個急性了的人。

清心池在應非夢境芙蓉池末端的小亭之內，眾人七手八腳忙碌去了。

大帝師臉有憂色：「無上師，樂先生，我有一事難下抉擇，關於重修護境界限，逍遙之源和浩然酒氣，這兩罈先天奇酒的布建，有些工作需要勞煩大家，有個麻煩不好解決！」

無上師問：「再怎麼辛苦，大夥兒都會盡力，還有什麼麻煩，

涇河岸邊　遭逢劇變

大夥兒商量！」

大帝師說道：「書上說，布散逍遙之源與浩然酒氣時，須將此兩罈奇酒置於境界極中附近，被選爲布氣者七人，分據上、下、東、南、西、北、中，七個極位。一切備妥，俟秋分之日，日正當中時，太陽，方在本境之正上，而地界正在本境之正下，各極陰陽之氣最是分明，也最易調和。極中之人，雙掌各運炙熱與陰寒掌氣，將兩罈奇酒同時激盪震動，此時兩罈奇酒將化氣衝霄，飛至極上之處，位處極上者運氣使之分向四面播散，位在東南西北四極之人各以導引之法，極下之人更運收攬之術，如此不出半個時辰，浩然酒氣環著圓周密布，逍遙之源則充塞其中矣。雖說布氣七人須功力深厚，但實是天外飛石與兩種先天酒氣交互排引之自然本性所致！」

無上師問：「那你所選七人爲何？各在何位？」

大帝師答道：「極中之位由我施術，極上之位由你執掌，樂先生與任先生各據東西，極南之位由百穀王據守，極北之位則有請何師傅，至於極下之位，全境之中，也只有白娘子能夠隨意出入，自然是有勞白娘子完善收尾！」

無上師再問：「看來各個方位，陰陽寒炙的屬性，配合咱幾個人的修爲特質，倒是完美。至於極下那個陰寒之地，麻煩的處所，既有白娘子可以前往，那就一切順當了，還會有何麻煩？」

大帝師答：「尚有一事，極不好辦！」

無上師眉頭一皺：「何事難辦？」

大帝師遲疑片刻：「需再選一人，當浩然酒氣衝霄而起之時，需運起浩然陽剛至烈至正之氣，散盡自身修爲，分化本體氣血，

涇河岸邊　遭逢劇變

隨著浩然酒氣布滿境界外緣，形成堅如金石，遮蔽本境免受太陽及天中至烈之氣所傷的護境之界限。而其神靈意識則與浩然之氣長存，如此酒精靈界當可再安居千年無虞……」

無上師問：「那何人修練浩然正氣？」

大帝師答：「浩然正氣非是一般尋常武功的修習，乃是一種涵養與磨練，其人中心高潔無私，恆以蒼生疾苦為念，刻苦自持，時時惕勵，日久其氣自成！本境之中或者有之，但都稍嫌不足，眼前足堪擔此重任者，本師忝為其一，小酒缸自然亦是其一，他是與生具備得自於我，歷經孕化生出而成者，另外尚有一人……便是金鷹將軍！」

眾人聽大帝師說起細節，始知護境界限成就之難，並非只在取得先天奇酒的不易，這浩然正氣一節更是難中之難……

小酒缸聽說自己也有著，先天既成的浩然正氣，頗不以為然：「我才來這世上不久，縱然身具浩然正氣，但我尚有大好前程，對抗那些貪婪之徒好像也少不得我，這散盡修為分化氣血的事，且莫將我也算上……」

無上師聽他一說，搖了搖頭：「大酒缸年輕時候，可不是你的這付鳥樣子！」

大帝師更是一臉不快，疾言屬色說道：「僅此一念，便已辱沒了你身上的浩然正氣，哪還敢指望你做出什麼犧牲！」

小酒缸被無上師兩人一番數落，心中不快，便逕自轉身離去，口中還唸唸有辭：「他是他，我是我，別什麼事都要拿他來比，我也會長大，我也自有主張！」

當真是年輕氣盛！而這會是大帝師的血肉及神靈意識孕化

涇河岸邊 遭逢劇變

生成的嗎？

大帝師望著離去的小酒缸背影，除了搖頭，還是搖頭……

無上師安慰他道：「小孩子說的也沒錯，他總有他自己的看法與做法。咱別操心太多，只要小酒缸別偏差太過就行！」

大帝師說：「秋分之日即將來到，有勞各位多做準備，其餘之事，我再另作計較……」

黑熊將軍聽說金鷹將軍受傷，便抽空來到醒鐘樓側殿探視金鷹：「金鷹兄，傷得重嗎？」

金鷹起身相迎：「不礙事，黑熊老大，小弟這點小傷卻勞動您掛心了！」

金鷹，黑熊二人年紀相仿，界中精靈常將二人並稱，或稱黑金二將，或稱鷹熊二將。稱黑金時以黑熊為尊；稱鷹熊時以金鷹為長。兩人也不以為意，各稱對方為兄。

黑熊語重心長：「金鷹，咱兄弟倆，長久以來對境界的全心付出，是大家有目共睹的。我黑熊是老粗一個，凡事隨興，沒什麼講究。你除了正經八百，還心思細密，一旦路見不平，也總是一馬當先……我總是不明白，為什麼這老天爺總是要給好人出難題……」

金鷹知道黑熊有話，便說：「黑熊，有什麼話直說無妨！」

黑熊說道：「關於浩然正氣那回事兒，你聽說了嗎？」

金鷹答道：「是聽說了，一切自有命定，能為境界出力，雖是赴湯蹈火，在所不辭！」

此時原在一旁默默靜聽二人說話的百花王，嘆了口氣，幽幽地說道：「為什麼是你？為什麼不是其他人？」

涇河岸邊　遭逢劇變

金鷹回答：「大帝師仁慈敦厚，有勇有謀，酒精靈界少不得他的領導，小酒缸才初到人世，來日方長。我久遠之前，在人界尚是平凡生靈之時，曾在一次大風雨中，被傾倒的大樹壓在窠巢中危在旦夕，若不是大帝師正好路過，出手相救，哪兒還有我的命在？後來承大帝師調教，又養成一身浩然正氣，如今捨去修為，為這境界盡最後之力，也算是相報有緣，還有大帝師的知遇之恩！」

百花王一臉傷感無奈：「金鷹，你只知相報大帝師的救命與知遇之恩，那你如何相報與我百花的相知緣分？」

百花王心中顯然無法接受，金鷹得犧牲自己去承擔這個責任。她又說：「你有沒有認真想過，散盡修為之後，你的神靈意識將會與境界同在這件事，到底是不是真的？我怎麼知道你這一去，是不是便要魂飛魄散？與境界同在？那畢竟只是書上說的，有誰真正經歷過？就算你的神靈意識真能與境界千年同在，你能時時俯視境界子民，而我呢？當我想著你的時候，卻只能憑空思念，只能向著不明之處仰望，或者只能期待夢中相逢罷了！」百花王貴為百花園之主，自是知曉應以大局為重，但面對這前途不明的事，自然還是難過不捨！即使金鷹並無魂飛魄散的風險，百花王還是無法接受金鷹即將離去的事實。神靈意識與境界同在，那又如何？百花王要的是一個英氣勃發，膽識過人，可以真實擁抱的金鷹將軍呀！

金鷹一時無話可說，黑熊卻問：「那是本什麼樣的書？書上有沒有記載什麼其他，可以激發喚醒浩然酒氣的法子？」

百花王搖了搖頭：「是小龍在人界拿回來的，叫清涼之道，

涇河岸邊　遭逢劇變

我認眞翻了幾遍，卻都找不到其他相關記載！」

此時氣氛一時更加凝重了起來。

分化氣血，散盡修爲，如此無異於獻祭的犧牲，如不是正氣凜然大愛無私的金鷹將軍，酒精靈界裡，當眞能有幾人？

正當愁緒醞釀瀰漫中，一聲乾咳，改變了氣氛：「書上沒記載，不代表眞沒辦法！」說話的正是三杯黃湯，幾分醉意的任舒懷。

「任先生！」三人同時向任舒懷打招呼。

「任先生眞有其他辦法？還請指點明路！」百花王說。

任舒懷卻說：「他一樣要走！但是可以好一些些！」

黑熊說：「既是一樣得走，那如何還能好一些些？你是喝茫了才說醉話吧！」

任舒懷說：「金鷹還是得走，但是我能讓他的神靈意識轉寄在一隻老鷹身上！」

百花王問道：「那該怎麼做？」

任舒懷說：「你們先得找到隻漂亮的金鷹，我曾在芙蓉池邊的雜木林中看過幾隻。我再施個手法，將金鷹將軍你的三分神靈意識轉移至此鷹身上休眠。秋分之日激化先天酒氣時，當你分化氣血散盡修爲之後，你的神靈意識將會有一個新的依歸之處，百花王好歹也會有隻老鷹作伴！」

金鷹將軍卻耽心著一件事情：「任先生，這樣會不會影響到浩然酒氣的喚醒與布散工作的進行？」

任舒懷自信滿滿地說：「你放心，不礙事，眼前能做的，也只有如此。金鷹將軍赤膽犧牲奉獻的精神，任舒懷由衷佩服！」

涇河岸邊　遭逢劇變

此時大帝師，無上師，及酒精靈界要員，也全進了醒鐘樓側殿探望金鷹將軍……

　　太陽再次初昇時，應非夢境芙蓉池中，清心亭下，鈺瓶仙子將身上包裹著浴袍的伶優仙子，浸浴在清心泉中。

　　這清心泉實是酒精靈界清潔淨化之後的水流源頭，位在心型芙蓉大池尾端出水之地。而芙蓉大池前端，接納著幾條十餘里曲折回流水道的末端流水。這幾條水道中植滿著芋、荷、香蒲、蘆葦等水草之屬，緩流沉澱後的清水滲入沙池，那沙池晶亮閃耀，似有晶鑽，碧玉，水晶細沙及黑得發亮的細炭之屬、還有不知名的細礦砂等。潔淨清水出了沙池之後，又從一個地勢略低的泉池冒出。其上築有一亭以為泉眼之遮蔽，泉眼上安置著秋水之泉先天奇酒，秋水之泉持續冒出氣泡，似乎永不止歇。

　　全境用水由此泉眼分流而出，其水質，初則淡而無味，續行之後淡淡酒味漸出，甘美異常，流布四方。

　　鈺瓶仙子將伶優仙子安置妥適之後，面向渾身血汗的小龍說道：「你看看你呀，這一夜裡不眠不休地為伶兒續氣，自己都渾身血漬髒污也沒空打理！」

　　小龍一臉憂心之色，雖極困倦仍是硬自撐持：「都是我不好，沒法保護伶兒無事，卻讓她身受如此重傷！」

　　鈺瓶仙子將手上的乾淨衣裳交給小龍：「你別自責，戰場之上，誰也料不準會出什麼事情，你自己不也遍體是傷嗎？快去換了衣服！」

　　「謝謝姐姐！」小龍接過衣服，走向一條出水水道，在芋

涇河岸邊　遭逢劇變

荷遮蔽處，將身子及衣物徹底清洗了一番，換了乾淨衣裳，走回清心亭下，見鈺瓶仙子撩起裙角，在水池中爲伶優仙子細心洗滌臉龐及四肢。伶優仙子原本慘白臉色及四肢，漸有血色浮現，顯然這有著秋水之泉先天奇酒加持的泉水，對療治內外傷患，回復氣血運行頗有奇效……

鈺瓶仙子替伶優仙子寬解浴袍，小龍隨即轉身離開小亭，欣賞著芙蓉池中滿池荷花。據聞此處荷花四時盛放，紅、白、粉、黃各色俱備，且池中游魚繁多自在悠游，此時觀之，果然是眞。

小龍正自觀魚賞荷間，突見遠處雜木林中，似有何物驚擾了野鳥，鳥群四起飛竄，他不由得心生警覺，注目其中。久之，再無其他動靜，他便將目光隨意瀏覽著遠處民家。

小龍心繫伶優仙子，不敢走遠，只在小亭附近徘徊。

過了不算短的時間之後，鈺瓶仙子的聲音在呼喊著小龍。

小龍聽聞呼喚，便急向亭中走去。進了亭中卻見浸浴泉水之中的伶優仙子，已睜開她那迷濛柔美的雙眼，她有氣無力地說：「小龍，手伸過來，讓我握著！」

小龍便在水池邊的石板池緣上席地而坐，伸過雙手，與伶優仙子四掌交握。小龍覺得她雙手已顯溫熱，不再如早先時候的冰冷，便說道：「伶兒，妳可終於醒來了，一整個夜晚及早晨，可讓我耽足了心，不知所措！」

伶優仙子幾分有氣無力地說：「看來是老天爺怕你傷心，才又讓我回到人世……」兩人四目相接，似久別重逢，又是感慨，又是無限歡喜，許多溫柔關愛言語，一時毫無保留悉數傾吐……

涇河岸邊　遭逢劇變

一旁鈺瓶仙子也頗有所感：「好在這先天奇酒，果然是奇，看伶兒臉色漸漸紅潤，氣脈漸足，看來應該沒什麼好再耽心了……」鈺瓶仙子說完，伸手在沙池之中挑了一顆鴿卵大小十分漂亮的清透玉石，交給小龍，並說道：「這顆玉石你要隨身帶著，哪天你單獨在外，尋不到回來境界的方向時，只要將它放在掌心，誠心禱念：帶我回家，這玉石便會離手飛昇，你只要跟隨著它，便能回到境界裡來！」

小龍接過玉石，瞧了瞧，果真十分漂亮可愛，很得小龍歡心，便將它收好。心中想起了之前夜晚在雜木林邊的民居夜遊時，伶優仙子手上那顆神奇的小飛石，嘴上說道：「我們向來不都是一起行動的嗎？我只怕不會習慣獨自一人離開酒精靈界呀！」

伶優仙子滿是深情關心，對著小龍說道：「傻子，你記不記得我曾說過要送你一個小飛石的事？」小龍點了點頭。

伶優仙子又說：「這只是有備無患呀！就像哪天你在外喝醉了，記不得回家的路了，你便會需要它了……話說回來，我當真也不能讓你獨自一人離境在外瞎闖。但世事難料，你也該學學獨當一面才是，就像此次，如果我不幸離開大家了，你將如何？你畢竟不能不長大呀！」

小龍聽她這樣一說，也只得點頭以對：「伶兒妳別耽心，老天爺會一直保佑著妳，眷顧著妳，我也會學著長大的！」

伶優仙子又說：「還有，這世事難料，也許將來有一天，你還會離開我呢！」

小龍滿臉不解地望著伶優仙子：「才不會呢！雖說人總是會

涇河岸邊　遭逢劇變

變的，但我們是精靈，精靈的心是到老不變的，除非妳不再喜歡我，不然我到老都不願意離開妳！」

伶優仙子卻說：「等我老了，又老又醜，人老珠黃，滿頭白髮，兩眼無神，牙齒崩落，那時小龍還會喜歡我嗎？」

小龍聽她這話，似乎猶在意著以前涇河岸邊小龍的一句玩笑，便說：「此刻，先別瞎操心，且先讓我們渡過年輕歲月，其他的事，等我們老了再說，說不定老來之後，精靈的心也還是會變的呢！」

伶優仙子被小龍一鬧，臉色一變，是嗔亦喜：「臭小龍，妳又來欺負我！」卻是說得中氣十足，臉色已見紅潤，精神亦見飽滿……

議事殿中，被選派爲布散逍遙之源和浩然酒氣的眾人，會聚其中，除保護著兩罈奇酒，也探討著各人分派的行事內容，並做了無數次操習，務求一役功成。

時近正午，當眾人全心參議之時，忽見境地之外不遠，一道閃光突起，接著一團巨大火球爆燃，轟隆之聲及強大震撼隨後傳來，眾人被這巨響及震撼所撼動，紛紛將眼光望向那團巨大火球。各人心下不免疑問：「人界近來幾次投射大型火箭，卻三番兩次在境地附近爆炸，當眞是失敗炸開，還是意味著將有其他圖謀？」

眾人心下正自猜疑時，卻見一架大型海魟形狀飛行器自天空飛來，如入無人之地，強行直降殿外廣場。此時眾人莫不留神戒備，無上師，百穀王率先奔出察看。

就在一陣擾動氣流停息之後，從飛行器上走下三人，卻正

涇河岸邊　遭逢劇變

是金色怪人，送子鳥，無始老道。三人站定之後，那大金人面無表情高聲喊著：「叫你們境界主人出來聽話！」

無上師臉色一怒：「原來是人界三條聽話的走狗，俺只聽懂人話！」

送子鳥及無始老道一樣面無表情，大金人臉上卻浮現極不自然，極為生澀做作的憤怒表情：「我們不是狗，我們說的話，是主人說的話！」他語調平淡，全無起伏，亦無轉折頓挫。看來眼前這大金人除了極其強壯厲害，說話交談的本事卻是有待加強！

無上師不想見面就開打，是以尋他一番開心：「原來你家主人也說的是狗話！」

只見大金人幾乎要七竅生煙：「你，你，你不會聽話，叫我家無始道人說給你聽……」

無上師又說：「你錯了，你家那個名叫無恥道人，你有懂沒有懂？」

大金人幾近崩潰，大吼：「無恥道人，你說，他，他好聽……」

一旁百穀王不覺莞爾，廣場上合圍上來的眾人，也無不縱聲大笑。

無始道人臉色一沉，說道：「笑吧，盡情笑吧！反正你們能笑的時候不多了。貧道奉主人命令傳話各位……」

無上師對他更不客氣：「你那狗主人讓你傳著什麼話來了？吃人幾口剩飯，便主人長，主人短的沾沾自喜起來了，自甘下賤忝不知恥！」

無始老道看來即將動怒，卻是強自壓抑著怒氣：「陳先生要

涇河岸邊　遭逢劇變

我等轉告各位，務必在三日之內交出一駕銅牛車駕，如果不從，便要將大量的火箭投射到貴境，到時必將生靈塗炭，方才炸開的那枚，只是給你們一個警告，如果不從，下場將是如何，相信各位十分清楚！」

無上師面向送子鳥問道：「送子鳥，你有何說法？再怎麼不喜歡，這裡畢竟是你的源頭，你的老家呀！兩個境界，各擁天地，當真不能和平相處，各過各的活？」

送子鳥沉吟半晌，才慢慢說道：「無上師，方才的爆炸威力，相信你也見識到了，陳先生的為人如何，這些日子來的幾次交手，你不會不明白。我想，必要時候，用上更強等級的武器，他也不會猶豫心軟的。和平相處？可以的話，早先的那些事情便都不會發生，既然事情已經發生了，和平相處便只能是個遙遠的夢想！」

無上師說：「真有這麼難？」

送子鳥點了點頭：「事已至此，省點兒心思吧……此外，你們別以為護境界限修復完成後，便可遠走高飛，便可無法偵測捉摸。你應該明白，人界科技日新月異，區區一個古老的護境界限，哪能遮蔽得住信號穿透？無上師，為了酒界眾多生靈著想，勸你將車駕給他。我想，比起面對毫無勝算的戰禍，一個車駕的損失實在是微不足道……」送子鳥說話時候，似乎不著痕跡地留意著無始老道與怪異金人，只見他二人毫無異樣表情。

無上師似乎感覺送子鳥的話中藏著學問，便不再戲謔：「送子鳥，你和陳先生的話，俺會仔仔細細地想他一番透徹，如果沒別的事，你們可以走了，臨走，希望你奉勸陳先生，凡人界

涇河岸邊　遭逢劇變

再怎麼先進厲害，還是不能貪求無厭，也不能事事都不擇手段。人之所以為人，善良的人性還是十分要緊的。人界進步一日千里，只要循序漸進，相信沒有走不通的路，到不了的地方，有些事情何必急在一時？」

無上師這一番話，確是真心誠意，出自肺腑。只是道理人人都懂，真能壓抑人慾，追求良善本心的，畢竟是少。站在頂峰的陳先生，又能聽得幾分？

送子鳥三人離去之後，百穀王，無上師及隨後來到廣場的大帝師，眼望著堆置在廣場邊，殘破不堪尚未修復的二個車駕，各自臉有憂色，大帝師問道：「他們方才傳達的話，不知二位有何看法？」

無上師回答：「若不是境界修復大事在即，真該好好謀劃一番，再次興兵人界，將那姓陳的殺個措手不及。聽大魯蛇提起，這姓陳的在人界從事一些違逆天道自然的研究。幾次侵入本境，並在人界多次為難咱們行動的，也都是這姓陳的在背後策劃。總有一天，咱該重重狠狠，痛痛快快地給他一個厲害徹底的教訓，讓他知道，人界之外還有老天爺在看著，還有天理要守著……」

百穀王接著說：「無上師說的極是，但眼前還是以護境界限修護大事為重。一旦修復完成便可遠走高飛。另外送子鳥方才的話中似乎意有所指，他說的什麼信號遮蔽的，難不成是在暗示提醒著咱們什麼事，或者只是拿人界的先進科技來嚇唬咱們？還有，我以為銅牛車駕不應該給他，今天給他車駕，明天他便要吞下整個酒精靈界了！」

涇河岸邊　遭逢劇變

　　無上師點了點頭：「沒錯，銅牛車駕不能給他！另外，送子鳥說那什麼，什麼信號的，想來和上次虛空境界老鼠身上的物事相同道理，可以找來小龍及大魯蛇參詳一番。此外這三日之期，也正是秋分之日，這三日中境地內外更要小心！」

　　酒精靈界以往高飛在人界之上千百里之遙，有護境界限保護，如今已失了屏障，無奈下行，只在人界上方幾里高處，藉其大氣，對天中各式明暗炙烈的有害之光，稍作遮蔽。雖因天外飛石奇異之能，稍可隱其行蹤。但來自人界各類汙濁之氣日增，對酒精靈界無異是大傷。日久，只怕不再是個清淨樂土。修復境界的事勢在必行，且是愈早進行愈好，但大帝師卻選在秋分之日正午之時，那還得等上三天！不知大帝師有何考量？

　　眾人回至殿中，午膳宴席尚在擺設。無上師向大帝師問道：「大酒缸，俺有一事不明，為何你將布散先天酒氣的時間，挑選在秋分之日正午之時，有何道理？能不能提前個一兩日，咱們盡快完成工作，拍拍屁股走人，讓那些煩死人的凡人找不到咱們，豈不是好極？」

涇河岸邊　遭逢劇變

浩然之氣　逍遙遠遊

大帝師回道：「這我也想過，但是，

其一，近日節氣，秋分之日已至，秋分之日正午，本境極上正陽之氣最烈，極下正陰之氣最盛，而東南西北四極方位，正巧是陰陽之氣最為分明，也是最易調和之時。此時布氣，最是順暢易行，秋分之日布散酒氣，實乃天意。

其二，送子鳥似在暗示，本境之中藏有人界定位之器，恐怕此物真有穿透本境屏障之能力，務必盡快將其找出。

其三，要同時發功震盪二罈奇酒，勢須耗損莫大功力，我與樂先，任先生三人功體尚未完全復原，貿然提前，恐有風險，是以仍在秋分之日行之為宜……」

無上師若有所悟：「原來如此，看來這兩天，俺也要好生準備一番！」

大帝師點頭：「正是該當做足準備！如此重責，輕忽大意不得，更是失誤不得！」

無上師直到這一刻，才真正感到肩頭壓力的沉重……

金鷹將軍拗不過百花王之請，來到百花園中養傷。傷勢恢復迅速，這本該是值得慶賀高興的事。但不單是百花王心中萬分難過不捨，百花園裡的群芳眾艷，一向號稱四時不謝者，卻在這一兩日裡竟也都紛紛垂頭喪氣無精打采，彷彿也為著金鷹將軍與百花王，這對相知情重戀人的遭遇深感不捨。這是一種

無法預知，即將生離或竟是死別的無奈痛苦。金鷹將軍即便在戰場上，有著雖千萬人吾往矣的英雄氣概。但在此不知即將暫離或將永別前路不明的時候，兒女情長總是完全掩蓋了英雄氣概。即使盡力忍住即將離別的悲苦心情，眉宇之間總會在無意中，流露著難捨至愛的椎心之痛。

此時說什麼話都是多餘的，百花王絕望的深情淚眼，已足表明心跡。一切的相互依戀之情，終將消逝，最後一點微小的指望，微不足道的心願，卻只能寄望在任舒懷身上……

黑熊為金鷹將軍帶來一隻，英姿煥發顧盼自雄的金色雄鷹。其鷹眼，勾喙，利爪，毛色及強壯身姿，與金鷹將軍變化成雄鷹之時的模樣，幾無二致。此金鷹的到來，稍解二人愁苦離緒。

金鷹將軍修為雖高，卻全在武藝一途，於神靈意識翻轉變化之術法並無涉獵。倉促之時，唯有全賴任舒懷巧施術法，方能保其分化氣血散盡修為時，不致魂飛魄散，而能將神靈意識歸向金色雄鷹。

任舒懷說：「你既已能變化人形與金鷹之體，想來不致無處著手，你可知何謂識？」

金鷹搖搖頭：「不知！」

任舒懷說：「據混沌老道說，所謂識，其有三，神識得之於天地，靈識受之於父母，意識則由神靈二識滋生，依神識靈識導引及血肉軀體之滋養，清明智慧之歷練，氣血修為之精進而成，三者互為體用，交相增長。

神識賦其形體，定其行止，靈識傳其智能，亦為神識寄寓之所在，智能堆壘之場所，親子傳承之憑藉。意識則一經啟發，

浩然之氣　逍遙遠遊

終身爲用⋯⋯

本來秉承浩然之氣修持，到了一個程度，自會達到無往而不入之境，譬如堅冰，流水，雲霧之氣，自能隨遇而安，隨遇而形生其相。無處，無物不可互相接納，如寄微塵而廣被山川，附雲水而橫越千古。心念如雲捲舒，無物能束縛他，無能阻擋他來去。本來你能藉此機緣越過無數苦修直進其境，但你塵緣未了，自是不能一走了之⋯⋯

當秋分之日，你需專注與雄鷹身上三分神靈意識之相連。

當逍遙之源，浩然酒氣，因大帝師施法而激盪釋放之時，身處其中的你，血肉之軀與一切氣血修爲，將分化如霧，隨浩然正氣盡散其中。你只能專一執念，一旦形體解離分化，不論周遭如何變化，切記不可絲毫分心，速將神靈意識奮力歸向雄鷹，這一段路途，只有靠你自己，至於結果⋯⋯」

百花王按捺不住：「結果將如何？」

任舒懷嘆了口氣：「善盡人事，其他的但看緣分。如果不出差錯，也許還你一隻能說人話，陪你解釋相思之念的金色雄鷹，如有其他變化，則非我所能！」

金鷹將軍說道：「也只能如此，任先生費心周全的大恩大德，金鷹感懷不忘！」

一旁黑熊聽了任舒懷說話，似懂非懂，八成不懂，他比較在意的是任舒懷說的，但你塵緣未了，自是不能一走了之一句⋯⋯

如果送子鳥眞是話中有話，如果無上師的猜測沒錯，此時在境界之中某處，應該已經被安置了所謂的定位設備，這可是

浩然之氣　逍遙遠遊

極為嚴重的麻煩事情！這一兩天，只要是撥得出時間的酒界精靈們，無不主動參與尋找行動。每個人除了從起居之地找起，也都各分配了責任地域，各個都睜大了雙眼，鉅細靡遺地搜查。

大魯蛇和小龍也當然不會置身事外。

對於搜找發報信號的設備，大魯蛇雖知其方卻苦於相應器材不在手邊，只得和小龍以最原始的方法，雙腳加上了雙眼，四處找尋著。

小龍記起曾見雜木林中野鳥驚飛而起的事，便和大魯蛇二人穿過附近民家，進入雜木林中搜尋。

他們踩過小橋，穿越民家時，太陽西照，幾縷趕早的炊煙升起，灶下鍋中的油爆香氣飄散，頗有人間郊野農家的優閒景緻。

雜木林中林相雜亂，滿布著相思，黃槿，合歡，木麻黃等材薪樹種，也有著許多針葉冷地樹種混生其中，幾許花草野果，林中小獸野鳥蹤跡不少。

二人初入林中，不熟林徑，一無所獲，幾經轉折，卻在前日小龍眼見野鳥驚飛不遠處的沙地上，見到一些人類足跡。二人更加用心仔細尋找。不久，卻聽見林子裡不遠處，有人的乾咳聲音。二人小心循聲而往，卻聞到一陣燒烤野味的香氣。再小心翼翼地走近察看，卻見有二人正在林間空地升火燒烤，其中一人身著黑色勁裝，正大快朵頤吃著野味，另一人則身穿怪異閃亮的鎧甲，仰臥於地似在悠閒仰觀著樹梢群鳥，渾然不覺有人接近。大魯蛇看出那鎧甲是凡人科技，日光電能軟板。再細看那二人容貌竟是似曾相似，

「複製人種，忠誠一四九！」大魯蛇小聲說。

「虛空界小兵一六八號！」小龍也同時細聲說道。

二人互相使個眼色，準備抓人。他們身法猶似鬼魅，突然自樹叢後面竄出，小龍深怕一六八號小兵又化做一陣煙爆消失，便不假思索即往地上飛撲，一把抱住一六八號小兵，就地壓制。大魯蛇則手上一把廚工小刀，抵住忠誠一四九腰背，喝令：「不准動！」

被人制住身軀的黑衣人與小兵，先是一愣，繼而忠誠一四九語氣不慌不忙：「二位好快的身手，能在不知不覺中制伏我二人，我們認栽。二位到此的用意，我也清楚，何不放開我二人，有話好說！」

大魯蛇說：「放了你二人？讓你們逃之夭夭，那我和小龍豈不是白忙一場？」

忠誠一四九淡然說道：「我二人逃不掉，也不想逃走，如果想離開，早就走了，不會在此生火烤食！」

小龍說：「也對！」說完，即鬆手放了虛空小兵。大魯蛇也收起小廚刀。

忠誠一四九看看小龍二人，說道：「二位是不是正在找尋此物？」同時指指地上兩三個各自連著，一條閃亮細小長圓金屬條的小鐵盒。

大魯蛇點了點頭：「正是為著此物而來！」

忠誠一四九說道：「原來行家在此，但我不明白，何以有人得知我們正在布置此物？」

小龍回道：「此事請恕我們不方便透露。如果時間沒錯，二

浩然之氣　逍遙遠遊

位應是昨日便已到此，何以尚未離開？可有其他目的嗎？」

忠誠一四九反應也快：「看來是昨日那群驚嚇飛走的野鳥，洩漏了我二人行蹤……本來我二人受命在此安置幾個超強定位設備，一旦完成便可離開，但我二人決定不再回去了！」

「爲什麼？」大魯蛇與小龍同時問道。

「因爲我二人看不慣組織的行事作風，更不滿組織只是將我們當成機器來使用利用！」忠誠一四九說。

「還有，不合組織要求的，便要落得被損毀拆解的下場！」一六八小兵十分不滿地說道：「以往虛空境界體系的餘眾，除了界主被青牛老道收去，五大尊王暫被封存，金人戰將再被改造，我則因熟悉酒精靈界而被留下，其他的則已遭組織銷毀……」

小龍接著說道：「這些凡人眼中真是只有利益，愈來愈無人性……」

這一六八小兵所言果然與忠誠一四九前日之說一致，二人所說應是真話。定位設備既已拿到，爲免風險，大魯蛇便將他們的電能一一取出收妥。

四人又聊了片刻，熄去煙火，拿了設備，離開雜木林中……

三日之期倏忽已至。

秋分之日一早，酒界精靈們各自忙碌起來，布置施法場地的，在邊緣守備的，四處巡邏的，備辦酒食的，也有些老的，小的，關心的，看熱鬧的，全境一同，等待正午時分到來。

辰時才過，巳時方交，酒界入口，一架人界飛行機器停落。入口守衛通報說，人界，膽大包天科技集團執行長來訪。黑熊將軍，老龍及手邊沒事的十二公餘眾迅即趕往入口處。只見來

浩然之氣　逍遙遠遊

者除了怪異金人，無始老道及送子鳥之外，膽大包天執行長也親自到訪。

老龍見是陳執行長，拱手一揖：「執行長親自蒞臨，未克遠迎，失敬！」

那姓陳的也拱手回禮：「先生客氣了，客套話不多說，不知三日之前的提議，貴境考慮得如何？」

老龍答道：「關於此事，本境大帝師有言，銅牛車駕乃是本境代代相傳，往來各界不可或缺之重要器物設備，相贈之議，恕難從命。大帝師又說，人界自從懂得用火，用電，科技進步之路程，一日千里，本境古老之器物，還望先生不必放在心上！」

只見那姓陳的執行長，雖然所求見拒，臉上卻並未現出不悅之色，只淡淡地說了：「貴境白天而降，自夏至秋，四處強壓著人界群山之頂，橫衝直撞在大洋之上，雖說都在野地，雖然尚在雲頂之上，我怕有朝一日，一個不慎，人界不單是又要失去幾個山頭，更怕不知哪個高樓大廈林立之繁華城市，會意外遭殃，關於此事，不知貴境有何說法？」

老龍回道：「關於此事，還請先生甚勿掛懷，此為本境片刻不敢輕忽之大事，時候一到，自然遠離人境，不敢再長此叨擾！」

那姓陳的又說：「人的耐性是有限的，明日太陽升起之時，貴境如未遠離，便怨不得我手段凶狠！另外，本人御下不嚴，在近日中讓二個叛徒潛入，騷擾了貴境，為免其再添貴境麻煩，如見此二人，請將其交出，讓我帶回管教！」

老龍想了想說：「執行長的話，在下自是懂得，但萬一明日本境尚無法順利離開，也還請執行長再三思量，且莫急下重手，

浩然之氣　逍遙遠遊

古老的境地雖然看似遜拙，但我們也還有些不得不爲的手段。為了兩境萬千生靈，祈望先生三思！至於先生所說兩名貴客，既是在本境作客，那便請先生大量，讓他們在本境遊玩幾日，等他們想通了再回去不遲！」

那姓陳的至此始現慍怒之色：「連我的手下人，你也要藏，是不是太過分了？」

老龍也不客氣：「連我的座上客，你也要搶，你是不是太不客氣了？」

老龍話才說完，卻見小龍及大魯蛇帶著那一六八與一四九來到。

老龍瞪了小龍一眼：「不是讓他們在裡面好好地待著嗎？出來瞧什麼熱鬧？」

小龍說道：「他們二人堅持要來，我們不好阻攔！」

那姓陳的見了他二人，說道：「交代你兩人的事，可都辦好了嗎？」

忠誠一四九答道：「執行長明知故問，器材被人拿走，取去電池，自是任務失敗！」這忠誠一四九，要是在平日裡，膽敢用如此口氣對他的執行長答話，只怕會是下場悽慘，少不得一番鼻青臉腫，嘴歪眼斜，看來此刻他眞的是豁出去了！

那姓陳的又說：「以你二人能耐，只是架幾個設備，完成後便返回組織，當眞無法辦到？」

忠誠一四九說：「我二人想通了，從此離開組織不再回去！」

那姓陳的屬聲斥道：「你二人能逃多遠？又能逃多久？忠誠一四九是吧！沒有我的抗老藥物，你的一世能有多久？一六八

浩然之氣　逍遙遠遊

是嗎？你身上的儲電設備一旦壞了，你還能一路發動嗎？」那執行長看來頗為懊悔：「果然，我沒聽從虛空界主的警告，還決定讓你們保有個人思想，如今看來當真是我的失誤！」

忠誠一四九堅定地回答他說：「這些就不再勞您費心了，能有幾日自由，便享幾日快活，總好過在組織裡，從來只有任務，從來不被當人看待！」

那姓陳的提高音量：「那你二人真是鐵了心了？」

老龍仔細打量著一六八小兵二人，卻看不出此二人有何重要之處值得他執行長親自前來要人，於是開口問道：「兩位客人，需知本境之中，民風純樸，大夥兒全都坦誠相待，希望你二人入境隨俗，凡事不要有所隱瞞，我問你們，是不是你們身上帶著什麼重要的東西，讓這執行長不遠千里親自前來？」

忠誠一四九老實回答老龍的問話說：「我身上確實是帶著組織一些研究資料，希望從中找到抗老藥物配方，及儲電設備技術，其餘的，本來打算交給貴境行家！」

老龍卻說：「我們這古老境域，自成天地，貴境的苦心研究，本境不敢收受，如果你已找到所需，其他的，還給這先生吧！」

自古兩境交兵，貴在知己知彼，對於敵人情報，自然要鉅細靡遺，千方百計地蒐集分析，以訂致勝之策。老龍對這毫不費力，自動送上門來的對手資料，竟是毫不動心，如此異常的處置方式，真是讓人不明所以甚至覺得匪夷所思！

一旁小酒缸更是直嘀咕著：「真是老糊塗了，如此重要之物，怎能輕易回拒？真是輕重不分亂無章法毫不可取！」

卻不知老龍用心，其一，避免因此事件提前燃起戰火，妨

浩然之氣　逍遙遠遊

礙了護境界限修復的進行。其二，希望交出資料，能有機會換得一四九兩人自由，至少不再窮追。何況，先是拒絕贈與銅牛車駕。何況，先進知識八成無益於古老的酒精靈界。何況，收下資料後，又須耽心其是否眞實，是否算計，陷阱……收之何益？

只見一四九自其懷中取出一個，不足半個手掌大小的黑色方長型扁盒子：「全在這裡面！」

一四九說完，將這方盒子交給了怪異金人。金人收下方盒子時，那姓陳的一聲：「抓起來！」

怪異金人一聽命令，立即出手將一四九擒拿在手。

與此同時，卻見小龍眼明手快猶似山魈鬼魅之身形，迅雷之疾速，亦出手制住那姓陳的，小龍一手抓人，一手貼著那人天靈蓋上。有一瞬間，他甚至想一掌收拾了這人的性命，只因爲這人的不擇手段，差點兒害死了伶兒，但他轉念一想，應以大局爲重，便即克制自己……

老龍開口說道：「姓陳的，東西到手也就是了，何苦爲難手下人？如你所說，他們倆個既逃不久，也逃不遠，放過他們，你以爲如何？」

只見那姓陳的心有不甘說道：「放了！」

怪異金人便將一四九釋放。

小龍也隨之放人，並退回老龍背後。

老龍說道：「本境尚有要事忙碌，恕不遠送！」

那姓陳的悻悻然，不再自討沒趣，帶著手下離去……

先天酒氣布散施法之所，以朝殿前廣場爲極中之位，兩種

浩然之氣　逍遙遠遊

酒氣發散之源頭。

　　午時將近，一班精靈群眾退避至廣場高牆之外，大帝師，老龍，四大護法及金鷹將軍，在陣中盤坐調息。百花王，百果王等一班女眾，避在醉鼓樓側殿迴廊之中。黑熊將軍及小酒缸，小龍等人則在醒鐘樓側殿迴廊之下。

　　只見金鷹將軍身穿一襲正黃袍掛，那是他以自身代替酒精靈界一界之主，化作護境的清正之氣，保護一界生靈，能安穩生息其中而應得的榮耀。此刻他閉著雙眼，堅毅肅穆，等候施法時刻的啓動。

　　迴廊之下，百花王帶著金色雄鷹，目不轉睛地直視著場中的金鷹將軍，此時她的眼中不再是悲苦，而是透露著堅定自信及衷心希望……

　　正午才到，大帝師指示老龍開始施法。老龍接到指示，隨即變化成巨大銀龍，騰空而起，功行滿貫，氣運十成，一聲天龍巨吼，聲聞十里，氣動全境，告示著酒精靈界護境界限，啓動更新修復，此一聲長吼也震動了水氣，雲霧爲之凝結聚合，汙濁之氣爲之現形析出。大帝師及場中諸人皆挺身站立。金鷹將軍睜開眼睛，雙眼直視百花王手上金色雄鷹，那金鷹也似有靈犀，眼神片刻不離，專注目視著金鷹將軍。

　　此時鐘鼓齊鳴，大帝師雙掌各自運起極陽與至陰之掌氣，激盪著浩然酒氣與逍遙之源二罈先天奇酒，一聲喝令：「開罈！」

　　獅象護法同時將兩個罈蓋揭開，提氣運勁各以雙掌扶持，繼而大帝師窮盡他畢生修爲，氣灌雙掌，神靈意識之力齊注……

　　此時，二道先天酒氣衝天並起，連續呼嘯，二道氣柱先衝

浩然之氣　逍遙遠遊

極上，又各散向四極，再向極下而去。此時伴隨著五道金色光芒沖霄，七色祥雲瀰天，同時電閃雷鳴，酒精靈界全境爲之震動不已！

金鷹將軍依任舒懷所傳，分化氣血之軀，散盡自身修爲，其血肉之身軀解離分化一一析出，猶如風中揚起之金色沙塵，且隱約可見無數的金色鷹形光影，悉數併入二道衝天之氣柱，金鷹將軍一身的浩然正氣伴隨著浩然酒氣飛向正午的天際。

此時卻見其中三道金色鷹形光影，迅速飛向百花王手上的金色雄鷹……

當老龍一聲天龍巨吼，自極中傳遍其餘六極時，無上師及其他各極位施法者，同時發動自身元功靈能。

極上之位的無上師導引著逍遙及浩然二氣，浩然酒氣被金鷹的浩然正氣喚醒，與其相融併和，並瀰散天際，又因東南西北及極下各方位施法者之牽引，遂形成一個圓球形天幕，將這酒精靈境地環繞包裹，成了堅不可摧，嶄新的護境界限。逍遙之氣則充塞球形天幕之下，悉數遮掩壓制了汗濁之氣，形成了清正新奇的生養之氣息。

此時境界之震動未止，二罈先天之氣迸發未休，酒精靈界被一個巨大無邊透光圓球包裹，隨著地下石室，狗鼻子樹仙聯繫天外奇石發動其力，令此酒精靈界憑空飛升，漂浮於天，又是一個任意遨遊天地之間，隱逸於浩瀚空間與時間長河的奇妙境地……

眾人見修復已成，無不喜極而泣，相擁而舞，自此，再不必知曉境外之天明天暗，天清天濁，天崩天合，天生天老……

浩然之氣　逍遙遠遊

無上師及老龍自天而降，其餘各極位施法者亦飄然回落廣場。

此時，地上吹起微風天空飄下細雨，秋日太陽溫柔和煦灑照，浩然酒氣及逍遙之氣迸發之勢已緩。大帝師命人封住罈口，好生收藏此二個奇妙酒罈。

眾人心中雖是喜樂，卻又是悲傷感慨，只是淡淡地互道辛苦而已。因為他們雖然完成了修復大事，卻也同時失去了一個最要好的自己人，他是朋友，他是長官，他是部屬。這些複雜情緒漸漸升上了眾人心頭，幾個人已忍不住紅了眼眶，百花王更已是淚流滿面，她到底是有著椎心之痛呀！

她輕撫著金色雄鷹頭頂，幾分溫柔，幾絲害怕，她害怕著那不想得到的結果，她顫抖著聲音問那雄鷹：「金鷹，你還在嗎？」

那金色雄鷹目注著百花王良久，竟開口說話，聲音熟悉：「百花，我在……」

眾人聞言，尚來不及為百花王及金鷹感到幾分安慰時，卻驚覺一陣旋風忽起，百花王手上雄鷹雖未振翅，卻已隨風飛揚，身不由己，似被吸入風中，而那一陣風卻似被一股來白天際的巨大力量襲奪吞沒而去。不久，風突然停了，金色雄鷹卻已不見蹤影！

眾人一陣驚愕，紛紛眼望著天空找尋那雄鷹的蹤影。

百花王更是一陣心痛，一陣暈眩，她心中也許正恨著老天爺，竟連這最後一點點金鷹存在的感覺，也不留給她……

百果王趕緊攙扶著她在石椅上坐下。

浩然之氣　逍遙遠遊

正當眾人不知如何來安慰百花王時，一陣松柏煙氣飄降而來，一個身著道袍的老者忽自半空身姿輕靈飄然落地，站在眾人眼前。

無上師認得那人，又驚又喜：「好個渾蛋……混沌老道……原來你還活著……不對，那日在涇河岸邊自焚的人又是誰呀？」

那老道者向眾人行禮：「無上師，那日在涇河岸邊，我只說先走一步，還說我們會再相見，你卻是沒聽仔細。至於在那當下，施個術法，燒了一段木頭，竟也瞞過了所有人！真是不好意思！」

無上師面露喜色：「好你個老道，連俺都被你騙過了，該罰酒，該罰酒……」至於誰該罰誰，誰被誰罰，一切好說。

那混沌老道說：「這千年之後才又來臨的大喜事，自是要喝酒慶賀的，只是，還等著一件事情辦完了，再痛痛快快來喝！」

說罷，只見他閉目念了幾聲咒，隨後又揚起他手上拂塵，說了聲：「既是塵緣未了，那就快快回來！」

眾人但見眼前一道金色光影一閃，一個熟悉的身影出現，竟是一個英姿勃勃光彩煥發，肩頭站著一隻金色雄鷹的金鷹將軍。

金鷹將軍單膝著地，向著混沌老道跪謝：「多謝祖師爺盡心安排，讓金鷹得以重生！」

混沌老道伸手攙起金鷹：「舉手之勞，不必掛懷，倒是多虧了任舒懷，沒有他的盡心盡力，你八成沒有機會回來，只能永遠是一道清正之氣，一隻會說人話的老鷹……」

眾人又是歡喜，又是感動。當然，最是高興的，莫過於金

浩然之氣　逍遙遠遊

鷹及百花王二人。尤其是百花王,她那滿是淚痕的美麗臉龐上,終於重新露出了久違多時的燦爛笑容……

當酒精靈界又再度變成一顆巨大光球,像是一個小行星般騰空飛向遙遠天際,離開人界愈來愈遠之時,人界大洋之中一艘巨大船舶上,正有一人,雙手背負在後腰,目送著酒精靈界漸去漸遠。他的眼神中滿是貪婪,不平,不服氣……睥睨群倫,不可一世的他,手中正握著一小片,不知取自何處,發著青色螢光的石片。他將那石片拿到眼前瞧了又瞧,再看看天空中極遙遠處,那個看來已只剩一個光點大小的奇異境界,以堅定無比的語氣說道:「飛吧!儘管飛吧,不管多高,不管多遠,總有一天我要追上你們,超越你們……」

就在此時,他手中那石片突然變得炙熱異常,並現出小小的橙紅圓形光幕,離手而去,迅疾無比,直上青空,瞬間不見蹤影,他一時錯愕,極端失望,竟癱軟無力,跌坐在船板上。

他身旁的怪異金人則脫口而出:「飛吧!又高,又遠,追吧……」

此時大船周邊幾艘護衛船,急急不斷地對著酒精靈界發出監視追索的波束……

浩然之氣　逍遙遠遊

無端涉險　巧會靈猴

　　酒精靈界終於又能擺脫困境,不再借助人界氣息以資生養,也不必再受其汙濁之氣所累。藉著境地自身浩然酒氣的包覆,逍遙酒氣的涵養,不但宜溫宜涼,且能明暗隨心,四時隨意,靈動自在多了。

　　美食好酒,狂歡之日,境界之中時時有著好醉之朋伴,或青草地上席地而坐,或者花樹之下,土石之上,三五成群,或歌舞吟詠,或清談閒聊,喧囂終日。更處處可見互相鍾情合意之男女,或者成雙,或者相邀結伴成群,終日遊玩在這重生之美好境地,為此歡樂時刻更添精彩旖呢之色,此情景不下人間春日年節之繽紛熱鬧。

　　百穀王,鷹熊二將,小龍及花果二王,彩瓶雙艷這一群年輕人所到之處,真有如早春之明光初照,樹頭之繁花盛開,群峰彩蝶伴舞,鶯聲燕語相隨,哪個不是仙人一般?

　　在此歡樂時光,卻有一人,不喜四處漫遊,只見他獨自一人靜默不語,一柄百靈血刃片刻不離其身,手上一卷書冊,身邊一壺好酒,終日獨坐一棵狗鼻子樹下。小酒缸的行止看在無上師眼裡,不免耽憂,便尋了一個時間,邀了混沌老道,到了內殿拜訪參見大帝師,並將小酒缸幾日以來獨自翻書,遠離歡樂人群的情狀向著大帝師提起:「大酒缸,這些天裡境界中熱熱鬧鬧,歡慶快樂比之人間建醮,過年猶有過之,這般氣氛並不

常有。只是俺雙眼瞧著那小酒缸，看他似乎心中有事，渾不在意舉境歡騰的日子。小龍及百穀王相邀他遊玩，他卻是無心理會，自個兒一把兵刃，一卷書冊卻在那老樹下喝悶酒。俺不是挺了解他心性，卻有些兒替他耽心。大酒缸，這可是你的氣血骨肉，你可要留心一些！」

大帝師聽他一說，微閉著雙眼想了片刻，說道：「無上師不必多慮，人總是要在年輕時候經歷些風雨，才好整理出自己的方向，慢慢成就他自身的氣度風格。過些時候我相信他會找出自己想走的路。現在，一切都還在他自身的修習與醞釀之中，旁人能幫的不多。好在他對於翻閱書冊這件事情，還存在著一些興趣，希望他能從中得到些良好的啟發。」

無上師明白了大帝師對小酒缸的事也已經有所留心，才稍稍寬慰：「既然你有看法，那俺便放心了。閒著沒事，俺請來渾沌老前輩，咱們的祖師爺當酒伴，咱別只是說話，俺先乾，敬祖師爺，沒您出手幫忙，金鷹的事情不會這般圓滿！」說完仰盅而盡。大帝師也同樣舉杯向混沌老道恭謹敬酒。

混沌老道也毫不遲疑，爽快舉杯一飲而盡：「兩位客氣，關於金鷹，其實原來的護境浩然正氣，所幸還是完全藏在這一半尚存的浩然酒氣之中，並未在受損當日隨著其他護境之氣飄散。只是需要新的氣息將之喚醒。喚醒原來長存的浩然正氣之後，金鷹便算功成，才能得以全身而退。」

喝酒聊天需要話題，金鷹的事，自然是最佳題材。沒想到大帝師接下來所言，更叫混沌與無上師感到訝異。

大帝師說道：「金鷹不只完成任務，還通過了一個考驗！」

無端涉險　巧會靈猴

　　無上師不明大帝師所指爲何，問道：「什麼考驗？」

　　大帝師說道：「你忘了本境每逢百歲，便要換新境界之主，算算時日，時候也快到了！我已將金鷹選作繼任人選！」

　　無上師聞言，睜大眼睛：「這是大事，也是好事，只是，你爲何挑選的是金鷹？百穀王看來也不錯呀！還有小酒缸，不知他會有何想法？」

　　大帝師回道：「酒精靈境界之主，大大不同於其他王朝領袖。能擔當其職的，只有全心全意爲了境界存續，不計個人榮辱得失，甚至願意奉獻一己生命的，才能承擔其位，歷來都是如此，可以說他是個只有付出的職位。百穀王雖有經略之才，但他還是適合擔任百穀園之主，如果要他卸下百穀王之位，我還眞是想不出當前誰能接替他。我想他也會明白的。至於小酒缸，初生之犢未經歷練，別去理他！」

　　「原來如此，既然你已經有了人選，那是可喜可賀之事，爲了這事，咱再開懷喝他幾杯！」無上師一向豪飲作風，逢此至樂，自是心裡高興，嘴邊快活，腸胃收穫了！

　　金鷹將軍被選爲下任境主之事一經揭露傳開，立即大獲眾人贊同。雖然一直以來，多數人均冀望著百穀王能承接大寶，繼任大帝師之職。但在金鷹披上黃袍，不惜分化自身氣血，逸散浩然正氣，只爲完成重修護境界限的豪壯之舉，表現在眾人眼前之後，便深獲眾人眞心敬仰。這種只作犧牲，不問回報的大愛胸懷，無人不是眞心感佩。以金鷹擔當境主大任，確實是十分妥適，再好不過的事。

　　百穀王，黑熊將軍及諸護法，滿朝文武等，無不先後來向

無端涉險　巧會靈猴

金鷹道賀。

　　金鷹本來也以爲若由百穀王昇任境主最是合適，但大帝師既已決定，便推辭不得。畢竟境主一職是一種付出，一種重責大任的承擔，並非單是一種榮耀。

　　百穀王胸懷豁達，一向與鷹熊二將兄弟論交，誰來接任新境主，在他看來並無不同。他也自知，百穀園的興衰，事關一境生靈的溫飽及安樂與否。而百穀王安內攘外，綜攬全境大小事務，其肩負之重不下於境主，也絕非尋常角色力能擔當。

　　既以兄弟論交，則貴在知心，只講義氣，爭權謀位的事，自然也不是英雄好漢所在意當爲。百穀王一句眞心賀喜，金鷹一句重責大任仍需兄弟共同肩挑，道盡知交之眞義！

　　倒是小酒缸一人，自從相護三罈奇酒返境之後，性情似有轉變。變得不再多話，不再好事，終日只是觀書飲酒，除了刀不離身，便是離群獨行。境中現存幾本刀譜，雖已被他翻遍了數回。卻是從未見他起身舞弄，只偶然以指代刀，對著空中比劃，除此，便不理會境中之事。似金鷹即將接任新境主之事，看他也是充耳不聞，全不在意。

　　任舒懷對奇兵異器本就有著興趣，其所最稱精工者，雖是劍法，但對於刀法的認識，卻也不凡。見小酒缸自回境以來，便是刀不離身，自然留上了心。一日，又見小酒缸獨自在宮牆外的一株狗鼻子樹下翻書飲酒，便近身招呼：「小酒缸，看你獨自一人飲酒，不稍嫌沉悶些嗎？」大抵喝酒總是要呼朋引伴才稱熱鬧有趣。

　　「是任先生啊！不會呀！一人喝酒較爲隨興。任先生若有

無端涉險　巧會靈猴

興致同飲，咱倆便一起喝酒吧！」小酒缸抬眼望了望任舒懷，便即相邀。

任舒懷便在樹下坐定，取出酒壺，晃了晃：「正想找人喝酒，我先敬你！」說完，拿起酒壺，對嘴便喝，咕嚕有聲。

小酒缸也放下書冊，取酒又飲。

任舒懷哈了口氣，問道：「近日常看你刀不離身，書不離手，莫非你在研究刀法？」

小酒缸答道：「上回在人界與大金人交手，趁機拿了他手上的傢伙，近日對刀法有了興趣，是以翻遍了書樓所藏刀譜，只是隨興翻翻看看，倒不是真想刻意習練！」

任舒懷說道：「大凡一種興致的養成，有時是在無意間萌發，不見得刻意用心的便能持之長久，偶然興起的，有時候更是有趣引人。像喝酒，無意間碰上沾上了，便是一輩子愛上，想要改掉，卻也真是不太容易！」

小酒缸難得微笑：「任先生說的是，飲酒確能成癮。但酒中天地深廣不似這刀法單純。近日翻了幾冊，其中所記大概不離刀的霸氣，刀的雄渾，甚至有些兒像是蠻橫的道理。但我手上這刀怎麼看也不像是粗壯傢伙，那些砍樹劈材的刀法，很難合用！」

任舒懷雙眼凝神注視著這把小酒缸奪自境外的刀，只見這刀臨時教工匠以油木雕了刀鞘，刀出鞘時，但見青光泛漫，觸摸刀身，看似強韌無比，鋒刃卻又是銳利無雙。大凡刀劍，強韌則不易銳利，銳利則大多硬脆易折。此刀則強韌銳利兼而有之，恰到好處，實是不可多得。此刀，刃長四尺上下，刀身狹

無端涉險　巧會靈猴

長，寬僅兩寸左右，刀尖一尺之處略作彎弧收細，鋒芒明銳，看來極是引人，怪不得小酒缸愛不釋手。這刀看來雖然極美，也確實少見，只是隱然透著妖異邪氣，任舒懷讚道：「果然是難得的好刀，但它渾身透著邪氣，不知道它本質如何？」

小酒缸答道：「據那大金人的說法，這刀是獨特鋼材，加上沾了千百種鳥獸鮮血的銳利針頭，融鍛精煉，費心打造而成。大金人管它叫百靈血刃，說是專門拿來對付精靈神怪之用。我與他交手時，捱受了幾處皮肉傷，只覺得它鋒利異常而已。至於兵器者，是正是邪，但看是在何種品行的人手上持用。斬殺的若是善良無辜的好人，便是邪兵；誅殺的如是奸惡之徒，便是正義之器！」

任舒懷似有所悟：「原來如此，你說得沒錯，但光是聽它百靈血刃的名號，便足教人膽寒三分。你的體質氣血特異，這刀對你而言，便不能特別為害，只是一般尋常精靈，但有血肉者，一旦為它所傷，只怕便不只如此而已！你可要將此刀看好！此外這刀看來要以靈巧刀法，加上雄渾內勁，方能發揮。既說靈巧便要多變快速，又要雄渾勁道，確實也不是尋常刀法合用。我相信你有能力去駕馭它！只是它散發的邪氣，也不可等閒看待！」

任舒懷再三仔細，拿著刀，瞧了又瞧。

當二人探究著百靈血刃，刀鋒離鞘時，寒芒閃爍照眼，旁邊那株狗鼻子樹，似乎不安地幾次扭動著身子……

酒精靈界護境之氣歷經散逸衰敗，再經重生，便又將境地封閉，自由自在四方游移，與人界暫時相安無事，只在一些需

無端涉險　巧會靈猴

要食鹽及海味時，便悄然降至人界海洋，突然發動幾個水龍捲，拿了鹽，取了魚，便又悄然離去，看似無相驚擾，也實是無所為害。天生萬物本應共享，只要不過分量，守得分寸，也不必以此作為計較。至於其行徑堪稱掠奪，卻是偶一為之，尚不足為患。比之當今人界對大地江洋的無盡需索，酒精靈界對大海偶然的求取，當真是微不足道，何足道哉呀！

人界歲月如梭，時序入冬，大地的北方已見霜雪覆地。眼看著人界曆算節氣，已是霜雪季節到來，酒精靈界之中每個來自人界的精靈之屬，心中難免有著歲末將至的自然感覺。

本來酒精靈界不經風霜雨雪，寒暑歲時無異，亦無日夜之分，但在經歷護境之氣散逸期間，百穀及瓜果作物，似乎適應了日夜明暗的影響。是以百穀王等人與大帝師商議，參酌人界大地運行，建立起自身的日夜規律，卻不另造曆法。是單以因應作物日照份量之需而設，如此境中只有日夜之分，卻無寒暑之別，真正所謂四季如春，亦是一奇。

小龍與大魯蛇對忠誠一四九及小兵一六八這樣的特異人種極感興趣，四人便常走在一起，也無所不談。

大魯蛇無意中發現，小兵一六八竟然能在接近銅牛車駕時，獲得極大份量電能的補充。想來是對天外飛石的能源有所感應。而忠誠一四九所需經常使用的抗老藥物，經任舒懷研究其配方，竟是來自各類草木精煉而成，且竟然全在雜木林中齊全尋得其物！這對二人來說當真是來得輕易，何其幸運！二人再無憂慮，便在雜木林邊造屋住下。

一日午後，小龍獨自一人在百穀園中閒遊，他看著緩悠悠

無端涉險　巧會靈猴

的流水不停地流進稻田中。遠近稻田上有飛鳥翱翔，處處田水中有魚群悠游，螃蟹橫走，哪容得稻禾裡百蟲危害？值此人間寒冬，人界早已萬物俱都蟄伏，哪裡還有遍地青蔥翠綠的稻田景緻，與青熟不一的蜀稷穀糧繁盛？小龍此刻腳下舒服踩踏的此地，真是一個奇妙之境。說起這百穀園的種稻之地，聽伶兒提過，眼前那些縱橫密布的大小水渠，能讓每一方小水田幾乎同時得到活水，又兼具潔淨流水作用的設計，竟是出自膽大包天王博士私下提供的圖樣！比較起來，那送子鳥當真是差了人家好大一截了！他們兩人各在不同境地，也用不同方式游走於兩個不同境地，地位高下相差不多，人品卻是兩個截然不同的典型，那王博士雖是敵人身份，但瑕不掩瑜，雖說小貪錢財，卻因與百穀王的交情，對酒精靈界實是大有貢獻，將會受到酒精靈界眾人的敬重，而送子鳥則只能令人失望遭人唾罵……這每一個人，不論身處何地，除了他的一般成就高低，人們似乎更加在意他的品行優劣！

　　小龍正獨自遐想間，見不遠處一人緩緩走來，卻是忠誠一四九。小龍出聲招呼：「一四九，怎麼是你獨自一人，一六八呢？」

　　一四九回答說道：「他呀，此刻正在曬太陽，怎麼你也是獨自一人，你的好兄弟呢？」

　　小龍笑答：「你說大魯蛇嗎？他也許還在午睡，一日無事賽神仙啊！」

　　此時小龍忽見一四九手上正拿著一根黑色短棍在玩轉著，小龍好奇問道：「你手上是何物事？看來好生奇怪！」

　　一四九笑著回道：「沒什麼，只是個隨身玩物，你想要瞧

瞧？」說著，伸手遞上。

小龍心中好奇便也伸手去接。不想手掌才一碰上那黑色短棍，卻全身頓感劇烈震撼，一道超強電能瞬間襲擊而來，小龍一時差些站身不穩，卻忘了甩開那棍子。接著又是一陣電擊，小龍承受不住，便即跌坐地上，他有氣無力地說道：「一四九，你開什麼玩笑？拿這危險東西玩耍！」

「哈，小兄弟，這膽大包天特製的超強電能棍子，比之你身上自然而發的電能，孰強孰弱啊？」這一四九說。小龍雖然稍稍可以呼喚風雨引發雷電，然修為尚還粗淺，無意間著了一四九算計，一時招架不住，便即癱軟。

「膽大包天？一四九，你竟然還與那膽大包天持續來往嗎？」小龍一臉的不可置信。

只見這一四九卻緩緩蹲了下來，語氣一變聽來陌生，嚴厲地說道：「小鬼，你瞧仔細了，誰是一四九？一四九他們這些手下人，都是我的一點皮毛氣血複製而成，他們如何能夠與我相提並論？我是他們的根源，範本，你瞧清楚了嗎？」

說完，不待小龍掙扎說話，此人便將手上一團沾溼迷藥的棉布，掩在小龍口鼻之上。小龍意識模糊，即將昏迷之際，忽然想起了在人界涇陽城飯館中，那個手上拋擲出「長了翅膀酒瓶」的年輕漢子。接著便眼前一黑，就此不省人事。

只見這人挾持著昏迷中的小龍，化作一道迅如奔雷閃電的光影，竄出了酒精靈界，消失無蹤，卻還是無人發覺。及至天色近晚時，大魯蛇及一四九，一六八眾人，才想起已經大半天未看見小龍。便四處找尋到處打聽，卻是一無所得。直到問了

無端涉險　巧會靈猴

境地出入口的衛士，才得知過午時分，衛士忽覺眼前一花，似有一道無聲閃電劃過，不知可是與此相關？

大魯蛇心想：「大事不妙，八成小龍出事了！」便急急向無上師及老龍公等人稟報。

「這些天並未有人離境，就算小龍有事要想離開，也會稟報，也會大搖大擺地走……莫不是當真碰上了什麼事情？」百穀王十分了解小龍的個性。

「是呀，至少也該會跟我說一聲的！」伶優仙子焦慮不安地說。

無上師沉吟了半晌：「才得幾日安寧，不想人界便耐不住性子，找尋事端來了。也不知他們對付小龍是何用意，有何圖謀？」

大帝師則說：「但願不會真是人界惹事來了。大魯蛇，伶兒，你們可有透過神靈意識相通之法試試與他相互聯繫？」

大魯蛇回道：「稟大帝師，我們都已試過了，小龍確實已經不在境中。據出入口的衛士所言，今日過午時分出入口曾有閃電發生，如推測不差，應該是小龍離境的徵象。小龍的個性我們都清楚，他絕對不會不辭而別！八成真是出事情了！看來應該是被人擄走，而能挾持小龍如電閃一般，當著衛士眼前離境的，只怕不是一般高手可以輕易做到，我可真是耽心呀！」小龍大蛇這對好友，早在人界已是至交，小龍出事，大魯蛇當然更是無比耽心憂慮了！

老龍臉有憂色，卻是不發一語。

無上師知他心裡必然憂急，問道：「老龍，你有何想法？」

老龍回道：「又能如何？只能等了，對方來路不知，用意不

無端涉險　巧會靈猴

明，只能先等著，對方挾持小龍必有所圖，相信不久必有消息傳來。等消息明朗了再做道理！」

百穀王說道：「龍公說的雖是，但我們不能只是枯等，大家再想想各種可能吧。」

此時小酒缸則顯得躁動不安：「你們等吧！小龍是我的好友，就像老龍是大帝師的至交一樣。朋友有難，就要想盡辦法幫忙，大家都是如此，不是嗎？那就別再等啦！我要趕緊到那人界去探探。另外，小龍來到本境之前，還只是一介孩童，應該不會與人有何恩怨糾葛。來到本境之後，先後與虛空境界，膽大包天及涇河黃龍有過糾紛。虛空境界既已不存，眼前就是膽大包天與涇河龍族兩處較有可能。我先下去人界探探，也許會有消息。此時先機既失，斷不能再失時機！一切要快！對方要如何對待小龍，我們可是毫無眉目，一無所知呀……」

任舒懷聽小酒缸一席話，也說：「小酒缸的看法沒錯，時間急迫，確實不能坐等結果。我認為應該兵分二路，一路到涇河去尋，一路則向膽大包天去找！」

小酒缸又說：「此事不必大事張揚，但求其速。膽大包天這一路由我單獨前去即可！」他分析事理也許沒錯，但不知何來的自信竟敢獨闖膽大包天！

金鷹將軍也有說法：「會不會也有可能對方抓了小龍只是個幌子，意在擾亂我們。他們在意的，還是在本境的銅牛車駕，天外飛石，當我們忙亂時，便出奇兵搶奪強占，這也不能不防！」

眾人此時卻真是陷入了慌亂之中，一時各種推測並出。

最終，膽大包天一路，由小酒缸單獨成行。涇河龍族由百

無端涉險　巧會靈猴

穀王、鈺瓶仙子及老龍前去。無上師則往來兩地聯繫支援。至於心急如焚的伶優仙子，則因還是體傷柔弱，強被何忘機、夏小雨留在酒精靈界等候消息。

眾人對於小酒缸堅持單獨前往膽大包天探查一事，多不表贊同，但礙於他的倔拗脾氣，只得由他。無上師勸說不成，只能向大帝師發發牢騷：「他奶奶的，要說膽大包天，小酒缸這小傢伙的膽子，可不在那姓陳的惡人之下，看來天底下沒有他不敢去幹的事了！真叫人替他耽心！」

大帝師則語氣淡然：「這是他自找的，也是他該歷練的。你到了人界要多留意些，可不能誤了小龍的事……」

小酒缸拿了膽大包天路徑的圖紙，帶著百靈血刃，在日色薄暮中即刻便走。老龍等人則是隨意檢點了一些隨身之物，匆匆用過晚膳之後離去。

話說小龍不知昏睡了多久，更不知此身是在何地。只覺得在一陣身軀搖動之中悠悠醒轉。卻猶是感覺昏沉乏力。他一睜開模糊雙眼，看見身旁竟是一隻猴子，正伸手搖晃著自己。小龍勉力再揉揉雙眼。卻看見這隻猴子竟是人間酒廠那個靈猴，自己曾經藏身其腹中四十餘年，受其澆灌滋養，才得以從一隻小酒蟲化身成龍的那隻猴子。小龍一時心喜，以為做夢，便說：「猴爺，莫非我正在做夢？否則我們怎可能在此地見面？」

那猴子示意小龍盡量壓低聲音交談：「是呀！我也以為是在做夢。我只記得幾天前，我正自酒醉舒服快樂逍遙的時候，突然眼前閃電猝發，我只覺眼前一黑，便醉死了。等我醒來，便已身在此地。聽外面的說，他們抓了我先關在此地，過幾日便

無端涉險　巧會靈猴

要將我送去什麼膽大包天集團的地方做研究。我在此地過了幾天，只吃水果，沒有酒糟也沒有美酒。今天再次睡醒，卻看見一個陌生男子睡死眼前。我感到一股熟悉氣息，略一探查，便知是你小酒蟲。沒想到幾時不見，你竟變化成人，還長得人模人樣的，你且說說你是如何來到此地！」

小龍這才仔細打量著此地，這是一間磚造小屋，一盞小燈，一扇小窗，一道低矮小門。一邊角落隔了小小一間看似浴廁之所。整個看來，此處便是監牢之地無誤！

小龍起身伸手推門，果然門是由外上鎖的，伸手開窗，只見那窗也是從外面關鎖著的。小龍這才想起昏睡之前曾遭電擊，又想起從前在洞庭龍宮，見識了牢門被布放電網的事。便不敢再隨意推窗開門。

小龍低聲將如何被人電擊迷昏、被擒的事說了。看看猴子聽得入神，便又將別後的遭遇向猴子說了一回。那猴子更是驚異連連：「原來世上真有酒精靈界那美妙境地，小酒蟲你可真是幸運。來日如有機會，猴子我真想也到那兒去逛逛！」

小龍卻嘆了口氣：「也不知道能不能過得這關，如果平安渡過，自然要帶你上去看看的呀！」

那猴子卻毫無憂愁懼怕：「怕什麼，該來的總是會來，如果真是該在此地丟了小命，那也是你我命中注定，別瞎操心。先想想能不能拜託人家給點喝的要緊。幾天沒有酒喝，那才真是要命啊！」在此情景還念念不忘著喝酒，這猴子入迷上癮的程度堪稱深厚！

小龍聽猴子一番話，也就強作精神起來：「你呀，此時此地

無端涉險　巧會靈猴

還想著喝酒，當眞是愛得天翻地覆呀！」

　　一人一猴正說著聊著，卻眞有一陣飯菜香，從小窗隙縫飄了進來，又聽得女人家的溫柔話語：「乖乖吃飯喝酒，別打什麼其他主意，今夜好生睡飽，明日說不定便要砍頭了！嘻！嘻！」說才說完，只見小窗推開，一個盤子推了進來。上面擱了飯菜水果外加一壺酒。小龍接過盤子，與那猴子席地而坐，暫時放心大膽吃喝起來。一人一猴在此重逢，放低聲音吃喝聊天無所不談，直到飯菜水果不剩，酒壺也空，才各自趁著幾分醉意，在此冰冷小屋，互相緊依著就寢。至於明天是否眞要砍頭，先不想。此時此刻，別煩，別憂……「哼！好個送子鳥，如不是你出的主意，還有哪個壞人知道猴子與我的關係？連這不相干的你也要抓！總有一天，我要向你問個明白……嗯，伶兒眞好，伶兒好美呀！小龍一定要平安回去……」在幾番胡思亂想之後，小龍終於進入了夢鄉……

　　不知睡了多久，小龍又是被人搖醒，他睜眼看看，是猴子附在耳邊輕聲說：「小龍，方才小窗外頭那一雙賊眼，已經不在了，看來已經沒人監視著咱們了！」

　　小龍揉著雙眼：「猴爺，原來你一直沒睡著呀！」

　　猴子答道：「我在大白天睡飽了，這小屋子一到夜晚就凍死人了，怎麼也睡不著。喂，你還有辦法變化成小酒蟲身形嗎？」

　　小龍回道：「自然是可以，您有什麼點子嗎？」

　　猴子說：「你變回酒蟲，在酒壺裡待著，只要他們來收盤子，你便隨著矇混出去，到了外面，再見機行事。能回頭放我出去，就回來，如是不能就自己逃命去吧！我這把老骨頭，活得也夠

無端涉險　巧會靈猴

了！」

小龍說：「若不是我此刻昏頭悶腦，這個牢房還關不住我。就先依這個辦法進行，我先出去探探逃走的路徑，只要我能出去，必然也要想法子救你。但是我不敢再進入酒壺裡面，在飯碗圈底躲著應該一樣！」他八成想起了在洞庭龍宮時，在酒瓶中被人甕中捉鱉的糗事！

果然隔日一早，當小窗透進微光時，有人敲了敲窗子：「吃早飯啦！那個髒盤子順便拿來！咦！另外那小子人呢？」說話的是個男子，那人對著猴子比手劃腳，似在查問小龍下落。

猴子接過早飯，並將髒盤子交給那人，並刻意假裝似懂非懂，以長毛之手指指茅廁。窗外那人自言自語著說道：「拉屎就拉屎，也不回個話，莫非是又聾又啞……」

於是小龍隨著髒盤子離開了牢房，趁那人不注意時，一個彈跳，躍上了那人帽子頂上。極目四望，見此刻正在一處宮殿式道觀建築之中。在宮觀前廣場，就著暖暖朝陽。一大群人正在整齊劃一地舒筋活骨。這情景讓小龍想起了洞庭湖龍宮。奇的是，當小龍再仔細一觀，卻發現這一大群人竟也是一般水族精怪所化。好奇之餘，當他們行經一棵柏樹下時，小龍又是一個彈跳，躍上了樹枝，靜靜瞧著。

不多久，從廣場邊上走進了一支隊伍，小龍目光受其吸引，觀看仔細。卻見那些人的裝束，竟是膽大包天手下那些飛行戰士及人獸奇兵！

又過不久，另一群隊伍自天邊翱翔而來，卻是一群各色飛龍。小龍再三看了仔細，原來他們像極了宗教道觀中與山林野

無端涉險　巧會靈猴

地裡的各式龍族。

小龍心中暗自納悶：「這些人龍精怪等等，吃飽沒事，究竟做什麼來的？」

正狐疑間，廣場上群眾響起一陣拍掌歡呼。並都將目光向著道觀中門瞧了過來。原來從那道觀之中，正走出幾個人來。小龍好奇觀看，卻原來都是幾個熟面孔：正中是涇河黃龍，一側是涇陽城飯館中那對男女，另一側則是無始老道與飽食道糧那叛徒，青楓小道。

此時涇河黃龍開口說話，聲音自信，高亢響亮：「今天邀請諸位蒞臨本宮，是爲結盟儀式而來。我們有著共同目標，今後將攜手合作，共同面對飽食道糧，洞庭龍族和那神出鬼沒的酒精靈界。飽食道糧勢力雖不算大，卻長期占住附近山頭阻礙其開發。洞庭龍族與我涇河龍族則有千年夙怨未解。酒精靈界不但曾經與我結下樑子，更與飽食道糧及洞庭龍族交好，還屢次與膽大包天集團互相征戰。爲了妥善及統籌運用我們的戰力，我們商議正式結盟。現在有請膽大包天的代表，爲大家說話！」

此時群豪又是一陣拍掌歡呼。

繼而一人接著說話：「在下名號精英典範，此次忝爲膽大包天代表，今後將與各位並肩作戰，還請各位不吝指教！」說話的，原來正是擒拿小龍的人。原來他叫精英典範。只聽他又說：「爲眞誠參與此次結盟，膽大包天特別獻上兩份禮物，其一是本集團研製了一種藥物。除了可以有效對抗衰老，更可以提升各位的功力耐力，它還是傳統藥物精煉取得，只有益處，絕無害處！第二項禮物是我們抓了酒精靈界重要角色小白龍。膽大

無端涉險　巧會靈猴

包天真心誠意將他獻給各位，任憑各位隨意對他處置！」

此時涇河黃龍又再說話：「多謝膽大包天費心。在此結盟重要時刻，我想將酒精靈界那小子拿來祭旗，各位以爲如何呀？」此時群豪一陣振臂大呼：「祭旗！祭旗！祭旗……」

小龍一見眼前這大陣仗，又一聽祭旗二字，一陣暈眩，差點兒跌下樹來，慌忙化成一隻蒼蠅，急急飛奔至監牢小屋。在此情景，只有逃命，只能逃命，且是片刻遲疑不得！

到了小屋門口，眼見一個漢子正盡責用心地看管著，小龍不暇細想，變回龍形，擒住那人：「鑰匙呢？」

那人被突如其來的變故嚇得腿軟：「龍爺，這鑰匙不在我身上呢！」

小龍此刻慌亂，怒極，一掌將那人擊昏，使出蠻力欲破門救人，卻是不得要領。慌亂之中忽然想到一個辦法，隨即急忙運起極致的冰冷氣息，強加鎖頭之上，看看鎖頭結出冰霜，一爪揮向鎖頭，鎖頭應聲斷開。小龍踢開屋門，急呼：「猴爺快走，他們就要拿我祭旗，當眞要砍頭呢！眞是可惡！」

此時猴子一溜煙奔出牢房，看了看眼前巨龍：「你是小酒蟲？」

小龍點了點頭：「就是我，先趕緊離開再說！」卻是哪裡輕易走得？

兩人正欲奔逃，卻見一大群高手已自遠至近圍攏了過來。涇河黃龍大呼：「酒精靈界小白龍，你這個死對頭，哪能讓你輕易便走！」戰敗之恨竟是如此深刻，難怪他宗族已過千年之仇還是不能輕易放下！

無端涉險　巧會靈猴

此時小龍抓起猴子，奮力將他擲向林邊一棵樹上：「快走，有什麼話，以後見面再說！」

那猴子也當真逃得乾脆：「那你要保重呀！」話一說完，便一溜煙逃向樹林中去。

此時小龍怒極大吼：「黃龍，沒想到你真是如此兇殘！你我雖有過節，卻無深仇大恨，為何便要拿我性命？今日不再點到為止，豁盡全力，來吧！」

說完，便是一記閃電雷鳴轟出，擊昏了幾個兵勇。涇河黃龍也還以閃電，一來一往就此廝殺了起來！其他高手則是好整以暇，等在外圍，靜待出手時機。倒是幾條山林野地之飛龍即刻加入戰鬥，圍殺小龍。

小龍心想此番凶險從未經歷，一時腦中迅速運轉，思量脫身之策，同時體內虛空界主，陰差陽錯，無上師及老龍公眾家高手功力，在一瞬時陡然奔流了數次，更不及細想如何配合運用之道，不自主地雙掌齊出。涇河黃龍首當其衝，被強大複雜的氣勁轟擊，噴飛數丈。其餘飛龍又迅速合圍逼壓而來。小龍意在逃脫，隨意提運掌氣，向著四面連發轟擊，見合圍之勢稍鬆，本想也要逃向樹林，卻突然轉念，深怕此舉將會連累了猴子，便往反面向著涇河水面飛奔，同時即刻變身一隻龍蝨，竄入黃水之中。只是既入水中，任你是身穿甲胄，堅硬如龍蝨者，跳耀騰挪行動卻是不再流暢。此時一班涇河黃龍手下水族，又已追殺而來。小龍雖已身化龍蝨，畢竟不是真實水族，憋住了一時氣息，卻是不敢吸氣，深怕嗆水，只得半浮半沉，乘波而行……

無端涉險　巧會靈猴

一路浮沉順流，看來即將脫出險境，不料眼前水面卻突然橫出一根黑色巨大棍子，小龍一見那黑色棍子心中一驚，未經細想，便又化身巨龍，同時一道閃電擊出，正中那黑色棍子。只見持棍的正是精英典範。他受此電擊，急忙甩開棍子，雙眼悻悻然瞪著小龍，隨即身子向後一躍，同時手中多了把利劍，劍式一啓，便又迅即向著小龍揮砍刺殺而來。

小龍不敢大意，縱跳騰躍，避其鋒芒，同時伺機還以指爪。一來一往，忽而空中，忽而水面，各顯本事殺得酣暢極致。

在交戰中，小龍只覺得對手劍法似爲眼熟，便更加留意尋思，這豈不正是當日夏小風姊妹二人對戰樂陶然的相似套路？此時小龍心中自是一驚，心想：「這人招式分明無異於任舒懷，難不成與他有何淵源？」心中如此想像，便即分神，身形步法便即慢了，幾次差點遭到劍鋒所傷。他心中既有掛慮，出手便有滯礙，保留，一時險狀橫生，不得已便踏落水面，前手後足聚氣貫之，激盪出一片水幕，蘊含著冰雹與水花向著精英典範飛濺激射。精英典範被這一陣水冰衝擊，只得迅速閉眼倒退。

小龍激盪出三波水幕之後，正待逃向空中，卻見上方飛行戰士與十數條飛龍合圍來攻。此時小龍因運氣過急，氣力回復漸慢，只得轉身奔向河岸。卻在四足未及落地時，驚覺一條飛索不知來自何處，已經纏上了手足軀幹。又覺得那繩索一陣緊縮，小龍身不由己吐出了一大口氣息，同時不由自主地變回人身，便再也動彈不得。小龍循著繩索看去，繩索另外一端卻正是那無始老道正在運使揮動著，同時一道蛇形青色光影，沿著繩索飛向小龍之後，那條繩索便即離開無始老道手上，將小龍

無端涉險　巧會靈猴

上身連著雙手捆陀螺似的緊緊紮滿。

小龍靈機一動，心想：「我便化成個小跳蚤，先脫開束縛再說！」於是勉力再提運內能，期能再做一番變化。卻哪裡還有半分力氣？小龍多變的功體，在這條繩索的束縛之下，竟悉數遭到禁閉，再無一樣可以使喚。

「完了，這是條什麼奇怪的繩子呀？」小龍心灰意冷，暗自嘆道。

此時竟有一個陌生的女子聲音突然出現在小龍耳邊：「敗在本姑娘手下，你不算冤枉！」

小龍一時愕然，四下張望，卻不見半個人影，只見幾條飛龍迅速朝他飛落。

一群人押解著小龍回到涇河龍宮前廣場。小龍此刻已然心死，不再做無謂抗拒，心想：「罷了，想來我小白龍今日合該命喪此地。只是可憐那伶兒，必然要心痛不已！」

心中一想起了伶兒，小龍的求生鬥志又起。曾聽任舒懷說過，金鷹曾欲將神靈意識寄託在一隻平凡老鷹身上的事，他便也想如法炮製。打定主意之後，便即收拾翻轉自身的神靈意識，同時雙眼搜尋著林邊樹巔，以期能有飛鳥之屬可資寄身，再做他圖。

廣場上此時竟然驟起雲霧，四周氣溫驟降，看來即將會有一場風雪要來。一班林間及瓦頂上的飛鳥就此逃逸無蹤。就連一向無處不在的小蒼蠅也躲藏去了！小龍絕沒想到，這平常日子裡惹人厭嫌的蒼蠅蚊子，今日卻成了活命寄生之所託，且竟然是急欲求之而不可得！小龍心想莫非這是老天爺在刻意試

無端涉險　巧會靈猴

煉？但我小龍可是堂堂龍族尊貴之身，豈能就此認輸？

　　小龍心想：「就尋他一枝青綠樹枝吧！也許有用吧？這有生萬物生命的生死榮枯不都是相似的嗎？」

　　這時，一個清晰的聲音，似是來自遙遠天際，在小龍耳邊響起：「……如伴扶搖而直上者，如寄漂舟而順流者，如隨明光而遍照者，萬物皆無不可依之附之！若能得其真義，縱貫古今，跨越天地，輾轉輪迴，有何難哉？」這聲音竟似是混沌老道模樣，小龍心想那該是發自清涼之道書頁之中。

　　隨著那聲音之後，卻又有一個女子聲音緊接著傳來：「小子聽著，你的身上本就無物，一切束縛均是自作。世人自視清高，實是作繭自縛，儒釋道學均是虛假，唯有自身利害是真。生命無價，生存之道便是競爭二字，便是不擇手段一個法門，犧牲一說只是欺矇無智之輩，是非善惡也只是個片面說法。凡人無知，妄圖透過持修便要超凡入聖，卻想不透是該拿各種禮教繩索往自身上綑綁，還是應該回歸自性，鬆綁一切別人強加的，還有自作聰明加上的所有繩索？自困於見山是山，山不是山的迷惑之中。你應該聽我一言，就此放下那些虛假禮教，順應自性，便能解脫束縛超脫一切，這才是持修的途徑……」

　　小龍又聽到這女子聲音，心中大感驚奇，暗自尋思：「這女子聲音究竟是誰所發？來自何處？她的說法該不就是大家所說的妖言惑眾吧？」

　　卻聽那聲音又說：「我叫朱小青，便是此刻將你牢牢綑綁的繩索。你的來歷及心中所有想法已經被我完全掌握，我是為了你好，一番言論卻是被你當作妖言迷惑。勸你認清現實，主動

無端涉險　巧會靈猴

歸降，刻意示好，或許尚有一線生機，否則涇河黃龍勢必藉機殺你！」

小龍又心想：「既然她說清楚我的心中所想，想必應該也知道我絕不是個背棄朋友貪生怕死的人，想來她並未真正掌握我的心思，只是想藉機動搖我的心志罷了！只是不知這人或說這條繩索的來歷，何以她也能與我意識相連？」

卻聽那聲音又說：「你別懷疑，我確實是完全清楚你的內心一切。這一天裡，你最在意的人，是個叫做伶兒的女子，沒錯吧？那你更是不能命喪於此，讓她往後傷心痛苦。至於我的來歷，我也來自酒精靈界，是無始道長將我從酒精靈界背陽一面那陰寒之地偷偷帶了出來。我的修爲之高，絕非你能想像。眼前，歸入無始門下，才是聰明之策！」

小龍心中又想：「既然她也來自酒精靈界，爲何不將我放了？」

那聲音又說：「我曾在酒精靈界吃苦受罪，是無始讓我遠離其地，我豈能背叛無始，將你放開？除非你能歸入無始門下，否則終將一切徒勞！你想寄生他物？你這是將自身當成神仙了！這些都是癡心妄想，快快改變心意，否則就要來不及了！想像那明晃晃，亮閃閃的鋼刀利斧，一旦向著你的脖子砍來，往後這美好的有生世界，便與你完全無關了！你心中那摯愛的伶兒，不也曾經說過什麼再世，什麼來生都只是個騙人的說法嗎？哈，你和那伶兒的緣分將在那刀斧砍下之後就此斷絕！你與她的連結，只會剩下遺憾，後悔，心痛，還有她悲慘餘生的煎熬折磨而已，哈哈哈……」

無端涉險　巧會靈猴

接著又是混沌的聲音:「小龍別聽她胡說！生命的意義價值在延續正道,有形的生命豈能永世不滅？活著時但求無愧天地,若為貪生,不慎失足便將徒留後世無盡的罵名。困惑於生死兩端,不辨是非善惡,才真是被那懦弱人性的繩索所綁。你要堅持己見,試想夏小風,夏小雨如何不是碧玉英華,彩瓶雙艷如何不是土石精魄,若是不能寄魂寓識,她們又是從何而來？你不可讓這妖邪之徒左右了心志……」

那女子又說:「小子,你想依附樹木而生。你卻不想它們自從向著泥土紮根一站,順勢而生,如果斧鋸加身,就是有心想逃卻是一步也走不了,當真十足可怕。如果躲過了斧鋸加身,就算能活千年歲月,但那又是如何的寒暑煎熬,又要憂慮著天打雷劈,火燒水沖強風拔根,與遍嚐無盡的寂寥？你當真甘心在此人生巔峰年歲,便撒手而去,自困於樹木之中？正道又如何？無人傳續也就煙消雲散了,往生之後,無人膜拜也一樣是過眼雲煙。只有眼前當下才真正是你的,只有這百歲上下之軀,才是你最該珍惜的!」

隨即幾種不同的言論便在小龍心中交互出現,彼此辯駁,聽得小龍冷汗直流,心緒震盪難安,身子竟然不由自主地顫抖不已。

不久,龍宮的鐘鼓聲及數個號角手洪亮的號角聲音震天響起,那幾個領頭結盟的人與龍,又都已站到那龍宮露台之上,同時一隻代表著涇河龍族,膽大包天與無始老道所領龍族聯盟的嶄新旗幟,被迎向了廣場臨時布置的長桌旁邊端正立起。其圖騰張揚威武,旗幟飾帶鮮明,隨風飄揚,似是張牙舞爪的惡

無端涉險　巧會靈猴

龍一般。

隨後一個手持明亮銳利大板斧的大個頭，也大搖大擺地走進了場中。

眾人站定之後，那聯盟中的女人家來到小龍面前開口說道：「小子，給你一個活命機會，如果你肯離開酒精靈界，投身在無始道長門下，我倒是可以替你求情。」

小龍在那當下，心中確實短暫有過幾分動搖，但想到自己懦弱的作為，將會帶給酒精靈界的同伴們多少失望，甚至是羞辱，便即搖了搖頭：「謝謝您的好意，但是我不能辜負酒精靈界對我的期望！」絕命當前的此刻，小龍心中才真正體會了早先金鷹將軍的品格與胸懷氣度。

那女人家又轉身向著無始老道與涇河黃龍，說道：「要不，咱們暫時將他留下，用他來交換一駕銅牛車吧！」

無始老道卻說：「那就不用了，等我們攻下了飽食道糧，在那附近山頭埋藏有不少當年天外飛石衝撞後的殘片，妳膽大包天將可隨意開採。」無始老道似乎自有他的盤算。而涇河黃龍則始終不發一語，且似乎有點兒不耐煩了。

這無始老道的一番說法，竟然瞬間就翻轉掩蓋了小龍方才內心所經歷的一切想像與真實！

此時廣場群豪之中有人帶頭鼓譟：「祭旗，祭旗……」瞧他的位置，卻正是聯盟兵力檢校時，涇河將士所在之處。隨即全場祭旗之聲如雷轟鳴，那手持大板斧的大個頭，又將他手上的大板斧再三高舉舞弄著，這些傢伙果真個個都是野蠻好殺的嗜血性格。

無端涉險　巧會靈猴

　　小龍心中雖然有了主意，要將自身的神靈意識寄託在最近處的樹枝身上。但見此情勢時，卻又是一陣心慌神亂。就在他感覺有點兒前途不明，不知所措時，卻驚覺口袋中一團物事忽然變得極是炙熱。小龍這才想起之前鈺瓶仙子曾在荷花池畔相贈小片天外飛石的事。小龍立即心念一起，將那發熱飛石當做是安定心神的依靠，專心誠意地祝禱著：「飛石啊，飛石！我小白龍眼前正在大難關頭，只能將希望寄託於您，懇求您能救我脫險，如是知我心事，請您快些將我身上這條怪異的繩索除去……」他再三禱念懇求。卻也真是奇怪，莫非真有靈驗？他只覺得那團熱氣竟然飛出了衣服口袋，又看它變做一道紅光，在小龍週身一陣飛旋之後，小龍身上這條堅韌無比，緊緊捆紮的怪異繩索竟自鬆脫，跌落在地上，且瞬間變成一條蜷曲不動無力張揚的赤尾青色長蛇。

　　既脫出束縛，小龍心中大喜，立即奮力向上，騰空飛起，緊緊跟著天外飛石的光芒飛奔逃命，此時，小龍背後一陣陣彈子破空之聲隨即響起……

　　跟著，逃著，不久，那一團光芒竟自慢了下來。小龍追及，伸出手掌，那一團紅光收斂之後，那顆飛石便飛落他的掌心。小龍滿心激動緊握著石片，此時背後追兵已到，他正欲加快腳步再度向前奔逃，卻突見前方幾道光影迎面而來。看仔細，那正是老龍幾人尋到此地。小龍心想：「看來今日之危已解，我這就要得救了！」

　　老龍看著小龍一副狼狽模樣，又看看他背後的大陣仗追兵，便話不多說，起手一道凌厲雄渾的掌氣劈出，正中幾個當頭的

無端涉險　巧會靈猴

追兵。百穀王也立即出手打倒了數人。小龍收好石片，向他們說了聲：「先離開此地吧，還不是打架的時候，有要緊的事待說！」話雖如此，此時不動動手，還真是手癢難耐，他揮手動腳，迅速撂倒了兩三個追兵。

龍公見人已找到，便一招手：「走吧！」一群人便循著老龍來時之路奔回，片刻之後，背後追兵已落得甚遠了。

眾人進入了一處密林中，緩下腳步。小龍直說：「好險！方才差點兒丟了小命呢！看來，我們還得先到飽食道糧，找到混沌祖師爺，有重要的事情向他稟報！」

於是小龍邊走邊將離境後的遭遇向眾人說了一遍。大夥兒也莫不替他捏了把冷汗。都說好在是小飛石適時幫了大忙。小龍則再三向鈺瓶仙子道謝。鈺瓶仙子不敢居功，說道：「那是你的福氣，其實我並不知道這石片竟然有此能力與靈性。也當真是老天有眼，不然小龍你真要出事了，伶兒將來的日子可就不知要怎樣過下去了！」

一群人走著走著，看見前方一隻猴子蹦出了樹林，等在路邊，原來正是小龍口中的猴爺。小龍便一一替彼此引見。既也是愛酒的同道，又各與小龍淵源深厚，彼此相見倍感親切，便就此同行。

一行人一路上聊著，走著，不久便來到了飽食道糧。在其門人通報之後，大夥兒進入洞中見了混沌老道。只見飽食道糧徒眾，此時比之從前更見光鮮精神，洞中擺設及清理打掃也更徹底，不再刻意表現衰敗之象。及至見了混沌老道，卻見他也是更加硬朗強健，談笑風生。

無端涉險　巧會靈猴

老龍說道：「晚輩此番前來，未先知會，實是臨時有要緊事情稟報祖師爺，還望恕罪！」

混沌老道回禮說道：「何罪之有？飽食道糧這兒隨時歡迎酒精靈界眾人前來，不必拘謹！」

老龍又說：「有一件事不得不據實稟告，貴師弟無始道長連同貴教叛徒青楓，與涇河龍族及膽大包天共三個組織，在今日稍早正式結盟，不知祖師爺可有聽說？」

混沌老道臉無異色：「此事倒是未曾聽說，但這三方結盟與否似乎也無差別，這背後都是膽大包天在撥弄風浪。一直以來，他們對於本地附近山頭是早有用心，對酒精靈界也有圖謀！」

老龍卻頗為憂心：「話是沒錯，但是一旦結盟，那些本來膽小的，卻也變得大膽了，本來不敢輕易嘗試，進行的勾當，便會以為有了靠山，勢力大增而放膽去做！另外，聽小龍說，就連遠近各地宮觀一脈，本來的正派龍族，竟然也有些心志不堅的，被人說動了，涉入了聯盟之中！」

混沌老道這才臉色略沉：「料想是我那不成材的師弟所搗的鬼……這宮觀龍族一脈勢力龐大，當真非同小可！只是教規嚴謹，膽敢私自涉入的，應該只是少數，這事，我真得好好想個法子！」

老龍又說：「若當真是貴師弟的手筆，那膽大包天姓陳的之前所灑下的銀子，就真是花得大大值得了，比起他所算計的，恐怕是好過太多了！還有，他們一但結盟，便會興兵出師，肆無忌憚，恐怕身為他們眼中釘的敵人，障礙，我們是該有所準備才是。只是我們各在天南地北。一但有事，遠水難救近火，

無端涉險　巧會靈猴

不知前輩有何應對的良策？」

混沌老道想了想：「眼前本派徒眾不多，實力不足，我想暫時先將地界酒泉陰差陽錯及其幾個同道，手下，調來此地相幫，並暫時封了地界酒泉！」

老龍聽混沌老道已有盤算，重要消息也已帶到，便即告辭：「晚輩尚需趕緊通知洞庭龍族，便即刻告辭，望祖師爺保重！」

混沌老道也不便留客：「本想大家難得一見，便該多些時間敘敘。既有要事，我便不再強留諸位，也請大家各自珍重！」

當眾人轉身即將離去時，混沌似乎發現了什麼，便又說道：「小龍你且稍等，翻開上身衣服讓我瞧瞧你的身上。」

小龍依言停下腳步：「祖師爺，弟子身上有些什麼問題嗎？」說完便掀開上衣，坦胸露背讓那混沌觀之。

混沌在小龍上身各處仔細瞧著，又氣運雙掌，似乎想為小龍除去身上的邪穢。幾番來回拔消之後，他搖了搖頭：「小龍，看來你竟然遇見她了，你的身上似乎沾染了她慣用的邪毒，只是不對呀，她被困在境界裡那極陰之地無盡休眠之中，如何脫出？」

眾人不明所以，小龍卻想起自己受困涇河龍宮時，神靈意識中所經歷那一場混沌祖師爺與女子的，正道延續與個人的生死價值之辯。便問道：「前輩說的，可是叫做朱小青的那一條奇怪的繩子？」

混沌點點頭：「正是她，但她不是條繩子，是條精實修煉的赤尾青蛇，沒想到她竟然脫出了冰雪牢籠！」

小龍說：「據她所言，是無始道長將她偷偷救出帶離。原來

無端涉險　巧會靈猴

酒精靈界還有那樣的地方呀，怪不得鈺姐姐說過那極陰之地是個禁區！」

混沌又說：「任憑你是得道高人，內心總是難免還有一絲陰暗之處，就像高高的天際之上，那純白亮眼的白雲，也還會沾惹些浮世的塵埃。陰陽，明暗，清濁，正邪種種，本來一直都是同時並存，不必害怕，只是不可放任邪穢惡念在內心任意滋長就好。」

眾人同聲答道：「謹遵祖師爺教誨！」

混沌微笑點頭，又對著小龍說道：「這幾天你要多多留意著自己雙臂之上，那兩道青色小蛇的紋路，如是慢慢淡化那就沒事，如果顏色變深，甚至其他地方又多出了蛇紋，就要特別留意。有空翻翻清涼之道，上面記著一些辦法可以應付。」

小龍看看自己雙臂之上，果然各自有著兩道神形宛然的細小蛇紋，便自言自語說道：「還自誇著說她的修為高不可測，原來只是對人下毒的手段厲害一些罷了，她連個小飛石都應付不了，看來也只是吹牛皮的功夫了得罷了！」

混沌卻說：「這便是一物剋一物的道理，天外飛石正好能夠壓制她的功體，但千萬不可小看她的本事，日後再遇此人，能避則避！」

小龍回道：「弟子曉得！」他當然不會忘記，當那條怪異繩索綑綁上來時，自己所有的功夫修為，竟在瞬間就被輕易鎮壓鎖住的經歷，那可確實不是好玩的事情。除此之外，她還能輕易探知人心，影響心志，隨便就讓小龍冷汗直流，渾身顫抖，也許這才是她最厲害的本領吧！

無端涉險　巧會靈猴

眾人離開了飽食道糧，便匆匆趕路，避過了涇河龍宮方向，朝著洞庭湖所在，提運氣息，上騰身形，小龍則背負著猴子，眾人火速飛向洞庭龍宮。

老龍此行本在尋找小龍，對於需要前往洞庭，卻是未在行程安排之中。對於洞庭龍宮，心中尚有些些芥蒂。但要緊事情當前，卻也不得不行。

千里之遙雖遠，一兩個時辰才過，洞庭湖便已在望。眾人緩下行速，覷準了方位，直向著洞庭龍宮降下。

老龍自然還是不敢直下龍宮前面廣場，那地方腳下不踏實，頭頂上有電網……便在小湖旁邊的小空地上落下，走了段路，找上了守衛，通報了來意。不久，老龍王夫婦及三龍女，洞庭小龍等全都出門迎接。兩方相見，無不歡喜相迎。進了龍宮，龍王吩咐備下晚宴款待眾人。眾人入席坐定，也不再客氣，拿箸舉杯，邊吃邊聊。

小龍恭敬地將日間在涇河龍宮的所見所聞，向洞庭龍王說了一遍。

老龍並說：「本來這事不該將洞庭龍族牽扯進來，奈何涇河黃龍確實氣焰太高，仗著他聯盟勢眾，便將他千年前的先人恩怨重提，當真是不可理喻！」

三龍女則說：「看來涇河龍族後輩，永遠不會放下這段恩怨。雖說時過千年，涇河龍族早已更替數代，卻還是這般掛懷舊怨。但願涇河小輩只是嘴上盛氣之時說說，不會真想動武！」三龍女心中自也是有幾分為難，畢竟當年恩怨起因一半是在她身上！

無端涉險　巧會靈猴

百穀王則說：「這可不好預料。此事又牽連著部份宮觀及山野龍族涉入其中，事情便愈發複雜。這結盟的壞處之一，便是一但有人想要藉機牽連生事，就方便多了。或得到幫手，或得到漁利，或借刀殺人，其中糾葛總是不易理清，再加上有心人的刻意經營，要在聯盟之中不被推拉著走，卻是從來沒有的！一但進了聯盟，又像是一同跳進了大染缸，對外結仇時大家都會有份。聯盟之中也有強弱之分，更有精明愚魯之別。利潤均沾也從來只是說著好聽。要是發現勢頭不對，想著退出，那也還得要有過人的本事⋯⋯多數人只看那一時的風光囂張，卻不知苦頭在後，真是一無是處⋯⋯」百穀王怕是酒喝多了，話也多些，但也都是真實的道理。

洞庭小龍也說：「百穀王說得沒錯⋯⋯但是既然人家都點名招呼了，我們也不好悶不吭聲，需得更加留心因應！多謝各位不辭千里火速前來相告，我再敬各位！」洞庭小龍曾在酒精靈界受到照顧，對眾人自有一份相親之意，他起身舉杯一飲而盡。老龍眾人也起身回敬，一團歡洽和樂。

宴飲畢，洞庭龍王誠意留客。老龍卻再三推辭：「龍王盛情只能先行心領，來日必再到訪。只是經此日間遭遇，我這後輩小龍恐怕還是心有餘悸。另外本境之中，尚有一人心中特別記掛著他，此刻只怕已是心急如焚。我們得趕緊回去報個平安，早一刻，是一刻呀，呵呵！」

洞庭眾人自是深解其意，三龍女更是知其緣由，見證其情：「前輩說的，莫不是上回與公子前來洞庭的小姑娘，那叫伶兒的是嗎？她可真是漂亮，怪不得公子掛心呢！」

無端涉險　巧會靈猴

老龍點了點頭，小龍則不好意思地臉上一陣溫熱。

洞庭龍王聽這一說便不再強留：「那便早一刻啟程，一路順風……」

小龍這一路上，鬚鬣迎風飄甩，心情從未有過如此舒暢，一顆心早早飄回了酒精靈界裡。他想吼出歡樂長嘯，卻聽此時身邊正巧有人唱起了小曲兒，那是鈺瓶仙子無比悅耳柔美的歌聲：「只道它，兩端思念千里長，原來是，一樣關懷方寸間。思從前，相見歡，臉兒拂過了春風，心兒塗擦了甜蜜；想此刻，別離苦，臉兒吹上了秋霜，心兒沾惹了黃蓮。也還有今宵相思滋味，微酸，微甜，微微苦。更盼望明日再見心情，稍慌，稍窘，稍稍急……」

小龍知她調侃著自己，便苦笑道：「鈺姐姐好像也嚐過那微酸，微甜，微微苦的滋味呀！」

鈺瓶仙子向百穀王示意，並說了聲：「還不快去催趕一下那個領路的小飛石，要它加足腳力飛快一些，你沒看到，小龍急得好幾次都快撞上它了呀！」

無端涉險　巧會靈猴

意外之厄　料想之中

　　眾人回到了酒精靈界，已過夜半。大夥兒才到境地出入口，遠遠地便看見一個女子急切地奔走而來。一見面，什麼話都未說，那女子張開雙臂，便將小龍擁抱滿懷，只聞啜泣聲，小龍則是兩行清淚，不自主地滑落臉頰。

　　守門衛士說，伶優仙子這些時間裡，來來回回到此盼望等待無數回了，也不知道三餐都吃了沒？

　　小龍伸出手，輕輕地碰著伶優仙子下巴，輕輕地抬起她的臉頰。卻見她只是一臉倦容，一臉淚痕，沒有破涕為笑，只是靜靜地，專注地看著自己，雙眼中只有千般的不捨。伶優仙子單薄的嘴唇微動：「你……可終於平安回來了！」二人相見，感覺竟是一日不見如三月兮難比，倒真的像是恍如隔世才說貼切。曾經的綽約風姿，如今的太過消瘦，伶優仙子這回當真是為伊消得人憔悴了！

　　小龍只說了聲：「害妳耽心了！」便又將她擁入懷中，眼前這人，終究是他遭逢劫難時，心中的明燈依靠……

　　翌日一早，眾人齊聚朝殿廣場，百穀王便請小龍將被人挾持離境的遭遇向大家說了，同時也向大家引介了人界靈猴。

　　眾人對人界三股勢力結盟的事都頗為憂心，更耽憂著小酒缸與無上師的安危。

　　直至近午時分，眾人才看見老龍及金鷹陪著大帝師走出朝

殿。但見大帝師臉色竟是極爲罕見的沉悶：「這一兩日，我心中似乎有所感應，我怕小酒缸此行將有危厄！」

老龍說道：「我們本該極力阻止小酒缸離境，至少不能讓他獨闖膽大包天！」

大帝師搖了搖頭：「攔他不住的，據我這些時日從旁觀察，恐怕他的心智已經受到了外物影響，是個難以解開的索套，旁人也無從幫手，這事還只能旁觀。」

金鷹卻說：「屬下以爲事在人爲，不能只爲了遷就小酒缸的脾氣，便放任他獨自涉險。依屬下想法，不如快快選派高手到那人界見機行事。不能讓小酒缸及無上師當眞遇上麻煩，急需救援時卻無可用的幫手！」

老龍也深表贊同：「金鷹說得沒錯，人在當眞求助無門時，我就不信他還能耍什麼倔強脾氣。金鷹，你去挑幾個好手來，我和百穀王再去走一趟！」

大帝師拗不過二人強求，只得點頭應允，並當即相邀眾官進殿商議如何應對人界結盟之事。

眼尖心細的幾個朝官們，似乎覺得這一兩日，大帝師遇事總顯得有些慌亂，有些遲疑不決。莫非他當眞料知，小酒缸此行眞會遭逢危厄，自己卻又無處著手？因此行止有些失措慌張？

當金鷹，百穀王忙於點派兵勇之時，小龍向老龍說：「小酒缸此行是爲了救我，說什麼我也要同大夥兒再到人界一趟！」

老龍說道：「你既是平安脫險全身而退，於情於理，就不能對小酒缸的安危不聞不問。但我怕伶兒耽心，不放你走！」

意外之厄　料想之中

小龍說：「這事我再同伶兒商量，畢竟她已經不是三歲孩童，人情世故，事情輕重應該懂得，她雖任性，卻應該不會不知分寸才是！」

一旁猴子有話：「小酒蟲，當天我一被抓到小屋子那兒，聽到膽大包天那對男女說話，也許他們並不知道我懂人話，在我身邊無所不談。那男子稱呼女的為夫人，態度頗為恭敬。他說，如果真能得到宮觀龍族加入聯盟為我所用，利用他們與涇河黃龍及洞庭龍族之間錯綜複雜的矛盾及利害關係，應該可以從中找到不少利益。涇河黃龍表面雖然順服於膽大包天，實則另有所圖，他真正在意的是藉此壯大自己的聲勢與實力。依執行長與無始老道的計議，要收攏黃龍的心只怕是要略施恩惠於他。依執行長說法，黃龍在數月前，曾在酒精靈界小白龍手底下吃過虧，面子上掛不住，心中懊惱，常想著一有機會便要報那一箭之仇。執行長要我向送子鳥取得引領進入酒精靈界之物。潛入酒精靈界，伺機抓了小白龍作為結盟大禮……」

「原來如此，真是那姓陳的與無始老道在背後興風作浪！」老龍說。

那猴子又說：「他們還說，等聯盟已成，他們便大舉興師。先假意攻伐洞庭龍族，實則佯攻，只為威嚇洞庭，然後留下少許兵力牽制，騷擾洞庭龍族。讓他們自顧不暇，兵力不敢離開洞庭。之後聯盟兵力又全力攻打保飽食道糧，真能拿下便拿下，一時無法攻取，便又留下少量騷擾兵力。最終，將要傾聯盟所有兵力，揮師酒精靈界，與酒精靈界正面對決，不將酒精靈界拿下，便不罷休……」

意外之厄　料想之中

鼠公聽著，便說道：「膽大包天打的如意算盤，倒也不是沒有道理。然而洞庭龍族與飽食道糧，雖然長久未有重大戰亂兵禍，但他們也都不是沒有眼睛耳朵，也不是不長腦子。膽大包天的算計雖好，卻也不見得真能發揮效用。此外，古法有云，三軍未動，糧草先行，這聯盟兵力勞師動眾，千里奔波，兩地忙碌卻只是為了揚其武，立其威，鎮嚇洞廷龍族與飽食道糧，這種猶如兒戲的用兵之道，我真不知，他們依據的是什麼？在我看來，還只是像草寇流氓，毫無章法的行軍布兵方式罷了。但不管如何，本境勢將難免面對著一場大仗要打。只是可恨這送子鳥，竟將出入本境的方法洩漏給了膽大包天，不拿他問罪難消心頭之恨！」鼠公最恨懷有異心的人，他曾遭誤解為私下替虛空境界辦事。此外他對於膽大包大聯盟雖然勢大，行軍用兵卻如兒戲，深深地不以為然。

虎公說道：「關於兵法，我雖不懂，但在當今瞬息千里的急速行軍中及短暫交兵的作戰性質，糧草有時並不是最稱重要，反而人界火器及能源補充的後勤還要緊些……」古之糧草搬運龐大卻單純，今之後勤補給精細又繁雜，一旦動了刀兵，豈有輕鬆容易便能取勝之事？無不是傾盡舉國之精神與國力為之，故歷朝領頭者，無不是極力避免。所謂掠奪侵襲，豈真有如探囊取物之便？雙方成敗最終在上下共同的決心與意志，然後勝者，敗者雙方卻無不是損失慘重……

老龍聽完猴子說話，瞪了那猴子一眼，抱怨道：「老猴，如此重要消息，為何在人界不說，現在才提？」

看來老龍此時竟將人界那猴子當成是生肖猴公，又誤將人

意外之厄　料想之中

界之事記成是老猴同行了。

那猴子說：「關於這個，猴子我當眞是萬分抱歉了，我整天醉醺醺的，又從未有過如此震撼的遭遇，飽受驚嚇之餘，一時忘了說！」

一旁正牌生肖猴公說：「老龍，你怎生如此對待貴客？」同時還了老龍一個大白眼。又對人界猴子說：「同道的，這消息當眞是重要，時猶未晚，等會兒同我去見大帝師，向他稟報。話說，你我長得還眞是相像，不但長了一身猴毛，還都有著一根毛茸茸的長尾巴，活像是互爲翻版，怪不得有人不長眼睛，錯認你我了！」

那猴子說：「無妨！」

老龍回神認淸之後，不好意思地說：「卻是我老龍一時心急糊塗，誤將你與老猴的身分換了，還望猴仙莫怪！」

這會兒人界猴子平白變成猴仙了！

小龍既然要再下人界，伶優仙子便說什麼也要跟隨：「我受重傷至今，也過了二月有餘，能痊癒便痊癒了，別拿什麼傷筋挫骨一百天的話來唬我！眞要是在人界碰上什麼不測，我也心甘情願承擔！」

小龍說：「可是我該如何向你媽媽外公他們交代？」

伶優仙子卻頗爲堅持：「我又不是什麼三歲孩童，還要給他們什麼交代？這一兩天裡，媽媽已經被我糾纏得不知該要拿我如何是好，料想她應該不會再阻擋了！」

小龍也心有不忍沒了主意，便依著她：「好吧，還說什麼不是三歲孩童，妳那糾纏功夫，當眞是十足的孩子氣……」

意外之厄　料想之中

且說小酒缸依著圖紙，在離境隔日一早，找到了膽大包天基地。便偷偷摸摸，遮遮掩掩費了好大功夫，避過許多耳目，將膽大包天前前後後，裡裡外外摸個仔細，卻始終不見小龍蹤影。只看到其中一個廳室中，關鎖著一隻小送子鳥，心想那八成準是老送子鳥大人被人拘禁的兒子。此外，偌大的膽大包天裡，除了總工程師領著一班手下，正在那兒埋頭苦幹做研究以外，執行長，大金人，無始老道及送子鳥俱都不在。看來，就算小龍真是被膽大包天所挾持，此刻應該也不在此處。正猶疑間，恰好無上師尋來。

　　小酒缸將此地情況清楚明白以告，並要無上師前去涇河龍族那兒探探：「涇河那兒有了龍公加上你無上師，夠了。我留在此地遛遛轉轉，留意一下其他發展。你先往涇河尋他們去吧！」

　　無上師說：「也好，你留在此地繼續查探，目的只在留意小龍的行蹤，伺機搭救。其他切勿多生事端！謹記俺的話！」

　　小酒缸說：「我曉得！」

　　無上師離開之後，小酒缸更加仔細將膽大包天內外又搜了幾回，直到日下西山。便在附近山邊找個石洞，將就窩藏了一夜，翌日又摸到了膽大包天，心中卻是有了其他盤算，便將無上師的話晾在一旁。

　　小酒缸發現這段時間裡，膽大包天意外的竟是沒有大人在家，姓陳的不在，大金人不在，無始老道及送子鳥也都不曾再回來過，看在小酒缸眼中，此刻的膽大包天無異是座空城。

　　小酒缸在膽大包天又待到了午後，卻依然未見到小龍在此的跡象，他終於沉不住氣，便準備摸近那總工程師身邊，看看

意外之厄　料想之中

能否從他的口中問出些什麼道理來。

心中盤算既定，他即化身變成一隻飛蠅，到了總工程師室外面，看那姓王的獨自一人正在忙著，身邊並無其他人員。小酒缸又化成一隻螞蟻，爬進了室內。然後便將自己隱身，大搖大擺地走近那姓王的身邊。在他耳邊壓低聲音說話，同時伸手，準備在必要時搗住他嘴吧，防止他大聲呼救：「姓王的，你別驚慌，聽我說話！」

那王博士正自專心整理資料時，一聽有人對他說話，回頭卻不見有何其他人影，拍了拍自己腦袋：「見鬼了，哪兒來的聲音？」

小酒缸又說：「你別嚷嚷，不然我一彈指，你立刻小命不保，知道嗎？」

此時王博士臉色一片慘白，雙腿發抖，癱坐在椅子上：「你，你是誰，有何要事？」

「乖乖回話，別管我是誰，我便不傷你。我問你，這一兩天酒精靈界小白龍，是不是被你們抓來這裡？老老實實回話！」小酒缸問他。

王博士回道：「這個我倒是沒看到，如果外面營房監牢沒看到人，八成就不在此地了！」

小酒缸問：「那姓陳的，還有大金人，送子鳥他們那一班人呢？爲何不在此地？」

王博士答道：「他們去爲一艘即將完成的大型發射船舉辦發表會，應該很快回來，你快些兒離開吧！」

小酒缸又說：「如果我不想快些兒離開呢？我再問你，爲何

意外之厄　料想之中

前面房間裡頭只關著一隻送子鳥？我聽人說，本來應該會有兩隻的，爲什麼？」

王博士略有遲疑：「這，這個我就不知道了。有時確實是兩隻都在，是何原因，我不清楚，關於此事，執行長不許任何人問起！」

小酒缸心想：「看來小龍眞是不在此處，但是路途遙遠不能白走這一趟。索性順手摸鳥，氣死你膽大包天！還有老送子鳥，你說膽大包天用那小鳥當做人質，脅制著你。我便放了那小鳥，看你還有什麼說法！」心中主意既定，便又化做螞蟻，變成飛蠅，回到藏刀處，留下了一個冷汗直流暗自慶幸，自己一顆裝滿了智慧學問的寶貝腦袋，還安然留在脖子上的王博士，而他自然也是不敢呼救了！

小酒缸取了刀，摸到關著小送子鳥的房間，利刀出鞘，叮噹一聲砍斷了鎖頭，迅即開門抱著那小送子鳥便立刻走人。此時警鈴聲響，小酒缸一手抓著小鳥，一手持刀，快如閃電，一路直奔，衝過了衛士營舍，眼看著即將通過小工場，前方卻有幾個衛士迎面合圍而來。小酒缸不作多想，兩三個光球從他肩背浮起，一聲：「去！」幾個光球向前一路飛去，當之者立刻摔飛倒地。小酒缸趁機奔出營舍，經過機房與無人操作的自主廠房時，他想製造紛亂，又是一個光球轟向那電能控制區，引發了一陣強烈閃爆，自己則抱著小送子鳥奔出了洞口。

說巧不巧，卻正是那執行長，老送子鳥及大金人正自下車，走了進來。

陳執行長一看到小酒缸手抱著小送子鳥便大呼：「攔下他，

意外之厄　料想之中

別讓他走！」

此時，後有追兵，前有兩大高手攔路，小酒缸不發一語，利刀在手，對著執行長當頭即劈，卻讓大金人即時搞了開去。隨後大群追兵一擁而上，有的急忙護著執行長，其餘則將個小酒缸團團圍住。

大金人眼看著百靈血刀就在小酒缸手上，火氣上了心頭：「你那隻我的，還我！不用它亂來，會出人命！」大金人說話雖是鄙俗不堪，聞之者卻無不莞爾。

小酒缸答：「刀在小爺手上，來拿呀！不想死人就快讓開！」他運起深厚內力，挪動輕盈身法，那刀似乎起了嗜血本性，似在催促著小酒缸動手殺人。

小酒缸想也沒想，望著背後圍兵，橫刀一掃，遛了一圈。只聽到數聲慘叫，幾個最近內圍的兵士，幾乎在同一時間截手斷腳，肚破腸流，倒了一地。

老送子鳥見狀大呼：「小酒缸，能走就走吧，別再多造殺業！」

卻只見小酒缸此時就像變了個人，眼神冷厲臉色表情極是嚇人，野蠻獸性不受遏制，任意爆發，正欲再次揮刀殺戮，卻見大金人雙手已經各持刀劍，欺身進逼。小酒缸舉起百靈血刃應招。

大金人使起金刀銀劍，氣勢磅礴，每個砍劈刺擊，都如巨大海浪衝擊又像山崩土石掩來，勢不可擋。小酒缸運使百靈血刃，其身法初則稍有凝滯，交手不久，卻立即上手，攻守得宜，漸成套路體系。進擊時，如豹子逐獵，迅猛無雙；退避時，如

意外之厄　料想之中

落葉隨風，轉折瀟灑。刀鋒含蓄著千鈞之力，與之相接則是排山倒海之勁，迅即爆發。小酒缸數月的翻書參酌，腦海中自創的招式，全在此時發揮印證。他的武學根基與天賦，確實少見！

膽大包天雖有眾多兵士，手上雖有先進火器，卻無發揮餘地，只能遠遠地合而圍之暫做壁上觀。

此時老送子鳥最是苦惱，他眼看著自己的寶貝小鳥被人抓在手上，卻是不敢放膽搶回，只能左邊右邊來回奔走，緊隨著交手二人移動，一雙眼睛緊盯著小送子鳥，急如熱鍋上的螞蟻：「小心頭，留意腳，當心呀，別傷了小鳥……」

大金人則破口大罵：「你，笨鳥，幫忙，不亂叫！」

一場混戰，一時難解。

小酒缸一手持刀，一手抓鳥，未免覺得礙手。便一面與大金人廝殺周旋，一面趁機接近老送子鳥：「想要鳥嗎？我只看到一隻！」迅即避開大金人刀鋒，轉了一圈，又再次接近：「眼睛放亮，看好了！」又邊打邊說：「我要放鳥，留意了！」

他又與大金人拆了幾招，突然，小酒缸把手一揚，將小送子鳥拋向天空。

此時大金人竟是一愣，雙眼瞧著天空。老送子鳥則迅即飛騰向上。卻見脫出他人掌握的小送子鳥雙翅一張，向外急飛而去。

眾人一時失神，看著天上鳥飛。此時有個眼明手快的兵士，舉起了手上的傢伙，瞄準那小送子鳥，看來是他的習慣動作。這小兵四肢健全手腳靈活，卻是個不長腦袋的，不然可能原來就是個獵戶吧！

意外之厄　料想之中

老送子鳥一眼瞥見，急急大吼一聲：「誰敢！」隨即一道掌氣劈了下來，那眼明手快，卻是不長眼睛的士兵「唉呀！」一聲悶哼，隨即倒地不起。這人亮槍，瞄準，挨打，倒地，一氣呵成，全無頓挫！他的習慣動作這回倒真是叫他吃足了苦頭！

天空一老一小送子鳥則是迅速飛離，卻再也沒人敢追，敢瞄！

此時小酒缸已至人刀合一之境，盡情揮灑施為，應對金刀銀劍，已占上風。就在一招取勝之機，小酒缸全力揮刀砍向大金人當胸空門。卻只見一道金鐵交擊的火光一閃，大金人踉蹌倒地。卻又即刻起身跳躍立起，胸前只是一道表淺刀痕，並無大傷。

大金人拍拍屁股說道：「這刀，殺精靈，好，不殺我！」說罷，刀劍同時回擊砍來，步步進逼，更是只攻不防。如此一來，小酒缸反遭掣肘。

小酒缸知曉百靈血刃已不足應付大金人，便改採守勢並將交戰圈子拉開。小酒缸運起三顆光球，推向大金人。大金人避之不及，身受光球電擊，身上閃光及輕煙並起，他又跌坐地上。

小酒缸再提血刃，傾全力刺擊大金人方才傷口，卻是無法更加刺入分毫。大金人雖是跌坐地上，卻還能刀劍齊揚揮砍迎戰小酒缸。

小酒缸喊了聲：「罷了，要這破銅爛鐵何用！」手上奮力一擲，將那百靈血刃遠遠地向外拋出。同時豁盡全力，雙手齊揚運出了七顆光球轟向那大金人。大金人再經這強力一擊便承受不住，倒地不起。

意外之厄　料想之中

小酒缸過度損耗之氣息一回，正要飛向空中逃離時，卻驚覺背後一道凌厲的掌氣襲來，他此時已無回身接招之力也來不及閃避，便硬生生受此宏大一掌，並藉其掌勁飛縱而上，逃出戰場，在他回頭時候一眼瞥見，這渾厚無比，要他性命的一掌，竟是來自稍晚現身的無始老道。

　　如要說，小酒缸所受這要命的一掌，本是可以避讓的災厄，那就是天底下所有的禍事，都不是機緣巧合而無非全是自找的麻煩了。小酒缸如果不是多生事端，抓了小送子鳥，就算不巧碰上了大金人時，也大可拍拍屁股逃命走人，最終不必捱受無始老道這一掌。但果真是如此，小酒缸便不是當前的小酒缸，而百靈血刃也就算不上是能夠左右人心，變易性格的邪異之器了……

　　原來涇河聯盟欲以小龍祭旗，卻終究是被小龍逃脫。涇河黃龍十分懊惱，次日一早草草舉辦了聯盟宴會，宴飲一旦結束，也不再真心留客。膽大包天精英典範留下了常駐聯盟的兵力，便與他口中的夫人先行離去，又趁機到了涇渭之地隨處賞景一番。無始老道則與涇河黃龍在私下商議一些事情之後，便也帶著青楓小道及兩三個宮觀龍屬離開了涇河龍宮，前去經營他的門派勢力……

　　回頭說那無上師，自離開了小酒缸後，便欲直奔涇河龍宮，前去探查小龍的蹤跡。他一離開膽大包天後，便飛躍上了雲端。才過不久，遠遠地便瞧見前方幾個膽大包天的飛行戰士正在習練戰技。無上師加快飛速，摸到一個戰士身旁，出其不意伸手一抓，就像老鷹在空中捕捉小鳥一般，手裡拎著那驚慌失措的

意外之厄　料想之中

戰士飛快離去，那戰士的隊友們急忙趕來搭救，卻被無上師回頭一陣掌氣侍候，紛紛搖搖晃晃地跌了開去。直到再也不見其他人追來，無上師才停落地面，一到了地上便剝除了那人的飛行裝備，將他攢在地上。那人摔跌之後，狼狽爬起，心中雖是害怕，表面卻是裝著一臉鎮定，說道：「你抓我做什麼？」

無上師笑了笑說：「正好路過，俺看你練得辛苦，便讓你下來休息休息，你認得大爺俺吧？」

那人回答：「看過一次，你的狠勁叫人終身難忘，在涇河灘岸大戰，我還吃了您一記飛沙走石，痛徹記扉，此刻記憶猶新！」果然那人臉上手上還留著一些當時的坑疤傷痕。

無上師又說：「那可真是不好意思，但那正是打架的光榮印記呀……俺問你，這一兩天，你們可有抓了俺們家小白酒龍？還有，你們執行長和那大金人他們都去了哪裡？」

那人回答說道：「說抓不免難聽，執行長是邀請了幾個年輕小夥子，和大金人他們，都到海邊的造船工廠參觀去了！」

無上師心想，難道小龍也在那兒？心裡一急，抓了那飛行戰士，縱跳而起，飛上雲端：「陪俺去看看熱鬧！」

那飛行戰士猝然被人拎了便走，瞬時直上雲端，一時嚇得腿軟，直打哆嗦。原來被人突然出其不意地抓了就往上飛，竟是大大不同於自身操作機器飛行的感覺。

無上師笑笑：「怎麼？尿褲子啦？俺才誇你身上留著光榮的作戰印記呢！」

無上師依著那人指引，飛向了膽大包天造船基地，著實也花了不少時間才到。

意外之厄　料想之中

到了船廠，無上師將那飛行戰士蒙著嘴臉，藏在稍遠處，自己則化做一隻飛蠅，混進了觀禮的人群中，到處找尋著小龍身影，卻是一無所獲。

在規模無比龐大的船塢裡，停著一艘近乎完成，龐大船身幾乎緊貼著船塢兩側的超大巨型新船，其排水估計，少說也得有個三十萬噸，那船上遮掩著一個龐大無比的直立構造，膽大包天執行長在大金人，送子鳥的護衛下，對著人群侃侃而談他的偉大抱負。

無上師再三幾番搜找，卻還是沒有發現小龍的蹤影。直到酒會終了人群散了，直到賓客已走，只剩膽大包天眾人也正準備離開時，無上師終於再也耐不住性子，現身攔下眾人，追問著小龍的下落。

送子鳥說道：「小龍確實不在我們手上，你還是快走，別在此地浪費時間！」

大金人也說：「今天高興，不打架！」

無上師眼見如此，只得嘆了口氣，走回那被綁戰士的藏身之處，將那人放了，心中悵然若失，嘴上祈禱著：「俺們老天爺呀，您可得行行好，保佑俺們家小龍平平安安呀！」

次日一早，無上師便向著涇河龍宮方向直飛而去，接近涇河地域時已是午時了，無上師因此剛好錯過了一個日夜，錯失了一場小龍的逃命奮戰。

當他心懷憂慮一路急急飛行時，突然眼見前方幾個御氣飛行之輩，迎面而來。近看卻正是無始老道一行人。兩方驟然相遇，衝飛過頭，卻又是不約而同，同時折返，相對騰空立於雲

意外之厄　料想之中

端。

無上師見了無始老道開口便是：「你這老而不死的傢伙，帶著這一夥兒門下，又要到哪裡幹什麼壞事去了？」

無始老道回說：「無上師，你不在酒精靈界裡醉生夢死，卻來到這個你看不上眼的髒污之地做什麼？」

無上師橫瞅了他們一眼，說道：「俺今天沒空與你鬥嘴。說，你們可有瞧見俺們家小龍？」

青楓小道搶著回說：「自家的娃兒不用心看管著，卻來到處尋東問西。無上師，你們酒精靈界都是這麼不重教養，隨意放任著童蒙小兒到處亂跑的嗎？」

無上師又瞧了青楓小道一眼，說道：「無始，俺說你什麼樣的徒弟不收，卻收了一只會唱歌的鳥蛋當徒弟！」

「你這什麼意思？」無始老道問。

「俺說這小子都還沒個鳥樣子，一張嘴吧就已經嘰嘰喳喳吵個不停！俺說無始老道，這小子連自己的師伯都敢狠下心腸，下毒迷昏，其他還有什麼不能做的？你真的不怕這小子有朝一日心情不好時，便也會對你這個為人師表的痛下殺手嗎？」

無始老道面無表情說：「這就不必勞你費心了！」

無上師再問：「你們真沒看見小龍？」

此時青楓小道又說：「看見啦，他被人抓到涇河龍宮啦！」

無上師一聽，眉頭一緊，心上焦慮，手上拳掌相擊有聲：「壞了，沒想到小龍真是被涇河黃龍那小子抓了，唉呀！」

此時無始老道語氣稍嚴，責備著青楓說道：「青楓，不許胡說！」

意外之厄　料想之中

青楓小道卻辯解道：「我沒胡說呀，那小白龍被抓到涇河龍宮是真，只不過我還沒將小白龍已經逃走的事情向無上師說明而已。我原也是一番好意啊，此刻涇河龍宮只怕還是熱熱鬧鬧，還有些酒肉剩菜，足夠招待無上師樂上一回了！」這青楓小道手裡頭沒什麼真本事，一張嘴上倒是從不服輸！

　　無上師此刻得知小龍已經逃走，心頭一鬆，臉上卻還微現怒容，手指著青楓小道：「臭小子，你伶牙利嘴，不怕大爺火氣上來，動手敲掉你滿口牙齒嗎？」

　　青楓卻也毫無畏懼收斂：「無上師，你說敲就敲，那你將我師父擺在那兒了？我師父這先天修為，真要施展開來，恐怕厲害如你無上師，也是撐不過十招吧！」

　　「哼！你這小子還真懂得狗仗人勢，當著你師父的面，也還真敢使弄手段！你當無始老道跟俺只是兩個戲偶，可以讓你拿在手裡隨心舞弄？無始老道有多少本事，俺又不是沒領教過，傳到青楓小子你了，卻只剩下了一張嘴！真是可笑，可笑呀！」無上師不留情面說著。青楓小道嘴上沒討著半點便宜，也沒引起無上師與無始老道雙方的火氣，眼看一場好戲沒了下文好唱，便顯得一臉無趣。

　　無始老道也對著青楓說道：「青楓，行走江湖，別一心只想著單靠一張嘴巴吃飯辦事，也不必時時貪著逞那口舌之快！不如老老實實腳踏實地勤修苦練！」青楓小道著實吃了頓排頭。無始老道又對著無上師說：「那小子確實已經逃離涇河龍宮了，你自尋他去吧，請恕老道不再奉陪！」說完，向著其餘人等使個眼色，離開了無上師。

意外之厄　料想之中

　　無上師心繫小龍，也隨即轉身離去。

　　這世事果然是難以預料，如果青楓小道真能挑起了無始老道與無上師的衝突，兩人真能在此打上一架，多纏著無始老道一些時間，或許小酒缸在膽大包天就可逃過一劫了……

　　回說小酒缸身受重傷，滿口鮮紅連出，正欲昏厥時，卻覺得正巧有雙精健略瘦的手，接住了自己的身軀，那人同時似在呼喊同伴：「夫人，趁此機會，快快離開吧！」

　　小酒缸眼前漸漸模糊，耳際漸失聲息，神靈意識緩緩浮昇，脫出了軀殼，在風中渙散，逸失於此冷冷天際。

　　原來老送子鳥正追趕著小送子鳥時，卻見其夫人與精英典範正巧在前方攔住了小送子鳥。四人便轉身飛返膽大包天。

　　正接近小酒缸交戰之地時，老送子鳥眼明，突見一把明晃晃，閃亮亮的利刀當面飛來，立即伸手將它接住。不久，又見小酒缸被擊飛而出，看似已經癱軟，便又伸手接住了小酒缸。

　　此時送子鳥突然心生一念：「夫人與兒子既已脫出了牢籠，何不就趁此機會離開？精英典範雖在身邊，諒他不敢阻攔！」

　　送子鳥確實不知，有些事情，自己一直是被蒙在鼓裡……

　　無始老道一掌偷襲小酒缸得手，便趨前扶起大金人，只見大金人渾身焦黑，不再閃耀亮眼，身上並有幾處坑疤，行動困難不發一語，顯然傷得極重。兩人便也無暇再留心小酒缸與大小送子鳥。

　　送子鳥一家三口與精英典範帶著小酒缸的軀體，急急飛出了數十里之外。見確實無人追來，便掠過林梢，停落在一處林間空地。

意外之厄　料想之中

「精英，你我雖無師徒之名，我卻對你有著傳業之實，如今我一家三口終是決意趁此機會脫出膽大包天。如果你還想回去，便就此離開，我們就在此地分手。我將先行前往酒精靈界，送還小酒缸的遺體，再做打算，不知你將如何？」老送子鳥心中隨時戒備提防著精英典範，臉上卻不露痕跡地詢問他的意向。

精英典範思考了片刻：「這件事情容我問問夫人，不知夫人的看法如何？」

送子鳥夫人不假思索隨即說道：「那還用問？自然是一道走了！你在膽大包天雖然看來正當前程似錦，但那兒往來人物複雜，那些人的行事作風又都不擇手段。哪天如有必要，便將你賣了也未可知。先和我們一道離開吧！」

精英典範便點頭答應，但又有顧慮：「只是我才在酒精靈界抓了小白龍，如今小酒缸又已喪命，我怕他們不會輕易原諒！」

送子鳥說：「人又不是你殺的，況且兩方對敵，各自為其立場行事。我們誠心前往，至少送還小酒缸。他們全是器量寬宏之輩，如果真是不能諒解，我們再往他處便是！」一行人就在林下走了片刻，但林中並無人徑，極是難走。便又躍上林梢。正待飛身啟程，卻看見頭頂上方，正巧有著一群飛仙之輩掠過，隨即那群飛仙之輩又復返回下降，與送子鳥眾人相對立足林梢。

原來來人正是老龍，小龍眾人，他們為尋小酒缸，急急而來。眼見送子鳥手上抱著小酒缸，老龍問道：「小酒缸怎麼了？」

送子鳥答道：「方才他在膽大包天與大金人惡戰，想來必是大金人所為，看來他的心脈已息，唉！」送子鳥搖了搖頭，嘆了一聲！

意外之厄　料想之中

　　老龍眾人驚聞如此噩耗，驚異莫名不敢置信。小龍更是無比激動，一個箭步向前對著精英典範揮拳便打：「一切事情都是因你而起，看你如何交代？」

　　精英典範向後躍開，避過了小龍的拳頭，卻是並未還手。

　　伶優仙子攔著小龍，說道：「小龍先別衝動！」

　　小龍卻氣憤不平語帶哽咽地說：「正是這人使詐，抓了我離境，害得我差點兒沒命。如今竟然害得小酒缸因此遭逢厄運，哪還能不打？」

　　老龍出言阻止：「先別打，先聽聽送子鳥怎麼說！」

　　於是送子鳥大略將方才發生之事說了一遍，並說估計小送子鳥是小酒缸刻意救出，並表示四人正欲前往酒精靈界，送還小酒缸遺體。

　　百穀王伸手欲接下小酒缸，老送子鳥卻說：「我一家人確實對他有所虧欠，讓我略盡心意，送他走完回境的這一趟路程吧！」

　　一行人便心情無比沉重，帶著小酒缸的遺體，返回酒精靈界。

　　方才到了酒精靈界入口，卻見樂陶然夫婦及夏小風，夏小雨也正欲離境援護伶優仙子眾人。看見小酒缸出了事情，眾人俱是一陣驚愕。

　　此時樂陶然不知是在躲避著什麼，趁著大家忙亂之時，偷偷轉身，刻意藏身在何忘機背後，默默低頭，跟隨著眾人迎著小酒缸的遺體走回議事殿廣場。

　　又過不久，無上師也獨自一人回到了境地來。

意外之厄　料想之中

入口守衛將小酒缸的事向無上師稟報，無上師一聽小酒缸出了事，便頭也不回腳不停歇，一路奔回議事殿。

　　才到了廣場，便已見人眾群集。無上師撥開人群走向廣場中。

　　只見大帝師手上正抱著小酒缸，不發一語，雙眼垂淚並連連搖頭嘆息！

　　無上師開口問道：「小酒缸他？」一邊伸手拉起小酒缸的手，卻驚覺他觸手冰冷，並已略為僵硬。無上師一時激動，放聲大哭：「嗚……小酒缸，你為什麼會遭遇這不幸呢，是誰，到底是誰下的手呀……哇……」

　　眾人聞此哭聲無不淚下，幾個女人家更是暗暗啼泣……

　　此時天空竟無端飄下了載浮載沉，疏密不一，觸之即化的輕柔細雪。這是境中以往從未有過的奇異景象。

　　百穀王看了看這天氣異象，忽然臉色有異，低聲對著鼠公說道：「看這風雪，莫非極下那陰寒之地有了變化？」

　　鼠公也低聲答道：「這可難說，此前護境界限遭毀，不知是否引發了什麼變動，我讓白娘子撥空去那兒瞧瞧。但是看這微風細雪，觸之則化，八成不是來自那兒！」

　　正當眾人難抑悲傷時，卻聽大帝師說話：「在你們尚未回來時，我已感知小酒缸出事了……伶兒，妳過來！」

　　伶優仙子擦了擦眼淚依言上前。

　　大帝師又說：「伶兒，妳且施法起咒，將小酒缸玉枕骨上那顆晶鑽取下吧！」

　　伶優仙子聞言，初則以為那將是對小酒缸不敬之舉，繼而

意外之厄　料想之中

心想大帝師的指示必是有其用意，便依言施法起咒，取下了小酒缸後腦殼上的晶鑽。

卻在晶鑽取下當時，小酒缸身子竟起了令人感到匪夷所思的變化！他的遺體在頃刻之間竟是如冰化水，又是如水化汽，小酒缸慢慢失去了原來的形貌，最後竟在大帝師手上，在眾目睽睽中消失得無影無蹤。在場眾人無不感到錯愕，猶不知此事如何發生？有何真正道理？

大帝師擦乾了眼淚，對著眾人說道：「諸位莫再哭泣，且聽我說。這小酒缸前前後後的遭遇，從孕化成人到離開人世。直到這一刻，我才領悟出其中道理……今日稍早，我已確實感應得知小酒缸已經身遭不測。因為那一刻，我的神靈意識中有如電閃，一如祥光灼照。當時我震撼不已，隨即小酒缸在人界的遭遇，我便歷歷在目，有如親臨小酒缸與大金人交戰當場，並且一如親身受之。」

大帝師頓了頓，又說：「這要了小酒缸性命的最終一掌，竟是來自無始老道的背後襲擊……小酒缸本是我的一點神靈意識，以及玉枕穴上的一片晶鑽，在孕化石盒中所生成。我原以為小酒缸是一個獨立新生的軀體，是一個不同於我的生命，不料最終，他還只是我。如今又回到我身上來了，因此請大家別再傷心。小酒缸就是我大酒缸……」

無上師卻說：「俺的看法稍有不同，這小酒缸有他自己的脾氣，有他自己的感情。練就的功夫也和你不一樣，怎能就說是你？莫不是你為了不讓大家傷心，故意編造這個說法吧！」

大帝師此時臉上卻露出微微一笑：「老張你說小酒缸不會是

意外之厄　料想之中

我，那他此刻屍身何在？還有，你且瞧瞧我頭頂上方……」

無上師向著大帝師頭頂上瞧去，卻見大帝師頭頂上方此刻正浮沉著數十顆圓形明亮的奇異光球，就像小酒缸曾經運使的一模一樣。

大帝師說：「這只是本境大地母源，天外飛石的能量。小酒缸，也就是我的一個分身，當孕化時候，自那石盒中所承受取得。稍早前才隨著其他神靈意識回到我身上來，你再瞧瞧！」

眾人只見大帝師隨手一揮，其中七顆奇異光球，便緩緩降落石板地上，竟似穿入無所阻隔之境，慢慢沒入了石板之中，終至不見！其餘光球則紛紛消失沒入了大帝師的肩背之中。

大帝師向無上師說：「如此你該相信了吧！這七顆飛石的能量此刻已回歸母源。小酒缸最多曾經一次運使了七顆光球對敵。」

無上師卻還是說：「俺還是半信半疑，怪想念他的……」

卻見到大帝師身軀漸縮，竟是個小酒缸出現在眾人眼前，且正是小酒缸說話：「不信，咱來比劃比劃，看看是誰要哭爹叫娘喊痛的……」

百穀王及金鷹黑熊眾人此刻一見，便再無疑問，十足地相信大帝師，小酒缸本來就是相同一人了。

小酒缸又變回大帝師的模樣說道：「伶兒，此刻你手上的晶鑽，除了尚具本境母源的能量以外，再無其他任何神靈意識及半分氣血沾染。我便將它贈送與妳，它對回復妳這柔弱身子的氣力將會大有用處。至於我的玉枕穴上，此刻已有千年窖泥煉就的非瓷之瓷，它讓我的本質更上一層，修為更進一境，而且

意外之厄　料想之中

與酒精靈界有了更多的實質聯合，哈哈！」大帝師雖然表面看似無事，但沒人知曉他內心的真正感受。

眾人心情在這片刻之間，經歷了一番冷暖，除了驚異於天外飛石能量本質之奇特強大，便也對孕化人及複製人的話題再興議論。有些人心頭也還不免記掛思念著小酒缸，思緒終究是難免複雜，一時難以放下，難道小酒缸的事，竟只是大家共同經歷的一場奇異幻夢？

慢慢地人潮將散，樂陶然不知何故，也趁著此時悄悄地轉身便要隨著人潮離去。卻聽見一個女人家的聲音高聲呼喊：「那是樂陶然嗎？你先別走！」

一聲呼喊，不僅驚嚇了樂陶然，且讓眾人生出了滿頭疑問，心想：「這女人是誰？為何如此大聲吆喝！」原來正要離去的眾人，便都停下了腳步，眼睛瞧著樂陶然與那女人。

何忘機更是驚疑：「妳這女人是誰？為何叫住樂陶然？」

意外之厄　料想之中

真心不二　陶然忘機

原來此刻叫住樂陶然的，正是送子鳥夫人。她卻不理會何忘機的問話，自言自語道：「果然真是你樂陶然！」說罷，便出其不意在送子鳥持刀的手上伸指一彈，送子鳥手頭一麻，手上的百靈血刃脫手，落到了他夫人手中。

她拿了刀，說道：「好你個樂陶然，離開了四十年，卻讓我又遇到你了！」話才說完，身形即動，利刀進逼不由分說，直取樂陶然。

當樂陶然第一眼看見這女人時，早已心慌意亂嚇出了一身冷汗，此刻見她手持利刀，怒氣沖沖逼殺而來，更是心頭顫抖，只是閃躲，不敢吭聲，更不敢回手。

這送子鳥夫人，體裁勻稱合度，面若桃李，身似游龍，刀法精熟靈巧，手中利刃一招一式向著那樂陶然身上招呼過來。

驚變驟起，眾人卻也不敢插手，紛紛向後退避，將她兩人圍在中間。

送子鳥大叫：「夫人住手！妳瘋了嗎？」卻也只是呼喊，不敢妄動。

此時小龍觀她刀法套路，竟是和精英典範使劍的手法如出一轍，且要更勝三分。不由得又想起了當日夏小風，夏小雨在此地力戰樂陶然的往事。

此時樂陶然手上也是沒有兵器，送子鳥夫人所持利刀卻是

真心不二　陶然忘機

精光閃爍，刀法如疾風吹著片片落葉，有時急落，有時急起，有時飄轉紛飛，有時急急貼身劃過。不僅樂陶然閃躲得驚險萬狀，旁觀眾人更是看得膽戰心驚。

此時何忘機大聲斥喝：「住手，妳這瘋婆子，再不住手，休怪我不客氣了！」

那女人那裡能夠聽進分毫？其心智像是瞬間變異，出手愈是兇狠凌厲。眼看危急，何忘機顧不得一切，空手加入戰局。交手幾回，何忘機慢慢發覺對手使刀手法，竟是和自家劍法極相神似，心中一時起疑。

此時夏小風喊了聲：「媽媽小心，接劍了！」便將她手中寶劍趁隙拋出。

何忘機身法優雅，隨手接了利劍，劍在手上，隨即，純熟自然，精妙靈動的劍法便隨意而發。一場像是同門較藝，卻是真實廝殺的拼鬥就此精彩展開。

夏小雨見樂陶然手上無劍，便也喊了聲：「爹爹小心，接我的劍！」她倒轉劍柄，將劍擲出。卻只見那樂陶然恍若未聞，一味地只是閃躲，錯過了夏小雨擲來的寶劍。眼看著夏小雨的利劍將要落地，對面卻是一個快速身影將劍接下。原來是小龍出手，將劍接了。

何忘機看在眼裡，大聲罵道：「樂陶然，你這個不長進的老廢物！不敢接劍，究竟是什麼意思？」怒氣油然而生，不再客氣，也是靈動優美，卻是氣象萬千極端危險的劍招逼向那送子鳥夫人，且趁機踢出了一腳，正中樂陶然小腹：「滾一邊去，別礙手礙腳！」

真心不二　陶然忘機

也不知樂陶然是無心或者是故意，趁此一踹之勢退出了刀劍混戰，口中大喊：「妳們住手，別再打啦！」

送子鳥夫人本來針對的是樂陶然，見何忘機插手，使的又是與自己一樣的劍法，莫名怒火陡生，一陣殺意竟是不由自主地漸起，似有一種沒來由的衝動在驅使著她：「殺了這女人，別留手！」

此時退在場邊，思路眼神才剛回復清晰銳利的樂陶然，屏息凝觀這兩個女人的刀劍交鋒，隱隱覺得送子鳥夫人手上的刀，並不似尋常兵器，竟然似有一股陰寒邪屬之氣，且分明在左右著，影響著用刀的人。便氣運周身，力貫雙掌準備出手干預。

此時卻聽身旁大帝師出聲說道：「此刀怪異邪門，它能懾人心魄，針對血肉之軀更是極端危險，就讓我來吧！」

說完，大喝一聲：「二位夫人住手！」卻是聲如洪鐘，身似閃電，各在兩人持兵之手出指點落，同時雙手各自奪刀取劍，一瞬之間便又退在一旁。何忘機與送子鳥夫人只覺眼前忽然光影一閃，手中兵器則都已脫手，這才驀然驚醒，相對而立。

何忘機再問：「妳究竟是誰？為何要找樂陶然麻煩？」

只見送子鳥夫人一臉憤恨地說：「妳問樂陶然，讓他來說！」

何忘機轉而問樂陶然：「你說清楚，這到底是怎麼一回事？」

只見樂陶然卻是吞吞吐吐欲言又止，狀極狼狽。

此時場邊一人說話：「這事還是讓我來說吧！」那人正是任舒懷，他接著說道：「師姐，她便是上次我說的，當年曾是杏花煙雨酒館的紅人，真心不二姑娘！」

眼前送子鳥夫人竟是當年真心不二姑娘，這可真是人生何

真心不二　陶然忘機

處不相逢呀！而這緣分也當眞是巧得可以，大出何忘機所料，她說：「原來是眞心不二姑娘，今日一見，果眞是傳聞不假。人說紅顏易老，夫人卻是年輕貌美，漂亮得緊。怪不得當年這不長進的樂陶然會迷上了妳！但是這生意場上，一個花錢，一個獻身，銀貨兩訖，哪裡還有什麼糾葛，讓妳窮追了四十年，一旦碰了面，便下重手像是存心置他於死地一般？難道是當年樂陶然白……平白占妳便宜，賴帳不付銀子？」這何忘機此刻心中氣憤，便先聲奪人，豪不客氣地，想當然爾地猜測一番了。

此時眞心不二兩個眼眶泛著淚水；「看妳一心迴護著樂陶然，想來妳便是她夫人……我那裡眞是想要殺他？我原來只是想用妳師門的劍法讓他看看，醒醒他，嚇嚇他呀！哪知利刀上手，我卻一時像是失去了心智，像是被一股莫名之力支使著，竟是欲罷不能……」

送子鳥插話說道：「這百靈血刃本就是邪異兵器，心志不堅修爲不深的人，心神極易受其迷惑影響，不能自制！」

眞心不二卻不理會送子鳥，轉身瞧著樂陶然：「樂陶然！你還記得我們當年的往事嗎？當年你與尊夫人成婚之前五日，你來杏花煙雨喝酒。那一夜，你盡情開懷，不似往常的文靜沉默。你我兩人都喝多了些，老天爺正巧又下雨不停，因而你便在杏花煙雨過夜。那叫人難忘的一晚，你我二人情不自禁，一夜恩愛纏綿，春風幾度，播下了情種……後來我才知道，和你一番雲雨之後，我竟然懷下了身孕！你可知道，我雖身在煙花之地，卻是只賣琴藝，從不賣身……」

此時眞心不二臉上泛紅，微露羞赧之色。何忘機則呆若木

雞，一臉不可置信。樂陶然則是一臉羞愧，無地自容。

真心不二又說：「當時任舒懷和我結義妹子小辣椒姑娘，也正是在要好火熱的那些日子。我的內心愁苦萬分又不敢對旁人說起。小辣椒便要任舒懷教我二人習劍，以解我愁悶。當時我竟然對劍法萌生了興趣。便潛心學習你師門的劍法，舞劍的時候，便想像著有你陪在身邊一起練劍。心中想念著你，便想將那劍法學得透徹，將來好傳授給我們的孩子……」

此時何忘機心中五味雜陳，怯怯地問道：「那妳，當真生下了孩子？」

真心不二點了點頭。何忘機聞言，登時感到一陣天旋地轉，差點兒站身不穩。雖然眼前面對的是曾經的風月中人，但她卻將一身清白交託給了自己的夫婿。何忘機雖然多年遊歷江湖，見多識廣且胸懷豁達，發生了這種事情，若在別人身上遭遇，她只當是事不關己，不必大驚小怪的尋常小事。如今當真和自己相關時，卻竟是這般複雜難理，如波濤洶湧沖激震盪著內心。

何忘機又問：「那後來呢？」

真心不二轉而面向何忘機答道：「後來眼看紙包不住火了，我便帶了些錢，獨自一人離開杏花煙雨，找了一處僻靜小村，獨自生養孩子長大成人。期間也曾鼓起勇氣抱著孩子，偷偷回去妳家陶窯探訪。卻在窯場附近再三徘徊，舉棋不定。終究是因為害怕引起樂陶然的家庭糾紛，心情矛盾萬分，便又默默抱著孩子，心中愁腸百結難過不捨地離開。我也問過杏花煙雨的人，卻得知這樂陶然自那以後，便再也不曾涉足過杏花煙雨，更別期待他是否曾經關心探問過我的行蹤生死了！我心中一直

真心不二　陶然忘機

難過，無法釋懷的正是此事！這樂陶然明知我是眞心喜愛著他，也始終知道我原是一身清白。卻在那一夜的相會之後，便一走了之，從此對我不聞不問……」

眞心不二話說至此，便再也止不住雙眼淚珠，三、四十年的委屈心情，都隨著熱淚簌簌滾落，全在此刻湧現。

樂陶然一臉尷尬無奈低頭不語，何忘機問他：「好你個樂陶然，你既敢做，卻不敢當，我問你，你當年知道眞心不二懷有身孕嗎？」

樂陶然搖了搖頭。

何忘機再問他：「那你方才爲何遮遮掩掩不敢見人？」

樂陶然支支吾吾說道：「我，我……自然是怕當年一時糊塗的行爲事發揭露，怕，怕妳生氣！」何忘機聞言，狠狠地瞪了他一眼。

這何忘機是個性情中人，聽了眞心不二的一番話，又看她淚流滿面，竟然心生幾分不忍，語氣稍緩，說道：「這貪杯愛酒的結果，當眞是貽害不淺……那如今呢？」這男女相愛，苦樂後果自有其因，豈能讓酒這一物來背負承擔罪責或讚譽？何忘機在此事之上，倒眞是無可奈何，只好遷怒無辜了！

眞心不二擦擦眼淚，說道：「孩子長大後是個英挺健壯的男子。我聽人說那膽大包天集團在廣徵人才。便帶著他前去加入組織。組織不只看上這孩子身強體健劍法不差，便以他作爲複製人研究的取材，就連我得自杏花煙雨的抗老藥物配方，也拿去探究精進！」

此時送子鳥恍然大悟：「哈哈，樂陶然，看來你今日平白輕

真心不二　陶然忘機

鬆多了個親生兒子，那便是精英典範……」他頓了頓，又說：「這膽大包天那一些複製人戰士，如果算是精英的平輩，那你少說也有著數十個兒子，如果將他們算做是精英的兒子輩，那你可就真是兒孫滿堂了，哈哈哈……」

眾人目光隨即投向了精英典範，精英典範卻目不轉睛地注視著樂陶然。今日才初次見面的父子倆眼神相接時，心中各自都感慨萬千。

送子鳥又說：「夫人，原來你一直瞞著我精英是你親生兒子這件事……那小鸛呢？」他指著精英典範身邊的孩童，問那真心不二。

真心不二回答：「送子鳥，你這個老糊塗，你為何這樣問話？你當我是什麼樣的人啊？小鸛確實是你的親骨肉呀！當執行長將我安排在你身邊服侍你，並監視著你時，我被你的真心至誠相待所感動，便也真心接納了你。等到小鸛出生，執行長竟然將他當做人質，用來脅制著你，卻是我始料未及的事啊……」

一場久別重逢，究竟該是喜樂，還是悲苦，樂陶然不明白，真心不二更不明白。

樂陶然只道是當年一時得意，撿了便宜。多年來只在心頭回味，不敢再做他想，好在長久無事，自己猶是個行止端正的君子之流。卻哪知一朝事發竟是尷尬若此。

真心不二已經嫁做人婦，她的新歡舊愛兩個男人，在此時地不期而遇，頓叫她千般心緒一時全都浮上心頭。見過了日思夜念的人，發完了心頭的陳年火氣，那又如何？又剩什麼？如何再怨，再恨，再思念回味，再午夜夢迴時心酸莫名，淚眼依

真心不二　陶然忘機

舊，悵然若失？曾經日夜思念的人，雖在眼前，卻是各有家室
依歸。此心雖還是當年真心，此身卻已非當年不二。而這一切
悲苦的開端，究竟是樂陶然與真心不二的無法自持，還是不經
意的玩火心情，或者只是如何忘機說的，都是酒這一物的罪過？
奈何呀！這人世變幻，究竟難如當初所想，且大多是不能盡如
人意啊……

　　人潮漸漸散去，小風小雨等人簇擁攙扶著何忘機離去，伶
優仙子也隨同著離開。小龍卻獨自一人在一株狗鼻子樹下的石
塊上坐著。他忽然想著小酒缸與大帝師的孕生淵源，精英典範
和他手下複製人戰士的血緣關係。又想著自己與那猴子，老龍
的緊密卻不易定義的關係，小龍愈想愈不明白。秉性隨和的他，
最終只能有個結論，自己算是個什麼，並不是挺要緊的事，能
活蹦亂跳，能有大魯蛇，伶優仙子這些人一起生活著，才是最
該珍惜的幸福事情，其他的，有什麼差別嗎？酒蟲是條生命，
化龍是條生命，成人也是條生命，而自己的遭遇，又是何其幸
運，何其精彩呀！

　　送子鳥一行證實了人界猴子所言，膽大包天結盟後的用兵
方向果是如此。此外，他們還帶來令人不得不留心的消息。原
來膽大包天似乎曾經構想，可在新型大船下水數日之後，便藉
著試射最大型火星級火箭的時機，將其改裝了大量新型軍事等
級強力火藥，並刻意將它偏差導引到酒精靈界引爆……

　　黑熊將軍在一次閒聊時問了送子鳥：「送子鳥，你明知大夥
兒一直在找你，要將你逮捕歸案，為何你偏要自投羅網？」

　　送子鳥回答：「該來的總是躲不掉，這次我有機會帶著一家

人離開那地方，當然要把握。至於大帝師將要如何處置我，我自會坦然接受的！」

黑熊又問：「你明知咱們酒精靈界將有大事發生，爲何還要將家人帶回？這事情要是在人界，平常太平無事時，那些表面滿腔熱血，滿嘴熱愛鄉土，拚死爲國的傢伙，一旦發現了戰事來臨的風吹草動之象，有能力逃命的，無不是用盡辦法逃之夭夭，總是比起那些傻呼呼的追隨者逃得要快。你當眞是特別了，竟然連自己的寶貝兒子都捨得讓他在此犯險……黑熊我眞是由衷地敬佩呀！」

送子鳥笑了笑：「以前是我一時糊塗，只問利害，又被貪欲蒙蔽，忘了是非，背叛了酒精靈界，在膽大包天時還被他們懷疑我的忠誠，當眞是懊惱，悔之不已。誠如無上師曾經說的，不管如何，這兒畢竟是我們的家呀！如今明知家園有難，再要讓我置之不理，卻是於心難安！且一旦失去了家園，縱然是腰纏萬貫，不論走到哪兒，總還是寄人籬下，別人也以非我族類來看待，這要叫我如何自處？」

酒精靈界眾人既已得知膽大包天聯盟的策略作爲，便密集地商議對應之策。

百穀王以爲必要分派兩路精兵，先行支援飽食道糧及洞庭龍族，隨機側擊人界聯盟的兵力，阻滯其主要行動進展，好讓本境防務得以更加充份準備。金鷹將軍也以爲應當如此。

商議之時，大魯蛇及小龍卻有驚人的想法，小龍說道：「聽聞膽大包天近期又有一艘更大型的火箭發射船下水，不如我們與狗鼻子樹仙商量商量，看看能否及早再次驅策本境地直下人

真心不二　陶然忘機

界吸取大量土石，再於大船上方拋下，將之擊沉，破了他以巨型火箭攻擊本境的夢想。大魯蛇說過，這在人界影劇之中似乎有過這樣的情節，好像是個不錯的點子！」這兩人的想法也真是過分地天馬行空了。

龍公一聽，瞪了兩個年輕人一眼：「你們這想法真是荒唐，我也聽聞那發射船周圍，幾艘護衛船艦，火力驚人，如同刺蝟般難纏。你們怎能讓本境地如此涉險？更不能將本境地變成一種武器來用。還有，就算可行，那只怕是要多傷人命！」

大魯蛇則說：「依一四九及一六八所說，那新型的發射船及護衛船都是人造智慧，都是無人的自動操作船。只要設法涉入它的控制系統，或暫時癱瘓了船上的電能運作便可趁機安全接近，投放土石。另外一四九還說膽大包天的財務日漸吃緊，我想再到人界，再次聯合我那些網路上的朋友們，多方面替膽大包天製造些混亂與騷擾，讓他們窮於應付，我們便會有更多機會進行破壞它大船的計畫。果能如願毀了它的火箭發射船團，膽大包天將會元氣大傷，它的聯盟自然會鬆動。不然，單說聯盟引來的龍族紛爭，我就不知龍公將要如何排解？」大魯蛇是個有話直說的人。

老龍聽完，似乎覺得頗有道理：「這人界的群龍之爭，我懶得費心理會。倒是真要有本事毀了膽大包天的船團，便是給它一個重重的教訓，同時也能解除它對本境的威脅，這個不妨試試也好！但一切以境界安全為先，不能勉強冒險！」

大帝師贊同大家的看法，另外指示再增加編成一支奇兵待命，接受臨時遣派。

真心不二　陶然忘機

雖然送子鳥的情報如此，但他已離開敵營，料想對方必然改變策略，酒精靈界也只得看事辦事，隨時調整因應之道。

　　小龍看完了大魯蛇的一番侃侃而談，臉上幾分羨慕神色：「大魯蛇你可眞是厲害，這要讓我來想，我怎麼也不會想到這擾敵之計，竟然也能如此發揮！」

　　大魯蛇似有幾分得意：「能讓小龍這樣稱讚，我還眞是不好意思。其實這也沒什麼，我這也是虛空界主的作風。」

　　「這又與虛空界主有何相干？」

　　「小龍你有所不知，這人界大眾早已習慣所謂的網路生活。而當今網路特性，便是一切學問，一切話題，只要上了網路隨便搜查，便有千千萬萬人在那兒大放厥辭。久了，有心人便群而聚之，群而組之，好似現實結盟一般！原是生意上的點子，卻被擴充了無限用途。」

　　「有這樣的事？」

　　「沒錯，加上通信設備普及，想呼朋引伴，那是再方便不過的事了。」

　　「咱們又回到打架的話題來了，眞要快速聯繫找人之時確實方便。」小龍似有所悟地說。

　　「哈，你不得不佩服人界的鬼點子吧！」

　　「是人的智慧，卻硬要說成鬼的點子……」

　　「小龍你別胡亂解釋，你打斷我了，咱方才說到那兒了？」

　　「群，聚，群什麼組的。」小龍斷續說著。

　　「人們漸漸地便害怕離群了，也就是不甘寂寞，從而便是人云亦云，不問是非對錯，這卻是有心撥弄是非者的大好機會，

真心不二　陶然忘機

一個大光輝時代來了，虛空界主就此應運而生。他掌握了不分貧富貴賤者最大群體的腦識洪流，只要上了網路，便難逃其法眼，掌握。」

「真是可怕！只是你這大蛇，卻也由此占了他的便宜！」小龍說。

「是很可怕，只要他願意，挑動群體對立只是基本功夫，發動一場不知為何而戰，毫無意義的戰爭也是不難，只要動動手指，他就能躲在電腦鍵盤後面看好戲，自家則完全置身事外，這是糟糕透頂的事！還好，他總算潛心修持安定下來了。」

「好在，真是蒼天有眼！」小龍說。

「但，不妙的是，他那一套玩弄人群的指掌功夫，卻廣泛流傳開來。」

「這可不能怪他，要怪就該怪別具用心的人，就像你！」

「嘿嘿！你這是誇讚呢，還是貶抑呢？」大魯蛇摸摸後腦，一臉笑容。

「那要看這些本事是用來對付什麼樣的人，挑起什麼事了……繼續說！」

「要引領潮流其實不難，兩個原則，或者也算一個，找出不同，尋求贊同。先拋出一個話題，並立刻讓自己人假扮成一些不相干的人們熱烈討論，大加讚揚，引發關注。然後盲從的就會一窩蜂地來了，這也是人們追求新鮮感的習慣已成，還有害怕被人群冷落的心理被有心人過分利用了。更可惡的是，如果你敢揭露不同看法，你得要有當個過街老鼠的勇氣……」

「所以我如果不想被排擠，就只能睜眼說瞎話，只有附和

真心不二　陶然忘機

領頭羊的份兒！」

「具體來說，像你這樣的乖乖牌，如在網路世界裡，也只得如此了！」

大魯蛇還頗有正義感的，對小龍又是知無不言，兩人十分投契……

清霄靜夜，雲漢清朗，一彎弦月，幾聲蟲鳴，百穀王院子裡擺了張長木桌子。鷹熊二將，花果二王，彩瓶雙艷，大蛇小龍等年輕人俱在座上。鈺瓶仙子擺好杯盤碗筷，又備了幾碟果乾，肉條及幾式下酒之物。然後拿出了數瓶好酒，看分明，卻清一色是「看誰先醉倒」。

大魯蛇笑說：「看來鈺瓶仙子今晚，是想讓大家醉倒在這百穀園裡，好讓大夥兒都在此地過夜ㄟ！」

鈺瓶仙子說：「難得咱們幾個有機會同時聚在此地閒聊，就算醉倒在此也還是難得！人生知交難得，一旦碰上了，找機會醉他幾回，又有何妨？」

百穀王接著說：「大家幾經風浪，幸而都還無恙，這都是蒼天保佑，我敬大家！」百穀王舉杯便乾。眾人也不客氣拘謹，放懷而飲。

小龍說：「此次我能在人界脫險，除了是上天保佑，天外飛石石片應有大功！」於是將天外飛石在人界為他鬆脫了身上繩索，解了殺頭之厄的事情說了一遍。

金鷹聽了便提議說道：「這事當真不能不誠心感恩，要不這樣，大家誠意向本境母源敬個三杯吧！」說罷，拿了瓶酒，向地上倒下三潑酒水，大夥兒也連飲三杯以示誠敬。

真心不二　陶然忘機

　　百穀王又說：「此次聚會之後，過一兩日，金鷹及百花王，老虎公將要帶領著精兵前去飽食道糧助陣。黑熊，百果王及老龍公也要前去支援洞庭龍族。小龍及大魯蛇，伶兒也要到人界辦事。看來大家得分手幾日，這期間請大家各自當心保重為要！」

　　「那無上師呢？他怎麼閒得住呀？」當日分派任務時並未在場的黑熊問道。

　　「無上師也要帶著一支高手強兵到那人界，隨時增援各方！」百穀王說完，又轉而問大魯蛇：「此次忠誠一四九及一六八也要隨同你們行動，不知道你們配合得來嗎？」百穀王雖也對膽大包天王博士早有交情，極是信任，卻是對一四九兩人仍稍有疑慮，這是他肩負著一境安全，對於大小事務無不留心的態度使然。

　　黑熊聽出了百穀王的意思：「你是說他們，一個來自膽大包天，一個曾是虛空界主的手下，不知道信不信得過嗎？」

　　大魯蛇說：「看來是沒問題。經過這些時日的相處，我覺得他二人應該沒有異心。還有這一四九也對人界電腦頗有涉獵，應該可以幫得上忙！」

　　百穀王說道：「既是如此，我便放心了……大夥兒們，喝酒，唱歌！」

　　此時黑熊舉杯在手，起了頭，大夥兒便跟著唱了開來：「人生苦短，世途多艱，惟我知己，並肩何畏？人生苦短，世途多艱，失彼杜康，相顧何安？一壺清，幾杯濁，且莫管聞之衝鼻，如醋澀酸，但還願飲來舒心，如蜜柔甘。將壯懷做糧，拿柔情

做水，用眞心做麴，再摻我幾番曾經況味，且成他一壺歲月憂歡。釀一個今生不忘，釀一個永世無悔，縱不是，玉液瓊漿，不怕他濃烈如火，不嫌他清淡似水，喜今宵相見舉杯，開心一樂，盼他日再會開罈，暢懷同歡……」此刻雖不是流觴賦詩之會，卻也能擊箸詠懷，舉杯高歌放懷盡興……

慢慢地歌聲漸歇，杯箸漸停，此時伶優仙子側下了身子，單手支頤，斜倚在小龍雙腿之上。她已微醺，臉頰酡紅，雙眼迷濛地望著小龍：「正事說完，酒也喝了，歌也唱了，咱來聊聊我外公和那眞心不二的事。關於他們，你有什麼看法？」

小龍意興正濃，胸懷暢快，便幾分隨意直說：「這事情還能有什麼看法？世事多變，這老天爺總是喜愛折磨人呀！一旦碰上了，那就……不認也得認了！」

伶優仙子說：「什麼叫不認也得認了？你叫誰認了？若不是外公當年風流不拘，喜愛拈花惹草，哪兒會有今日這般事端？我問你，你會像他一樣不知自制，遇上個漂亮美麗的女子，便是心如野馬胡追亂纏嗎？」

小龍半開玩笑地說道：「這世事難料，將來的事情誰也說不準呀！咦，伶兒！爲何妳近來老是喜歡疑神疑鬼的？妳往日的自信風采，如今都到哪兒去了？」小龍藉著滿懷正發的旺盛酒氣，說話時膽子大了些，自己覺得說話當時的模樣，頗有那豪氣干雲的大丈夫氣概！

伶優仙子白了小龍一眼：「你又耍嘴皮子。好吧，既然世事那麼難料多變，此刻我便想個法子，加深加深你的印象，好讓你這一輩子一旦碰上了漂亮女子，就會先想起我！還有，我這

真心不二　陶然忘機

就找找我的自信風采，究竟是躲那兒去了！」話未說完，她伸出雙指，刻意找到了小龍大腿上最是細軟幼嫩之處，便是狠狠地使力一掐！

那小龍痛得立刻酒醒幾分，急忙搖手：「唉呀！好伶兒，妳先鬆鬆手吧！我哪兒敢胡來呢？妳且聽我真心說說……」

小龍便將嘴巴湊近了伶優仙子耳邊，自以為放低了聲量，卻是欲蓋彌彰，一番真心醉話就此聞諸四方：「自從我變化成人之後，每每想起妳的容顏，聞到妳的氣息，看到妳的身影，無不是心驚膽戰，卻又是如癡如醉心嚮往之，當下感覺都像在應非夢境時，醉倒在妳的眼前一樣。這世上只有妳能讓我怦然心動呢！此話不假，我會牢牢記著，蒼天可鑑呀！求求妳，快快放手，真真要疼死我了！呼呼！」

看來，伶優仙子這別具用心的一捏，應該可以讓小龍更加印象深刻，而小龍方才那一瞬間豪氣干雲的感覺，也就此消失得無影無蹤了。

眾人眼見耳聞小龍的醉態醉話，或者莞爾，或者大笑出聲……

小龍及大魯蛇一行人一到了人界，便積極奔走聯繫各個網路上的同好。一面此起彼落，散發著不利於膽大包天的，無中生有卻摻雜著實際事件內幕，真假難辨的訊息，讓它迅速廣為流通發酵。讓人們對膽大包天的財務危機起了關注。一面則趁著膽大包天忙於滅火之際，大魯蛇與一四九又藉著網路尋找它的虛弱之處，試圖攻進其內部體系，卻是頗為不易。但二人均是用盡心思鍥而不捨，再接再厲，轉而更從外圍許多小點迂迴

攻擊。他們相信再如何縝密的防護，也總有它的疏失之處，他們一一尋找著……

真心不二　陶然忘機

飽食道糧　道荒糧絕

　　涇河黃龍領著強大的結盟兵力，果然很快便發動戰事，他首先揮軍向著洞庭龍族，一路浩浩蕩蕩卻是急速飛奔而來。那是在黑熊將軍及老龍眾人抵達洞庭不久隨即發生的事。眾人還來不及安頓協調，戰事便起。

　　結盟兵力傾巢而出。洞庭水族外圍哨兵才剛回報敵方前鋒已至，便又有飛報緊急傳回敵軍主力又到的消息。洞庭龍族與黑熊兵力未及應變，便已經見到赤山周圍風雲驟起，一時遮天掩日，白天頓似暗夜。幾個雷鳴電閃，龍宮四周俱見到來自山林野地各色飛龍群集。小湖泊哨口則是無始老道領了聯盟的水陸兵力攻了進來。兩軍相對，不交一語便即刻廝殺開來。

　　洞庭龍族本宗飛龍併同前來相助的錢塘江系龍族，由洞庭小龍領軍群起奔向天際群敵。一時兩方龍群交鋒，電閃雷鳴不止，群龍相對吼嘯連連。地上則是酒精靈界眾人對戰無始老道所領兵士。一時打得天愁地慘，掀翻風浪彌天之高，水花頓作雹霰四散，天際地上散出了血雨點點，血花染紅了湖面處處。天上電閃雷鳴，地上與水面爆裂巨響及煙硝火光四起。洞庭周邊居民及遊客遠觀此景，只道是自然突發之天氣異象，卻不知一場境界與族系之戰正在慘烈進行之中。

　　雙方開戰不及半個時辰，聯盟出戰兵力尚還未過三成，便已經多過了洞庭與酒界兵力總和。涇河黃龍眼看對方兵力雖少

卻是勇猛非常，雙方也各有損傷，不想再戰，便命人向天際拋出三個信號彈子。聯盟兵力見信號已發，便從容有序絲毫不亂地各自退離。敵軍撤去之後又是一片風平浪靜，只是空氣中還瀰漫著血腥味與硝煙氣息。

敵人撤去之後，經斥侯遠近巡查，發覺竟是敵蹤全無，敵營未如預期般地留下騷擾兵力。雖是如此，洞庭龍族一方兵力也是不敢隨意移動，只能被動防守。酒精靈界與洞庭龍族收拾整頓之後，便積極協調應對之策。且加強彼此間的配合操演，以待再來的可能變局……

金鷹將軍及虎公這一路人馬來到了飽食道糧，參見了混沌老道，恭敬問禮寒暄之後不久，卻見陰差陽錯也領了幾個，看似山中府洞修練之精怪，各個修為看來不淺的幫手前來。眾人稍事安頓便群集商議防守之策。

金鷹將軍經過多次戰事，頗多實際經歷。但對此處山川之形勢，腹地狹小之現實，應該如何防守卻是大傷腦筋，難定對策。本來如果只是陸地之戰，此地易於防守，大有一夫當關萬夫莫敵之勢。但今日敵人大都來自空中，其易於防守的險要之勢便失。由於位處山谷，交戰場域偏狹，可預見的是敵人必採分批輪換來襲的攻勢。如要加大交戰外圍，又恐怕本洞兵力空虛反而不妥。正拿不定主意時，混沌老道臉無懼色地說：「雖說凡事豫則立，但一切自有天定，任你謀算再精，總有意外之變化。咱們以寡敵眾，氣勢絕對不可稍弱，但盡人事以逸待之即可，其餘則聽憑天命！」

陰差陽錯及其援手眾人也絲毫不見憂懼之色，當真是修練

飽食道糧　道荒糧絕

之人，中心堅定且早已勘破了生死關頭嗎？金鷹只得在外圍及山頂布置了幾個哨點，其餘人力則集中起來，全都駐守在山洞內外附近等待對敵。

過得一日，有人來報洞庭戰事。金鷹將軍接獲戰報，雖知敵人結盟兵力意在鎮嚇洞庭龍族，令其兵力不敢妄動。但對其並未留下騷擾兵力一節甚爲不解。只料想敵人稍事整備之後，必將來襲。便命此人將此處地勢之優劣及預料敵人可能對我輪番用兵之戰法，分別報與洞庭龍族及酒精靈界參詳。

果然又過了一日，在寒氣肅殺冷冽的清晨，敵人先發已到。事發突然，未見人影卻已煙硝四起，爆裂之聲震碎山谷中的寧靜。飽食道糧眾人各自備妥長短兵器磨拳擦掌以待正面交鋒。

在一陣連環煙硝爆裂之後，只見無始老道及涇河黃龍率領著聯盟兵力，浩浩蕩蕩氣勢豪壯一路前來。一見了面，涇河黃龍氣燄高張大聲吼叫：「混沌老道及教下眾人聽著，今日我聯盟兵力勢將拿下飽食道糧。識相的就放下兵器，乖乖投降。否則一旦交手，就決不留情！」

此時混沌老道精神奕奕，聲動山谷：「無始師弟，師兄盼你回頭是岸，此刻放下貪念猶是未晚呀！」

無始老道並未回答，涇河黃龍則代爲回話：「混沌老道，你別費心了，無始好友已經鐵了心腸，此番務必要拿下飽食道糧。本來昨日我聯盟大軍即將前來此處練兵一番，然後離開，整軍前往攻打酒精靈界，將其攻占，那才是聯盟主要目的。是無始老道百般勸說，改以飽食道糧爲首要目標。你說他會回心轉意嗎？哈哈哈！」

飽食道糧　道荒糧絕

混沌老道身邊陰差陽錯二人，一見了黃龍的囂張氣焰早看不慣，強忍了一回怒氣，至此失去耐性。兩人心有靈犀，各自將手一揚，其氣勁各別捲起一顆拳頭大小的卵石飛向黃龍。黃龍見勢一閃，躲過了右邊卻迎上了左邊卵石，臉上挨了一記。幸好陰差陽錯只是見面行禮，點到為止。

　　無始老道此時開口：「師兄，當年我們師兄弟們合力，辛苦創建了酒精靈界。境界完成了，大師兄卻犧牲他自己，散盡自身修為。說什麼以其自身浩然正氣，導引逍遙及浩然酒氣，自甘與酒精靈界長存。你做了一任大帝師，也是費盡心力將它經營得更加完善。之後你卸下了職務，便隨意將它交給一個後生小輩。自己則回到飽食道糧清靜度日。我在酒精靈界時，不僅沒有一官半職，回到飽食道糧後，又屢屢被你許得一文不值。這口氣我實在吞不下去。如今人界情勢已變，你卻還不知通達，還在苦守著你的道法自然，為而不爭那些老套。今日我結交山林野地及名宮勝觀之龍族，連成龐大勢力。又與涇河龍族及膽大包天結盟，將來我勢必還要拿下酒精靈界。現今，在涇河地界已經容不下你混沌一脈，我要拿下飽食道糧才可高枕無憂！」

　　雙方眾人蠢動之勢雖然已是劍拔弩張，卻還是仔細聆聽無始老道說完了這一段，牽連著酒精靈界的師門恩怨過往。

　　混沌老道聽完了他一吐陳年悶氣之後，搖搖頭嘆了口氣：「枉費你修了千年，卻還是放不下心中貪念。殊不知，浮世之名是虛，眼前之利也是虛。你自號無始，卻不知有終。修道之人，凡是惡意，凡是雜念貪慾，總要讓它有個終點，將它斷除。師兄看你修了千年，卻只是將人慾貪念修得比天還高，比地更

飽食道糧　道荒糧絕

大，哪兒會有個終點？你從來不知什麼叫捨去，付出。像大師兄那樣的大愛，你是如何也不會了解的。你只顧著處處經營自身勢力，卻讓各地龍族的矛盾糾紛四起。你可曾思量自己的作為，早已辱沒了修道人之名，卻還妄想著奪取那與世無爭的酒精靈界。今天我再不出手阻止，只怕遠近龍族都將分崩離析，酒精靈界也會永無寧日。你既不願回頭，那我只有將你快快送到終點！」

無始看了混沌一眼說道：「師兄，你只看著一面，卻故意對著另外一面視而不見。你不會不知，人的貪念慾望正是驅策著人界不停前進的動力。現實擺在眼前，人界永遠有著動力勇往直前，那是什麼原因？那是你口中的貪念，但那正是人性，是前進的力量。如果大家都是清心寡慾，恐怕人界沒辦法走到今天這輝煌的一步！」

混沌老道答以：「要說輝煌，夜空之中的煙花不是更加燦爛嗎？但在燦爛輝煌之後恐怕得面對一片黑暗呀！你為何也只看一面，只講人性，不講是非善惡，也全不管仁義道德。今人行事只求快速達成目標，完全不擇手段。不知就像駕車，不能只讓馬兒全力衝刺，在該慢之處不慢，該彎之處不轉，後果將會如何？值得人界三思啊！。貪念慾望不稍節制，只求享受，只到處爭相採挖大地億萬年積累的蓄藏，又處處隨意拋棄廢物垃圾，你說那不可悲嗎？你有沒有想過，人界到底能留下些什麼給後代子孫？」

無始老道怒火漸起：「那是你的想法，大家想往前快跑，不能讓你擋在前頭不走！」

飽食道糧　道荒糧絕

混沌也見怒氣：「那是你的道理，你要拿下飽食道糧，那就來吧！」

只見混沌老道話一說完，提了口眞氣，身如輕煙直上，且竟然化身成了一條白龍。既已化龍，一聲撼空龍吼震動山川，隨即飛身撲向那無始老道。

當混沌老道化身龍形之時，無始老道竟也同時變成一條巨大黑龍，迎向混沌巨龍。雙方各自激發十成功力，各自招引聚集了風雨雷電，飽食道糧遠近上下，一時成了鬼哭神號的境域，眼見耳聞者無不有心膽俱裂之感。二龍相會，起手便是兩股猛烈無比的高壓氣團對撞，一道震耳欲聾的霹靂之聲及無比強大的氣流震動瞬間衝擊眾人。最接近雙龍的一道青色蛇影及那些環繞兩人，圍在天上近處的飛龍，首當其衝，無不受到震盪傷及，頃刻便已噴飛遠離。站立在地下的雙方豪勇，功力稍遜者也即刻跌坐在地。

天際黑白雙龍由是開啓了一場同門爭鬥。其聲勢之震撼，如天之將崩，地之將裂，日夜陰陽將要倒轉，兩方兵將，親眼見識了什麼叫先天修爲的正面對決！

涇河黃龍見狀，手勢一揮，聯盟兵力便迅速攻向飽食道糧眾人，地上陰差陽錯一行及一班精靈修者便也立刻迎戰。金鷹將軍手中的弓箭，一會兒對著天上飛龍及飛行戰士，一會兒對著地上豹形奇獸連連發箭。

老虎公則化成猛虎，盡情撲殺，一時鮮血四濺，血腥氣味在這本來幽靜清爽的山谷之中飄散開來。涇河黃龍雖對虎公有著掌嘴之恨，卻也未見刻意下令針對虎公加強圍殺。不知是他

飽食道糧　道荒糧絕

已將前仇忘了，或是他的性格已變，又或者是他的權衡之舉。

那陰差陽錯一夥二十餘人，均是兩兩成雙併肩與敵交手。其一人則掌出如烈火，另一人則氣發似寒冰，同時襲來。當之者鮮有不敗。一時間烈火寒冰交擊，中之者猶如身墜冰火地獄，痛苦難當。

交戰不久，金鷹看見在涇河黃龍的指揮之下，聯盟兵士進退極為有序。戰鬥每過一段時間，便就有人下來替換。雖然其傷兵漸多，卻像有用之不盡的兵力一般。可見涇河黃龍用兵，非是僅如草莽盜寇一般粗魯。

反觀飽食道糧一面，雖是各個驍勇善戰，卻是一刻不得喘息。眾人只知道自身氣力正在快速流失之中。出擊之力道漸弱，揮灑之空間漸縮。且一旦發揮空間縮小，敵人便立刻增補兵力參戰。本來以一敵一，漸漸以一對二，既而以一敵三。兵力之懸殊可見一般。飽食道糧眾人此時才真正感到吃力，更多人身上掛彩，情勢顯得危殆！

金鷹衡量情勢，不得已射出了信號彈子，通知引領大家退向山洞。

飽食道糧眾人見信號已發，便邊戰邊退。幾個山精衝往山洞旁，預做退路之用的小山徑上，卻迎面碰上幾個派駐山徑防守的哨兵，他們都是身上掛彩，也正好狼狽不堪地逃了下來：「被大批敵人攻下了！」無奈只能一起退守山洞。至此，情勢確實堪稱危急！

敵兵此時隨著飽食道糧眾人的漸退，更是步步進逼，層層將飽食道糧圍困。

混沌，無始二龍鬥得上天入地渾然忘我，雙方至此已經完全不顧千年同門之義。一個是雄心壯志野心勃勃，一切阻擋前路者必當剪除；一個是傷心失望心灰意冷，誓要當頭棒喝阻其沉淪。

黑白雙龍勢均力敵，都將自身功力修為盡使，卻是各自漸漸耗盡氣力。此時山野群龍見混沌白龍力衰勢頹，便放膽合圍而來。混沌見勢頭不妙，心中正思忖應敵之方時，一不留神卻被無始一掌擊中腰背，隨即負傷跌落飽食道糧洞口。陰差陽錯見狀立即挺身為其斷後，力阻追兵。

混沌一揮手，示意眾人退入洞中。並留下陰差陽錯等幾位高手守住洞口。

涇河聯盟兵力雖眾，卻只能蜂擁著堵在洞口外圍，面對陰差陽錯眾高手，知其厲害，無人膽敢再輕攖其鋒，兩方對壘一時僵持。

混沌老道退入洞中，金鷹扶持著他進入偏室坐下。此時混沌老道已是臉色慘白。所幸方才無始也已力衰，未能當場一掌要了混沌老命，只是實在傷得十分嚴重！

金鷹說道：「祖師爺，今日情勢看來極是不利，敵眾我寡。我們又受困在此洞中，如何是好？」

混沌嘆了口氣：「一切自有定數，飽食道糧教下精怪們先前逃過一次火焚之劫，今日終究是難免敗亡結果，能逃得幾個是幾個，你且將他們都帶往酒精靈界去吧！我大意挨了無始一掌，雖未立即喪命，然背脊龍骨已斷，心脈重創體內氣血凝聚阻滯在此，再過不久也將一命嗚呼！金鷹，你將接掌下一任大帝師

飽食道糧　道荒糧絕

之職。你將來繼任之後，可要秉持初心，以大愛對待境地中的大大小小眾生靈……你且將那壁上的照明之珠取來！」

金鷹依言取來明珠。明珠此刻似通人性，光彩明暗竟有節律，似人體心脈之搏動。

金鷹取來壁上明珠時，混沌老道交給他另一個不甚起眼，細如龍眼核的珠子，說道：「這個小珠子你仔細收好，回到上面時，務必將它放入秋水之泉罈中養著，以待有緣人得之。還有，以後不管身在何地，你要記著前人這幾句話！夫物，量無窮，時無止，分無常，終始無故。道無終始，物有死生，達理明權，察安危，寧禍福，謹去就，天人之德，謹守勿失。」金鷹依言將小珠子收好，並將渾沌的話用心記下了。

混沌老道又說：「你持此明珠到大洞之中神明桌下，那兒石板正中有個小凹陷，你將明珠在那凹陷處擺著，石板便會稍稍移開。你命人將石板搬開。其下有通道連到後山遠處，你們稍後便可以從那兒離開！」

金鷹聞言臉上的憂色稍寬不再無比凝重：「弟子一旦離開，此地豈不是要落入敵人手中？」

混沌笑笑說道：「帶著他們逃命去吧，留得命在才能東山再起啊！人沒了，洞府再大，山頭再多，又有何用？人沒了，一切道法精神及教義就算如何精妙都將斷失啊！你去打開石板之後，再將此明珠拿來與我！」

金鷹依言命人搬開石板，見石板之下果然有個階梯通道，便又立即將明珠取回。

混沌知道那逃命通道已經開啓，便說道：「你且將明珠封在

飽食道糧　道荒糧絕

我的丹田之上，再稍稍運氣助我調息一番！」

　　金鷹又依言而為，只見混沌在金鷹的幫忙之下，一番調息吐納之後，那顆明珠竟是沒入了混沌丹田之中。接著只見混沌老道臉色立時轉為紅潤，並即氣力充盈，起身說道：「金鷹，稍後你便召回洞外眾人，盡速從那通道離開，我且替你們斷後，能撐幾時實不可知，速去！」

　　金鷹知道混沌與明珠合一，只在撐持最終的一時氣力，跪地叩首哽咽著說：「祖師爺放心，今而後，弟子必謹遵教誨，時時以境界生靈之生存發展為念！」

　　混沌將之扶起：「事態緊急，快走吧！」

　　金鷹招呼外頭眾人進了山洞。陰差陽錯二人進入山洞之前又各發了數掌，轟擊內圍敵兵，敵兵慘叫之聲又起，洞外眾人也趁著此時悉數退入洞中，並從神桌下的通道迅速逃離山洞。

　　混沌老道此時身形壯大數倍，昂然挺立於飽食道糧洞口，面對著洞外遠近千百敵人，口中大呼：「無始，來吧！你我就在此處做個了斷吧！」

　　無始眼見此時混沌猶如巨靈神般的威嚴，先是一愣，繼而便又化做巨大黑龍襲擊混沌。交手不久，混沌雙手被黑龍所制，出掌不易，索性挾持抱住無始黑龍，幾個敵兵眼見有機可乘，便要強行衝入山洞，卻被混沌大腳連連踢翻飛出。

　　僵持不久，混沌手上更加使力抱持黑龍：「無始，你既不願回頭，師兄便陪你盡快走到終點吧！」說完，混沌身上散出點點紛飛的火苗，隨即引發炎烈大火燒向前方。無始黑龍掙脫不得，連連狂吼慘叫，終至聲嘶力竭，末了，竟與混沌老道同時

飽食道糧　道荒糧絕

燒成了灰燼。

此時敵兵猶思衝入山洞。不想那混沌身上的明珠竟發出最終猛烈一爆，先是形如雞蛋大小，繼而漸變如斗，再大如水缸，且通體火紅，最終一陣爆裂，紛飛四散，當之者慘叫哀號之聲四起！

飽食道糧叛徒青楓小道，目睹了兩位前輩同遭火焚，一時百感交集，心中痛悔，雙膝跪地在灰燼之前痛哭失聲。

當青楓小道跪地追悔之時，一陣突來的怪風，吹走了餘燼，卻在其地驚現一顆碗口般粗大的黑色圓珠，半沒於泥土地上。此珠烏亮，似有光芒發自其中。青楓驀然看見此珠，更是難抑悲傷，哭喊了一聲：「師父！」

卻見那烏亮黑珠拔地而起，化成一道黑色煙霧，封住了青楓丹田，隨即又盡數遁入青楓丹田之中，同時隱然似有一道青色的蛇形光影，自黑珠昇騰之處浮現，且有語聲如蚊蚋附耳，雖是細微卻極清晰：「青楓小道，我已將你師父剩餘的修為，盡數交給你了，望你好自為之。我朱小青此後與你無始一脈，再無瓜葛。我此刻還有傷在身，必須先行離開此地，你節哀吧……」說完，蛇形光影隨即遁去。

金鷹將軍領著眾人自後山坑道口離開了飽食道糧，一路上遮掩行蹤避開敵方。眼看敵我相距已遠，金鷹邀請眾人同行至酒精靈界。陰差陽錯及其同伴卻要暫避他處再作打算，飽食道糧餘眾則願與金鷹同路。計議既定，雙方隨即分手各自離開。

正當金鷹領著殘餘眾人，互相提攜逃向酒精靈界，即將離開涇河地域時，不遠處卻出現一群飛龍迎面飛來擋在眾人前路。

飽食道糧　道荒糧絕

雙方相遇，龍族頭領一看見是飽食道糧眾人便下令出手攻擊。眾人未曾料到此時尚有龍族攔路，雖是疲累不堪，也只得硬著頭皮迎戰。一時戰事又起。

這群飛龍為數雖是不多，卻都是氣力飽滿，各個生龍活虎，逼得眾人手忙腳亂，窮於應付。更慘的是雙方交戰不久，天空中又有敵方一群龍族精英飛來加入戰事，其數量又稍微多過方才那群飛龍。兩群合併之後戰力倍增，更讓金鷹眾人大感吃力，一時又多出一些傷兵來。

原來這兩群飛龍，本來是各自被分派做為，針對洞庭龍族與飽食道糧的騷擾兵力。後來無始老道與涇河黃龍有了其他盤算之後，便改變他們的任務，將這兩群布置在涇河外圍，擔任巡邏，以防飽食道糧有外援兵力時，以逸待勞將援兵攔住。卻沒料到正巧攔住了才要往外逃命的金鷹眾人。如此歪打正著，卻叫金鷹眾人又再度吃足了苦頭。

金鷹眾人且戰且走，想要慢慢遠離涇河地域，以防聯盟大軍兵力追襲而來。卻是苦於兩群飛龍都是氣力正盛時，要想脫身，談何容易！只有硬撐！

就在眾人漸漸陷入可能全被殲滅的危機時，竟然又有 ·支聯盟的複製人與人獸兵團當真追擊來了。此時兵疲馬困正在末路終點的金鷹等人，心中已經有了一同慷慨就義的打算。百花王與金鷹拚盡餘力並肩進退，又再殺敵數人，此時二人身上衣服乾了又濕，濕了又乾，渾是自身汗水血漬之外，更多的是敵人的血污。金鷹的強弓雖在，利箭卻老早沒了，只得和百花王共同使著一對鴛鴦刀，雖是刀法犀利，威力加倍，奈何天上地

飽食道糧　道荒糧絕

下盡是敵蹤。眾人行將用盡氣力時，金鷹的眼神在一瞬之間與百花王相對，雖是兩心相同，卻還是難免不捨，便趁隙說了聲：「妳心中可會難過？」

百花王回了聲：「今日與你並肩戰死沙場，此生足矣，尚有何憾……」她此時心中無懼，比起當日金鷹分散氣血時給她的絕望悲痛，這種共赴兵難的豪壯，竟是一種心甘情願，毫無怨悔……

此時酒精靈界與飽食道糧徒眾兩部人馬，合計僅餘四五十人，每個人無不是身上帶傷，氣力將近。聯盟敵兵又是天上地下，漸漸將眾人圍在一處。虎公見大勢已去，謂金鷹道：「事已至此，看來大家別想全身而退，但你尚有接任境主的重責大任，決不能在此倒下。我在來境前後，歷經多次戰役，手下殘殺的生靈不少，今日也該還了，就讓我耗盡真元，為你們開出一條生路，不管能逃得幾個，至少你和百花王一定要逃出此地，你的責任重大，知道嗎？」說罷，虎公提運原功修為，打算犧牲自身，替眾人開出血路。

金鷹見狀，疾呼：「虎公，萬萬不可，今日當真要在此地倒下，那也是光榮戰死沙場，金鷹豈有獨自逃命的道理？酒精靈界也不會需要一個只顧自己逃命的境主！今日已經失去了祖師爺，斷不能再失去虎公你，咱再痛痛快快殺他一場，後果如何聽憑老天決定吧！」說完，搶在虎公前面往前衝殺。

此時一隻跟隨金鷹背後的小野狐也說道：「下一刻將會如何，無人可知，眼前只有豁盡全力，拼命突圍！」這隻狐狸的決心氣魄，已大大不同於以往被龍公嚇得腿軟當時的模樣，他

飽食道糧　道荒糧絕

雖看來弱小，但那張牙舞爪的氣勢卻是令人不敢輕侮。

虎公只得說了聲：「好，那就痛快再殺一場吧！」此時的虎公，原形已現，豪氣雖在，卻已是步履艱難，看在敵方飛龍與奇獸的眼中，無異是隻病貓，頃刻間便可收了他的性命。但虎公的利牙利爪，還是讓人有著幾分忌憚。

正當聯盟兵力將眾人緊緊圍逼，聚至一處，準備逐行屠殺時，突然空中傳來了一長聲老鷹的高亢鳴嘯，隨即又是一聲大吼：「大夥兒撐住，俺們來了！」同時，無數的劍氣，掌氣，紛紛從聯盟兵眾的頭上背後殺到，敵兵在此瞬間便是倒了一地。

原來無上師帶人救命來了。與他同來的是樂陶然一家子人及送子鳥三人等等老將及名家高手。樂陶然，任舒懷這些人的高超劍法及近乎仙人的修為，在此戰場之上，發揮得酣暢淋漓，如虎入羊群，無人能擋。無上師更是拳掌連綿，勢如摧枯拉朽一般。此時空中一道金色老鷹的光影，向著金鷹將軍頭頂飛降而下。隨著那道光影併合在金鷹將軍身上之後，一個本來瀕臨垂死之軀，卻在瞬時之間變成了雄姿英發，內能氣蘊陡增無限的頂尖高手，只見他一出手便已是氣勢彭湃，移山倒海的壯闊雄渾！無上師瞧著，點了點頭，說道：「好傢伙，這才像是個接班人該有的樣子，大酒缸給你的這三分修為，全吃得下嗎？」

金鷹點頭答道：「九成飽滿，正好夠用，哈！」他隨手揮出一掌，兩顆光球對著兩條迎面合攻而來的巨龍飛去，那兩條猛龍便像風捲殘雲般飛向遠處消失不見。

另一處，聯盟中膽大包天的兵眾一眼見到了送子鳥和精英典範時，便全都圍了上來，他們十足痛恨叛徒，對付叛徒的手

飽食道糧　道荒糧絕

段也更加殘忍⋯⋯

　　一支複製人高手組成的兵力二十餘人，包圍著送子鳥夫婦與精英典範，長短兵刃爭先對著三人無情逼殺。送子鳥的根基武藝在三人之中最高，他手持著百靈血刃，如入無人之境，交戰片刻，刀下便已多出了幾條亡魂。精英典範卻是出手略顯遲疑，他的心中竟在此時生出了矛盾，眼前這些從他身上血肉取材複製而成的對手們，不管如何，也都曾是自己的同伴。但刀劍無眼，而且這些傢伙動起手來，卻像不曾認得自己一樣，出手便是竭盡全力，狀似猛獸一般瘋狂嗜血。精英典範知道他們這些人也許正被某種藥物所控制迷惑著。但是正因為精英典範知其緣由，竟然無法對著他們痛下殺手，他竟有些後悔跟隨來此了！

　　送子鳥察覺此情，便大聲斥責：「你不殺他，他要殺你，戰場之上，不講情面，不能婦人之仁。你看，那邊又有敵人來了！」

　　果然不遠處又是大隊聯盟敵兵接近，精英典範只得收起念舊之情，專心應敵。只不過利劍之下只是傷人，並未取命。

　　敵兵此刻再有增援，情勢將是不利於酒精靈界眾人。好在適時從那洞庭方向奔來一隻救援兵力。那是黑熊接獲金鷹交戰態勢的預判後，認為飽食道糧毫無勝算，便報與洞庭龍王，洞庭龍王轉而命令洞庭小龍舉兵來援。一路疾馳，正巧來得還是時候。金鷹眾人見援兵已到，登時士氣大振，與兩路援兵合力反擊，不久便將聯盟兵力擊潰。解了自身與飽食道糧的眾人之危。

　　金鷹見敵人已經潰逃，便向洞庭小龍與樂陶然等人再三稱

飽食道糧　道荒糧絕

謝。

　　洞庭小龍則回以：「此結交之情，義所當爲之事。弟兄有難，舉兵來援，心甘情願，雖千里奔馳，不爲遠矣！雖未能相助飽食道糧，卻是遠水在此，恰能滅火，解了兄弟之危，差可安慰！」洞庭小龍本就豪情任俠，酒精靈界眾人有難，他自是不會袖手！

飽食道糧　道荒糧絕

蛇影青光　風暴種子

　　金鷹又和其他人一一見面並且說道：「此地不宜久留，先離開再說吧！」一眾人等便迅速離開涇河地域。金鷹死裡逃生，便向眾人詳述飽食道糧之戰。眾人聽說飽食道糧失陷，混沌老道身亡，無不是心情沉重。無上師與龍公得知混沌祖師爺的噩耗，內心更是無比哀痛……

　　飽食道糧自此淪入聯盟手中。涇河黃龍此時大權在握，他留下了部分兵力駐守飽食道糧，隨後便整軍返回涇河龍宮基地。而最是得意的，當屬膽大包天，他們即刻著手飽食道糧附近各山頭珍稀礦物的採探。名是探礦，實則更是意在尋找當年因碰撞而遺留山頭，那天外飛石之殘片，他們對這奇特的天外飛石，始終不能忘懷！

　　涇河黃龍既已贏得一場勝仗，也建立起他在聯盟中的獨大地位，便以休養整軍為名，終日練兵，卻並不急著揮軍直指酒精靈界。這也許是膽大包天內外的一些消息影響了他，讓他重新思考謀算，而這正是膽大包天向來所耽心的事……

　　小龍等人為了避開膽大包天網路與實體兵力的追蹤，便再三地更換居所。數日後又租了他處旅店住下，大魯蛇及一四九架好了設備，便又開始小心翼翼地聯繫舊友。小龍對這些新科技是一竅不通的，便時而看書，時而陪著伶兒與新近加入的飽食道糧那小野狐，在旅店附近山林閒逛或者吐納練功。

一日，三人又到林中調息運氣，那小野狐卻被地上不遠處的一隻調皮松鼠擾亂了心神，便追了開去。那松鼠並不上樹，只是一路在地上胡亂奔跑，似乎有意挑釁小野狐。小野狐一時被惹得玩性大起，便現出原形四足落地，奮力猛追。那松鼠大約發覺了此刻緊追著自己的，竟然是隻靈巧野狐，而不是方才的笨拙人類，一時嚇得心慌，便死命地奔向密林之內。其實那松鼠只要爬上了樹，小野狐便拿他無可奈何。只是這松鼠慌亂之時竟然忘了逃命的本能。一鼠一狐，就在濃密樹林奔逃追逐了一回。不久，卻見眼前一亮，原來前方是一個小空地，且似乎有著人聲交談。此時松鼠才驚醒回神過來，一溜煙直上了樹頂，小野狐便只能在樹下乾瞪眼了。但此時小野狐留心在意的已經不是樹上的松鼠，而是眼前空地上的景象。他小心翼翼不露行蹤，藏在樹後觀看。這不看還好，小野狐一見著了眼前影像，登時嚇得險些叫出聲來。

　　原來眼前卻是幾號大人物臨時聚集之所，他們正在商議著什麼大事。一個是涇河黃龍，一個是身穿灰藍布衫，腰圍寬厚布帶的人。還有一個則是青楓小道，他看來已經繼承了無始老道的衣缽。這些人的身旁背後各自站了幾個護衛，三方面圍著正中一個平坦石頭，暖暖冬陽下，石頭上面擺著酒杯瓶罐，三個主要人物席地而坐，似乎也在飲酒。

　　那身穿灰藍布衫的漢子，喝了口棕紅色甜藥酒後說道：「黃龍，青楓道長，我家主人命我來此，不為別的，他只想問問，到底何時才要舉兵攻打酒精靈界？畢竟大家結盟已有一段時日了。我膽大包天一半的人力都已用在了聯盟，長此以往，卻是

蛇影青光　風暴種子

絆住了集團一些其他工作進度！」

涇河黃龍說道：「百工尊王，你的專長無所不包，近日裡工作忙碌勞累，涇河黃龍由衷敬佩。你家主人一向好大喜功，做什麼，造什麼都要求是最新最大的。就說那巨大火箭，還有那發射大船，那樣的規模真是少見了，怪不得你會說人手不夠。他的野心真大，只不過，這可是會累壞你們這些當差的人哪！」

那百工尊王說道：「我家主人一向如此，他有遠大目標等著實現，不達目的決不放手。就說這回海上火箭發射，他可是費盡心思，打造了四個巨大火箭，預計連續發射，酒精靈界勢將無力抵擋！」

此時青楓小道說：「請恕我斗膽無禮，陳執行長如此大器作風之下，勢必要有龐大的持續開銷，我不知他的錢財費用從何而來？」這青楓小道也將無始道長以錢爲重的風格一併繼承過來了。

「我家主人的集團龐大，人才濟濟，資源豐富，自是生財有道，我們各守本分聽命行事，至於其他的事情，我們這些爲人下屬的，向來是不會過問的！」百工尊王說。

此時涇河黃龍舉起杯子說：「大家各自有事忙著，你回去稟報執行長，就說聯盟兵力在我手裡日日勤訓，絕對不會等閒耗著，只等他將大火箭打進了酒精靈界，我便立刻帶兵攻了進去。就此說定，大家喝完了酒，各自忙著去吧！」涇河黃龍又是一臉的不耐煩，那臉色分明正是沒事少聯絡的味道。百工尊王雖是心下不滿，卻也不便發作，舉杯乾了，不再應聲！

小野狐偷聽至此，心中大駭，幾乎又要腿軟，但他知道情

蛇影青光　風暴種子

勢嚴峻，更何況經歷過飽食道糧大戰的他，膽識似乎已經增長不少，便硬是壓著心中害怕，靜悄悄地往回退走。此時樹上那松鼠，不知故意還是失手，偏巧扔下了一顆松果，意外的驚擾聲音，嚇得小野狐頭也不回，沒命地一路逃竄。直到再看到了小龍時候，才驚魂甫定，一五一十將方才所見，鉅細靡遺地說與小龍知曉。

小龍一聽，也覺得事態確實已經變得十分嚴重，送子鳥前日所言膽大包天的可怕構想竟然真要付之實現。至此，加緊摧毀膽大包天的火箭發射大船，已經是勢在必行刻不容緩且不容失敗的事了。三人便急急地趕回旅店。

大魯蛇雖在電腦網路上藉著言論攻擊，在中傷膽大包天形象方面取得很大進展，卻在攻人其內部管理系統方面一直毫無所獲。看看發射火箭的時日將近，一四九出言建議兩人，何不直接偷入膽大包天大本營，便可省去許多麻煩事情，便索性做他一次粗暴人力的冒險突破吧。

大魯蛇聞言，便與小龍商量，小龍考慮再三，說道：「由外而內既然困難重重，此時事態緊急，我們只得想法子進入他中心基地，卻還是需要一些人手協助！」

他們留下了一六八注意著網路消息，一行人便移向膽大包天。

他們在膽大包天附近山頭落地之後，一四九帶著眾人在茂密山林一處洞窟暫時藏身。小龍則化身為野鳥，飛上林梢四處觀望等待。

果然不久，便見到一駕銅牛車自天而來，小龍立刻現身攔

蛇影青光　風暴種子

住車駕，將他們引領至眾人藏身的洞窟之中。

隨著銅牛車駕而至的除了無上師，竟是樂陶然那一家子與任舒懷等人。

無上師詢問小龍進展如何。小龍據實以告，並坦言即將潛入膽大包天基地。

無上師說：「俺們幾個人明著叫陣，掩護你們辦事，然後如此……」

夜色籠罩山頭，眾人隨意用過餐點，各自調息吐納過後便自安歇。

小龍看看眾人俱已入睡之後，便起身走出洞外，讓小野狐進入山洞中休息，自己則四處留意守夜，守護著山洞內外安全。

夜裡的山頭極冷，小龍眼看著群山夜色，月光之下遠近一片清明幽靜，偶然幾聲山鳥啼唱，更襯托出夜的深寂。小龍此時的修為，周遭任何一絲風吹草動，自是難逃他的耳目，他也有著如此的自信。不知過了多久，驀然，一雙纖纖玉手自背後環抱著小龍，小龍伸手將這白璧無瑕渾似霜雪潔白的雙手滿盈包握著，低聲說道：「伶兒，這麼晚了妳還沒入睡？」

「暗夜的山林野地，杳無人跡，放著你一人在外，我如何能睡得著呢？」背後那人體貼地答著。

「唉呀，伶兒，妳的手好冷啊！」小龍說。

背後伶兒說道：「傻子，這山上的冬夜裡，哪兒有不冷的呀？我站在你後面好一會兒了，看你欣賞著夜色出神，不忍心打擾你呢！」

小龍不好意思地回過頭來：「只一心想著由我來守衛，好讓

蛇影青光　風暴種子

大夥兒能有一夜好眠，卻連妳已經在我背後多時也沒察覺，我當眞是有失職守了！」

眼前伶兒無比溫柔地擁著小龍，說道：「那是你連日勞心勞神，當眞是辛苦了，要不，換我守著，你去睡會兒吧！」

「那怎麼成？妳不怕這荒山夜裡，會有野獸出沒嗎？」小龍自然不能讓伶兒獨自一人留在外頭守護著眾人。

「不然，我就陪著你在此守衛吧。對了，聽鈺兒說，你身上曾經沾惹了邪穢毒物，混沌祖師爺並未將它拔除乾淨，要你自己留意著，要不，就讓我再仔細看看吧！」伶兒說。

「應該沒事了，除了兩條胳臂偶而還有些痠麻之外，我看兩邊手臂上的小蛇影子已經漸漸淡去，只是這後面背上的，當眞是無法自己瞧見呢！」小龍邊說邊將上身衣服掀開。

「那怎麼成，萬一哪天碰上了對方高手，彼此動手過招時，豈不就要吃虧？」就著明亮月光，伶兒霜雪般的玉手在小龍背上輕輕摩娑，並用她清透似水的雙眼仔細地察看著：「是沒再看到蛇影子了，看來毒性即將退盡了，」她將小龍的身子扳轉過來，卻出其不意，猛然將小龍全身緊緊地夾纏擁抱著，且突然語氣一變，竟是渾如冰霜那般冷冷地說道：「那本姑娘就再補送你兩條小蛇吧！」

忽然，眼前這伶兒竟在一瞬之間變了個人。只見她高挑修長，一身青色衣裙，身似柔軟無骨，一頭烏絲及腰，一臉冰雪容顏，卻眞是美艷無雙，叫小龍一眼瞧見了便即心脈異常，呼吸變得急促短淺，漸漸地就要喘不過氣來。小龍在這一刻，一種熟悉無助的感覺又回來了。他十足自信的多變複雜功體又在

蛇影青光　風暴種子

瞬間便即為人所制，連求助告警的聲音都立刻在他喉頭凍結了，他只得靜下心來集中心思冥想著，試圖聯繫著眼前的女子：「妳可就是那朱小青？妳為何又來糾纏？我可與妳無冤無仇，妳快放了我吧！」

「小子，你倒是聰明，本姑娘便是朱小青，眼前這滋味不錯吧？我就喜歡如此死纏著你！我就喜歡與你結冤結仇！我如今再次向你下毒，咱倆這仇不就是結得更深了？」她又更加使勁兒夾纏，小龍已瀕臨昏厥，卻還拚了命的想著：「姑奶奶，求求妳快快放開我吧，此情此景要是讓伶兒瞧見了，那兒還有我的小命在呀？」

「你果真十分在乎她呀，死到臨頭了還怕這丫頭怕成如此模樣？莫非她在你心中真是有如神仙一般嗎？你要那伶兒，我就給你伶兒。」說罷，她又變成溫柔可人的伶兒，手腳上的夾纏之力也隨著放鬆了些。得以喘息的小龍則趁機趕緊深深地連吸了幾口大氣，卻在此時，眼前這伶兒竟將她迷人的紅唇圍堵上了小龍的嘴吧，一股甜熟瓜果似的迷人氣息，正如細泉湧動般，輕輕地自她口中飄移散發出來，嚇得小龍不敢再稍作喘息。卻又不自主地心想著伶兒的溫柔美好，理智即將崩潰之際，索性閉上了雙眼，似乎又與伶兒一起回到了，應非夢境初次相見當晚的情境，懷中所擁抱的，又是那團溫柔綿軟的芳香松蘿……

小龍正在如夢似幻的時候，忽然臉上轟然一陣熱辣痛感襲來，一個像是帶刺的巴掌，用力甩在了小龍臉頰之上：「好個無恥之徒，虛假做作，你看看自己模樣，你此刻這又算是什麼君子德行，正道人品了？」

蛇影青光　風暴種子

小龍睜眼，卻見方才溫柔無限的伶兒，頃刻又變成那冷豔無雙的朱小青了。

　　那朱小青霜白的臉色中，竟微微透著紅暈，她又將原先攬著小龍後腰的另外一手放了開去。小龍心中立刻覺得有點兒悵然若失，同時身上卻是踩空陷阱般的頓失憑依之感，小龍只知此刻已經是全身麻木無法動彈，而朱小青這一放手，便讓他身不由己，軀體歪斜，恰恰摔了個五體投地，小狗吃屎。朱小青見狀忍不住笑，噗哧一聲：「不久前還自誇著什麼堂堂龍族尊貴之身，怎麼這會兒卻是小狗吃屎，還活像是個趴在地上的壁虎呀！」她側坐了下來，伸手翻轉小龍的身子，專注地瞧著一嘴臉松針塵土的他。

　　「先是化作伶兒鬆懈了我的防備，再讓我喘不過氣來，讓我不得不吸納妳的麻醉毒氣，妳這也不能算是光明行徑呀！」小龍似乎心有未甘。

　　「你又再次敗在我的手下，可是也還不算委屈，你不必自責……因為我可從來沒假裝過自己是個什麼正人君子，我朱小青從來就只是個妖嬈之輩，邪惡之徒！誰叫你矇蔽了眼睛，心生了綺念，迷魂之毒竟當成了夢幻之香，哈！你們這些嗜酒如命的酒鬼，一向不都是自詡千杯不醉的嗎？怎麼你都還沒嚐完本姑娘的半口麻醉之氣，卻就此一動也不能動了？真是十分可笑好笑呀！」

　　「朱姑娘，妳為何又來害我？這次下毒又是什麼道理？」

　　「我若不對你再次下毒，只怕便會讓你跑了！你這麼直挺挺地躺著，不也是蠻舒服的嗎？喂，我問你，你可知道混沌老

蛇影青光　風暴種子

道的那顆龍珠藏在那兒？」

「妳這不是明知故問嗎？那裡還有什麼龍珠呢？妳不是親眼見到他的那顆大珠子，已經在飽食道糧炸開消失了嗎？」

「誰告訴你的，你是如何知道我曾在飽食道糧目睹他與無始道長決戰的事？」

「妳的神靈意識昭然若揭，我還能不一清二楚嗎？」

「哼，你這無恥小子，卻是我低估了你，原來你也學得這一門功夫，大意讓你探知心事了！」

「我這可是與生俱來的本事，只是不知何時，被何人啓發了。還有，我決不是有心刻意要探查妳呀，也實是所知有限，妳大可不必耽心。我只知道，妳比伶兒的年紀還要老上一些，伶兒快一千歲了……」

「你這混帳小子，一張狗嘴盡說這些混帳無用的廢話，難道不怕我下手將你殺了？廢話少說，你眞的不知混沌老道早就將那龍珠偷偷換過了？」朱小青劍眉倒豎杏眼圓睜，一臉殺氣騰騰的模樣直瞪著小龍，一陣冷峻神色之後才又是眼若秋水，隨風生波。

這小龍眞是不受教誨，枉費龍公幾次提點，卻還是沒將它放在心上，竟敢當著女人家的面前直說她老，而且還比某個女子要老上一些！話說這女人家的心裡，總有些是可忍，孰不可忍的底線。小龍不將此事留意，也就不知有些女人心中可是十分在意年歲幾何，於是無意間便踩了人家的痛腳猶不自知，卻還是一臉無辜，不知招惹了何事的委屈模樣。

「我當眞是不知呀……那龍珠只是看來好玩一些，引人一

些而已，對妳有何用處，讓妳如此費心？」

「那是顆千年龍珠，而且還是個水火併修的寶貝，混沌用不到了，卻將它藏了起來。這個老匹夫，不僅藏了龍珠，還在無意中打傷了我，當真是氣死我了！」

「妳還沒說那龍珠的用處，如果不做害人的用途，也許我會幫妳留意留意！」

「哼，你連這也不知，看來你真的不是刻意探查我的神靈意識。我要那龍珠，便是指望它能讓我一夕化龍，讓我的修持即刻倍增，懂嗎？說起化龍的事，恐怕再也沒有人能像你一樣，竟然是由一個小小的酒蟲便輕易化成了龍形，雖然看來只是個不三不四的龍！」

「原來是爲了化龍這回事。龍有什麼好？當條蛇也是不錯呀！」

「你懂什麼？龍象徵光明祥瑞，可以受人崇拜，蛇則是幽暗陰險，叫人懼怕，只會讓人遠遠地避開！」朱小青似乎有些無奈與不滿的情緒。

「生命俱都平等，萬物並無不同，本無高下，亦無優劣，持修者不可自限。」小龍隨意搬出了混沌老道的話來。

「那混沌老道既已不在，你也不必時時以他的說法爲尙，否則便也是一種自限。生命既無優劣高下之分，如何還有所謂超脫之說？既要順應自然之道，便要了悟生死，既是如此，那又何必苦心修持？既要修持便是要力爭上游，要如魚躍龍門一般方才甘心！」朱小青的話似乎也有一些道理，小龍一時不能駁她。她拿優劣，超脫，了悟這些說法，竟讓小龍的思維如入

蛇影青光　風暴種子

漩渦，一時難以逆向轉回。

「這世上本就是陰陽，明暗，清濁，正邪並存，身為何物，似乎不必太過計較！」小龍說。

「如果世人一直將你擺在那陰暗濁邪一面，從來不作陽明清正看待，我想混沌這老匹夫就會是另外一種說法。反正有我這種妖孽，才能彰顯正道存在的價值，反正世人所稱頌的，便注定是他的，與他不同的說法流派便叫邪魔歪道。可笑的是，我從來只是順應自然自食其力，從來也不敢奢求一絲供養，卻被強推視作奸邪之徒。一旦講說內心看法，便叫人說成是妖言惑眾了，這天底下還真的是公道難尋呀！」

「當條蛇沒什麼不好呀！別的不說，至少吃頓大餐之後，便可以許久不再需要為那進食的事情傷腦筋了！」這也能算是安慰人的話？說起蛇的好處，小龍暫時只是想到這個上頭。

「小子，你的廢話還真是不少，不過，你的話倒是提醒了我，如果真的找不到那水火龍珠，我會考慮將你吃了，吃了你，也就距離化龍之日不遠了！你又自詡是光明正道，吃了你這堂堂正正的光明正道，又正好可以遮掩抑壓我的陰暗邪氣，真是一舉兩得了，這主意真是太好了！」

「那妳還是不要吃我，也別化龍了，像我這樣的龍，要常常打架，又會被抓，會被下毒，常會捱罵，有事沒事常會被人嚇得發抖，不比當個酒蟲快樂！」

「那是你身在福中不知福的想法，如果你也像我一樣，必須每隔十二年，便要暫時無法動用功力修為，又要回復蛇身，經歷蛻皮時的醜樣子與低落心情，你就能體會龍與蛇的不同之

蛇影青光　風暴種子

處，從而極力追求化龍之機了！」

「這便是萬物各自具備的自然本性，妳的修爲既是如此之深，就應該了悟箇中之道，坦然以受才是！」

「臭小子，狗嘴裡吐出這般迂腐愚蠢的言論說法，並不代表你眞懂，如果你是我，你也會追求更上一層，否則辛苦修持究竟是爲哪樁？」

「妳又爲何願意讓我知道妳的弱點？合計那天外飛石對妳的剋制之力，妳有兩個弱點在我手上呢！」

「我想做什麼，還用得著你來耽心嗎？蛇要常常經歷蛻皮過程，這是常識。但你知道了也沒用，因爲你不清楚我在何時蛻皮，我會躲在何處蛻皮！此外，蛻皮的時候，我的蛇毒可正好也是空前強大呀！至於你那顆小石頭，如果不是上回我正巧耗用了過多功力鎖住你的功體，我隨隨便便就可一口將它吞了！」

「原來如此……對呀，蛇餓了要吃，天冷了要藏，這是天性。但爲了更上一層，卻要化龍，這便不是本乎天道自然！」

「你這混帳小子，你不也是從個酒蟲變化成龍？天底下有像你這樣的天道自然嗎？」

「這可不同，我的本質原來就是個龍！」

「那只是你的詭辯之詞，你說你的本質是個龍，那你告訴我，你的龍父龍母此刻何在呀？哈！還有你那伶兒，本質已經千歲，卻有著雙十年華的身體與形貌，這又算是哪門子的天道自然呢？」

「這……」小龍一時語塞。

蛇影青光　風暴種子

「除此之外，你也曾經面對過生死關頭，那時候你就應該淡然處之，乖乖地去死才是，怎麼還妄想著寄身在一枝樹枝之上？那才是大大地不合天道自然。如果有一天我將你吃下肚了，那才真正算是合乎天道自然呢！哈哈哈！」

「如果妳是餓了，為了活命才來吃我，那可以算是合於天道，我如果無法逃脫被妳吃了，也只能怪我自己笨拙，我將無所怨尤。如果妳是為了化龍便要吃了我，那便是有失於天，我就更加不會束手就擒，一定會力抗到底！」

「你這一無是處的小龍，枉你費心勸說了許久，卻是對我不起絲毫作用，真是無可奈何呀！」

「我想應該是每一次的蛻變之後，妳都會像是剛剛換了一身新衣裳一樣，更加明豔動人！也許就是這一種動力，讓妳一直想著更上一層吧！但是如果真有一天，妳真的如願以償變化成龍了，恐怕就要失去這種經歷蛻變的苦樂之趣了！此外，龍的日子當然也不全都是無憂無慮的。」

即使鯉魚真能躍過龍門變成一條龍了，卻又要面對另一種苦。看來，這漸進成就的苦樂之趣，原來只能是在修持過程，才得以體會。修成之後，神形雖變，卻又有另一種辛苦況味等著，或者竟然超塵脫俗，不必再受苦樂拘束，但也將從此失去體會苦樂之趣，小龍的話，不知朱小青又有多少領悟？

「那是你自以為是的看法！你既不是我，如何知道我的苦樂心情？」朱小青似乎忘了小龍也有窺探人心的本事。

「龍也有龍的弱點，像我這條龍，碰上了妳這條蛇，就只能任憑擺弄，毫無還手餘地！」

「又在瞎說，你以爲天上地下所有的龍，都是如你這般一無是處不三不四嗎？看來，比起吃了你，還是那水火龍珠要實在些！」

「對呀！姑奶奶，妳既然如此堅持要那龍珠，那就趕快將我放了，多一個人替妳留意著，總會多出一點機會來呀！」

「也好。聽清楚了，你這條生著一張狗嘴，混帳沒用不三不四的龍，乖乖地閉著雙眼，專注調和心血氣脈，切記不要妄動癡心綺念，否則一不小心，你將會走火入魔，一輩子癱瘓，別說是涇河黃龍那小子，就連尋常一隻小泥鰍也能輕易讓你徹底難堪呢！」

朱小青說罷，便扶著小龍坐起，手上雲錦帕子擦了擦小龍髒污的嘴臉，俯身將她一口真氣，對嘴渡向了小龍，那是一種出自千年靈蛇循規蹈矩修習而成的，魅惑本質之異香，卻也是一股冷然的潔淨之氣，完全大異於伶兒的清正無邪溫柔氣息。小龍毫無畏懼不再客氣地隨口吸納，並將這氣息引導於經絡百骸運行了幾回，隨即便又是手腳靈活，一雙滑溜大龍眼，又能溜溜滾轉地四處搜瞄了起來。此刻，小龍只見眼中這人竟是美得快要讓人無法招架，叫人不忍將眼光移開片刻了。莫非這是朱小青的迷魂之毒已生出作用，蒙蔽了小龍雙眼，讓他心生了幻覺所致？

其實，若要說起酒之爲物，酒雖能醉人醉心，還能叫人眼神迷濛，眼中所見皆是佳美顏色，但真要比起朱小青的迷魂氣息，卻只能算是等而下之聊備一格之物。何況這朱小青，卻也真是生得天人一般，何勞施展迷惑心眼的手法？

蛇影青光　風暴種子

　　「你就不怕我又趁機對你做下了什麼不光彩的手段嗎？」朱小青雖是極力壓抑本性，卻還是止不住媚眼游移，柔聲柔氣地問道。

　　「不怕，妳連我這張吃屎的小狗嘴吧都不嫌棄了，我還怕妳什麼？還有，妳此刻心中正在想著什麼，我可也是十分清楚呢！」小龍幾許得意地答著，他知道此刻身上的新舊蛇毒，應該已經完全消除了。

　　朱小青則頓時起了一絲羞赧神色：「臭小子，不知死活，才剛脫離險境，便立刻忘記痛苦沾沾自喜了，早知道就不替你解毒，看你能怎麼辦……」

　　此時兩人的臉頰同時飛上了一抹紅暈，也不知是不是山頭即將昇起的太陽，映襯出天際紅霞正好照射過來的緣故。

　　兩人相視，默不作聲片刻，朱小青轉頭望著天邊紅霞，說道：「今天的事，別向旁人提起！」

　　「對伶兒也不能說嗎？」

　　「沒錯！就是特別不能向她說起。」

　　「如果她從我的神靈意識中探知呢？」

　　「那就另當別論！」

　　「爲什麼？妳怕什麼嗎？」小龍問。

　　「笑話，自從那無始與混沌雙雙在我眼前身亡，天底下那兒還有什麼讓我朱小青懼怕的人與事？」

　　「妳當眞也是喜歡胡吹大氣！」小龍搶話說道。

　　「此時心裡應該感覺害怕的人，是你這一無是處不三不四的小龍才對。怎麼反而耽心起我來了？我可是爲了你好，我想

那伶兒在你大腿上使力掐捏的痛楚，還有嚇得你哭爹喊娘求人饒恕的手段，應該不下於兩隻小蛇影子的纏身之痛才是！」

「妳竟連這都知道？看來你還當真是有些本事的！」一語驚醒了夢中人，小龍一時如冰水澆臉，心中立刻有些忐忑難安了。

「其實我這次前來，最要緊的，還是看看你身上的蛇毒如何了！順便出手替你將它清除。」

「果真如此，那真是由衷感激了。本來按著清涼之道書上的方法，也即將醫治好了。」

「照你這樣說來，那我豈不就是一廂情願，自作……多事了？我出於誠意的關心原來是多餘的囉？你這無知小子，你真以為混沌那些老土偏方就能治好你身上的頑皮蛇毒嗎？」

「不應該是這樣嗎？或是這個蛇毒，尚有其他可怕難纏之處？」

「如果混沌那方法真有效用，那你為何兩條胳臂還是常常痠麻不已？你有無想到，如果痠麻之處跑到兩腿上頭來呢？實話讓你明白吧！此次如果我將這事忘了，或者是我的傷勢依舊，功力未復，不能出手幫你的話，那，不出一個月，不只你的雙手，連你這兩條狗腿，恐怕也將要從此廢了！」

「真有這麼邪門可怕啊？」

「應敵之道當然要無所不用其極，若為取勝，耍弄心機心思的巧妙可怕之處豈止如此？如今無始已經亡故，他的解救之恩，我算是報答完了。我……如果再放任你的雙腿成殘，卻也是於心不忍……眼前我的最大心願，就是得到水火龍珠，你若

蛇影青光　風暴種子

有心謝我，便是幫我找到它。還有一事，如果你願意，我也可以教你封閉神靈意識之法，往後就不怕別人有心窺探你的心事，或者在你神靈意識之中隨意讓你驚嚇了。」

「那真是要謝謝妳了！水火龍珠的事，我會幫妳留意。至於封閉神靈意識之法，其實清涼之道書上也有。」

「那你怎麼還是一竅不通呢？混沌那些老土方法你還真是深信不疑，死死抱著不放呀……」

「到底是誰在死死纏抱著什麼不放呢？」

「死小子，滿心歪斜，卻還在滿嘴天德，正道……」

「唉呀，朱小青妳快放手，真疼啊！怎麼我這無辜的狗腿上又無端受累了？姑奶奶，我說的可是那水火龍珠呢，呼呼……」

兩人到了後來的意識交談，似乎只是有意要將那離別的時刻延遲而已。一個是心裡頭捨不得說走就走，卻又不得不走。一個是不想急催著她走，卻又不能不催著她走！相識不深的兩人，在此當下竟然有著一樣的矛盾心情！或許是一個刻意的探查，也許是一個不經意的，無心的窺知心事，兩人竟似彼此相知已久，言語投契，也難免有些相互傾慕的心思，卻只能在有意無意間微微地，偷偷地流露著。更多的是刻意的，不得不然的壓抑。有些事，小龍自然是知其不可，而且是萬萬不敢為之！

看來，這朱小青的小蛇影子，並未真正消失，而是從此轉而躲進了小龍心中一個陰暗的小角落裡。又像是風吹水流，無意間播在心田一角的種子，至於如何不讓它在其中滋長，可就不是清涼之道書中便能輕易找到解答，更別說如何讓它如白駒

蛇影青光　風暴種子

過隙，不做短暫的稍停了。這也許正是朱小青不著痕跡暗中做下的厲害手段，一個終身不能消解的，一個不會讓小龍覺得疼痛卻抓搔不到，難以止癢的迷幻之毒！

終於，那朱小青眼見天色將明，眼中似乎閃過了一絲不捨：「一無是處的狗嘴小龍，記著你要幫我留意那水火龍珠的事，如果你只想敷衍本姑娘，我肯定會讓你吃足苦頭，痛不欲生！」

說完，她一回眸，秋水一般的眼波在小龍的心湖之中，再次投石輕盪，微掀漣漪之後，才化成了一道蛇影青光，翩然消失在朝日紅霞之中，小龍竟也頗有不捨地目送著她的身影離去。至於小龍身上新染的，幽深的迷惑氣息，十足的風暴種子，卻被輕忽了，像是不存在了，若非刻意，便聞不出香氣，忘了加以耽心理會了……

世上一切莫非是緣分，小龍既避不開又推不掉，只好由他。而朱小青在此時替小龍消解了蛇毒，可說來得正是時候，誰知道膽大包天有些什麼險阻正在等著小龍？朱小青這一出手倒真是增添了小龍無比的信心！而這女人家的心裡卻是不好懂得，明明想著來替小龍解消舊毒，碰面時卻要先行再下個新毒，像是當個伴手禮一樣。明明有事相求，再留著一種蛇毒當個交換籌碼也行，卻偏要全部消解了才出言相求。相較於小龍和伶兒的初次深談，朱小青和小龍一開始便是不出一言，而是在意識之中針鋒相對激烈爭辯。而和伶兒相聚時，小龍總是聽的時候多，說的時候少。或許和朱小青之間，不交一言，卻在意識之中無所不談是比較妥善的做法。男女之間有些事情，小龍光是想著就已經是膽顫心驚了……

蛇影青光　風暴種子

　　朱小青才一離開，山洞之中酒精靈界眾人也正好陸續甦醒。在一陣收拾忙碌之後，伶優仙子率先探出了頭來：「小龍，快來簡單漱洗一下，用過早點之後，便要前往膽大包天了！」

　　小龍隨即返身走向山洞之中，經過伶優仙子身旁時，卻被她一把拉住：「小龍你等等，你身上這是什麼奇怪味道呢？」她又近身聞了聞小龍。

　　小龍心下一驚，頭臉上瞬間冒出了汗珠，支吾其詞：「大、概、大概是身上的蛇毒，受了風寒，又發作了！」

　　「是嗎？厲害嗎？要不要請任先生看看？」

　　「不、不厲害，不用了，沒事的，妳別耽心！」

　　「可是這氣味……眞沒事就好……等膽大包天的事情過了，我再找個時間仔仔細細瞧瞧看看那個什麼小青蛇影子，竟纏著你身上這麼久，眞要是人們說的什麼皮蛇等等厲害頑皮的小蛇，也早該好了，早該消失了才對呀！」伶優仙子一臉疑色地說著。這女人家對某些香氣的過分敏銳感覺，總是不會輕易輸給那貓鼻子。

　　「也好、好、吧！」小龍此刻早嚇出了一身冷汗，便匆忙地避入山洞之中，眞假忙碌著去了。

　　眾人忙過了一陣，準備停當，天色也已大明，便藏好了銅牛車駕，留下幾個兵勇看守，隨即朝向膽大包天所在的山頭奔去。

　　與對戰虛空境界時熟悉的場景，只是此次小龍身邊的夥伴不同，任務也不一樣。小龍與大魯蛇等人遮遮掩掩地，摸到了膽大包天後山洞口。

蛇影青光　風暴種子

小龍到了後山洞口，卻見山洞門緊閉，洞外半環形空地外圍，新加上了高約丈餘的強固鋼鐵柵欄，幾個監視設備正來回掃視著。小龍讓大魯蛇等人在樹林遮蔽處躲著，自身則化爲飛蠅落在洞門，又變做螞蟻鑽進了門內。小龍一進了門，立即回復人身由內將鐵門打開。正待揮手招呼其他人跟進，卻突然從側邊不起眼的石洞中竄出了三隻豹形奇獸，張開血盆大口直向小龍憤怒猛撲過來，小龍險些吃虧被咬。此時前門一發五彩彈子炸開，小龍知道無上師已經起事，心中一急，高呼大魯蛇及一四九先行進入洞中行事，自己則立即化成了大白龍，以一敵三纏住了豹形奇獸。

　　那三隻奇獸圍住大白龍，爪牙並用，時而分進，時而合擊，迅猛兼備，小龍一時首尾難以兼顧。便飛騰上了空中，發出幾記閃電劈向奇獸。那三隻奇獸迅速跳開，卻是只受驚嚇並未受傷。此時伶優仙子大呼：「用火燒牠！」

　　對伶優仙子言聽計從的小龍聞言，隨即飛落地上，轉換氣息，口中噴出強烈火柱燒向三隻奇獸。那奇獸雖猛，畢竟是披毛活物，見了火光，竟都懼怕得退入了原先藏身的石洞之中。小龍此時變回了人形，冷靜了下來。便提聚氣力，拔了一片鋼鐵柵欄，將那石洞口堵得紮實，又留下小野狐，兵勇與伶優仙子在外把守，自己則趕緊進入了山洞之內。

　　小龍奔進山洞之後，正在尋找遠端控制室時，卻見從前面超級電腦機房衝進來兩三個工程師模樣打扮的人，正帶領著五六組人獸奇兵，向著小龍逼迫而來。此時通道雖是狹窄，竟有著相對巨大的一人一獸，跳躍越過小龍頭頂，形成前後夾攻小

蛇影青光　風暴種子

龍的態勢，而這一對勇士與巨獸的身手力量都不是一般奇兵可比，看來應是帶頭的。於是在這狹窄通道裡，又引發了一場打鬥。小龍急於尋找大魯蛇他們，出手又快又狠，敵人圍困之勢卻是時鬆時緊。小龍心想再度用火，卻又想到此地火攻並不適宜，一不小心反而將會引發火勢，如因此困住了自己人反而不妥。正苦無對策時，耳邊竟忽然響起了混沌老道的聲音：「何不學學虛空界主的手段？」

小龍未如往常般聞到書卷氣息，心中狐疑一陣，祖師爺不是已經……一向唯命是從的性格，小龍此刻無暇細想，便極自然地學起了虛空界主曾經拿來對付自己，那一套交戰之時迷惑敵人的本事，小龍自己又稍加變化……於是他立即又化身成了飛蠅，躺在燈具細縫處，同時將自身意識脫出，強行進入了領頭奇獸的腦識之中，瞬間將其壓制。得手後便發狂似地抓咬牠自己的同伴，那些奇獸本來均奉此獸之號令攻守，見牠突然發了瘋似地攻擊自己同伴，卻又無能對抗，一群人獸竟是四散奔逃。小龍藉著巨獸爪牙加上自身白龍之力，瞬間將那些人獸奇兵撕咬得肢殘體傷，倒了一地。小龍此時的功力及身手，雖是未到化境，卻也經常會有些出人意料，令人覺得匪夷所思的表現。

小龍見計策已成，估計附身奇獸的氣力也快被消耗殆盡，便轉身直向著後門狂奔而去。

本來正專心把守著後門的伶優仙子等人，突然看見一頭巨大猛獸從那洞中飛快奔出之時，無不即刻感覺極大的震撼驚嚇，眾人幾乎同時飛身躍向了柵欄之外。小龍一時覺得好笑，卻是

蛇影青光　風暴種子

急事待辦，便猛然又加快速度奔向眾人，並且將這附身巨獸的頭腦強行穿入，硬生生地卡在鋼鐵柵欄之中，且趁著那一瞬時，將意識脫出了巨獸軀體，同一瞬間巨獸立刻虛脫。小龍的意識則又返回飛蠅身上，飛向眾人，又變回小龍模樣。他摸了摸頭，傻笑一回：「不好意思，急迫間忘了讓你們知道，這頭巨獸被我控制住了，嚇著了你們，嘻嘻！」

伶優仙子雖已知曉那是小龍制敵的手段，卻也很不甘心地瞪了小龍一眼：「臭小龍，嚇死我了，你還嘻皮笑臉的……找到他們了嗎？」

小龍搖了搖頭：「我被裡面那幾個畜牲纏了一回，好在已經打發好了！」

伶優仙子還在被那巨獸驚嚇的火氣之上：「那還不快些再滾進去找……」

在膽大包天前門，無上師讓一發粉彩煙花在半空中爆發，其巨大聲響與彩煙染得天空一片五色繽紛煞是震撼好看。無上師口中高呼：「姓陳的，俺老張駕臨此地，還不快快出來列隊歡迎？」幾個大門衛士見狀立即圍了過來。

又過不久，一隊精悍衛士十數人，護著膽大包天執行長步出了山洞大門。隨同的是大金人，另外讓人眼睛為之一亮的是，看來精神奕奕，煥然一新的虛空境界五大尊王，竟也出現在眾人眼前。這倒是出乎無上師的意料之外。

執行長臉露笑容說道：「無上師，我家五大尊王齊出，前來迎接你，這禮儀陣仗應該算得上盛大誠意了吧！」這聯盟兵力出師大捷，拿下了飽食道糧，怪不得他心情不錯。

蛇影青光　風暴種子

　　無上師開口說道：「多時不見，今日特來向執行長請個安，問個好！」

　　陳執行長說道：「無上師今日遠道而來，一大清早就來放炮擾我睡夢，不知是來辦事，抑或者是來鬧事？」

　　無上師回得也乾脆：「算你內行，俺既來辦事也來鬧事，也就是說俺今天要辦的事就是在此鬧事！姓陳的，你勾結無始老道和涇河黃龍，收攏一般龍族，到處惹事生非，你的用意何在？」

　　執行長回道：「這龍族的是非恩怨早就存在，我可管他不著。倒是你酒精靈界，遠離人界自在逍遙去了便是，爲何又來此地瞎鬧？單憑你們幾個也敢公然叫陣，當眞是膽大包天！」

　　無上師說：「要說膽子大，這世上只怕沒多少人大得過你。但要比拳頭大，俺張大爺也沒輸給幾個。」他又瞧著大金人：「大金人，你殺了本境小酒缸，害得俺傷心了好一陣子，今天你得給俺一個交代！」

　　大金人似乎還重傷在身，說起話來還有氣無力：「我聽執行長交代，我不給你交代！」

　　無上師說：「姓陳的，看來是你讓大金人下的重手。好好一個小娃兒便讓你給毀了，要知道本境界向來最重視的是人命，今天你要給出個公道來！」

　　那執行長假裝一臉無奈：「我要如何給出什麼公道呀？本來兩方廝殺死傷難免，況且那小酒缸也殺了我幾個手下，那又該怎麼計算？再說，小酒缸是死在無始老道手上，你要公道，應該去找他要，怎麼反而來找我？」

　　無上師豈會不知無始老道已死，便說道：「俺聽說那無始老

蛇影青光　風暴種子

道已死，臨死之前還念念不忘著執行長你，希望你有空就去陪他！」

執行長眉頭一皺：「無上師，你就別耍嘴皮子了。你既然說你酒精靈界最重視人命，那就該帶著你的人快快離去。不然等會兒動起手來，你只怕又要損失幾個同伴了！要知道，我改裝五大尊王，可不是用來擺著好看的！」

無上師說：「是不是擺著好看的，不拿來玩玩怎麼知道？俺正好心裡頭煩，就陪你的五大尊王活動活動筋骨，解解悶，順便讓你自己看看，你的這五大尊王是用什麼做成的？來吧！」

執行長將手一揮，這嶄新的五大尊王：百工，知識，商務，社交，遊戲等王，向前踏出數步站定。但看他們一身光燦耀眼，就可知道執行長必然在他們身上花了不少工夫！

本來虛空界主打造了五大尊王，是取其內在運作能力強大，讓他們各司其職，是各個業有專精的好手。其主要能力，除了百工尊王之外，都不是真正用來戰鬥，稱不上是頂尖高手。虛空境界既破，膽大包天看中五大尊王內在運作能力的強大快速，便仔細加以改造，各為其換上特殊材料外皮，並強化其肢體。原來的謙沖之質，蛻變成了戰將之姿，看來真是不可等閒以對。

無上師向百工尊王招手：「來，來，來！兄弟，俺聽說你也是酒不離身，上工前後都會小喝幾杯的酒國同好，讓俺會一會你，看看你是否真的長進了？」說完，自顧著從腰間拿出了瓶「看誰先醉倒」仰頭而飲，咕嚕有聲。大約半瓶便止，問了聲：「要不要？這另一半給你！」無上師將剩酒給人，倒不是看輕百工尊王的意思，那是一種相知相敬之意。

蛇影青光　風暴種子

百工尊王搖了搖頭，卻也自顧著從腰背後面取出一瓶棕紅色甜藥酒開瓶便飲。瓶空，他便將空瓶向後一扔，由其手下接住。

無上師對他贊了聲好：「好樣兒的百工尊王！但是他奶奶的，你還真是忠心不二，怎麼老還是喜歡這一味，不怕甜死人嗎？真是！」

一旁執行長則是怒目而視百工尊王，伸出手指本欲破口大罵，卻又做罷。

百工尊王喝完了酒，伸出了一雙金色大手，拗了拗手指，畢剝有聲，說道：「來吧，不必留手！」說罷，一拳揮向無上師面門。無上師側臉避過，同時側身抬腿回擊。兩人便你來我往，拳打腳踢了起來。

夏小風，夏小雨則是兩人合力圍攻遊戲尊王。這遊戲尊王花樣不少，刀、槍、劍、戟、斧、鞭、槌、鋼，隨興而出忽來忽往，活像是長了八條手臂，獨自面對小風，小雨二人聯手，竟是毫無遜色。

任舒懷三人見眾人開打，便也各尋對手較量起來。

無上師眾人原是意在聲東擊西拖延時間，好讓小龍他們擁有更多時間辦事。因而出手之時，總有幾分保留。但雙方交手不久，眾人卻發覺眼前這五大尊王，初則出手稍見滯礙，繼而愈戰愈勇，出手時迅捷雄渾兼而有之，想來是重新改裝需要些時間適應調整。無上師眾人知其道理後便不敢大意輕敵，專心接戰。五組對手十一個人，各顯本領，一時打得昏天黑地渾然忘我……

小龍進了監視機房，只見許多屏幕畫面與機子整齊排列。畫面中還有著海邊那冷清凌亂的火箭製造廠以及大造船廠等。看來膽大包天的財務吃緊並不只是謠傳而已！

　　此時大魯蛇及一四九,正四面尋找海上發射船的控制機器。找到之後就急急嘗試著干擾破壞的途徑。兩人忙碌了好一陣子，卻總是不得要領。

　　小龍來回監看著發射船的幾個遠近畫面，發覺那發射船大得煞是驚人。那大船上的火箭護罩也在此時緩緩移開退至兩側，一具龐大無比的火箭漸漸地浮現開來。看那巨型火箭，莫說是改裝了新型超強火藥，即便只是它的巨大本體，一旦真的被它高速擊中，酒精靈界恐怕即將被洞穿震碎了！看得小龍額頭冷汗直出。畫面上的時刻正在倒數之中。大船周圍有三艘較小船艦正在戒護著。

　　不久，突見一個廣闊大景畫面上，幾次閃動後由畫面上緣慢慢出現了一個巨大無比的圓形光球。小龍知道那是酒精靈界已經來臨，與膽大包天發射大船的正面對決正在遙遠的海上發生之中。

　　此時畫面上三艘較小的護衛船上，同時朝向光球各自打出了一道筆直鮮明，強烈又集中的光線。小龍眼光隨著那三道光線看去，只見那光球迎著三道光束，慢慢移至大船上方，自身卻像開始冒出了煙霧。

　　小龍知道這三道光束的厲害危險，著急喊出：「快將三道光束停住，他們真會讓酒精靈界燒起來的！」

　　卻是急也沒用。大魯蛇與一四九雖然急急尋找中斷光束的

蛇影青光　風暴種子

途徑，卻是使不上力。那三艘護衛船卻是每隔一陣子，便朝向酒精靈界發出一波高能光束，顯示其能源的充實飽滿。

原來，海上船艦已是自成系統。自有電力，自主防衛，自動執行發射程序。大魯蛇明知任你再如何先進的自主系統，必定會留著強迫中斷的控制門路。兩人試了近幾十種預置設想的可能組合，卻總是被拒於門外。

在此緊要時刻，小龍猛然想起了另一種可怕的景況，眼前酒精靈界正在進行的舉動，豈不也是正在自投羅網嗎？如此接近大船，哪兒還需要什麼導什麼引呢？如果火箭上的炸藥此時炸開了，豈不正是酒精靈界自找的一場災難？他愈想愈怕，滿腦子雜亂的疑問待解，卻又不敢在此時打擾大魯蛇兩人，只能乾著急。

恰好大魯蛇暫停了手邊工作，要小龍盡快將執行長擄來此處，小龍便趁著此時將心中耽憂之事向二人說了。

一四九說道：「你的耽心不無道理，但遠遠看著他們似乎十分接近，其實酒精靈界距離那大船還很遠呢！此外，火箭發射之後，才會解除保險，進入備炸，發射之前，絕對沒有引爆炸藥的道理，他們再怎麼膽大包天，也斷然不敢如此裝設。但若是發射之後，引爆的機會就大了，此時只有搶在火箭發射之前便先將它摧毀了。你趕快將那執行長抓來此地吧！」

小龍聞言，二話不說立即衝向了前門。他料想，此時前門一片混亂，執行長必會在此。果然執行長正緊張專注地觀看著廣場中的戰鬥。小龍把心一橫，快速飛撲衝向執行長，自其背後將他的嘴巴搗著。一舉得手之後，立即將他挾持進入了機房。

當小龍挾持著執行長離開時，大金人與其他衛士的目光，正被廣場中的精彩打鬥吸引，並未留意他們的主子已經被人在一瞬之間擄走了。

　　進了機房，看到了一四九也在此處，執行長惡狠狠地瞪了他一眼，開口便是惡聲痛罵：「你這個叛徒，還有臉來！」

　　大魯蛇說：「密碼！」

　　執行長答：「甭想！」

　　小龍說：「乖乖給來，不然我殺了你！」

　　執行長說：「你殺呀，殺了我也沒用……哎呀，遲了！遲了！就算此時真想要轉換人工控制，也已經晚了一步，此時海上系統已經完全接手自主執行，不會接受外來干擾，真有突發情況，它也會自己判斷應該停止或者繼續執行！」

　　大魯蛇說：「你唬我！」

　　執行長：「我何必騙你？難道你們以為我花那麼大把銀子在人工智慧上頭，只是好玩高興的嗎？」

　　聽完這話，大家的心頓時涼了半截。酒精靈界此刻正面臨著危機！但小龍眾人卻是束手無策，只能眼睜睜地呆望著幾個即時監看畫面。

　　正當大家感到無助失望時，執行長卻叫了一聲：「不對，為什麼這高能光束竟然傷不了它？還像是被它完全吸收了？」

　　小龍三人雖然看不懂門道，但從執行長驚疑惶恐的臉上，不難得知他沒說假話。

　　果然不久，三道光束竟然一一自動消失停止，不再攻擊。想來自主系統已經察覺高能光束面對來者起不了作用，乾脆停

蛇影青光　風暴種子

機以圖省電！果真是如此，那也算聰明，只不過，雖有這小聰明，但它們卻算不到何時應該快快逃命，或許它們還不懂該閃人就得閃人的明哲保身之道……

不多久，酒精靈界光球已到了大船上方。眾人見畫面上突然從光球拋下了一大團土石狀巨物。卻是一擊不中，只有大浪沖激，讓大船搖晃了幾下。大魯蛇與小龍同時喊了聲：「唉呀，可惜！」執行長卻是驚魂甫定臉上稍作寬慰之色。

不久，卻又見海上無端掀起了幾道，規模龐大看來強烈無比的水龍捲。

小龍疑問道：「狗鼻子樹仙不是說過飛天奇石負載太重，無法捲飛大船嗎？」

卻見水龍捲動飛起的並非大船，而是旁邊一艘護衛小船。果然自主智慧還真是沒學會，在意識到情況不妙時，就該快快逃命落跑的這一要緊課程。

當小船被捲上高空之後不久，就又從空中跌落撞向海上，卻離開大船還有著一段距離。

小龍看這畫面說：「我總算看懂，他想用小船來撞沉大船呢，哈！樹仙真是聰明！」

此時執行長已是臉色慘白冷汗直流渾身顫抖。

小龍幾人則：「快呀！快呀！」像是人們觀看競賽時加油打氣的呼喊。

此時無上師及伶優仙子也都進了機房，眼神緊張焦慮地看著畫面，關心著海上的進展。此時火箭四週水煙冷霧四起，看似即將點火發射，情勢極度嚴峻。

蛇影青光　風暴種子

又是一艘小船被捲起，拋下，卻又是未中！「哎呀！怎麼又是失手！糟了，該不是狗鼻子樹仙喝醉了吧？」大魯蛇說。

「俺以為應是那三罈奇酒，太過強烈，連那天外飛石也醉了……」無上師接著說。這些人隔山觀虎鬥，心裡著急，嘴上卻還是故作輕鬆。

在沉沒了兩艘小船之後，第三艘也是最後一艘終於也被水龍捲揚，飛至空中。眾人心繫其上，跟著它高高地飛起，又重重地落下，卻依然是……尚差一截！

此時哀嘆、痛罵之聲不絕，只有一人卻縱聲大笑，陳執行長得意地自言自語：「老天有眼，真是老天有眼啊！真是謝天謝地！謝天謝地！」他再次大笑。

伶優仙子哼了一聲，痛罵道：「向來只仗著自己膽大包天，處處多行不義，從來不將老天爺當一回事。這會兒卻是在那兒謝天又謝地了，真是死不要臉！」

陳執行長再次誇張得意地笑著：「哈哈！哈哈！真是天意！天意呀！唎，差點兒忘了我該謝天又謝地呀！哈哈哈！」

酒精靈界眾人則是搖頭又嘆息，失望透頂……

當酒精靈界眾人失望的痛罵聲，嘆氣聲夾雜著陳執行長得意的笑聲，歡呼聲持續不停時。幾個海上畫面中又再度掀起了大風浪，隨即幾個遠近的監視畫面頓時全黑。眾人心中極是忐忑。此時一四九說：「我知道了，水龍這次捲起了監視攝影船，就我所知這艘船也不算小！」

這時整個膽大包天機房裡的氣氛是從未有過的安靜與緊繃。陳執行長此刻一張老臉再度滿是焦慮，閉目仰天雙手合十

蛇影青光　風暴種子

口中唸著：「老天保佑！老天保佑啊！」

酒精靈界眾人也全都鴉雀無聲，心情七上八下，十分難熬。無上師嘴裡嘮叨唸著：「真他奶奶的，急死人了，也不知道結果如何！」

就在緊張難熬的焦慮時刻，一聲鈴響劃破了寧靜。

大魯蛇從口袋中拿出了通信器材，接通後，彼端傳來緊張的聲音：「沒打中，攝影船也沒打中！網路上有不怕死，愛湊熱鬧的外圍小遊艇放直播……」那聲音聽來是一六八，顯然有些兒激動顫抖與無奈！

酒精靈界眾人收聽至此，失望的心情又如雪上加霜，更加冰冷透徹……

陳執行長卻是喜逐顏開正待高興大笑，卻聽彼端一六八的聲音又起：「慢著，慢著，那酒精靈界……正離開光球……哇呀！它正降落海面……它，它竟然直接將那大船壓進海水中了……」

大魯蛇打開通信器材的畫面，重播了幾次，確認不差：「總算逮到你了，哈！這才是老天有眼，真是謝天又謝地呀！」

莫說是大魯蛇隨身的通信器材畫面不夠精細，就算是膽大包天專用拍攝船還在，只怕也無法清楚記錄，正當酒精靈界離開護境界限的時候，一團蛇影青光，藉機從容不迫翩然旋舞飛進了酒精靈界之中……

小龍至此，內心總算穩妥安定下來：「好在大船已經沉了，危機終於解除！此外，大夥兒對天外飛石的瞭解還真是不夠多！為何它能若無其事地離開光球，降落海上？」

伶優仙子此時腦海中靈光乍現，耳邊同時出現了一個聲音：

蛇影青光　風暴種子

「阿～德～蘭～的～事！阿～德～蘭～的～事……」

　　親自看見了發射大船及巨型火箭已經沉沒的現實，陳執行長情緒震盪太大，瞬間崩潰之後，已是一臉死白毫無血色，兩個眼珠子無神，全身癱軟在座椅上，這個曾經不可一世，目中無人，膽大包天的人，口中喃喃自語著：「完了！膽大包天完了！天將亡我呀！是老天無情，不是我老陳無能呀！嗚，呼……」這人姓陳，不是姓項，雖有膽識，其氣魄卻遠遠不如楚漢時的江東英豪……

　　伶優仙子總算能一吐悶氣：「哼！姓陳的，這下你總算知道，除了你了不起的集團之外，還有著天，還有著地。但祂們，可都不是讓你拿來埋怨，遷怒的！」

　　無上師彎腰俯身看著有氣無力的執行長：「姓陳的，你費盡心機鼓動那無始老道和涇河黃龍，圖謀攻占酒精靈界，你究竟為的是什麼？」

　　執行長看了看無上師，答道：「你們這些庸俗之輩，從來只知醉生夢死，卻不知曉這酒精靈界的奇異能耐。如是在我手上，我將用他展開偉大的航行，到那外星境地尋找下一個人界生存之所。如今它在你們手裡，只能說是暴殄天物了……」

　　無上師也再度仔細地瞧了瞧，眼前這雖是有氣無力，但說起理想抱負時，卻還是眼中放光，心嚮往之的執行長，說道：「姓陳的，沒想到你的目標如此遠大，俺倒真是錯看你了！原來你不只是膽大包天，竟然還胸懷星際！但話說回來，如今人界發展一日千里，興盛繁華，有何不足？再說，只要有心，循序漸進，以人界的能耐，憑藉自力不假外求，探索外星，移居

蛇影青光　風暴種子

彼方，有何難哉？何苦要不擇手段，爲難俺們這古老境地？今後，你還會打著酒精靈界的主意嗎？」

執行長舉起他好似重逾千鈞的手，搖了搖：「不會了，不會了，無始老道已死，涇河黃龍不再聽話，我又什麼都沒剩下了⋯⋯」

大魯蛇則望著執行長說：「不對！不對！就我所知，你還剩下了一大屁股債務在等著清償呢！你不會沒事幹的！」

酒精靈界眾人走出了膽大包天前門，看見大金人及五大尊王排成一列，靠坐在石牆邊上。他們的身上臉上，各自都帶著紫青不一的傷痕，正自調息療傷。樂陶然等人，則是意態輕鬆，自在欣賞著遠山近水。

無上師對著大金人他們說道：「諸位尊王戰將，膽大包天從此算玩完了。趁著各位現在能走，就趕緊離開吧！姓陳的那人真要是發起瘋來，可是連俺都怕他呀！膽大包天已經破產了！各位看來還是精光閃亮，看來應該還值幾個錢⋯⋯聽得懂的話，就趕緊離開吧，這是俺的真心話呀！」大金人聞言，便轉頭向著同伴們，像是在不恥下問，虛心求教⋯⋯

無上師手上一瓶好酒未及喝盡，竟一時失察隨手將那瓶酒向後一甩，只見那酒連著瓶子遠遠地飛落山外。等他察覺時，便不好意思地抓抓頭：「他奶奶的，俺被那百工尊王帶壞了，嘻嘻！」他似乎忘了自己這亂甩空瓶的不良習慣實在是由來已久了⋯⋯

此時，暖暖的冬陽高掛，天際一片蔚藍清朗。銅牛車駕已經等在前頭。眾人無不是感覺神清氣爽，走起路來的步伐是從

未有過的輕鬆快意，伴隨著歡聲笑語一路走上了銅牛車駕。隨即銅牛車駕有如一道華光虹彩，向著那酒精靈界一路飛馳⋯⋯

　　隨後又是幾道金色豪光，急匆匆，亂紛紛地飛離了膽大包天山頭⋯⋯

111/08/27 彰化醉夢

蛇影青光　風暴種子

意猶未盡　隨興聊聊

　　醉夢者，非是尋常說的醉生夢死，而是酒後入夢，夢中猶醉。

　　三年前的端午節深夜，獨自泡了碗麵，斟了杯酒，徐興慢飲，不覺漸漸醉了，入了夢鄉，卻是夢中猶飲，對飲者是條活潑靈動，身軀肥短的小白酒龍。繼而半夜夢醒，半醉之間，忽然心想提筆，記下這夢中之緣。此時塗鴉，當然是醉話連篇，喜歡的只是個心裡高興，只是個不甘寂寞的心情而已。

　　既然說的是醉話，自然可以是天南地北，古往今來，何妨荒唐糊塗些，輕鬆懶散些。醉酒後的筆觸是表淺的，率性的。我喜歡熱鬧，對情節的安排自是混亂了些，當然也欠缺細膩與深入，更不會計較他是緊湊或者鬆散。

　　古往今來的戲劇文章，總多的是趣味引人，也從來不缺心機深沉，謀略算盡的人性刻畫，更不缺那歹毒心計，與叫人看了不免咬牙切齒，恨之入骨的深刻情節。通常書中或戲劇裡的好人們總得歷經千辛萬苦，受盡百般挫折磨難才能突破困境。而往往刻寫深入的文章，總常會叫人隨著劇情而傷心，而氣憤。是以本書借用著美酒，精靈，神怪，與對新科技的一些想像，瞎扯胡鬧一番。試圖讓看書的各位一路感覺輕鬆熱鬧，至少不用陪著傷心傷神。就讓好人強韌幸運一些，壞人淺拙倒楣一些，才不失歡樂的本心用意。

我糊里糊塗寫寫，你隨興隨意看看。一分閒情換一時輕鬆，便是收穫。不必嚴謹拘束，就像隨興喝酒不必講究，偶有醉心會意處，便是快意處……

古時文人雅士崇尚琴棋書畫詩酒花茶，平凡人家則關注柴米油鹽醬醋茶酒，後來硬是被人將酒拿掉了。我以為真是可惜之舉，缺了酒的生活，多平淡呀？如果真是不得不放棄一個，我會用酒將茶換了下來！不信看看遠近，必然家家廚房裡有酒，卻未必人人客廳中有茶，這現實放之四海似乎也準。茶本清淡，細品自有深韻，酒雖薰烈，淺嚐豈無餘香？只是這生活瑣事，應該費心張羅的，哪裡只是這七樣八樣？忙裡偷閒實在也是生活中的一門學問呀！

美酒總是能讓人縱放靈思的，是可以教人暫時放下苦悶心情的；是一時能逃避現實種種，內心膽敢鬆綁禮教約束，隨興胡思亂想，天馬行空的。只要不過分量，實在不必避之唯恐不及。興來淺嚐，獨酌也罷，共飲也好，如何沒有他的佳妙之處？

酒後不開車的老話，大家日常聽多了，卻也還是要再次提醒。酒後開車，開進了水溝，水塘，農田的事不少，車子爬到樹上，黏上電線桿的事也不是沒有，大家各自警惕了！雖然說，出事情的倒不一定都是喝醉的，但是酒後開車的出事機會真的比較高些。

故事情節荒誕不經，光怪陸離的小說看多了，不免容易平野逸馬，加上酒力助興，思想豈止大膽而已！大膽而不傷身心，不必認真，不會沉迷，此境實為自在之地。

都說人為萬物之靈，掌管著當前這個星球的一切。但我們

意猶未盡　隨興聊聊

能夠一直持續著如此嗎？幾千萬年前恐龍時代消失滅絕之後，又已經歷了多少物種的興盛衰敗？牠們的興替全依著自然規律，只是如潮汐來去。牠們留給這個星球的，只是地質與考古歷史。不同於我們的是，牠們從來沒有能力改變這個星球的運行，動搖當時的自然環境。但輪到我們這個物種統治這個星球時，卻真是有點兒令人覺得膽顫心驚的。因爲我們太聰明了，我們累積了足夠的經驗與智慧，便又不斷地發現、研究出許多新事物。而這些卻也大多是兩面刃！改善生活與傷害環境也常是併行發生！真怕有朝一日失控，這個星球是否還有能力再自行修復？更怕有那麼一天，我們的文明當眞消失了，無奈變成地質歷史了。然後前來此地發掘這段人類文明歷史的，不再是這個星球的未來新物種，而是來自遙遠星空的某一個文明。你怕嗎？我當眞是怕呀！但願這只是杞人憂天吧！

　　科技文明也許更應該用心著眼，兼顧在躲避大型災難的方向發展！我們這世代的人實在沒有道理不爲後代子孫留下一些，這個星球經歷億萬年歲月所累積的資源蓄藏。回顧史實，歷來緊繃的衝突與每一次的戰爭，都是推進科技文明向前邁進的動力。而科技的進步，又往往會加大了戰爭破壞的力量。今日世代一年的科技進步是以往十年的總和，又是更早先千百年的總和。那是否意味著我們已漸漸接近那個終點，而愈接近終點時的衝刺速度將會愈快，猶如地球重力牽引著一個小行星，在愈接近相互碰撞時，其速度將會愈來愈快，愈難將之偏折的道理一樣？我們會不會像賽車過快，而在彎道處失控衝飛出去一樣呢？我們是否忘了開車時，還有著刹車與方向盤應該用心

留意，妥善運用，而不是只有一路猛踩油門而已？

　　大地的化石資源並非取用不盡的，將來的有生萬物看來也很難期待一個逃離此地的方舟真正出現。真要有方舟也不必以酒來麻醉心靈，那是一種無可奈何。人性總是比較看重物質的需索，忽略了精神食糧的追求。肚子太飽，腦袋漸空，是我們的毛病。當代人多拿了，就是個貪，而貪的，拿的，只能是後代子孫原本也該會享有的一切，卻讓我們用各種理由，不斷地預支了！文明天平有關物質與精神的兩端，如何取捨去留，實在值得大家窮盡智慧來求取平衡的……

　　我們賴以遮蔽的臭氧層，正在慢慢崩壞，我們生息其中的大氣層正遭到快速汙染，這些都是我們自造的孽，而這情況恐怕不像酒精靈界護境界限與生養之氣，被虛空界主毀損之後，卻能簡單得到解決！因為酒精靈界還能在筆墨揮灑之下就得以修復更新，而我們賴以生存的現實環境呢？那將是如何浩大的減排與人心減貪的重建工程呢？

　　傳說，天上一日人間一年，還說爛柯山奇遇，仙境一日人間百歲。果真是如此，要是能在那樣的地方吃上一頓飯，所耗用的時間恐怕足夠讓咱們凡人，日常吃喝拉撒無數個回合了！

　　歲月如流水一去不復返，只有時間是最公正的。當我們裹足不前時，它一樣是不捨晝夜！但說到水的本身，它卻是來者不拒又循環往復的，要說什麼東西是最接近永恆不朽，跨越古今不變其本質的，我想，水這一物大概就是！其他一切的碳氫氧氮，金鐵土石都如滄海桑田，總會隨著時間而變，更不用說那紅顏易老了……唯獨水，只看它的本質時，覆水難收和流水

意猶未盡　隨興聊聊

不回卻是可以商量的事情。當它只是個單純的溶劑時，似乎是亙古不變的！億萬年前一頭大恐龍隨意撒了泡尿，被當時的植物吸收了也罷，太陽蒸散了也好，它最終總會化成雨露，又回到生活中來，如此周而復始。在那之後的億萬年，我們喝下的一滴水，進出流淌在我們體內的，難保不是來自億萬年前恐龍的那一泡尿尿……當然也有可能是西施美女的浣紗溪水，或者是她的淋漓香汗，孫猴子的到此一遊，獅子老虎的標示地盤，或者是你我日常迴響給那馬桶的涓滴細流……水，億萬年來，不管它曾經多少次參與了波瀾壯闊，熱血澎湃，海鹹河淡，或者是一泓清淺，或者是滿池髒污，只要是太陽灼照，水總又是如夢初醒，潔淨新生。水，可都是一直連結著古往今來四面八方呢！

　　再往深處，細微處探究，我們知道一切的碳氫氧氮，金鐵土石乃至毛髮血肉，無不是由那些中子，質子，電子及更次級粒子等等所建構而成的。我不知當年那些恐龍倒下了，被吃了，或分解了，回歸塵土了……那些解離後的細微粒子，也許又變成植物礦物了，如此周而復始，一再地分解重組，算不算得是一種輪迴？一種永恆？你我身上是否也有著一些曾經是巨大恐龍，曾經是美麗西施，在時間長河中無數次的輪迴之微物？我不知道，有一天，當我們不再呼吸了，沒有心跳了，我們的神靈意識將會歸向何處？這可不是當前那些無限微觀的科學知識所能解釋的！當然也絕不是我這豆腐腦子能夠理解想通的！因此，只好暫時放下一切不去想它，再舉杯遁入酒精靈界，當個酒蟲吧！

意猶未盡　隨興聊聊

不知生焉知死，趁著還能吃喝拉撒睡，就盡情地天馬行空，讓思緒在古今的時空中遨遊吧！哪管它似曾相識，也別計較它形同陌路。天涯海角千秋萬古，我們還只能一直共飲著一瓢水，只不過這是相當大的一瓢。它不只可以為萬物解渴，可以下鍋燒煮，可以洗滌汙濁，可以雲蒸霞蔚，結霜飛雪，冰凍三尺，也可以春江水暖鴨先知，還可以柳岸清綠舞新荷，更可以夢裡猶泛蚱蜢舟，讓它為你我乘載那無邊無際，浩瀚綿長的思念之情與到老不渝的關愛之意……

　　　　1983 時候的遠行，水牛王子(夢想著變成一隻蝴蝶)
　　　　2022 今天的鄉居老人，貪杯者(現實裡還是一條毛蟲)

意猶未盡　隨興聊聊

國家圖書館出版品預行編目資料

酒蟲化龍 / 醉夢著. -- 初版. -- 臺中市：白象文化
事業有限公司，2023.01
　面；　公分

ISBN 978-626-7253-06-9 (平裝)

863.57　　　　　　　　　　　111019734

酒蟲化龍

作　　者　醉夢
校　　對　醉夢
發 行 人　張輝潭
出版發行　白象文化事業有限公司
　　　　　412台中市大里區科技路1號8樓之2（台中軟體園區）
　　　　　出版專線：（04）2496-5995　　傳真：（04）2496-9901
　　　　　401台中市東區和平街228巷44號（經銷部）
　　　　　購書專線：（04）2220-8589　　傳真：（04）2220-8505
專案主編　李婕
出版編印　林榮威、陳逸儒、黃麗穎、水邊、陳婥婷、李婕
設計創意　張禮南、何佳諠
經紀企劃　張輝潭、徐錦淳、廖書湘
經銷推廣　李莉吟、莊博亞、劉育姍、林政泓
行銷宣傳　黃姿虹、沈若瑜
營運管理　林金郎、曾千熏
印　　刷　基盛印刷工場
初版一刷　2023 年 1 月
定　　價　450 元